완판방각본
이대봉전

고전 분위기를 살린 현대어역, 원문 교정 및 정밀한 역주

완판방각본

이대봉전

원작자 미상

역주자 신해진(申海鎭)

보고사
BOGOSA

머리말

　국문 고소설 가운데 소위 영웅소설이라고 일컬어지는 작품에 대해 관심을 가져 왔다. 그리하여 2009년 〈소대성전〉(지만지)과 〈장풍운전〉(지만지), 2010년 〈용문전〉(지만지) 등에 대해 현대어역과 주석 작업을 한 바 있다. 이러한 작업은 어떤 차원에서든 전공자나 비전공자에게 꽤 중요한 의미가 있음에도 제대로 대접받지 못하는 것이 현실이다. 그렇지만 기초 토대가 튼실해야 함은 누구나 동의하는 것도 현실이다. 그렇다면 제대로 하는 것이 중요할 터, 현대어 역문과 그 역문에 주석 작업을 한 뒤에 원문을 교정하지 않은 채 단순히 그대로 옮겨 놓는 활자화 방식은 바람직하지 않은 것 같다. 나 스스로가 그랬었다. 그래서 현대어 역문은 고전의 분위기를 살리면서 그 맛을 제대로 느낄 수 있도록 하되, 원문에 대해 정교하고도 치밀하게 교정을 하면서 그 원문에 주석 작업을 병행하는 방식으로 모색했다. 이렇게 하면 원문을 제대로 이해하지 못하여 적당히 뭉갠 채로 현대어역은 하지 않을 것이다. 올해 들어 〈완판방각본 유충렬전〉(보고사, 2018)을 출간한 것이 그 첫 번째 결과물이다.

　국문 고소설 작품들은 일부를 제외한 대부분 그 원문 읽기가 쉽지 않을 뿐만 아니라, 문장이 난삽하고, 연문 등이 삽입되고, 같은 인물

의 성명이나 같은 장소의 이름 등이 앞뒤에서 서로 다르고, 연도의 착
오가 허다할 뿐만 아니라 글자의 오기도 허다하고, 그 오기를 문맥에
따라 유추해 바르게 읽어야 하고, 한자가 표기되지 않은 채 한자음 그
대로 표기된 것도 허다하고, 시제가 불명확하고, 끊어 읽기·행(문단)
나누기가 되어 있지 않다. 이른바 정련되지 않은 원석 그 자체라 할
것이다.

　국문 고소설 작품의 현대어역이란 것이 옛 글자와 단어에 부합하는
현대어로 단순히 교체하는 데에 그치는 것은 아닐 터이다. 작품의 전
체에 대한 정교한 이해, 인물간의 관계에 대한 파악 및 존대어의 층위
조절, 정확한 재해석에 따른 어휘의 적정한 재활용, 비문이나 착종 문
장의 바른 문장화, 오기에 대한 정정 등 참으로 해결해야 할 것들이
많다.

　이러한 과정을 거쳐 적정한 시제와 화자의 발화에 따른 다양한 정
서 등을 살리는 것이 필요하나, 그렇다고 하여 원전을 벗어난 현대어
역이어서는 아니 될 것이다. 쉬 읽히면서도 고전의 분위기와 맛을 즐
길 수 있도록 유의해야 함은 자명한 일이다. 그러한 현대어역은 해당
분야의 연구를 보다 심화시킬 것임은 물론이요, 인접학문의 연구자들
이 새로운 현대적 의의를 재발견할 수 있는 밑거름일 것임은 분명하
다. 또한 일반 독자들에게는 고소설에 대해 제대로 된 감상을 가능케
할 것이다.

　한편, 이 책에는 완판 84장본 〈이대봉전〉의 원문을 활자화하여 실
려 있다. 〈완판방각본 유충렬전〉과 같은 의도와 방식으로 출간하는
두 번째 결과물인 셈이다. 〈이대봉전〉과 관련하여 필사본을 대본으로
삼아 이미 2016년도 백운용에 의해 현대어역과 원문의 활자화 및 주

석 작업된 것이 있다. 곧, 김광순 교수 소장 필사본 고소설 100선 가운데 하나인 〈이대봉전〉(대구광역시·택민국학연구원, 박이정, 2016)이다. 이의 도움을 받아 지문과 대화문의 구분, 띄어쓰기, 문단나누기 등이 보다 쉽게 이루어졌다.

그러나 현대어역에서는 장문의 원문 문장을 단문으로 끊어 행한 현대어 역문의 문맥 흐름이 매끄럽지 못한 곳이 종종 있었다. '호전주퇴(虎前走兔)'는 현대어 역문의 앞뒤에서 서로 다르게 해석하기도 하였다. 또한 몇 군데는 현대어역을 하지 않은 곳도 있었다. 작품의 뒷부분에서는 대화문과 지문을 드러내는 방식에 있어서 일관성의 결여도 눈에 띄었다. 게다가 주석 작업에서는 결정적인 오류도 더러 있었는데, '삼강수'가 대표적이다. 이 책에서는 주석 작업을 하면서 오류 등을 바로잡고 보충해야 할 것은 보충하며 비교적 상세히 하려 애썼다. 끝으로 원문을 단순히 활자화하여 옮겨놓는 데만 그치는 것이 아니라, 대괄호[ ]를 통해 교정하고 중괄호{ }를 통해 풀이까지 병행하여 연구자들에게 연구 자료가 되도록 하였다. 뿐만 아니라 연구자들에게 필요한 기존 연구 논문과 논저 목록도 덧붙였다.

〈이대봉전〉은 작자와 창작 연대가 밝혀지지 않은 작품으로 국문필사본, 방각본, 구활자본 등의 이본이 있다. 중국 명나라를 배경으로 하여 부처의 점지에 의해 태어난 이대봉과 장애황의 영웅적 활약이 서사의 근간구조를 이룬다. 나라에 대한 충성, 부모에 대한 효도, 남녀 주인공의 변치 않는 정절 등 다양한 주제가 담겨 있는 창작군담소설이다. 곧, 이대봉의 영웅적 활약과 대봉을 중심으로 한 가족의 이산과 재회, 시련 끝에 장애황과의 결연과 이대봉을 중심으로 한 가족의 부귀영화에 비중을 두었다. 그런데 방각본에서는 다른 이본군보다 여주인공의 영웅성을 드러내는 쪽으로 서술이 확장되었다. 다시 말하면, 대봉의 정혼자인 애황은 남복(男服)하여 정식으로 과거에 급제하여 벼슬길에 진출하였고, 또 외적이 난을 일으켰을 때 대원수로 출전하여 공을 세웠으며, 뿐만 아니라 생물학적인 여성임을 자발적으로 드러내어 왕후가 되었다가도 잉태한 여성의 몸으로 외적의 침략에 맞서기 위해 또다시 출전하여 공을 세우는 것으로 서사적 확장이 이루어졌다. 이러한 여성영웅성은 조선후기 조선인들의 상상을 초월하는 새로운 서사를 만들어내는 자양분이 되었던 것으로 보인다. 그리하여 '첫째는 〈조웅전〉이요, 둘째는 〈이대봉전〉이라(一趙雄二大鳳)'는 속담을 통해 〈이대봉전〉이 조선후기의 대표적 군담소설로 그 으뜸자리를 차지한 인기도를 실감할 수 있을 듯하다. 한편, 악인형 인물의 이름으로 '왕희'와 '왕회'가 쓰이고 있는데, 전한(前漢) 때의 왕망(王莽)의 후손이라 하면서 남송(南宋) 때의 진회(秦檜)에 버금가는 인물이라고 한 점을 고려하면 '왕회'가 더 적합하지 않을까 한다.

〈이대봉전〉에 대한 심도 있는 해제 성격의 글은 백운용의 해제를 통해 얼마든지 살펴볼 수 있기 때문에 쓰지 않았다. 다만, 이 책은 온전한 감상과 이해를 위한 텍스트로만 역할하기를 바랄 뿐이다. 나름대로 최선을 다했지만 그럼에도 여전히 미진한 면이나 오류가 없지 않을 것인바, 대방가의 질정을 청한다.

언제나 따뜻한 마음으로 편집을 맡아 수고해 주신 보고사 가족들의 노고에 심심한 고마움을 표한다.

2018년 8월 빛고을 용봉골에서
무등산을 바라보며 신해진

차례

일러두기

이 책은 다음과 같은 요령으로 엮었다.

1. 현대어역은 원문에 근거함을 원칙으로 하되, 가급적 원전의 뜻을 해치지 않는 범위 내에서 호흡을 간결하게 하고, 더러는 의역이나 보충을 통해 자연스럽게 풀고자 했다. 참고한 기존 역주서는 다음과 같다.
   『이대봉전』, 백운용 역주, 대구광역시·택민국학연구원, 2016. 김광순 소장 필사본 고소설 100선의 〈이대봉전〉을 대본으로 삼은 것인바, 이 〈이대봉전〉은 완판 〈이대봉전〉 84장본을 모본으로 한 것이다. 이 책은 그 모본인 완판방각 84장본 〈이대봉전〉을 대본으로 삼았다.

2. 원문은 저본을 충실히 옮기는 것을 위주로 하였다. [ ]를 통해 교정하고 { }를 통해 풀이하여 원문만으로도 읽을 수 있도록 하였다.

3. 원문표기는 띄어쓰기를 하고 句讀를 달되, 그 구두에는 쉼표(,), 마침표(.), 느낌표(!), 의문표(?), 홑따옴표(‘ ’), 겹따옴표(“ ”), 가운데점(·) 등을 사용했다.

4. 주석은 원문에 번호를 붙이고 하단에 각주함을 원칙으로 했다. 독자들이 사전을 찾지 않고도 읽을 수 있도록 비교적 상세한 註를 달았다.

5. 주석 작업을 하면서 많은 문헌과 자료들을 참고하였으나 지면관계상 일일이 밝히지 않음을 양해바라며, 관계된 기관과 여러분들께 진심으로 감사드린다.

6. 이 책에 사용한 주요 부호는 다음과 같다.
   1) ( ) ː 同音同義 한자를 표기함.
   2) [ ] ː 異音同義, 出典, 교정 등을 표기함.
   3) { } ː 의미 풀이 등을 표기함.
   4) “ ” ː 직접적인 대화를 나타냄.
   5) ‘ ’ ː 간단한 인용이나 재인용, 강조나 간접화법을 나타냄.
   6) 〈 〉 ː 편명, 작품명, 누락 부분의 보충 등을 나타냄.
   7) 「 」 ː 시, 제문, 서간, 관문, 논문명 등을 나타냄.
   8) 《 》 ː 문집, 작품집 등을 나타냄.
   9) 『 』 ː 단행본, 논문집 등을 나타냄.

현대어역

〈이대봉전〉 상

대명(大明) 성화연간(成化年間: 1465~1487)의 헌종(憲宗) 황제 즉위 3년(1469)이라. 이때 기주(冀州)의 모란동에 명성이 쟁쟁한 벼슬아치가 있었으니, 성은 이요 이름은 익일러라. 좌승상 이영준의 장손(長孫)이요, 이부상서 이덕연의 아들이라.

대대로 이어 오는 이름난 집안의 자손으로 일찍 과거 급제하여 벼슬이 이부시랑(吏部侍郎)에 이르니, 명망이 조정에 진동하였다. 다만 슬하에 자식을 단 한명도 두지 못하여 조상의 제사를 받드는 것이 끊어지게 되자 부귀에도 생각 없고 영화에도 뜻이 없어 오직 하늘을 우러러 탄식만 하더라. 부인 양씨도 자식 없음을 스스로 한탄하며 눈물로 세월을 보내면서 남편에게 말했다.

"불효에 삼천 가지가 있는데 그중에 자손을 두지 못한 것이 가장 크다 하였으니, 상공께서 자식이 없음은 다 소첩(小妾)의 죄악이로소이다."

이렇듯 서로 슬퍼하며 지내던 어느 날, 검은 베로 만든 장삼(長衫: 소매를 넓게 만든 승려복)에 구절장죽(九節竹杖: 승려가 짚는 지팡이)을 짚고 팔각의 포건(布巾: 베로 만든 두건)을 쓴 어떤 노승이 사랑채[外堂]에 들어와 상공에게 합장하고 절하니, 이 시랑도 답례하고 물었다.

"존사(尊師)는 어느 절에 계시오며, 이 누추한 곳에 어찌 오셨나이까?"

노승이 말했다.

"소승은 천축국 금화산 백운암에 있사온데, 절이 퇴락하여 불상(佛像)이 비바람을 피하지 못하여서 중수(重修)하고자 권선(勸善: 보시)을 받으러 사해 팔방을 두루 다니다가 상공의 댁에 왔사오니 시주하옵소서."

이 시랑이 말했다.

"절을 중수할진대, 재물이 얼마면 절을 다시 고쳐 지을 수 있으리까?"

노승이 말했다.

"시주하는 재물에 많고 적음을 어찌 말하리까? 그저 상공의 처분에 따르리다."

이 시랑이 말했다.

"나는 죄악이 더할 수 없이 무거워 나이가 반백이 넘도록 자식을 단한명도 두지 못 하와 앞길을 인도하고 뒤를 이을 자식이 없사외다. 그러니 내가 죽은 뒤에 백골인들 뉘라서 거두오며, 조상의 제사가 끊기게 되었으니 죽어 저승에 돌아간들 조상들을 어찌 뵐 것이고 부모를 무슨 면목으로 대하리까. 조상의 죄인이요, 지하의 악귀이외다. 내 재물을 둔다한들 뉘에게 다 전하리까. 불당 짓는 데에 시주하여 내생(來生)의 길이나 닦으리다."

그리고는 권선(勸善: 보시)으로 황금 500냥과 백미 300석, 황촉(黃燭: 밀초) 3천 자루를 시주하니, 노승이 권선을 받아들고서 머리를 조아리고 고마워하며 말했다.

"소승이 멀리 이곳에 와서 적지 않은 재물을 얻어 가오니, 불상(佛像)을 편안히 모실 수 있을진댄 그 은혜는 죽어서 백골이 된 뒤에도 잊지 못하리다. 상공은 자식이 없을까 근심하지 마옵소서."

그리고는 문득 온데간데없었다. 이 시랑이 그제야 부처가 현신한 줄 알고서 마당으로 내려와 공중을 향하여 무수히 사례하며 말했다.

"원컨대 부처께서는 자식 하나만 점지해주옵소서."

그리고 안채[內堂]로 들어가 부인 양씨에게 노승과 있었던 이 일을 이야기하며, 천행으로나마 자식 점지해주기를 바라더라.

과연 그 달부터 태기가 있더니 열 달이 다 된 어느 날, 몸이 곤하여 잠자리에서 졸다가 꿈인지 생시인지 어렴풋이 잠들었을 때 하늘에서 봉황(鳳凰) 한 쌍이 내려오더라. 그 중 수컷인 봉(鳳)은 자신의 품으로 날아들고, 암컷인 황(凰)은 장미동 장 한림의 집으로 날아 가니라. 부인 양씨가 놀라 깨어나니, 방안에는 향취가 가득하고 집안에는 오색구름이 영롱하더라. 의식이 흐릿해지면서 한 아이를 낳으니, 활발하고 의젓한 기남자(奇男子)일러라. 이 시랑이 크게 기뻐하며 아이를 살펴보니, 우뚝 솟은 코에 봉황 닮은 눈매요 울음소리조차 봉황 같은데다 부인의 꿈 이야기도 생각하여, 아이의 이름을 '대봉(大鳳)'이라 하다.

각설。 이때 기주(冀州)의 장미동에 장화라 하는 사람이 있었다. 일찍 과거 급제하여 벼슬이 한림학사(翰林學士)에 이르니, 명망이 조정에 진동하였다. 부귀가 극진하였으나 나이 마흔 다 되도록 슬하에 자녀가 없어, 부인 소씨와 더불어 매일 슬퍼하더라.

부인 소씨에게 우연히 태기가 있더니 열 달이 다 된 어느 날, 홀연 몸이 몹시 고단하여 기운 없이 잠자리에 누웠다가 꿈인지 생시인지 어렴풋이 잠들었을 때 하늘에서 봉황(鳳凰) 한 쌍이 내려오더라. 그 중 수컷인 봉(鳳)은 모란동 이 시랑의 집으로 날아가고, 암컷인 황(凰)은 자신의 품으로 날아 드니라. 이른바 봉(鳳)이 나매 황(凰)이 나고, 장군(將軍)이 나매 용마(龍馬)가 나는 격일러라. 향내가 방안에 가득하고 여러 빛깔로 아롱진 고운 구름이 온 집안에 어리더라. 의식이 흐릿해지면서 한 아이를 낳으니, 이는 곧 어린 봉황[애鳳]일러라. 부인 소씨가 장 한림(翰林)에게 꿈 이야기를 하니, 장 한림이 크게 기뻐하여 이름을 '애황'이라 하다.

장 한림이 그 다음날 모란동의 이 시랑 집에 가보니, 이 시랑의 부인도 또한 아이를 낳았더라. 유난히 당당하게 이 시랑을 만나 이야기를 나누다가, 장 한림이 물었다.

"시랑은 어느 날 몇 시에 아이를 낳으셨는가?"

이 시랑이 말했다.

"나는 어제 사시(巳時: 오전 9시부터 11시)에 아들을 낳았거니와, 한림과 죽마고우로 함께 과거에 급제하여 부귀를 누리고 황상의 총애로 사직을 받들어 명망이 진동하나 자식이 없어 한스러워하다가 천행으로 자식을 낳았지만, 한림은 지금까지 자녀가 없으니 심히 민망하네."

장 한림이 말했다.

"나도 어제 사시(巳時)에 딸아이를 낳았으니, 진실로 천행이라 하겠네. 우리는 서로의 정이 남다른 가운데 이러하니 또한 기이한 일이로세."

　장 한림이 자기 부인의 꿈 이야기를 하니, 이 시랑이 크게 기뻐하여 즉시 안채로 들어가 장 한림의 부인이 꾸었던 꿈 이야기를 부인 양씨에게 하니라. 부인 양씨 또한 꿈 이야기를 하니, 두 부인의 꿈 이야기가 서로 낫고 못함을 따질 형편이 못 되더라.

　이 시랑이 다시 사랑채로 나와 장 한림과 담소하며 즐기다가 말했다.

　"이는 반드시 옥황상제께옵서 인연을 맺어 보내신 것이네. 연월일시가 한 치도 틀림이 없으니, 두 아이가 자라 성인되거든 봉과 황으로 짝을 맺어 원앙(鴛鴦)처럼 사이좋은 금실을 누리도록 해 우리 서로 늙바탕의 재미를 보세나."

　두 사람은 서로 즐거워하며 하루 종일 취하도록 마시고 배불리 먹었다. 서산에 해가 져 저물자, 장 한림이 집으로 돌아와 이 시랑의 부인 양씨가 꾸었던 꿈 이야기를 하고 이 시랑의 아들 대봉을 취하여 정혼한 이야기를 하니, 부인 소씨도 못내 즐거워하더라.

　이때 이 시랑도 안채에 들어가 말했다.

　"장 한림의 딸아이 애황을 우리 아들 대봉의 짝으로 정하였사오니, 진실로 다행이로소이다."

　이에, 부인 양씨도 못내 즐거워하더라. 그 후로 두 집은 대봉과 애황이 잘 자라 성인이 되어 혼례 치르기를 기다리더라.

　세월의 빠르기가 흐르는 물과 같아서 대봉의 나이 어느덧 13세가 되었다. 장대한 기골과 늠름한 풍채 그리고 활달한 거동은 이때 이미 짝할 자가 없었고, 영웅스러운 모습과 호걸스러운 기상은 어지러운 세상에서 보기 드문 기남자(奇男子)였다. 더군다나 시서(詩書)와 백가어(百

家語: 諸子百家의 말)에 두루 통하여 모르는 것이 없었고, 육도삼략(六韜三略)과 손오병서(孫吳兵書)에도 깊이 몰두하니, 총명과 지혜가 관중(管仲)이나 악의(樂毅)보다 더한지라. 어느 날 이 시랑은 대봉이 어린 나이임에도 병서까지 통달하려는 것을 마땅치 않게 여겨 크게 꾸짖으며 말했다.

"성현의 글이 무수히 많거늘, 네 어찌 태평성대에는 귀신도 생각지 않는 병서에 힘쓰느냐?"

대봉이 아뢰었다.

"옛날 옛적에 황제(黃帝) 헌원씨(軒轅氏)는 세상에 비길 데 없는 만고의 영웅이었으나 치우(蚩尤)의 난을 만났고, 제요(帝堯) 도당씨(陶唐氏)는 세상에 비길 데 없는 만고의 성현(聖賢)이었으나 사흉(四凶)의 변을 당하였으니, 어찌 태평시절이 오래가리라고만 믿사오리까? 대장부가 세상에 대장부답게 살진댄, 시서(詩書)와 백가어(百家語)뿐 아니라 육도삼략(六韜三略)을 마음속으로 통달하와 과거에 급제하여 요순(堯舜) 같은 임금을 섬기다가, 혹 나라의 운수가 불행해 어지러운 세상을 만나면 허리에는 대장의 절월(節鉞)과 황금인수(黃金印綬)를 비스듬히 차고, 머리에는 백금투구를 쓰고, 몸에는 엄신갑(掩身甲)을 입고, 오른손에는 보검(寶劍)을 잡고, 왼손에는 홀(笏)을 들 것이며, 이어 용과 봉황이 그려진 깃발[龍旌鳳旗]을 앞세우고 백모(白旄)와 황월(黃鉞)을 쥐고서 긴 창과 칼들을 벌여두고 대군(大軍)을 몰아 전쟁터로 나아가서 제 나라를 배반한 역적들을 모조리 쓸어 없애어 온 세상을 평온하게 진정시키면 그 전공(戰功)이 역사에 길이 빛나 이름이 기린각(麒麟閣)에 걸리고 나라의 충신의 되어 만종록(萬鍾祿)을 누릴 것이며, 성군(聖君)의 은택과 부모의 은덕도 갚아 종신토록 부귀를 누릴 것이옵니다. 이러하온데 서책만 따져 읽는다면서 뜻을 지니고 살아야 할 세월을 뜻도 지니지 않은 채 보내오리까?"

이 시랑이 크게 기뻐하며 칭찬하였다.

"네 말은 족히 옛 사람의 말을 본받은 것이리로다. 나 같은 사람은 조정에 몸을 의탁하여 높은 자리에 앉아 녹봉만 좇을 뿐이로다."

이 시랑이 대봉을 사랑함은 헤아리지 못할러라.

각설。 이때 황제가 연약하여 법령이 제대로 행해지지는 않는 가운데, 우승상 왕회가 국권을 잡아 나랏일을 처결하니, 조정의 모든 벼슬아치들을 비롯해 각 지방의 방백수령(方伯守令)들까지 다 왕회의 일당이 되었다. 온 나라의 권세가 그의 손바닥에 안에 놓여있고, 만인의 생사가 그의 손끝에 달렸으니, 그의 막중한 권세는 한(漢)나라의 왕망(王莽)과 진(晉)나라의 왕돈(王敦)보다 더하더라. 군자는 참소하여 멀리하고 소인은 환심을 사서 일당을 이루니, 나랏일이 점점 어지러워지니라. 나랏일이 이러한데도 황제는 알지 못하고 오로지 소인 왕회에게 천하의 큰일을 모두 처리하게 하니, 슬프도다. 명나라의 사직이 머지않아 위태할지라.

이때 이 시랑이 국사가 익히 어지러워짐을 보고 상소하였으니, 상소는 이러하다.

「조정의 일과 형편을 살피오니, 어찌 한심치 아니하오리까. 군자를 등용하시면 소인은 절로 멀어질 것이오니, 군자를 가까이하고 소인을 멀리함은 나라가 흥할 바탕이요, 군자를 멀리하고 소인을 가까이함은 나라가 망할 바탕이나이다. 그러하오나 지금 폐하께서는 궁궐에 깊이 거처하시어 국사가 어지러워짐을 알지 못하고 계시나이다. 승상 왕회는 나라를 어지럽히는 간악한 소인이라서 폐하의 성덕을 가리옵고 또 아첨으로써 폐하의 총명을 가리고 있사오나, 폐하께서는 지금까지 깨닫지 못하시니 감히 애달파 하나이다. 바로 지금 조정은 거의 다 왕회와 더불어 모반하기에 알맞사오니, 폐하께서는 이를 살피시어 먼저 신(臣)을 베고 다음으로 왕회를 급히 베어 반적의 흉계를 분쇄하소서. 진(秦)나라의 조고(趙高)와 송(宋)나라의 진회(秦檜)는 소인이라서 만종록(萬鍾祿)을 누리고도 나라의 은혜를 모르고 나랏일을 어지럽혔사오니, 예로부터 소인에게 나라에서 녹봉을 주는 것은 부당하오이다.」

이날 황제가 상소를 본 뒤에 우승상 왕회를 돌아보니, 병부상서 진택열이 황제에게 말했다.

"이부시랑 이익이 일개 평범하고 보잘것없는 신하이면서 조정을 비방하고 대신을 모함하고 있사오니, 그 죄는 죽어도 아깝지 않으리라. 한(漢)나라의 곽광(霍光)은 권세가 막중하였사오나 선제(宣帝)를 즉위하게 한 충신이었고, 진(晉)나라의 왕준(王濬)은 강동의 인물로서 지혜가 높았사오니, 엎드려 바라건대 폐하께서는 잘잘못을 살피시되 임금을 속인 죄를 다스려서 이부시랑 이익을 베어 소인들에게 경계할 바를 보이소서."

황제가 이 말을 듣고 옳게 여겨 말했다.

"이익은 삭탈관직(削奪官職)하여 3만 리 머나먼 곳으로 사람이 살지 않는 외딴섬에 귀양 보내되 가시 울타리를 만들어 그 안에 가두어두어라. 그의 모든 가족은 신분을 빼앗아 서인(庶人)으로 삼고, 그의 아들 대봉은 유배지를 5천 리 떨어진 백설도로 정해 귀양 보내라."

이때 이 시랑의 부자가 유배지로 가려하니, 어찌 원통하고 분하지 않으랴. 이 시랑이 유배지로 가려할 때 승상부(丞相府)에 들어가 눈을 부릅뜨고 크게 소리치며 말했다.

"나라의 운수가 불행하여 소인이 조정에 가득하구나. 한(漢)나라 황실이 미약하자 동탁(董卓)이 난을 일으켰고, 왕망(王莽)이 황제를 대신해 국정을 돌보자 충신이 죽었도다. 우승상 왕회는 바로 한나라 역신(逆臣) 왕망의 후손이니, 간악함이 대대로 전해져서 위로는 황상을 속이고 아래로는 충신을 물리치며 밖으로는 소인들과 작당해 나랏일을 어지럽혔다. 이에, 나는 바른말로써 직간하였으니 간사하고 괴상한 소인의 참소를 입고 수만 리 머나먼 절도에 귀양 가지만, 내 아들 대봉은 아직 어린 아이이거늘 무슨 죄가 있어 유배지를 수천 리 떨어진 백설도로 정해 귀양을 보낸단 말이냐."

이 시랑이 땅을 치며 이처럼 기세가 꿋꿋하니, 왕회가 크게 노하여 책상을 치며 큰 소리로 말했다.

"황상의 명이거늘, 너는 무슨 잔말을 이리도 하느냐? 네 놈이 더 잔말하다가는 죽기를 면치 못할 것이니 빨리 유배지로 떠나거라."

그리고는 영거사(領去使: 호송하는 무관)에게 이 시랑을 데려가라고 호령하니, 이 시랑이 달리 어떻게 할 도리가 없어 유배지로 가려고 집으로 돌아 오니라. 온 집안이 이루 말할 수 없이 슬퍼하여 우는 소리가 진동하자, 날짐승도 길짐승도 다 슬퍼하는 듯했고 해도 달도 그 빛을 잃은 듯했으니, 사람이야 뉘라서 슬퍼하지 않으랴.

이날 이 시랑의 부자가 유배지로 떠날 때, 이 시랑이 부인 양씨의 손을 잡고 하늘을 우러러 통곡하며 말했다.

"이 몸은 하늘이 미워하고 귀신이 해를 입히니, 나라에 직간하는 상소를 올렸다가 소인 놈의 참소를 입어 죽을 곳으로 가거니와, 우리 대봉은 무슨 죄가 있단 말인가? 부인은 무슨 죄가 있기에 서인(庶人)되어 남편과 자식을 생이별하며, 친척은 무슨 죄가 있어 하루아침에 서인이 된단 말인가."

이 시랑이 이렇게 목 놓아 몹시 섧게 우니, 그 부인 양씨의 애타는 심정은 붓 하나로는 다 기록하기 어렵더라. 서로 부둥켜안고 통곡한 뒤, 이 시랑이 말했다.

"우리 대봉은 아비의 죄로 말미암아 5천 리 떨어진 백설도로 귀양 보내면서 거주까지 제한하니, 하늘도 땅도 무심하고 귀신도 사리에 어둡도다. 광대한 이 세상에서 생각지도 못할 야속스런 팔자가 이익 같은 사람 또 있으랴. 대봉아, 만 리나 떨어진 유배지로 헤어지게 되었으니, 다시 보기 바랄쏘냐. 만 리나 떨어진 변방의 아무도 살지 않는 곳에 어린 네가 어찌 살며, 3만 리나 머나먼 곳으로 사람이 살지 않는 외딴섬에서 나인들 어찌 살쏘냐. 죽거든 즉시 혼백이라도 동동 떠서 아비와 아들이 서로 만나자꾸나."

대봉이 눈물을 흘리면서 모친을 위로하여 말했다.

"모친의 신세를 생각하면 해도 달도 그 빛을 잃어 하늘도 땅도 아득하니 가련하고 원통함을 어찌 다 말로 나타내오리까마는, 죽을 곳으로 가시는 부친의 간절하고 애틋한 마음만 같으리까? 우리 부자가 이제 유배지로 떠나오니, 천행으로 살아오면 모친의 얼굴을 다시 보려니와 죽으면 언제 다시 만나보리까? 역적 왕회와 소인 진택열을 죽이지 못하고 되레 해를 입어 유배지로 가거니와, 나라의 사직이 머지않아 위태하리니 천행으로 살아나면 칼을 쥐고 우리의 원수 왕회와 진택열 두 놈을 사로잡아 그 사이에 저지른 죄목(罪目)을 물은 뒤에는 배를 갈라서 간을 내어 황상께 바치고 남은 살코기는 우리 부친의 충혼당(忠魂堂)에 석전제(夕奠祭)를 지내리다."

이렇듯 세차고 꿋꿋한 기세를 떨치며 통곡하니 초목도 금수도 다 눈물을 흘리는 듯해라. 서로가 차마 손을 놓지 못하다가 악수하고 서로 생이별할 때, 그 가련하고 슬픈 거동은 차마 보지 못할러라.

이때 영거사(領去使: 호송하는 무관)가 길을 재촉하니 사공이 강가에 배를 대자, 이 시랑과 대봉이 서러워하며 부인 양씨와 생이별 하니라. 이 시랑의 부자가 배에 오르니, 백설도는 외딴섬으로 가는 뱃길 도중에 있다 하더라. 흰 구름이 흩어지고 순풍이 일어나면서 배의 빠르기가 화살 같았다.

이보다 앞서, 우승상 왕회가 사공들을 불러 넉넉히 사례하고 약속을 받았으니, 이 시랑 부자의 손발을 움직이지 못하도록 묶어서 풍랑 속에 던져 넣기로 하였더라. 이 시랑 부자가 어찌 이런 흉악한 간계를 알 수 있으랴. 배를 저어 가노라니 만경창파의 깊은 물에 바람과 파도가 세차게 굽이치며, 은은한 달빛이 비추는 기나긴 가을밤의 드넓은 바다는 적막하기만 한데, 10리나 되는 모래벌판에 놀던 흰 갈매기가 동남쪽에서 날아오르니, 이 시랑 부자는 고향소식을 절로 묻고 싶어졌다. 바닷물이 잔잔하고 달빛만 한밤중까지 비추는데, 배에 앉은 이 시랑의 마음에 고향생각 쌓이어 잠들 길이 막연하였다. 푸른 하늘에 뜬 기러기야, 처량한 소리로 울어서 나그네의 애끓는 마음을 돋우니, 선창의 희미한 등불이 깊어가는 이 밤에 들리는 것이라고는 저 하늘에 낭자한 원망소리뿐이로구나.

이러구러 여러 날 만에 한 곳에 당도하니, 사방을 둘러봐도 사람의 자취라곤 찾아볼 수 없는 적막하고 망망한 푸른 바다였는지라, 어디가 땅인 줄을 모를레라. 바다 한복판에 이르자, 사공 10여 명이 달려들어서 이 시랑의 부자를 꽁꽁 묶어 바다 속에 던지려 하니, 이 시랑이 크게 화를 내며 사공을 꾸짖어 말했다.

"나는 황상의 명을 받아 유배지로 가는 것이거늘, 너희들이 무슨 까닭으로 이렇듯 괴롭히느냐?"

사공들이 대답했다.

"우리가 이렇게 해야 하는 사정이나 까닭은 너희 부자가 알 바 아니라."

그리고는 사공들이 이 시랑과 대봉을 끝내 푸른 바다에 던지려 하자, 이 시랑이 말했다.

"우리 부자는 유배지로 가기도 억울하거늘, 너희들이 우리에게 이러한 짓을 하는 것도 반적(叛賊) 왕회와 진택열 두 놈이 시킨 것이로다."

이어 또 말했다.

"너희들이 우리 부자를 해치고자 할진대 결박까지 하려 하니 무슨 까닭이냐? 죽기도 원통하거늘, 손발을 꽁꽁 묶으면 혼백인들 어찌 그것을 받아들일 수 있으랴. 멱라수(汨羅水)에 빠져 귀신이 된 초(楚)나라 삼려대부(三閭大夫) 굴원(屈原)과 오(吳)나라 충신 오자서(伍子胥)의 충혼을 어찌 찾아갈 수 있으랴?"

그러자 뱃사공 가운데 한 늙은 사공이 나서서 다른 사공들을 달래어 말했다.

"옛말에 '나랏일에도 개인의 사정을 보아주며, 난리 중에도 체면을 차려야 한다.'고 하였다. 이 시랑 부자의 억울함을 아는지라 결박한 것을 풀고 물속에 넣은들, 몸에 날개가 없으니 어찌 살기를 바라랴."

그리고는 결박한 것을 끌러 이 시랑을 먼저 파도 속으로 밀어 넣으니라. 이에, 해와 달이 그 빛을 잃었으며 물의 신인 하백(河伯)도 슬퍼하고 초목도 금수도 다 눈물을 흘리거늘, 하물며 사람이야 일러 무엇하랴마는 무지한 사공 놈들은 금수만도 못하더라.

이때 대봉이 부친이 물속으로 던져지는 것을 보고는 천지가 아득해지고 정신이 혼미해졌지만, 이윽고 겨우 진정하고서 사공을 크게 꾸짖어 말했다.

"살아 있으면 사람이지만 죽으면 귀신이라 했다. 상강수(湘江水)의 깊은 물에는 삼려대부 굴원의 충혼이 잠겨있고, 오강(吳江)의 맑은 물에는 오자서의 영혼이 깃들어 있을진대, 예로부터 충신과 열사 가운데 물에 빠져 죽은 이의 외로운 넋이 많으니, 하물며 거의 죽게 된 내가 목숨쯤이야 아끼랴. 그렇지만 구중궁궐(九重宮闕)은 깊고 깊은데 간신들이 조정에 가득하여 나랏일을 제멋대로 처리하니, 충신은 멀리 유배되고 소인은 꽃피울 호시절이로다. 백옥처럼 죄 없는 우리 부자(父子)가 아득하게 넓은 바다의 외로운 넋이 된다면 삼려대부 굴원과 오나라 열사 오자서의 충혼을 반갑게 만나리니, 어여쁠사 우리 임금께서 만 년이 지난 뒤일지라도 충혼들을 거두어 위엄을 세우실 때 나의 부친이 백옥처럼 죄 없음을 알아주시고 어린 대봉의 혼백이 원통함을 풀어주시어 죄 있는 자들을 징치하시리라. 우리 부자(父子)가 죄 없음은 푸른 하늘도 알려니와 귀신들도 알지라. 우리 부자(父子)의 귀한 몸이 물고기 뱃속에 장사를 지내게 되었으니 삼려대부 굴원과 같게 되리라. 대명천지(大明天地) 밝은 하늘 아래 대봉의 목숨이 하늘에 달려있을지언정 너희에게 달려있으랴. 내 스스로 죽을지라도 너희에게 살기를 빌쏘냐."

대봉이 이렇듯 크게 한번 소리를 지르니 목에서 피를 토하여 바다에 쏟고는 말했다.

"부친이 이미 바닷물에 빠져 돌아가셨으니 나도 또한 죽으리라."

그리고는 바람과 물결이 휘몰아치는 만경창파의 깊은 물에 하늘을 우러러 부친을 부르면서 풍덩실 뛰어드니, 13세 어린 대봉의 수중고혼(水中孤魂)이 가련하다. 이때에 사공들은 배를 돌려 황성에 올라가서 이 사연을 왕회에게 아뢰니, 왕회가 크게 기뻐하더라.

각설. 이때 한림학사 장화가 애황의 혼사를 이루지 못하고 대봉의 부자가 유배지로 가는 것을 보고는 분한 마음이 하늘을 찌를 듯이 북받치고 우울한 심사를 떨지 못하였다. 이로 인하여 병이 되어 병석에 드러누워 일어나지 못하니, 장화가 이미 세상에 오래 머무르지 못할 줄을 알고서 왼손으로는 부인 소씨의 손을 잡고 오른손으로는 애황의 손을 잡은 채 울다가 눈물을 흘리며 말했다.

"사람의 목숨은 하늘에 달려있다고 했으니 어길 길이 없는지라, 정한 곳 없이 이리저리 떠돌아다니는 사람이어도 제명을 다하고 편안히 자리에 누워서 죽는데, 이 시랑의 부자는 제명대로 살지 못하고 수중고혼(水中孤魂)이 될 것이니 가련하고 원통하도다. 또한 우리 딸아이 네 일생이 더욱 가련하고 한심하도다. 애황이 네가 남자였던들 황천길로 가는 애비의 원통한 분을 풀 수 있으련만, 네 몸이 아녀자이니 내 가슴에 맺힌 원한을 어느 때나 씻을쏘냐."

이어 부인 소씨에게 당부하며 말했다.

"딸아이를 생각하여 조상의 제사를 잘 지내시되, 매사를 잘 처리하여 딸아이를 올바르고 좋은 길로 이끌어서 자식의 잘못이 조상에게 미치지 않도록 하오."

"애황아, 눈을 어찌 감고 가랴."

장화가 이렇듯 말하며 애황의 손을 잡고 눈물을 흘리다가 세상을 떠나니, 부인 소씨 또한 정신이 희미해지더니만 곧 목숨이 끊어질 지경에 이르더라.

"애황아, 네 신세 기구한 것이 너무 심하구나."

부인 소씨마저 이렇게 말하고는 잇따라 세상을 떠나니라.

불쌍하구나, 애황은 하루 사이에 부모를 모두 잃었으니 자기 한 몸 의탁할 곳이 없도다. 온 집안이 지극히 슬퍼하며 울음소리가 진동하는데, 애황마저 너무나 슬퍼하다가 끝내 기절하고 마니 종들이 와서 구완하였다. 애황이 정신을 차리고서 초상부터 졸곡(卒哭)까지의 예(禮)를 갖추어 부모를 선산에 안장하니, 비록 규중여자(閨中女子)였지만 장부의 아내일러라.

세월의 빠르기가 흐르는 물과 같아서 애황의 나이가 어느덧 16세에 이르렀다. 옥 같은 얼굴과 구름 같은 탐스런 머리칼, 눈처럼 흰 살결과 꽃처럼 고운 자태는 당대에 서로 견줄 만한 사람이 없었다. 비록 아녀자일지라도 얼굴 생김새가 웅장하여 단산(丹山)의 봉황 같은 눈은 두 귀밑을 돌아보고, 목소리가 웅장하니 산호채찍을 들어 옥쟁반을 깨뜨린 듯했다. 또한 골격이 빼어나고 지혜까지 활달하니, 그 총명과 자색을 뉘라서 칭송하지 않으랴. 가히 애황과 견줄 만한 사람이 없으니 온 나라에 이름이 진동하더라.

이때 우승상 왕회가 아들 하나를 두었으니, 이름은 석연일러라. 풍채가 늠름하고 글 짓는 솜씨가 남들보다 뛰어나니 이름이 온 나라에 진동하였다. 우승상 왕회가 아들을 각별히 사랑하여 혼인할 만한 사람을 구하였으나 걸맞은 짝이 없어 뜻을 이루지 못했더니만, 애황의 부덕(婦德)과 자색(姿色)을 여러 차례 듣고서 장 한림의 6촌 장준을 청하여 대접한 뒤에 말했다.

"육촌형 장화가 일찍 세상을 떠난 뒤로 그대가 집안의 모든 일을 주로 관장하니, 나를 위해 중매인이 되어 내 아들 석연과 그대의 종질녀가 혼인을 할 수 있도록 해주게."

장준이 기뻐하여 이를 허락하고 집에 돌아와 그의 처 진씨를 애황에게 보내었다. 진씨가 애황을 만나 말을 서로 주고받다가 우승상 왕회의 아들과 혼인하자는 이야기를 전하니, 애황이 몸가짐을 바로잡고 대답했다.

"숙모는 감격스러운 말씀으로 제가 알아듣도록 타이르시나, 부모님께서 살아계실 때에 저는 이미 모란동 이 시랑의 아들과 정혼하였사오니 우승상 아들과의 혼인을 행하지 못하겠나이다."

이에, 진씨가 무안하여 집으로 돌아와 애황의 말을 장준에게 전하니라. 장준이 친히 애황에게 가니, 애황이 장준을 맞아서 대접하였다. 장준이 애황에게 말했다.

"인간세상 살아가는 일은 참으로 힘들단다. 사람의 일이란 엎치락뒤치락하는 법이라서 조물주가 시기하여 형님이 일찍 세상을 떠나니 친척이라고는 다만 너와 나뿐이로구나. 부부유별(夫婦有別)은 인륜(人倫)의 떳떳한 일인지라 내가 너를 위하여 그동안 봉황의 짝을 구했었는데, 우승상 왕회의 아들 석연을 보니 문필(文筆)을 두루 갖추었고 영웅스러운 모습과 호걸스러운 기상이 짐짓 네 짝일러라. 너는 고집 부리지 말고 하늘이 정한 인연을 어기지 말지어다. 또 이 시랑의 부자는 만 리나 머나먼 유배지로 갔으니 생사를 어찌 알 수 있으랴. 사지(死地)에 간 사람을 생각하여 세월을 보낼진대, 청춘의 얼굴이 떨어지는 해처럼 시들면 무정한 세월이 흐르는 물과 같아 절로 덧없음을 탄식할 것이고, 청춘의 얼굴이 점점 쇠하여가며 흰 머리터럭이 어지러이 헝클어지면 무슨 영화를 볼 수 있으랴."

이처럼 장준이 여러 가지 말로 타이르니, 애황이 대답했다.

"저는 팔자가 사나워 부모를 여의고 외로운 처지라서 한 조각의 진심 어린 마음조차 의지할 데가 없나이다. 하여 숙부께서는 제가 행실이 옳지 못하면 옳은 일을 하도록 인도하는 것이 옳으나, 하물며 왕회는 저와 더불어 원수지간이거늘 숙부께서 소인배처럼 왕회에게 아첨하여 외로운 처지의 조카를 꾀어내고자 하시니, 자못 제 마음이 편치 않나이다. 이후부터는 제 집에 발을 들여놓지 마옵소서."

이에 장준이 애황의 빙설 같은 절개에 탄복하고 돌아와서는 우승상 왕회에게 그간 일어났던 일을 전하니, 우승상 왕회가 말했다.

"그렇더라도 아무쪼록 혼사를 맡아 주관하게."

그래서 장준이 한 꾀를 생각하고 왕회와 의논하니, 왕회가 크게 기뻐하며 길일을 정한 뒤에 장준과 더불어 이리이리하자고 약속하더라.
각설。 대봉의 부자가 바다에 빠졌을 때, 서해 용왕이 두 동자(童子)를 불러 말했다.

"대명국(大明國) 충신 이익과 세상에 비길 데 없는 만고의 영웅 대봉이가 소인의 참소를 입어 유배지로 가다가 바닷물에 빠져 죽게 되었으니, 급히 가서 구하라."

두 동자가 표주박 같은 작은 배를 타고 서남쪽으로 쫓아 가니라. 이

때 이 시랑이 파도에 떠밀려 한 곳에 다다르니, 이미 삼경(三更)이 지
난 한밤중일러라. 정신이 흐려진 상태로 동남쪽을 바라보니, 대해(大
海)에서 한 동자가 작은 배를 타고 비바람같이 오더라. 이윽고 동자가
이 시랑을 건져 배에 싣고 위로하는지라. 이에, 이 시랑이 정신을 가
다듬고 동자에게 고마움을 표하니, 동자가 말했다.

"소자는 서해 용왕의 명을 받아 상공을 구하러 왔사온데, 이렇게 구했
사오니 다행이로소이다."

그리고는 눈 깜짝할 사이 어떤 곳에 배를 대고 내리기를 청하거늘,
이 시랑이 좌우를 살펴보니 만경창파(萬頃蒼波)의 한없이 넓고 푸른
바다 가운데 있는 섬일러라. 이 시랑이 동자에게 물었다.

"예서 황성까지 거리가 얼마나 되는가?"

동자가 대답했다.

"예서 중원(中原)까지 3천 리로소이다."

이 시랑이 배에서 내리자, 동자가 하직 인사를 하고 쏜살같이 떠나
가니라. 달리 어떻게 할 도리가 없어 이 시랑이 섬에 들어가 살펴보니,
과일나무가 무성하게 빽빽한지라 과일로 양식을 삼고, 죽은 고기를 주
워 먹으며 지냈다. 망망대해의 사람이 살지 않는 섬에서 산과일나무의
열매에 목숨을 잇고 세월을 보내노라니, 찬바람이 으스스하게 불 때면
더욱 처자식이 생각나 울음으로 일삼더라. 이때 부인 양씨는 남편과
대봉을 생각하여 하늘을 우러러 신세를 탄식하며 눈물로 세월을 보내
고 있었으니, 그 참혹한 형상을 어찌 이루 다 형언할 수 있으랴.

한편, 대봉도 바다에 빠져 정신을 차리지 못하고 파도에 떠밀려 떠다녔으니, 대봉의 귀한 몸이 거의 죽게 되어 곧 숨이 끊어질 지경에 이르렀더라. 그때 남쪽 바다에서 난데없이 작은 배가 쏜살같이 다가오더니, 대봉을 급히 건져 올렸다. 이윽고 대봉이 정신을 차려서 살펴보니, 동자가 푸른 소매에 푸른 옷을 입고서 허리에는 월패(月佩)를 찼으며 왼손에는 금빛 옥결(玉玦)을 쥐고 오른손에는 계수나무로 만든 노와 백목련으로 만든 삿대를 흔들고 배에 앉아있었다. 대봉이 겨우 일어나 동자에게 감사의 뜻을 표하며 말했다.

"동자는 뉘시관데 죽을 사람의 목숨을 구하느뇨?"

동자가 대답했다.

"저는 서해 용궁에 살고 있사온데, 용왕의 명을 받자와 공자(公子)를 구하러 왔나이다."

대봉이 다시 감사의 뜻을 표하며 말했다.

"용왕의 덕택과 동자의 은덕은 죽어서 백골이 된 뒤에도 잊을 수 없으니, 어느 때에나 만분의 일이라도 갚으리까?"

이어 대봉이 물었다.

"이곳이 어딘지 그 지명(地名)을 알지 못하오니, 동자는 가르쳐주소서. 알고자 하나이다."

동자가 대답했다.

"이 땅은 천축국이라 하나이다."

그리고는 배가 그곳에 닿자 동자가 대봉에게 내리기를 청하거늘, 대봉이 배에서 내리며 물었다.

"어디로 가야 거의 죽게 된 저의 목숨을 보존하리까?"

동자가 대답했다.

"저 산은 금화산이라 하나이다. 그 안에 절이 있는데, 절의 이름은 백운암이외다. 그 절을 찾아가면 구해줄 사람이 있을 것이오니, 그리로 가소서."

그리고 동자는 배를 저어 떠나가더라.

대봉은 동자가 가르쳐준 길로 금화산을 찾아가니, 흰 구름이 뭉게뭉게 감싼 이름난 산이었고, 물이 경치 좋은 별세계를 졸졸 흘러 나무마다 핀 꽃은 가지마다 봄빛을 머금고 있었다. 맑고 깨끗한 시내가 산어귀에 흐르니 극락세계인 듯한데, 겹겹으로 쌓인 낭떠러지가 하늘로 치솟은 사이로 청학(靑鶴)과 백학(白鶴)이 이리저리 쌍쌍이 나르고 있었고, 듣자니 두견새 울음소리는 바로 슬픔을 자아내더라. 산수 경치도 좋거니와 부모를 생각하니, 대봉은 좋은 풍경이 오히려 그리움이 되어 눈물을 금하지 못할레라.

구름을 따라 한 곳에 다다르니, 훌쩍 선경(仙境)이 펼쳐지더라. 은은한 풍경 소리가 바람결에 들려서 천천히 들어가니, 황홀한 단청을 곱게 입힌 누각이 구름 속에 보이더라. 사찰의 바깥문에 당도하니, 황금빛 큰 글자로 뚜렷하게 「금화산 백운암」이라 쓰여 있었다.

대봉이 저문 날에 갈 길 바쁜 나그네처럼 다급하게 주인을 찾으니, 한 노승이 아홉 폭 가사(袈裟)에 팔각건(八角巾)을 쓰고서 구절죽장(九

節竹杖)을 짚고 나오더라. 노승이 대봉을 맞아 인사를 나눈 뒤에 말했다.

"귀한 손님이 누추한 곳에 몸소 오셨는데, 소승(小僧)이 다리 힘이 부족하여 멀리 나아가 맞지 못하였으니 무례함을 용서하소서."

대봉이 다시 절하고 예를 갖추어 말했다.

"곤궁한 처지로 길가는 나그네를 이다지도 너그럽게 대해주시니 도리어 마음이 편치 않나이다."

노승이 답례하며 말했다.

"오늘 여기 오신 것은 밝은 하늘이 지시한 바이나이다. 공자는 우리 절과 인연이 있사오니, 우리 절에 머무는 것을 허물로 보지 마소서."

대봉이 감격해 일어나 다시 절하고 말했다.

"소자 같은 천한 목숨을 사랑하시고 또 이같이 은혜를 베풀어 주시니 감격스럽나이다."

노승이 미소를 지으며 말했다.

"공자(公子)는 기주 땅 모란동 이 시랑 댁의 공자인 대봉이 아니나이까?"

대봉이 크게 놀라 말했다.

"존사(尊師)께서 어찌 소자의 주거지와 이름을 아시나이까?"

노승이 말했다.

"우리절과 공자의 댁이 왕래한 지 10여 년이 되었나이다. 상공께옵서 황금 500냥과 백미 300석, 황촉(黃燭) 3천 자루를 시주하셨는지라, 비바람에 낡아서 거의 허물어질 지경에 이르렀던 절을 다시 손질하여 고쳐서 불상(佛像)을 안전하게 보존할 수 있었으니, 그 은덕을 어찌 잊으리까?"

대봉이 말했다.

"존사(尊師)의 말씀을 듣사온데, 적은 것으로써 큰 인사(人事)를 받사오니 감사하나이다."

노승이 말했다.

"공자는 나이가 아직 많지 않으니 어찌 전의 일을 알리까?"

그리고는 노승이 동자에게 명하여 저녁밥을 올리게 하였는데, 대봉이 받아보니 정갈한 것이 세속의 음식과는 다르더라.

각설. 이때 왕석연이 장준과 약속한 길일(吉日)에 노복과 가마를 거느리고 장미동에 이르니, 밤이 이미 삼경(三更)이 지난 한밤중일러라. 왕석연이 장 한림 댁에 들이닥친 것은 애황을 겁탈하고자 함이라.

이때 애황은 등촉을 밝히고 《예기(禮記)》〈내칙편(內則篇)〉을 읽고 있었는데, 사랑채에서 난데없는 사람소리와 말 울음소리가 들리는지라 급히 시비 난향을 불러 그 까닭을 알아보게 하였더니, 난향이 황급히 들어와 여쭈었다.

"왕 승상 댁의 노복들이 말과 가마를 거느리고 사랑채에 들어와 머뭇거리더이다."

애황이 몹시 놀라 얼굴빛이 하얗게 질려 말했다.

 "삼경이 지난 한밤중에 들이닥친 것은 나를 겁탈해서라도 혼사를 이루고자 함일러라. 사태가 급박하니 장차 어찌 해야 하랴."

그리고는 애황이 수건으로 목을 매어 자결하고자 하니, 난향이 이를 말리며 위로하여 말했다.

 "아씨[小姐]는 잠깐 진정하옵소서. 아씨가 만일 목을 높이 매달아 걸고 죽을진대 부모와 낭군의 원수를 뉘라서 갚으리까? 제가 아씨의 옷을 입고 앉았다가 아씨의 치욕을 감당하리니, 급히 남자 옷으로 바꾸어 입으시고 낮은 담장을 넘어 멀리 달아나 변고를 피하소서."

애황이 말했다.

 "나는 그렇게 하겠지만, 너는 나 때문에 아름다운 청춘을 보존하지 못하리로다."

애황은 즉시 남자의 옷으로 갈아입고 사당(祠堂)에 하직인사를 드린 뒤 후원의 담을 넘었다. 이윽고 동산에 올라섰으나, 아스라한 달빛 아래 어디로 가야 하랴. 그저 서남쪽을 바라보고 정처 없이 길을 가니, 그 신세는 마치 푸른 하늘에 외기러기가 짝을 찾아 소상강(瀟湘江)으로 향하는 듯 가련하고 슬프도다. 장 한림 댁의 무남독녀가 이런 신세가 될 줄 뉘라서 알았으랴.

한편, 난향이 소저(小姐)와 슬프게 헤어진 뒤, 저는 소저의 의복으로 갈아입고 침실에 들어가 소저인 것처럼 천연덕스럽게 앉았더라. 그때 왕회 집의 시비가 소저의 침실로 들어와 자질구레한 말로 이리저리 달래면서 가마를 대령하고는 말했다.

"소저께서는 하늘이 정한 인연을 어기지 마옵소서."

이렇듯 말하며 가마에 오르기를 간청하더라. 난향이 등불을 밝히고 왕회 집의 시비를 꾸짖어 말했다.

"너희들은 삼경(三更)이 지난 한밤중에 사대부 댁의 안뜰에 들이닥쳐 늘어섰으니, 뉘를 해치고자 하느냐? 깊은 규중에서 자란 내가 집을 놔둔 채 어디로 가랴. 너희들이 돌아가지 않을진대, 내 너희들의 눈앞에서 죽어 너희와 원수를 맺으리라."

그리고는 난향이 수건으로 목을 조르니, 왕석연의 비복들이 수건을 빼앗고 강제로 가마에 태우더라. 난향은 사생을 결단코자 하는 것이야 일편단심(一片丹心)이었지만 강약(强弱)이 같지 않은지라 상대가 되지 못하여 결국 가마에 실려 장안으로 끌려가게 되니라.

장미동을 떠나 백화정까지 20리를 지났을 때에 동방이 차츰 밝아오더라. 마침 길가에 나왔던 노소 백성들이 쑥덕거렸다.

"장 한림 댁의 애황 소저가 왕 승상 댁의 며느리가 되어 신행(新行)을 가는 가마라네."

난향이 왕 승상 댁에 다다라서 좌우를 살펴보니, 큰 잔치를 벌여 차려놓고 술잔과 그릇들이 어지러이 흩어져 한창 흥겨운 모양일러라. 젊은 아낙과 나이든 부인네들이 난향을 칭찬하며 말했다.

"어여쁘다! 애황 소저는 짐짓 왕 공자의 짝이로다."

모두가 칭송할 때, 난향이 잔치를 베푼 자리로 나아 가니라. 이에, 잔치자리에 있던 일가친척들이 크게 놀랐고 손님들도 뜻밖의 일에 놀라서 들썩거리더라. 난향이 왕회를 돌아보고 말했다.

"소비(小婢)는 애황 아씨의 시비(侍婢) 난향이라 하나이다. 외람되게
도 아씨의 이름을 빌려 승상을 속였으니, 그 죄는 죽어도 아깝지 않소이
다. 승상은 부귀가 천하에 으뜸이시니 혼인을 하려할진대 중매인을 보내
어 순리대로 인연을 맺어 육례(六禮)를 갖춤이 옳거늘, 삼경(三更)이 지
난 한밤중인데도 도리에 어긋나는 막된 행실로 사대부 댁의 안뜰 내정에
들이닥쳐 늘어서서 남의 집 종을 데려다가 무엇 하려 하시나이까? 우리
아씨는 어젯밤 오경(五更) 깊은 밤에 집을 떠나셨는데 어디에 가 계신지
알지 못하나이다. 결단코 원혼이 되셨으리로다."

그리고는 난향이 통곡하니, 왕 승상이 크게 놀랐지만 난향을 위로
하며 말했다.

"소저의 빙설(氷雪)같이 순결한 몸을 천한 난향에 견주니 소저의 절행
(節行)을 가히 알지라."

그리고는 왕 승상이 장준을 불러 애황 소저가 맞는지 아닌지를 물어
보았다. 장준이 아닌 게 아니라 난향이라 하니, 왕 승상이 크게 노하
여 난향을 죽이려 하자, 좌중의 손님들이 말했다.

"난향은 진실로 충성스러운 계집종이거늘, 죽이려 한다면 한낱 모기
를 보고 칼을 뽑는 격이니 용서하소서."

하여 왕 승상이 장준을 꾸짖고 난향을 다시 돌려 보내니라.

한편, 애황은 집을 떠나 남쪽을 향하여 정처 없이 가다가 여러 날
만에 여남 땅에 이르렀더라. 한 곳에 다다르니, 산천이 수려하였다.
만 길이나 되는 높은 절벽이 하늘로 치솟아 있었고, 산 그림자 짙게

드리운 분위기 엄숙한데 수목이 무성하게 우거져 **빽빽**하고 온갖 꽃들이 만발하였다. 점점 들어가니, 경치가 비할 데 없이 **빼어났고**, 보이는 경치는 느낌이 새로웠다. 꽃가지에 앉은 새는 봄빛을 자랑하고, 노란 벌과 흰 나비 왕나비는 향기를 찾아 이리저리 날더라. 비취새와 공작은 쌍쌍이 날아갔다 날아들고, 수양버들 천만 가지는 동네 어귀에 늘어졌더라. 금의공자(金衣公子)라 불리는 꾀꼬리가 벗을 부르는 소리는 푸른 숲속에서 구슬펐고, 골짜기에서 물이 졸졸 흐르니 거문고 소리를 자아냈다. 점점 들어가니, 사방에는 사람의 자취라곤 찾아볼 수 없고 석양이 이미 서쪽으로 기울자 잠자려는 새가 둥지로 찾아드는데 초목은 바람에 슬피 울고, 해가 져서 어둑어둑해지자 동쪽 고개의 달빛은 금수강산의 길을 비춘다.

점점 밤이 깊어 삼경(三更)이 되자, 더 이상 갈 곳이 어디 있으랴. 애황은 수풀에 의지하여 몸을 숨기고 앉았을 때, 빈산의 달빛이 부서지는 깊은 밤에 두견새 소리가 슬피 울어 애황의 애간장 다 녹이더라. 10리나 되는 긴 강의 푸른 물결 위에 쌍쌍이 이리저리 날아갔다가 날아오는 흰 갈매기들은 짝을 찾는 날갯짓일러라. 슬프다! 서로 짝을 찾으려고 애원하는 울음소리는 애황의 수심을 자아내고, 강촌에 어부가 부는 피리 소리가 들리나니 더욱 애황의 시름이 깊어만 가더라.

이러한 가운데 애황은 기갈(飢渴)이 더욱 심하여 잠깐 앉아 졸더니만, 꿈인지 생시인지 모를 정도로 어렴풋이 잠들었을 때 거친 베옷에 검은 띠를 두르고서 청려장(靑藜杖)을 짚고 유건(儒巾)을 쓴 한 노인이 백발을 흩날리며 산위에서 내려와 말했다.

"애황아! 잠에서 깨라. 저 뫼[山]를 넘어가면 한 집이 있으리라. 그 집은 장애황 네가 공부할 터라. 어서 급히 가면 너의 선생이 거기에 있느니라."

바람이 스산하여 잠을 깨니 너무나 선명한 꿈일러라. 애황은 노인이 가리키던 뫼를 넘어 수십 보(步)를 더 내려가니 초가집 몇 채가 보였다. 애황이 급히 문 앞에 당도하니, 한 노파가 나와 애황의 손을 잡고 반겨주며 방안으로 들어가서 자리를 내어주고 앉으라 하였다. 애황이 일어나 두 번 절하고 물었다.

"부인은 뉘시나이까? 천한 저의 목숨을 구해주시니 감사하옵니다."

그 부인이 미소를 지으며 대답했다.

"나는 본디 정한 곳이 없거니와 근래에는 천태산(天台山)에 계속 머물러 있었더니, 백운암 세존께서 이곳으로 가라 지시하며 이르기를, '오늘밤 오경(五更) 즈음에 장미동 장애황이 그곳에 갈 것이니 어여삐 여겨 구하라.'고 하시는지라, 기다린 지 오래로다."

그리고는 여자아이를 시켜 저녁밥을 차렸거늘, 음식이 정갈하여 먹으니 향기가 뱃속에 가득하더라.

이 노파는 마고선녀(麻姑仙女)인데, 애황을 데리고 도학(道學)을 가르치니 총명하기가 짝할 사람이 없더라. 마고선녀가 애황을 더욱 사랑하여 상전벽해(桑田碧海) 수(繡) 놓기와 온갖 법술(法術)을 가르치며, 천체의 운행[天文]과 지형지세의 변화[地理], 둔갑장신지술(遁甲藏身之術) 등 병서(兵書)를 숙독하게 하니, 애황이 3년 사이에 위로는 천문에 통달하고 아래로는 지리를 꿰뚫고 그 사이로는 세상의 일에 막힘이 없었던 데다 병법(兵法)마저 관중(管仲)과 악의(樂毅)라도 당하지 못할레라. 이처럼 지혜가 활달하여 마음속에 두려워하는 것이 없더라.

이러구러 세월이 흘러 애황의 나이 19세가 되었다. 어느 날 마고선녀가 애황을 불러 말했다.

"이제 네 나이가 장성하였고 또한 좋은 시절이 다가오고 있으니, 산속을 떠나 평생의 소원을 이루어라. 원래 미리 기약했던 방년(芳年)이 가까워지기도 했다. 네 비록 여자이나 과거에 급제해 몸이 귀히 되리니, 대장절월(大將節鉞)을 띠고 황금인수(黃金印綬)를 허리에 비스듬히 차고, 백만 군병을 거느려 사해를 평정하고 이름을 기린각(麒麟閣)에 올려 천년 동안 전하여라."

그리고는 마고선녀가 온데간데없거늘, 애황이 허전하고 황망함을 이기지 못하여 공중을 향하여 무수히 사례한 뒤 그곳을 떠나 시골마을로 내려왔다.

한 곳에 이르러 주인을 찾아 요기(療飢)할 거리를 청하니, 이 집은 서주의 최 어사 댁일러라. 최 어사는 일찍 세상을 떠났고 다만 한 딸을 두었으되, 용모가 비범하였다. 태임(太任)·태사(太姒)의 덕, 아황(娥黃)·여영(女英) 이비(二妃)의 절행(節行), 태사(太姒)의 화순(和順)한 마음, 장강(莊姜)의 자색을 지녔더라. 부인 호씨는 매일 딸아이와 걸맞은 봉황의 짝을 얻어 딸아이의 평생을 맡기고자 하였다. 이때 마침 애황이 산속에서 나올 때 이름을 고쳐 해운이라 하였다. 부인 호씨가 해운을 보고 마음속으로 기뻐하여 사랑채에 앉히고 물었다.

"수재(秀才)는 어디 살고, 성은 무엇이며 이름은 무엇이뇨?"

해운이 대답했다.

"소자는 일찍 부모를 여의고 길거리를 떠돌아다니나이다."

부인 호씨가 말했다.

"마침 우리집에 남자가 없으니, 초당(草堂)에 거처하면서 나를 위로함이 어떠하뇨?"

해운이 대답했다.

"의지할 데 없는 사람을 어여삐 여겨 은혜를 베풀어 주시니 어찌 사양
하리까?"

해운은 그날부터 초당에 거처하였다. 부인 호씨가 만 권이나 되는
서책을 내어주거늘, 해운이 자세히 살펴보니 육도삼략(六韜三略)과 손
무(孫武)·오기(吳起)의 병서가 있는지라, 병서를 자세히 읽으며 세월
을 보내더라.

한편, 대봉은 본디 지혜가 뛰어난 데다 생불(生佛) 같은 스승을 만
났으니, 신통할 술법과 신묘한 재주는 당시에 짝할 자가 없었으며, 힘
은 오자서(伍子胥)를 억누를레라.

각설。 이때는 성화(成化) 19년(1483) 춘삼월 15일일러라. 황제가 교
서(敎書)를 내려 이르렀으니, 그 내용은 이러하다.

「왕으로는 주(周)나라 문왕(文王)보다 훌륭한 이가 없고, 패자(霸者)
로는 제(齊)나라 환공(桓公)보다 훌륭한 이가 없다.'고 하였으니, 천하에
는 현명한 신하가 많으면 많을수록 더욱 좋은 법이니라.」

이렇게 교서를 내리고 장차 과거(科擧)를 보이니, 천하의 선비들이
황성(皇城)으로 모여들더라.

이때 해운이 과거가 거행된다는 소식을 듣고 부인 호씨에게 고하여
말했다.

"황성에서 태평과(太平科)를 실시한다고 하니 한번 나아가 구경이나
하고자 하나이다."

부인 호씨가 이를 허락하시고 종이·붓·묵과 금은, 옥촉(玉燭)을 많이 내어주며 말했다.

"내 신세가 기박하여 남편을 일찍 여의었는데 아들이 없노라. 다만 딸아이 하나를 두었으되, 부덕(婦德)과 자색(姿色)은 변변찮으나 족히 남편을 받들 만하니 공자 뜻이 어떠하뇨?"

공자가 흔연히 허락하니, 부인 호씨가 크게 기뻐하며 쉬이 돌아오기를 당부하더라.

해운이 그날 바로 출발하여 여러 날 만에 기주에 당도하니, 옛일이 생각나 눈물을 금치 못하더라. 장미동에 들어가며 좌우를 살펴보니 옛날 보았던 좌우의 푸른 산이 어제 본 듯 반가웠고, 지난날에 보았던 푸른 대나무와 소나무가 그대로 있어 군자의 절개를 지킨 듯했다. 살던 집에 들어가니 쓸쓸하여 한숨이 절로 나더라. 사방을 살펴보니 왕석연의 변고를 피해 간신히 넘었던 담장이 비바람에 낡아서 반이나 무너졌다.

이때 난향이 홀로 집안을 지키고 있다가, 어떤 공자가 안채로 들어오는 것을 보고 크게 놀라 급히 몸을 피하더라. 그 공자가 곧바로 침실에 들어와서는 난향의 손을 잡고 통곡하며 말했다.

"난향아, 네가 나를 모르느냐?"

난향이 그제야 자세히 보니, 예전에 보았던 얼굴이 어슴푸레 남아있고 목소리가 익숙한데다 화용월태(花容月態)의 고운 자태가 애황 소저 분명하였다. 난향은 애황의 목을 안고 울음소리가 제대로 나오지 않을 정도로 섧게 울며 말했다.

"우리 아씨께서 육신(肉身)이 와 계신가, 영혼이 와 계신가. 바람과 구름에 싸여 오셨는가. 반갑고 반갑도다. 더디고 더디도다. 아씨의 행차 더디도다. 어이 그리 더디던고? 소상(瀟湘)의 반죽(斑竹)이 되어 이비(二妃)를 위로하러 가셨던가. 오랑캐 땅을 지나다가 왕소군(王昭君)을 위로하러 가셨던가. 달 밝은 해하성(垓下城)에 당도하여 우미인(虞美人)을 위로하러 가셨던가. 은하수(恩河水) 건너 오작교(烏鵲橋)에 이르러 견우(牽牛)와 직녀(織女)를 만나셨던가. 진시황(秦始皇)처럼 신선이 되고자 불사약(不死藥)을 구하러 다시셨던가. 천태산(天台山)의 마고선녀(麻姑仙女) 따라 뽕나무 밭이 푸른 바다가 되는 것을 친히 보려 하셨던가. 북해(北海) 바닷가에 유폐되었던 소무(蘇武)를 따라 높은 절개를 본받으려 하셨던가. 수양산(首陽山)에 은거했던 백이(伯夷)와 숙제(叔齊) 따라 고사리를 캐셨던가. 이태백(李太白)처럼 가을밤의 달이 비친 채석강(采石江)에 청풍명월을 실으러 가셨던가. 재상 벼슬을 마다한 엄광(嚴光)처럼 가을에 동강(桐江) 칠리탄(七里灘)에서 양가죽 옷을 걸치고 낚시하셨던가. 진(晉)나라 자객 예양(豫讓)처럼 비수를 들고 다리 아래에 숨으셨던가. 한(漢)나라 삼걸(三傑) 장량(張良)처럼 철퇴를 들고 박랑사(博浪沙)에 돌아다니셨던가. 사신으로 진(秦)나라에 갔던 경리(景鯉)처럼 지형을 살피셨던가. 위수(渭水) 가에 낚시하던 여상(呂尙: 강태공)이 되어 야윈 고기를 먹이 주러 가셨던가. 어이 그리 더디던고? 운명이 기구한 난향이는 푸른 풀이 돋은 왕소군의 무덤만이 홀로 남은 것을 본받았나이다. 옥 같은 얼굴과 구름 같은 머릿결의 우리 아씨께서 아녀자의 몸으로 남자의 옷을 입으셨으니, 천고에 없는 영웅 같은 모습과 엄숙하고 위엄 있는 풍모를 그 뉘라서 알아보리까. 우리 아씨와 작별한 뒤에 밤낮으로 생각이 끊이지 않아 미친 듯 취한 듯 지냈더니, 밝은 하늘이 도우셔서 높고 귀하신 우리 아씨를 오늘 뵙게 하니, 반갑기는 당연하지만 슬프기도 헤아릴 길 없나이다."

둘이 서로 통곡하다가 겨우 정신을 차려 그간에 지냈던 일을 이야기하니, 서로 애틋해서 그저 눈물만 흘리더라. 그리고 애황이 사당에 들어가 통곡하며 재배하고 물러나와 난향을 보고 말했다.

"내가 본래의 여자 모습을 지키며 깊숙한 규방에서 늙을진대, 뉘라서 나의 원통함을 씻어주랴. 마침 지금 과거가 있으니, 시험장에 들어가 천행으로 과거에 급제한다면 평생의 한을 풀 것이라. 그러니 너는 내 자취를 발설하지 말고 집을 지키면서 나를 대신해 조상의 제사를 착실히 받들어 다오."

애황은 이렇게 말한 뒤 난향과 작별하고 이날 장미동을 떠나 황성에 바로 당도하니, 이때는 4월 초8일이더라. 며칠이 지나 과것날이 되자, 황제가 황극전(皇極殿)에 나와 앉고 과거시험장에는 모든 선비들이 앉아 글제를 기다렸다. 악생(樂生)들이 연주한 여민락(與民樂)의 맑고 아름다운 소리에 앵무새가 춤을 출 때, 황제가 자리를 가득 채워 앉은 모든 벼슬아치들 중에서 대제학(大提學)을 불러 어제(御題)를 내렸다. 세 당상관(堂上官)이 어제를 받아 용문(龍文)에 높이 거니, 그 글제에 「성화춘과(成化春科) 택인재(擇人才)」라 하였더라.

이때 해운이 글제를 살핀 후에 그 답을 잠시 생각하다가 옥 같은 손으로 산호 붓을 잡고 한 폭 짜리 화전지(花箋紙)에 일필휘지(一筆揮之) 적어내니, 그 글씨는 용이 나르고 뱀이 뛰어오르는 듯했다. 숨 한번 쉴 정도의 짧은 시간 만에 가장 먼저 글장을 바치니 상시관(上試官)이 글을 보고 황제에게 올렸는데, 글에 점 하나 더할 것이 없을 정도로 좋았으며, 글자마다 비점(批點)을 찍고 글귀마다 관주(貫珠)를 쳤다. 황제가 크게 칭찬하여 말했다.

"짐이 어진 재주를 보려 과거를 열었더니, 과연 어진 인재를 얻었도다."

황제가 이어서 봉내(封內)를 뜯어보니, 「여남 장미동 장해운」이라
하였다. 예부(禮部) 소속 관리가 전각 아래로 내려가 당일 급제자의 이
름을 부르니, 해운이 들어가 계단 아래 엎드리자, 황제가 전상(殿上)
에 오르도록 친히 불러 해운의 손을 잡고 어주(御酒) 석 잔을 권하신
후에 등을 어루만지며 말했다.

"지난날 한림학사(翰林學士) 장화는 짐에게 주춧돌 같은 중요한 신하
였느니라. 이제 경(卿)이 그의 아들이라 하니, 어찌 기쁘지 아니하랴."

그리고는 황제가 즉시 해운에게 한림학사를 제수하니라.

해운이 한림학사가 되어 황제의 은혜에 감사하며 공손하고 경건하
게 절을 올린 뒤 궐문을 나올 때, 머리에는 어사화를 꽂고 몸에는 앵삼
(鶯衫)을 입었으니 푸른 실로 수놓은 비단 도포이고, 허리에는 옥대(玉
帶)를 차고서 금안장을 얹은 준마(駿馬)에 표연히 높이 앉아 장안(長
安)의 큰길을 느릿느릿 나오더라. 이때 비단옷을 입고 꽃을 든 동자가
쌍쌍이 전배(前陪: 앞에서 인도하는 사람)되어 푸른 비단으로 만든 일
산(日傘)을 받든 데다 높은 소리로 길게 부르는 권마성(勸馬聲)이 하늘
높이 퍼져 성동(城東)을 진동하니, 장안의 모든 집에서 동시에 환호성
을 질렀고 구경하는 사람들 모두 뉘라서 칭찬하지 않으랴. 옥 같은 얼
굴에 신선 같은 풍모 또 고운 자태에 위풍이 늠름하였고, 푸른 산 기운
이 어린 두 눈썹 사이에는 온갖 조화가 가득하였으며, 두 눈은 단산(丹
山)의 봉황처럼 빛났으니, 금세의 영웅일러라.

이렇게 3일 유가(遊街: 급제자의 휴가)를 마치고서 해운은 황제에게
하직인사를 한 뒤에 기주의 고향땅으로 돌아와서 사당에 배알하고 산
소에 소분(掃墳: 제사지냄)하며 한편으로는 기뻐하고 한편으로는 슬퍼

하니, 뉘라서 이 사람을 애황 소저라 여기리오. 오직 난향만이 함께 기뻐하기도 하고 슬퍼하기도 하더라. 해운은 사당과 묘소에 하직인사를 마친 뒤 난향을 불러 집안일을 당부하고 여남으로 떠났다.

이때 우승상 왕회가 황제에게 아뢰었다.

"전 한림학사 장화는 아들이 없사온데 여남 장해운이 자기 자신을 장화의 아들이라 일컬어 한림학사가 되었으니, 엎드려 바라건대 폐하께서는 장해운을 국문하시와 임금 속인 죄를 엄중 문책하고 조정의 기강을 바로잡으소서."

황제가 이 말을 듣고서 크게 노하여 말했다.

"아버지와 아들 사이는 딴 사람이 말하기 어렵다고 하였거늘, 경(卿)이 어찌 남의 집 사정을 자세히 알아 장해운을 해치고자 하는가?

이에 왕회가 너무 놀라 흐르는 땀이 등을 적실 지경이더라.

각설. 이때 장 한림이 여남의 최 어사 댁에 이르러 부인 호씨를 만나니, 부인 호씨가 장 한림의 손을 잡고 못내 사랑하며 즐거워하는 정경을 어찌 이루 다 말할 수 있으랴. 이윽고 부인 호씨가 딸아이의 혼사를 이루고자 하더라. 바로 그때 황제가 장 한림을 총애하여 사자를 보내 패초(牌招)로써 불러들이자, 장 한림이 황명을 받들어 급히 입궐할 채비를 하니 부인 호씨가 빨리 돌아와 혼사 이루기를 당부하더라.

장 한림이 급히 황성에 당도하여 황제 앞에 나아가 인사하니, 황제가 말했다.

"경(卿)은 짐에게 주춧돌 같은 중요한 신하이니 짐의 슬하를 떠나지 말고, 짐이 사리에 어두우면 기탄없이 바른말로 간하라."

황제가 이렇게 말하고는 벼슬의 품계를 올려 예부시랑(禮部侍郎) 겸 간의태부(諫議大夫)를 제수하니, 장 한림의 명망이 조정에 진동하더라.

각설。 이때는 성화(成化) 22년(1486) 10월 19일이라. 황제가 어양궁에 나아와 앉고서 모든 벼슬아치들을 모아 잔치를 베풀고 나랏일을 의논하는데, 뜻밖에 해남 절도사 이서태가 장계(狀啓)를 올렸는지라 즉시 뜯어 읽어보니, 그 내용은 이러하다.

「남선우(南單于)가 강성하더니만 역모에 뜻을 두어 철기(鐵騎) 10만 명과 정병(精兵) 80만 명을 징발하고 장수 천여 명을 거느리고는 촉담과 결인태를 선봉으로 삼아 변경을 침범해와 여남 70여 성이 함락되어 백성들이 살해되었고 창고의 곡식이 하나도 남지 않았나이다. 적병들이 이르는 곳마다 백성의 주검이 뫼 같사옵니다. 여남 태수 정모를 죽이고 해남 지경으로 침범해오고 있사오니, 입술이 없으면 곧 이가 시리다는 순망치한(脣亡齒寒) 격이라 이곳이 무너지면 황성이 위태로울까 염려되나이다. 엎드려 바라건대 폐하께서는 군병을 통할하여 적병을 막으옵소서.」

황제가 이서태의 장계를 다 보고나서 크게 놀라 대신들과 적을 막을 계책을 의논하고 있는데, 또 풍성 태수 설만취가 장계를 올렸는지라 즉시 뜯어 읽어보니, 그 내용은 이러하다.

「남선우(南單于)가 여남을 침범해 함몰시키고 해남 지경을 침범해와 남관을 공격하여 함락시켰사옵니다. 이어 관중을 차지하고 군사들에게 음식을 주어 위로하며 쉬게 하였다가 지금 황성으로 진군하고 있사옵니다. 적병이 정병과 철기 100여만 명인지라 나아가는 곳마다 대적할 자가 없사오니, 엎드려 바라건대 폐하께서는 명장을 차출하시어 적병의 힘찬 기세를 꺾으옵소서.」

황제가 설만취의 장계를 다 보고나서는 놀라 얼굴빛이 달라지며 좌우를 돌아보았다. 조정은 대책을 마련하지 못한 채 의논만 분분한 데다 또 장안의 백성들도 갈피를 못 잡으니, 신하와 백성들이 허둥지둥 어찌할 줄 모르더라.

이때 좌승상 유원진과 병부상서 진택열이 조정의 대신들을 부추겨서 함께 아뢰려고 하였으니, 황제가 장해운을 총애하여 아낌을 시기해 여러 신하들과 함께 아뢰었다.

"충신은 나라의 근본이요, 난적(亂賊)은 나라의 근심이라 했나이다. 포악한 도적의 선봉장 촉담과 결인태는 지금 가장 이름난 장수이오니, 이 두 장수를 뉘라서 능히 감당하리까. 예부시랑 장해운은 지략이 남들보다 뛰어나고 문무를 아울러 갖추어 짐짓 적장의 적수인 듯하니, 바라건대 폐하께서는 장해운을 패초(牌招)로써 불러 적병을 격파하고 온 나라의 백성들이 실망하여 탄식하는 일이 없게 하옵소서."

황제가 이 말을 듣고 말했다.

"장해운의 영걸스러운 풍모와 뛰어난 지략이야 짐이 알거니와, 만 리 머나먼 전쟁터에 출전시키자니 그의 나이가 아직 젊은 것이 근심되노라."

바로 그때 장해운이 앞으로 나아가 땅에 엎드려 아뢰었다.

"소신(小臣)이 먼 시골지방의 미천한 신하로 천자의 은혜를 입사와 과거에 급제하여 벼슬이 성대하온데, 나라의 운수가 상서롭지 못해 지극히 애통하나이다. 이때를 당하여 폐하께서 베풀어주신 넓고 큰 은혜의 만분의 일이나마 갚고자 하오니, 엎드려 바라옵건대 폐하께서 군병을 주시면 한번 북을 울려 전쟁터에 나아가 적병을 물리치고 난신적자(亂臣賊子)들을 베어 천하를 평정하고자 하나이다."

황제가 크게 기뻐하여 즉시 장해운을 상장군(上將軍)으로 삼고 대원수(大元帥)를 봉하고는 황금인수(黃金印綬)와 대장절월(大將節鉞)을 주며 말했다.

"군중(軍中)에 만일 태만한 자가 있거든 바로 참수하라."

이리하여 장 원수가 군병을 통할하는데, 정병(精兵) 80만 명을 징발하여 군대의 위엄을 갖추었다. 장 원수는 북두칠성을 새긴 투구에 용무늬의 장수전투복을 입고, 허리에는 황금인수를 비스듬히 차고서 대장절월을 꽂았더라. 오른손에는 천사검(天賜劍)을 잡고 왼손에는 홀(笏)을 들고서 천리준총(千里駿驄)에 비스듬히 타더니, 군사들을 호령하여 황성 밖 10리나 되는 모래밭에 진(陣)을 치게 하더라. 이어 군대를 점검하는데 용과 봉황이 그려진 깃발이 나부끼고 창과 칼들이 저마다 섬광이 번득여 햇빛을 가렸으며, 백모(白旄)와 황월(黃鉞)을 쥐고 지휘하는 소리는 추상같아 100리에 이어지더라. 각 방위를 갖추도록 하니 중앙의 황기(黃旗)를 본진의 깃발로 삼아 남쪽의 주작기(朱雀旗), 북쪽의 현무기(玄武旗), 동쪽의 청룡기(靑龍旗), 서쪽의 백호기(白虎旗)가 서로 응하더라. 여러 장수를 택하여 임무를 정하니 한능을 선봉장(先鋒將)으로 삼고 황신을 좌익장(左翼將)으로 삼고 장판을 우익장(右翼將)으로 삼고 조선을 후군장(後軍將)으로 삼았다. 그리고 호신으로 하여금 남주작을 맡게 하고, 한통으로 하여금 북현무를 맡게 하였다. 한주는 사마장군(司馬將軍)으로, 마맹덕은 표기장군(驃騎將軍)으로, 남주는 군사(軍師)로 삼았다.

장 원수가 탑전(榻前)에 들어가 황제에게 하직인사를 올리니, 황제가 친히 원수를 따라 진문(陣門)에까지 나왔다. 장 원수가 군사(軍師)

장군 남주를 불러 진문을 활짝 열도록 하고는, 황제를 모시어 지휘대에 좌정토록 하고 진법(陣法)을 구경하도록 한 뒤, 장 원수가 황제에게 아뢰었다.

"북두에 있는 일곱 개의 별이 비록 북쪽 하늘 가운데를 운행하오나 그 아래에 28개의 별자리가 있어 사계절의 절기를 바르게 세우나이다. 한 나라의 조정에서 벼슬하는 신하도 또한 이와 같아야 하거늘, 이른바 조정의 대신이란 자들이 수신제가(修身齊家)만 알고 치국평천하(治國平天下)를 아는 신하가 적사오니 애달프나이다. 병부상서 진택열은 그래도 문무를 함께 갖추었고 사람됨이 엄하고 씩씩하오니, 군대가 행진하는데 고생을 무릅쓰고 몸과 마음을 다해 애쓸 만하나이다. 하여 엎드려 바라건대 폐하께서는 소신에게 병부상서 진택열을 맡겨주시옵소서."

황제가 말했다.

"짐이 덕이 없어서 도적이 강성하여 원수를 부득이 만 리 머나먼 전쟁터에 보내게 되었거늘, 어찌 일개 신하를 허락하지 아니하랴."

황제는 즉시 허락하고 환궁하였다. 장 원수가 즉시 사통(私通: 관원 사이의 공문편지)을 만들어 선봉장 한능을 불러서 그에게 주며 진택열로 하여금 자신의 명을 기다리게 하라고 시키더라. 이에 한능이 장 원수의 명을 받들고 부중(府中: 조정)에 가서 사통을 진택열에게 주었다. 병부상서 진택열은 의심이 많은 사람인지라 사통을 뜯어 읽어보니, 그 내용은 이러하다.

「한림학사 겸 예부시랑 대원수 병마상장군 장해운은 병부상서 진택열 휘하(麾下)에 부치노라. 나라의 운수가 불행하여 외적이 난을 일으켜 시절을 요란케 하매, 나라의 한없는 은혜에 보답코자 분에 넘치지만 상장군의 절월(節鉞)과 대원수의 인수(印綬)를 받아 만 리 머나먼 전쟁터로 가게 되었노라. 임금이 의로우면 신하는 충성스러워야 함은 장부가 할 바인지라, 그대를 군량관(軍糧官) 겸 총독장(總督將)으로 정하였으니, 사통을 보는 즉시 대령하라. 만일 태만히 하면 군법으로 다스리겠노라.」

진택열이 사통을 보고 분한 마음이 하늘을 찌를 듯이 솟구쳐 올라 황제에게 들어가 사연을 고하고 사통을 올리면서 분함을 참지 못하니, 황제가 아무런 말없이 한참 있다가 말했다.

"조정의 여러 신하들 가운데 장해운의 위엄을 당할 자가 있느뇨? 알 수 없지만, 그대가 직접 가서 모면해보라."

조정의 여러 신하들이 이 말을 듣고 뉘라서 두려워하지 않으랴.

진택열이 달리 어떻게 할 도리가 없어 가족들과 작별의 인사를 나눈 뒤 즉시 갑옷을 갖추어 입고 한능을 따라 나섰다. 진문(陣門)에 이르러 진택열이 당도하였다고 이름을 알리니, 장 원수가 지휘대에 높이 앉아 표기장군 마맹덕을 불러서 다섯 방위의 깃발을 각 방위에 따라 배치하여 군대의 위엄을 갖추도록 하고서는 후군장 조선에게 명하였다.

"군영의 문을 활짝 열고 진택열을 잡아들여라."

장 원수의 호령이 추상 같으니, 후군장 조선이 명을 받들어 진택열을 잡아들여 장하(杖下)에 무릎 꿇리자, 장 원수가 몹시 노하여 말했다.

"네 지난날 병권을 잡고 교만함이 극심하였거니와, 이제 내가 황상의 명을 받아 대병을 통할하여 군령(軍令)을 세우거늘 네 어찌 이다지도 거만하뇨? 이제야 들어오는 것을 보니 네가 군율을 가소롭게 여기고 나를 능멸하는 것이로다. 너를 베어 군법에 복종케 하는 본보기로 삼으리라."

그리고는 장 원수가 좌우에 있는 여러 장수들에게 호령하였다.

"진택열을 진문 밖으로 끌고나가 베어라. 만일 이 명을 어기는 자가 있으면 마땅히 함께 베리라."

이에 여러 장수들과 많은 군사들이 두려워하지 않을 자가 없더라. 그러자 진택열이 땅에 엎드려 말했다.

"소장(小將)은 나이 오십이 되었나이다. 늙은 몸을 어디다 쓰오리까. 그러하나 엎드려 바라건대 원수께서 용서하와 한 가지 소임이라도 맡겨 주시면 진심으로 감당하겠사오니, 천한 목숨을 살려주소서."

이렇듯 진택열이 애걸하고, 또 여러 장수들이 일시에 애걸하며 말했다.

"엎드려 바라건대 원수께서는 깊이 생각하옵소서. 도적을 아직 대적 하지도 않았사오니 용서하소서."

여러 장수들이 한 사람씩 한 사람씩 나서서 애걸하니, 장 원수가 분 노를 참고 말했다.

"너를 베어 군율을 세울 것이로되, 여러 장수들이 간청하여 용서하거 니와 네가 만일 이후에 또 죄를 범하면 이번 죄와 아울러 용서치 않으리 라. 군령을 이유 없이 거두지 못하나니 곤장 열 대를 치고 내쫓아라."

진택열이 곤장을 맞고 내쫓긴 뒤에 다시 들어와 예를 갖추자, 장 원 수가 그를 군량관(軍糧官)으로 삼더라. 이어 설원으로 총독장(總督將) 을 삼아 대군을 통합하여 행군하게 하였다.

장 원수가 대군을 거느리고 궁내(宮內)로 들어가 황제에게 하직을 고하니, 황제가 몸소 조정의 백관을 거느리고 10리 밖까지 나와 전송하며, 장 원수의 손을 잡고 친히 잔을 들어 술 석 잔을 권하며 말했다.

"만 리 머나먼 전쟁터에 가서 큰 공을 세우고 무사히 돌아와 짐의 근심을 덜게 하라."

황제가 못내 서운해 하며 장 원수와 작별하고 군대의 위용을 살펴보니, 진세(陣勢)가 웅장하였고 장수와 군사들이 출입과 진퇴를 하는 법이 옛날 한(漢)나라의 한신(韓信)도 당하지 못할레라.

용과 봉황이 그려진 깃발이 나부끼는 가운데 늘어선 긴 창과 칼들의 섬광이 비치어 해와 달을 가리고, 징소리 북소리 함성에 천지가 진동하였으며, 목탁과 나팔 소리에 강산이 서로 응하더라. 대원수는 갑옷을 갖추어 입고서 오른손에 7척 천사검(天賜劍)을 쥐고 왼손에 홀(笏)을 들고는 천리준총(千里駿驄)에 표연히 앉아 여러 장수들을 호령해 행군을 재촉하였다. 여러 날 만에 양무에 당도해서 군사들에게 음식을 주어 위로하며 쉬게 하였다가 다시 행군하여 능무를 지나 해하(垓下)에 들어서야 군사를 쉬게 하였다. 그 다음 날에 다시 행군하여 하남 지경에 이르러 적의 형세를 탐문하여 알아오게 하니, 정탐꾼이 보고했다.

"적병이 하남을 휩쓸고는 여남관을 차지하고 있다가 성주로 갔나이다."

이에 장 대원수는 여러 장수들을 불러 군사를 재촉하였다.

"성주로 행군하되, 잠시도 늦추지 말고 3일 내로 도달하라."

여러 장수들이 대원수의 명을 듣고 잠시도 늦추지 않고 밤낮으로 행군하여 3일 만에 성주에 도착해 적의 형세를 탐문하더라.

이때 남선우는 성안에 머무르며 군사를 쉬게 하고 장 원수의 군대를 기다리다가 장 원수의 군대가 지경에 이르자, 격서(檄書)를 명나라 진영에 보내어 서로 맞붙어 싸우자고 재촉하였다. 장 원수가 격서를 보고 선봉장 한능을 불러 외치라면서 일렀다.

"반적(叛賊)은 들어라! 너희들이 천자의 위엄을 거슬러 감히 천자의 명령에 항거하고자 하니 그 죄는 죽어도 아깝지 않을 것이로다. 오늘은 해가 이미 서산에 저물었으니 내일 너희를 격파하리라."

그리고 장 원수가 백사장에 영채(營寨: 임시 주둔지)를 세우고, 총독장 설원을 불러 말했다.

"이경(二更)에 밥을 지어 삼경(三更) 초에 군사들에게 밥을 먹이고, 사경(四更) 초에 나의 명령을 기다리라."

이때 남선우가 명나라의 진영을 살펴보더니, 여러 장수들을 불러모아 군대를 정돈하게 한 뒤 성문을 굳게 닫고 밤을 지내더라.

한편, 장 원수는 지휘대에 들어가 성주의 지도를 살핀 후에 사경(四更)이 되자, 친히 지휘대에서 내려와 여러 장수들을 불러 모아 군대를 단속하더니, 선봉장 한능을 불러 말했다.

"너는 갑군(甲軍) 5천을 거느리고 북쪽으로 10리를 가 금산의 작은 길에 매복하였다가 적병이 그리로 가거든 이리이리하라!"

또 좌익장 황신을 불러 말했다.

"너는 철기(鐵騎) 5천을 거느리고 북쪽의 10리 큰길을 막아 이리이리하라!"

또 우익장 장판을 불러 말했다.

"너는 궁노수(弓弩手) 5천을 거느리고, 동문 10리에 산이 있으니 그 산 골짜기에 매복하였다가 도적이 몰리거든 일제히 활과 쇠뇌를 쏘라!"

또 사마장군 한주를 불러 말했다.

"너는 정병(精兵) 5천을 거느리고 동문 왼쪽에 매복하였다가 이리이리 하라!"

또 표기장군 마맹덕을 불러 말했다.

"너는 복로군(伏路軍) 5천을 거느리고 서문 남쪽에 매복하였다가 북소리가 나거든 즉시 서문을 취하라!"

또 총독장 설원을 불러 말했다.

"너는 정병(精兵) 5천을 거느리고 서문 북쪽에 매복하였다가 마맹덕을 지원하여 싸우라!"

후군장 조선을 불러 말했다.

"너는 본진을 지켜라!"

이어서 말했다.

"다 각기 분발하고, 남은 장수는 나의 명을 기다려라!"

날이 채 밝기도 전에 군사들에게 아침밥을 먹였다. 날이 밝아오자,

장 원수는 갑옷에 투구를 쓰고서 오른손에 천사검(天賜劍)을 쥐고 왼손에 철퇴를 들고는 몸을 날려 말에 올라타고 진문(陣門)을 활짝 열어 진영 앞에 나서며, 좌우를 호령하여 남주작(南朱雀)과 북현무(北玄武)의 군사들로 하여금 서로 응하게 한 뒤, 긴 뱀의 형상을 한 일자진(一字陣)을 펼쳐 머리와 꼬리가 서로 합치게 하고, 목청을 높여 큰소리로 말했다.

"반적(叛賊) 오랑캐들아! 천시(天時)를 거슬러 시절을 요란케 하니, 천자께서 크게 노하시어 나로 하여금 반적을 소멸하고 사해(四海)를 평정하라 하셨는지라, 내 천자의 명을 받아 왔거니와 내 칼이 전쟁터에는 처음일러라. 너희들의 머리를 베어 너희들이 흘리는 피로 내 칼을 씻으리라."

호통을 천둥같이 이처럼 지르니, 강산이 무너지듯 천지가 진동하더라. 그러자 남선우가 선봉장 촉담을 불러 대적하라 하니, 촉담이 갑옷을 갖추어 입고서 성문을 열고 나와 장 원수의 말에 응하였다. 장 원수가 말을 채찍질하여 달려 적의 선봉장 촉담과 더불어 서로 맞서 싸우는데, 두 장수의 고함소리가 천지를 진동시키고 말굽 소리가 어지러우나 서로의 승부를 모를레라.

이때 후군장 조선이 지휘대에 들어가 북을 치니, 별안간 서문의 좌우에서 북을 치고 나팔을 불며 함께 와와 외치는 소리가 크게 일어나면서 두 장수가 서문을 부수고 1만 군을 몰아 남선우의 군사를 습격하여 죽였다. 장 원수도 남주작과 북현무의 군사를 몰아 남선우의 군사를 습격하여 죽이려 하니, 남선우가 선봉장 촉담과 결인태 등 여러 장수들을 불러 모아 죽기를 무릅쓰고 막았다. 선봉장 촉담은 당시의 명장인지라, 장 원수가 그를 맞아 10여 합 싸웠지만 승부를 결정짓지 못하더라. 장 원수가 좌우를 호령하여 동쪽으로 충돌하고 서쪽으로 부딪치는 등 이리저리 닥치는 대로 공격하게 하니, 남주작의 호신이 3만 군병을 몰아 장 원수의 왼쪽에서 응하여 공격하고, 북현무의 한통은 3만 정병을 몰아 장 원수의 오른쪽에서 응하여 공격하였다. 적의 선봉장 촉담이 제 아무리 명장인들 장 원수의 용맹을 당할쏘냐.

이때 남선우가 서쪽을 바라보니 함성이 크게 일어나면서 두 장수가 짓쳐들어오고 있는데, 이는 표기대장 마맹덕과 총독장 설원일러라. 남선우가 몇몇 장수를 거느리고 두 장수를 막은들 제 어이 당하랴. 남쪽에서는 대원수가 날래고 용맹스런 장수를 좌우에 거느려 몰아치고 서쪽에서는 두 장수가 몰아치니, 군사의 주검이 뫼 같고 피가 흘러 내를 이루더라. 남선우의 군대 형세가 점점 위태해졌다.

장 원수가 승세를 타고는 동쪽으로 가는 듯이 하다가 서쪽의 장수를 베고 남쪽으로 가는 듯이 하다가 북쪽의 장수를 베며, 서쪽에서 번쩍하다가 동쪽의 장수를 치고 북쪽에서 번쩍하다가 남쪽의 장수를 짓치더라. 이처럼 장 원수는 좌우충돌하면서 중앙의 장수마저 베어 들고 적의 선봉장 촉담의 앞으로 짓쳐 달려들며, '울지 못하는 닭 같고, 짖지 못하는 개 같은 오랑캐야! 빨리 나와 항복하라.'는 호통치는 소리가 우레와 벼락처럼 천지를 진동하였다. 이렇듯이 이리저리 제멋대로 부딪치는데, 사람은 천신(天神) 같고 달리는 말은 비룡(飛龍) 같으니 뉘라서 능히 대적하랴.

적의 선봉장 결인태가 장 원수를 대적하니, 장 원수가 반 합(半合)도 채 되지 않아 크게 호통을 한번 치고서 결인태의 목을 베었다. 총독장 설원과 표기장군 마맹덕이 합세하니 승기를 잡고 기세가 더욱 등등하더라. 남주작 호신, 북현무 한통, 총독장 설원, 표기장군 마맹덕 등 네 장수의 고함소리가 강산에 메아리치고, 장 원수의 엄숙한 위세와 풍모는 남산(南山)의 사나운 호랑이를 몽둥이로 치는 듯하더라. 적의 선봉장 촉담은 장 원수의 앞을 막고 대적한들, 제 어이 맞아 싸우랴. 남선우의 80만 대군이 대오를 갖추지 못하더라.

남선우가 지휘대에 들어가 북을 울리고 깃발을 휘둘러 군사들로 하여금 장 원수를 에워싸게 하였다. 이에 장 원수가 네 장수에게 적의 선봉장 촉담의 좌우를 치라고 호령하니, 제 어찌 능히 네 장수를 능히 당해내랴. 그때 장 원수는 남선우의 후군으로 한 필의 말을 타고 달려 들어 한 자루의 칼을 들고서 군사를 무찌르며 마음대로 휘저었다. 가련하구나, 남선우의 장졸들이여. 장 원수가 일곱 자 천사검(天賜劍)을 휘둘러 그 섬광이 햇빛을 가리며 번뜩이자 오랑캐 적들이 팔공산의 초목이 구시월 만난 듯이 스러졌고, 가을바람에 흩어져 떨어지는 나뭇잎이 불을 만난 듯이 죽었다. 적들의 주검이 뫼를 이루고 그 피가 흘러 내를 이루니, 장 원수가 입은 전투복도 피가 묻어 색이 변하였고 비룡 같이 내닫던 준총마 말굽에도 피가 어리어 모란처럼 붉게 물들었다.

이렇듯 적의 후군을 다 무찌르고 장 원수가 적의 중군으로 달려가 니, 적의 선봉장 촉담이 네 장수를 맞아 싸우다가 장 원수가 중군으로 달려가는 것을 보고는 네 장수를 버려두고 중군으로 들어가 장 원수와 자웅을 겨루고자 하였다. 촉담이 철궁(鐵弓)에 쇠뇌화살을 걸어 장 원수의 흉중을 향해 쏘았지만, 장 원수가 날아오는 화살을 철퇴로 막으면서 봉(鳳) 같은 눈을 부릅뜨고 꾸짖어 말했다.

"개 같은 적장 놈아, 빨리 나와 항복하라! 네가 만일 더디게 항복할진 대 사정없는 나의 칼이 네 목에 빛나리라."

한편, 남선우는 선봉장 결인태가 죽는 것을 보고 자신이 장 원수를 당해내지 못할 줄 알고 도망하고자 하였다. 그러나 서남쪽에는 네 장수가 막고 있고, 중군에서는 장 원수가 마음대로 휘젓고 있어 도망갈 곳이 없었다. 마침 동북쪽이 비었는지라, 남선우가 선봉군을 수습하여 북문을 열고 달아나며, 걸륜과 촉마로 하여금 뒤를 막으라고 하였다. 또한 적의 선봉장 촉담도 장 원수를 맞아 싸우지만 이기지 못할 줄 알고서 장졸들을 거느려 동문을 열고 달아났다.

이때 장 원수가 서로 맞이하여 싸운 지 80여 합(合)에도 남선우와 그 선봉장 촉담을 잡지 못하니, 표기장군 마맹덕·총독장 설원·북현무 한통 등 세 장수에게 남선우를 쫓아가 엄살하라고 한 뒤, 자신은 군사 남주를 데리고 바로 적의 선봉장 촉담을 뒤쫓았다. 촉담이 달아나다 힘이 다하여 한 곳에 다다르니, 문득 한 무리의 군마가 달려들거늘 바로 사마장군 한주이더라. 한주가 쌍봉(雙鳳)투구에 녹운갑(綠雲甲)을 입고서 왼손에는 방패를 들고 오른손에는 긴 창을 들고 내달아오면서 크게 꾸짖어 말했다.

"무지한 도적은 어디로 가려 하느냐? 목숨을 아끼면 말에서 내려 항복하라!"

그러자 적의 선봉장 촉담이 크게 화가 나서 사마장군 한주와 맞붙어 싸우는데, 몇 합이 채 되지 않아 한주가 거짓으로 패한 척하고 달아나더라. 촉담이 한주를 쫓아가는 도중에 문득 산비탈에서 우레 같은 북소리와 함성이 천지를 진동하더니, 한 장수가 나오거늘 바로 우익장 장판이더라. 장판이 봉천투구에 백운갑(白雲甲)을 입고서 왼손에는 홀(笏)을 들고 오른손에는 장팔사모(丈八蛇矛)라는 창을 들고 말 위에 높이 앉아 궁노수(弓弩手)를 재촉해 활에 화살을 걸어 일제히 쏘게 하니

라. 화살이 비 오는 듯해 적의 선봉장 촉담이 놀라서 허둥지둥하던 차, 사마장군 한주의 군대가 다시 합세하여 두 장수가 적의 선봉장 촉담의 앞을 막아서며 항복하라고 재촉하였다. 이때 뒤에서도 함성이 크게 울리자 촉담이 나아가지도 물러서지도 못하는 궁지에 빠진 가운데, 한 장수가 오거늘 바로 장 원수이더라. 장 원수가 큰 소리로 말했다.

"적장은 달아나지 말고 말에서 내려 항복하고 죽기를 면하라."

이렇게 말하며 장 원수가 거센 비바람처럼 달려오는데, 적의 선봉장 촉담이 그 가운데에 놓여 있으니 제 아무리 이름난 장수인들 견딜쏘냐. 촉담은 군사들이 부러지고 다쳐서 장 원수를 피했으나 사방에서 화살과 돌멩이가 어지러이 날아들어 갈 곳을 모르더라. 이럴 즈음 천둥 같은 소리가 들리며 장 원수의 7척 천사검(天賜劍)이 번듯 하자, 적의 선봉장 촉담의 머리가 그 칼날의 섬광을 따라 떨어졌다. 장 원수가 촉담의 머리를 칼끝에 꿰어 들고 적군들에게 호령하니, 적군들이 일시에 항복하더라. 적장 10여 명과 군사 1,000여 명을 사로잡고 적의 군기(軍旗)를 빼앗아 본진에 돌아오니, 후군장 조선이 진문(陣門)을 활짝 열고 나와 장 원수를 맞이하여 지휘대로 함께 들어가 축하 인사하자, 장 원수가 말했다.

"이는 다 황상의 은덕이라."

한편, 남선우가 북문으로 도망쳐서 한 곳에 이르러 군사들을 점호하는데, 문득 북을 치고 소라나팔을 부는 소리가 나며 한 장수가 황금투구에 푸른 도포를 구름처럼 드리운 갑옷을 입고서 5천의 갑군(甲軍)을 이끌고 와 습격하거늘 바로 선봉장 한능일러니, 검을 높이 들고 큰

소리로 말했다.

"네 어디로 갈 수 있을 것 같으냐. 빨리 나와 항복하라!"

이처럼 천둥소리 같은 호령이 있자마자 또 문득 북쪽에서 함성이 천지를 진동하는데 용봉투구에 흑운갑(黑雲甲)을 입고서 오른손에는 천강검을 들고 왼손에는 철퇴를 쥐고 5천의 철기(鐵騎)를 몰아 성화같이 달려오거늘, 또 문득 뒤에서 북소리 나팔소리 함성이 진동하였다. 이에 남선우가 바라보니 세 장수가 대군을 거느리고 물밀 듯이 달려오더라. 남선우가 겁에 질려 두려워서 어찌할 줄 모르더니 촉마와 걸륜 등 10여 명으로 하여금 뒤를 막게 하고 자신은 한 무리의 군사를 거느리고서 동쪽으로 달아났다. 이때 다섯 장수가 합세하여 남선우의 후군을 짓이겨 함몰시키고, 군량과 기계를 다 취하고 장수 7명과 군졸 천여 명을 사로잡아 하나하나 빠짐없이 모두 결박하였다. 다섯 장수가 군사를 재촉하여 본진으로 들어와 장 원수의 휘하에 받치니, 장 원수가 크게 기뻐하며 지휘대 아래로 내려가 여러 장수들을 위로하고 선봉장을 불러 장졸들을 점호하게 하니 한 명도 상한 자가 없었다. 모든 군사들이 원수의 덕을 기리더라.

장 원수가 후군장 조선을 불러 깃발을 각 방위에 따라 배치하여 군대의 위엄을 갖추도록 하고서는 원수의 지휘대에 높이 앉아 말했다.

"적장 수십 명을 잡아내어라."

좌우의 여러 장수들이 장 원수의 명을 듣고 적장을 끌고나왔다. 장원수가 크게 노하여 말했다.

"너희 왕이 외람되게도 강포함만을 믿고 천자의 위엄을 범하였으니,

너희 왕은 이제 곧 잡으려니와 너희들도 다 죽여야 하리로다. 그러나 사람의 목숨이 귀함을 생각하여 특별히 놓아주노라."

이렇게 말하고는 곧장 30대씩 사납게 때린 뒤 놓아서 보내주며 말했다.

"다시는 분수에 넘치는 마음을 먹지 말고 집에 돌아가 농사짓는데 힘쓰라."

또 군사를 일제히 끌어내어 좋은 말로 사리를 알아듣도록 잘 타이르고 풀어주었다. 그러자 적진의 장수들과 군졸들이 장 원수의 덕을 기리면서 하늘을 우러러 부르짖고 땅을 치며 서로 좋아하고는, 만세를 부르고 가면서 말했다.

"천천세(千千歲) 만만세(萬萬歲), 원수의 이름이 세상에 널리 퍼지옵소서."

이때 장 원수가 성안에 들어가 큰 잔치를 베풀어 많은 군사들을 위로하고 백성을 진무하니, 백성들도 배불리 마시고 즐기며 만세를 불렀고 군사들도 배불리 마시고 즐기며 장 원수의 공을 기리더라.

7일 지난 뒤에야 장 원수가 군사들과 행군하니, 그 위용 장관일세. 승전의 북소리와 행군의 북소리가 산천을 들썩이네. 용과 봉황이 그려진 깃발이 나부끼는데 창칼이며 백모(白旄)와 황월(黃鉞)이 찬 서리같이 번뜩였고, 그 가운데서 10길이나 되는 붉은 깃털이 달린 사명기(司命旗)가 펄럭이더라. 출중한 명장(名將)들이 행군하니, 갑옷이 선명하여 햇빛을 가리고 행군을 재촉하는 나팔소리 징소리 북소리가 충심을 돋우더라. 대원수 병마상장군 장해운은 천리마 위에 비스듬히 앉았으

니, 용맹한 기상과 영걸스러운 풍모와 높은 재주는 온 세상에 그 위엄
을 떨쳤는데, 남선우를 잡으려고 그 뒤를 따르더라.

이때 남선우는 목숨을 걸고 도망하여 남해에 이르러 패잔병을 점고
하니, 화살과 돌멩이에 다친 장졸 3만 명에 불과하더라. 남선우의 백
만 대군이 명나라 군대에게 거의 다 죽었고, 명장(名將) 100여 명과 수
족 같았던 촉담과 결인태도 죽었으니, 남선우는 제 어찌 분하지 아니
하랴. 이에 남선우가 이를 갈고 본국으로 돌아가며 다짐했다.

'다시 군대를 일으켜서 천하의 이름난 장수를 얻어 명나라 군대를 격
파하고, 상장군 장해운을 사로잡아 간을 내고 남은 고기는 포(脯)를 떠
죽은 장졸을 위로하는 수륙재(水陸齋)를 지내리라.'

그럴 즈음 장 원수가 대군을 거느리고 남해에 이르러서 적의 형세를
탐문하니 남선우가 이미 본국으로 돌아갔더라. 이에, 장 원수가 여러
장수들을 불러 모아놓고 의논하였다.

"이제 남선우가 본국으로 돌아갔지만, 항복시키지 않고 그냥 우리의
군대를 돌리면 나중에 반드시 후환이 있으리로다."

여러 장수들이 한 입에서 나온 것처럼 모두 그렇다고 하니, 장 원수
는 생각했다.

'배를 준비하여 교지국(交趾國)에 들어가서 남선우를 사로잡아 남적을
항복시키고, 또 남만(南蠻)의 다섯 나라도 함께 정벌하여 천자의 위엄을
떨쳐 다시는 반역할 마음이 없게 하리라.'

이러한 뜻을 황제에게도 장계(狀啓)를 올리고 나서, 장 원수는 남해
에 머무르며 배를 준비하더라.

각설。 황제가 장 원수를 만 리 머나먼 전쟁터로 보낸 뒤에 소식을 몰라 잠도 제대로 자지 못하고 음식도 제대로 먹지 못하던 차에 장 원수가 장계를 올렸는지라 즉시 뜯어 읽어보니, 그 내용은 이러하다.

「대원수 겸 상장군 도총독 장해운, 신(臣)은 머리가 땅에 닿도록 거듭 절하옵고 글월을 올리나이다. 남선우를 공격하여 적군을 격파하였사옵니다. 촉담과 결인태를 베고 또 장수 100여 명을 벤 뒤에 남선우를 죽이려했더니 도망하여 제 나라로 돌아갔사옵니다. 그 뒤를 따라가 남선우를 사로잡고 남만(南蠻)의 다섯 나라도 함께 정벌하여 천자의 위엄을 떨쳐 감히 반란을 일으키지 못하게 한 뒤에 차차 회군하리니, 엎드려 바라건대 폐하께서는 근심치 마옵소서.」

황제가 크게 칭찬하기를 마지아니하고 장 원수가 속히 돌아오기를 기다리더라.

각설。 이때 북흉노가 강성하여 역모(逆謀)에 뜻을 두고는 중원(中原)을 빼앗고자 자주 엿보았는데, 때마침 남선우가 군대를 일으켜 중원에 침범하였다는 소식을 들었다. 북흉노왕이 크게 기뻐하여 말했다.

"때가 되었구나, 때가 되었도다. 급히 공격하여 때를 잃지 않으리라."

이렇게 말하고는 이름난 장수를 뽑아 선봉장으로 삼고, 장수 천여 명과 군사 130만 명을 징발하여 행군하려 할 때, 북흉노왕이 의기양양하게 말했다.

"내 한번 북을 울리며 진군하여 유약한 명나라 황제를 항복시키고, 또 세력이 쇠하고 힘이 약해진 남선우를 사로잡아서 나의 땅을 넓히리로다."

북흉노왕 저가 친히 중군(中軍)이 되어 밤낮으로 행군하니, 그 행군의 위용이 웅장하여 한마디로 다 말하기 어렵더라. 깃발과 창칼이 가을 서리처럼 엄숙하였고, 징소리 북소리 함성은 천지를 뒤흔들었으며, 장수의 갑옷은 빛나 햇빛을 가리었으니, 뉘라서 능히 당하랴. 가는 곳마다 대적할 자가 없어 여러 날 만에 중원 지경에 이르러 군대를 총동원해 공격하니, 닿는 곳마다 주검이 산을 이루어 항복하지 아니하는 자가 없더라. 연경(燕京) 60여 주를 항복받고 또 정남 70여 성을 항복받아 기세가 등등해 백성들을 노략하니, 창고에 쌓아둔 곡식도 죄다 털려 버리고 쌓아놓은 땔감도 헛되이 죄다 없어지더라. 정남관에 이르러 그곳을 차지하고 군사들에게 음식을 주어 위로하면서 장졸들을 쉬게 하니라.

이때 황제가 장해운의 장계를 보고 근심을 덜었는데, 뜻밖에 정남 절도사가 장계(狀啓)를 올렸는지라 뜯어 읽어보니, 그 내용은 이러하다.

「북흉노가 강성하여 정병(精兵)과 철기(鐵騎) 130만을 징발하여 우리의 지경을 침범해와 연경(燕京) 60여 주를 빼앗고 정남 70여 성을 항복받아 정남관에 이르러 그곳을 차지하였사오나, 그 세력이 웅장하여 능히 감당하지 못해 갈팡질팡 어쩔 줄 몰라 급히 장계하오니, 엎드려 바라건대 폐하께서는 도성의 군사[京國兵]를 징발하여 도적을 막으소서.」

황제가 다 보고 나서 크게 놀라 얼굴빛이 변하더니, 즉시 공부상서(工部尚書) 곽태효를 불러 원수를 삼고 군병 30만을 징발하여 북쪽으로 행군하게 하니라.

이때 북흉노는 가는 곳마다 대적할 자가 없었는데, 목탁과 묵특을 좌우의 선봉장으로 삼고 통달을 후군장으로 삼아 하북(河北)으로 행군하여 30여 성을 공격해 얻으니, 뉘라서 능히 대적하랴.

각설。이때는 기유년(1489) 10월 보름이었다. 나랏일이 뒤숭숭하여 크게 염려스러우니 조정도 두려워 떨고 백성들도 동요하였다. 이로 말미암아 황제가 나랏일을 의논하는데 문득 하북 절도사 이동식이 장계(狀啓)를 올렸는지라 뜯어서 읽어보니, 그 내용은 이러하다.

「북흉노가 130만 대군을 징발하여 우리의 지경을 침범해와 연경(燕京) 60여 주와 정남 70여 성을 항복받고 또 하북(河北)을 침범하여 30여 성을 빼앗았으니, 그 기세는 감당할 수가 없고 우리 힘으로는 미칠 수가 없사옵니다. 오래지 않아 황성 지경을 침범할 것이오니 급히 적을 막으옵소서.」

황제가 다 보고 나서 크게 놀라자 조정도 어쩔 줄 몰라 뒤숭숭하였다. 이에 황제가 황성을 지키던 장수와 유진장(留鎭將)을 모으고 각 도에 공문을 보내어 군(軍)에 관한 일을 통할하더라.

한편, 원수 곽태효가 상군에 당도하여 군사를 쉬게 하고 있는데, 때마침 북흉노가 군대를 거느려 상군에 당도하니라. 원수 곽태효가 북흉노에게 격서(檄書)를 보내자, 북흉노가 후군장 통달에게 나가 싸우라고 명하였다. 후군장 통달이 한번 북을 쳐서 원수 곽태효를 사로잡고 성안으로 들어가 맞부딪치니, 명나라 진영의 장졸이 일시에 항복하더라. 북흉노가 상군을 얻고, 다음날에는 건주를 공격하여 얻고, 또 그 다음날에는 황주를 쳐들어가니 하북 절도사 이동식이 군을 거느리고 나와 대적하였으나 당해내지 못해 패주하여 하북을 얻고 또 옥문관을 취하여 쉬고는 바로 동정북문을 깨뜨려 기주로 들어가 스스로 '천자(天子)'라 일컬으며 노략질하니, 백성들이 난을 만나 사방으로 흩어지더라.

이때 이 시랑의 부인 양씨도 백성들과 함께 도망하다가 한 곳에 다다랐고, 마침 장미동 장 한림 댁의 시비 난향을 만나 서로 의지하며 달아나 여러 날 만에 천축 땅에 이르렀다. 길가에서 한 여승을 만났는데, 그 여승이 부인과 난향을 인도하여 가니 부인과 난향이 여승에게 사례하며 말했다.

"난세를 당하여 가족을 잃고 갈 바를 몰라 죽게 된 사람의 목숨을 구제 해주신 은덕을 어찌 갚아야 하리오."

이렇게 무수히 사례하고 여승을 따라 봉명암에 들어가 머리를 깎고 승려가 되었는데, 부인과 난향은 스승과 상좌(上佐)가 되었으니 부인의 승명(僧名)은 '망자'라 하고 난향의 승명은 '애원'이라 하였다. 망자는 이 시랑과 대봉을 생각하고 애원은 애황을 생각하여 밤낮으로 부처님 앞에 축원하고 눈물로 세월을 보내더라.

각설. 이때 대봉이 금화산 백운암에 있으면서 노승과 함께 갖가지의 술법과 육도삼략(六韜三略)이며 천문도(天文圖)를 익혀 통달하였고 신묘한 병서에 몰두하였으니, 지모(智謀)와 장략(將略)이 당대에 짝할 자가 없었다. 이처럼 뛰어난 재주와 원대한 지략을 지닌 대봉이 산중에서 세월을 보내고 있었는데, 어느 날에 화산도사가 대봉에게 말했다.

"공자(公子)는 급히 세상에 나아가라! 원래 미리 기약했던 방년(芳年)이 가까우니 급히 나가야 하려니와 간밤에 하늘의 기운을 살피는데 여러 별들의 방위가 두서(頭序)를 정하지 못하고 북방의 호성(胡星)이 중원(中原)을 범하였으니, 시절이 크게 어지러울 것이리라. 급히 세상에 나가되 중원에 빨리 가서 황상을 도와 대공을 이루고, 그로 인하여 부모도 만나보고 인연도 찾아 가약(佳約)을 이루어라. 그러면 그대의 마음속에 맺힌 한을 풀 수 있을 것이니, 지체하지 말고 가라! 서로 헤어지기가 애틋하지만, 장부가 좋은 때를 미루리오."

화산도사가 재촉하니, 대봉이 물었다.

"황성이 얼마나 되나이까?"

화산도사가 말했다.

"여기서 중원은 1만 8천6백 리이고 농서는 1천7백 리이니라. 우선 농서로 급히 가면, 절로 중원에 갈 방법이 있으리로다."

또 화산도사가 바랑에 여러 가지 과일들을 넣어주며 말했다.

"가는 길에 몸이 피곤하거든 요기하여라."

그러면서 화산도사는 대봉의 손을 잡고서 못내 슬퍼하며 훗날 서로 다시 만날 기약을 당부하고 애틋하게 이별하였다. 대봉이 행장을 꾸려서 떠나니, 서로 나누는 석별의 정은 비할 데가 없더라. 대봉이 이날 절을 떠나 농서를 향하여 초원을 걷고 들에서 자며 밤낮을 가리지 않고 이틀 길을 하루에 걸었다.

각설. 이때 북흉노가 대병을 몰아 황성으로 마구 쳐들어가는데, 징소리 북소리 함성이 천지를 진동하고 깃발과 칼날은 그 빛이 해와 달을 가리는 중에 큰 소리로 외치며 말했다.

"명나라 황제는 빨리 나와 옥새를 바치고 천한 목숨을 보존할 것이지, 불쌍한 인생을 부질없이 상하게 하지 말라. 네가 만일 옥새 바치는 것이 더딜진대 죽기를 면치 못하리라."

북흉노가 기세를 떨치며 물밀듯 들어오니 감히 맞서 싸울 자가 없었다. 황제가 갈팡질팡 몹시 급박하여 도성을 지키고 있던 장수들을 징발해 막으라고 했으나 반 합(半合)도 채 되지 않아 패하고 말았다. 또 병부시랑(兵部侍郞) 진여에게 명하여 막으라고 했으나 역시 호랑이 앞에서 달아나는 토끼일 뿐이라. 조정에 있는 신하들이 제 처자식들을 보호하는 데만 힘을 쓰고 충신은 아주 전혀 없었으니, 소인만 가까이하던 조정이 뉘라서 사직을 받들 수 있었으랴.

황성의 형국이 이렇듯 다급해지자, 황제가 약간의 군사를 거느리고 남성으로 도망하여 금릉으로 달아났다. 그랬더니 이날 북흉노가 황성 안으로 들어가 종묘사직에 불을 놓고서 북흉노왕이 전상(殿上)에 높이 앉아 추상 같이 호령하니, 후군장 통달이 군사를 몰아 황제의 뒤를 쫓아 금릉으로 가더라. 슬프다! 억만년토록 세상을 다스릴 대명(大明)의 사직을 하루아침에 개돼지 같은 북흉노에게 잃었으니 어찌 분하지 않을쏘냐. 그렇지만 뉘라서 강포한 적을 소멸시키고 중원의 사직을 회복하랴.

이때 황제가 금릉으로 피했는데, 북흉노의 군대가 황제의 뒤를 쫓아 따라와 약간 남은 군사마저 습격하여 죽이니 뉘라서 능히 막으랴. 백성들을 마구 죽이며 황제를 찾아 제멋대로 다니니, 사방에 보이는 것이라곤 모두다 오랑캐일러라. 이날 황제가 한밤중인 삼경(三更)에 도망하여 양성으로 갔는데, 따르는 자가 불과 100명이더라. 한심하다! 대명 황제가 가엾이 되었으니, 밝은 하늘도 무심하고 강산의 신령도 아무 쓸모없도다.

황제가 겨우 양성에 들어가 밤을 지내는 동안, 양성 태수 장원이 군사 3천 명을 거느리고 황제를 곁에서 지켰다. 이에, 황제가 크게 기뻐하여 양성 태수 장원을 선봉장으로 삼고 자신은 친히 중군(中軍)이 되

고자 하였는데, 이날 밤이 채 새지도 않아서 문득 군마 소리가 요란한
지라 오랑캐가 왔는가 하여 크게 놀라며 살펴보니, 하남 절도사 황연
이 정병(精兵) 3만을 거느리고 성 밖에 왔더라. 황제가 크게 기뻐하여
황연을 중군장으로 삼았다. 그리고 적의 형세를 탐문하니, 정탐병이
보고했다.

"오랑캐가 양성 지경으로 오더이다."

온 군사들이 크게 놀라 황제를 모시고서 양성을 버리고 능주로 향하
더라. 능주성 아래에 이르니, 능주 자사가 한 무리의 군사들을 거느리
고 성 밖까지 나와 황제를 성안으로 모시고 들어가 관사에 모신 뒤 성
문을 굳게 닫고 철통같이 지키더라.

이때 북흉노가 양성에 달려들어 황제를 찾았으나 성안이 고요하고
황제의 그림자조차 없는지라, 성안에 들어가 탐문하니 능주로 갔다고
하였다. 적의 선봉장 묵특이 철기(鐵騎) 3천을 거느리고 능주로 쫓아
가 바로 성 아래에 이르러 소리를 지르며 말했다.

"명나라 황제는 부질없이 시절을 요란케 하지 말라. 어서 바삐 항서(降
書)를 쓰고 옥새를 바쳐 목숨을 보존하고 백성을 편히 지내게 하라. 우리
대왕께서는 하늘의 명을 받아 온 세상을 평정하고 수많은 백성들에게 덕
을 베풀어 만승(萬乘)의 천자가 되셨으니, 천고에 없는 영웅은 우리 대왕
뿐이로다. 그러니 지체하지 말고 항복하라!"

이렇듯이 북흉노는 의기양양하였으나, 황제는 분부만 하였다.

"적장에 대적할 만한 장수가 없으니, 성문을 굳게 지켜 오랑캐가 성안
에 들어오지 못하게 하라."

바로 그때 문득 사방에서 사기가 충천한 북흉노 군대가 달려들더니, 성을 에워싸고 싸움을 재촉하더라. 그러나 황제에게는 적들과 맞서 싸울 만한 장수가 없어 사방이 포위되었지만 벗어날 길이 전혀 없었다. 이에, 북흉노왕이 여러 장수에게 분부하였다.

"능주성을 에워싸고 화약(火藥)과 염초(焰炒)를 준비하여 사방 여덟 문에 쟁여 두고, 또 성 주위에 1척(尺) 5촌(寸)의 깊이로 땅을 파서 화약과 염초를 묻어라. 그래서 화약과 염초에 불을 놓아 성을 부수고 명나라 황제를 사로잡아라."

황제와 모든 군사와 백성들이 이 말을 듣고 갈팡질팡 어쩔 줄 몰라 다급하기가 그지없어 울음소리가 하늘에 사무쳤다. 황제가 식음을 모두 폐하고 스스로 목숨을 끊고자 하니, 모시고 있던 여러 장수들이 위로하여 겨우 목숨을 보존하였으나 사태는 매우 위태하더라.

이때 우승상 왕회가 간(諫)했다.

"천운(天運)이 불행하고 폐하의 덕이 적사와 도적이 자주 강성하여 종묘사직을 받들기 어렵사오니, 엎드려 바라건대 폐하께서는 널리 생각하시와 항서(降書)와 옥새를 오랑캐에게 전하여 존귀한 목숨을 보존하시고 수많은 백성들을 도탄에서 건지소서."

또한 병부시랑 진여도 함께 아뢰니, 황제가 아무리 생각해봐도, '원수 장해운은 수만 리 떨어진 머나먼 남방의 선우를 잡으러 떠난 데다 사태가 위급한지라, 짐이 덕이 없어 하늘이 망하게 하심이라.' 하고 하늘을 우러러 탄식하더라. 바로 이날 왕회를 불러 항복의 문서를 쓰라고 한 뒤, 옥새를 목에 걸고 왼손에 항서를 들고서 오른손으로 가슴을 두드리다가 황후와 태자를 어루만지며 말했다.

"이 몸은 하늘에 죄를 지어 죽을 곳에 들어가거니와, 황후는 태자를 생각하여 귀체(貴體: 몸)를 보존하소서."

황제와 황후, 태자가 서로 목을 안고 통곡하니, 천지신명이 어찌 무심하랴.

각설。 이때 대봉이 여러 날 만에 농서에 이르니, 해는 서산에 지고 먹구름은 먼 하늘에 가득하여 지척을 분별할 수 없는 데다 노독이 심하여 바위에 의지해 졸면서 날이 새기를 기다렸는데, 삼경(三更)이 지나 한밤중이 되자 구름과 안개가 흩어지면서 달이 동쪽 언덕으로 뜨니 천지가 밝고 환해졌다.

대봉이 무심히 앉아 있었더니, 한 여인이 앞으로 다가왔다. 대봉이 자세히 살펴보니, 연두저고리에 다홍치마는 달빛에 빛나고 백설 같은 피부와 꽃 같은 얼굴은 백옥이 비친 듯했다. 그녀의 조금도 꾸밈이 없는 태도와 황홀한 자색이 사람의 정신을 어지럽게 하였는데, 대봉이 전혀 동요치 않고 봉(鳳) 같은 눈을 부릅뜨며 크게 꾸짖었다.

"너는 어떠한 계집이관데 야심한 한밤중에 남자를 찾아왔느냐?"

여인이 대답했다.

"공자님의 행차가 쓸쓸하신 것 같아 위로하고자 찾아왔나이다."

대봉이 그녀가 분명 귀신인 줄을 알고서 눈을 부릅뜨고 호통을 벽력같이 치니 문득 온데간데없더라.

조금 시간이 지난 뒤, 어떤 선비가 푸른 실로 수놓은 비단 도포에 검은 띠를 두르고 훌쩍 나타나 들어오더라. 대봉이 자세히 살펴보니, 천연덕스러운 얼굴은 양무(陽武) 출신 진평(陳平)과 한(漢)나라 등통

(鄧通)보다 낫더라. 대봉이 또한 그가 귀신인 줄 알고서 크게 꾸짖어 말했다.

"너는 어떠한 요귀이관데 대장부의 자리 앞에 감히 들어오느냐."

이렇게 말하자 무슨 소리가 나더니 온데간데없더라.

또 조금 시간이 지난 뒤, 천지가 어두컴컴해지면서 천둥소리가 울리고 벼락이 치자 하늘과 땅이 뒤흔들렸다. 또 비바람이 거세게 불자 나무를 부러뜨리고 집을 송두리째 뽑을 듯하고 모래가 날리고 돌멩이들이 굴러다녔다. 문득 한 대장이 앞에 서 있는데, 월각투구에 용린갑(龍鱗甲)을 입고 긴 창과 큰 칼을 들었더라. 그가 우레 같은 소리를 천둥처럼 지르며 바람을 좇아 거리낌 없이 제멋대로 다가와 해치고자 하거늘, 대봉이 마음을 가라앉히고 얼굴빛 하나 변하지 않은 채 그대로 단정히 앉아서 호령했다.

"요사스러운 것이 바른 것을 범하지 못한다고 했거늘, 너는 어떤 흉악한 귀신이관데 요망한 행실로 대장부의 절개를 굽히고자 하느냐?"

그 장수가 대답했다.

"소장(小將)은 한(漢)나라 장수 이릉(李陵)이외다. 당시에 천자께 자원하여 군사 5천 명을 거느리고 전쟁터에 나아가 싸웠으나 단념할 수밖에 달리 어찌할 도리가 없어 흉노에게 붙잡혀 죽은 사람이라서, 평생 수치를 겪은 한이 가슴속에 가득하여 해소할 곳이 없었소이다. 마침 공자(公子)를 만났으니 나의 원통함을 씻을 때이라오. 공자는 소장의 갑옷과 투구를 가져다 흉노를 베어 큰 공을 이루고, 소장의 수천 년 원혼(冤魂)을 위로해주기 바라오."

또 장수가 월각투구와 용린갑을 주며 말했다.

"이 갑옷과 투구를 잘 간수하여 급히 떠나시오."

그리고 그 장수는 간 곳이 없었다.

대봉이 즉시 길을 떠나 3일 만에 모래밭에 이르니 사방을 둘러봐도 사람의 자취라곤 찾아볼 수 없어 적막하였다. 그런데 벽력같은 소리가 나서 자세히 살펴보니, 강변에 난데없는 오추마(烏騅馬)가 내달아 네 발굽으로 땅을 허비며 번개같이 뛰놀더라. 그 오추마가 대봉을 보고는 반기는 듯했는지라, 대봉이 행장을 길가에 벗어놓고 모래밭에 나아가 정답게 이야기하며 말했다.

"오추마야, 네가 대봉을 아느냐? 알거든 피하지 마라."

그리고 대봉이 달려들어 오추마의 목을 안으니, 오추마가 대봉을 보고서 고개를 숙이고 네 발굽으로 땅을 허비며 반겼다. 대봉이 오추마의 목을 안고 강변에 이르니 황금으로 만든 굴레와 은 안장이 놓여 있더라. 대봉이 반기면서 굴레를 씌우고 안장을 갖추고는 행장을 수습하여 오추마 위에 훌쩍 올라탔다. 그런 뒤에 하늘의 기운을 살펴보니 북방의 익성(翼星)은 황성에 비쳐 있고 천자의 자미성(紫微星)은 도성을 떠나 능주에 잠겨 있는지라, 대봉이 탄식하며 말에게 정답게 말했다.

"밝은 하늘은 대봉을 낳으시고 용왕은 너를 세상에 내주었으니, 이는 천자의 위급한 때를 구하려 하심이라. 지금 도적이 황성에 들었으니 천자의 위급함이 경각에 달려 있어 한 치 앞을 알 수 없는지라. 이런 때를 저버리면 아주 환하게 밝은 세상에 대봉이 쓰일 곳이 전혀 없고, 비룡(飛

龍) 같은 조화를 부리는 용맹한 너를 세상에 내신 것은 사직을 위한 것일
러니 때를 놓쳐 쓸모없이 되어버리면 쓸 곳이 어디메랴. 대봉이 먹은 뜻
을 너로 인해 이루게 되었으니 어찌 반갑지 않으랴. 항적(項籍: 항우)이
타던 용마(龍馬)가 오강(烏江)에 들어갔었다가 명나라에 대봉이 태어나
자 나를 도우러 나왔구나."

이렇듯이 즐거워하며 황성으로 올라가니, 사람은 천신(天神) 같고
말은 더 이를 데 없이 정말로 비룡(飛龍)이라. 이날 7백 리 상군을 지
나 이튿날 1천 3백 리 하서를 지나니 황성이 장차 가까워지니라.

대봉이 여러 날 만에 화용도(華容道)에 다다르니, 밤이 이미 삼경(三
更)이 지난 한밤중일러라. 사방천지가 아득해지며 비바람이 거세게 일
어 지척을 분간할 수가 없어 그 자리에서 머뭇거리며 망설였다. 마침
길가에 빈집이 있는지라, 대봉이 그 집에 들어가 잠깐 쉬었다. 그랬더
니 문득 수많은 군사와 병마들이 나와 그 집을 에워싸고 진(陣)을 쳤
다. 대봉이 자세히 살펴보니, 그 진법은 제갈량(諸葛亮)이 창안한 팔
진도(八陣圖)이더라. 그 속에서 한 대장이 나왔는데, 얼굴빛은 잘 익
은 대춧빛 같고, 눈썹은 눈썹 끝 위의 이마까지 덮었더라. 또 황금투
구에 푸른 도포를 구름처럼 드리운 갑옷을 입고서 청룡도(靑龍刀)를
비스듬히 들고 적토마(赤兎馬)를 빨리 몰았는데, 봉황 같은 눈을 부릅
뜨고 삼각수염을 치세웠더라. 그 장수가 집으로 달려드는지라, 대봉
이 마음을 가라앉히고서 팔괘(八卦)를 베풀어 놓고 단정히 앉아 있었
다. 그 장수가 대봉의 옆에 와서 크게 외치며 말했다.

"대봉아, 네가 난세를 평정하고 큰 공을 이룰진대 지혜와 도략을 쓸
것이거늘, 한갓 담대함만으로 남의 집에 주인이 누군지도 모르면서 편안
히 앉아 있느냐?"

그러자 대봉이 일어나 땅에 엎드려 인사를 드리고 말했다.

"장군의 칭호를 어떻게 불러야 하리까? 소자(小子)는 나이가 어려서 이 빈 집의 주인을 알지 못하옵고 나그네로서의 예의를 다하지 못하였사오니, 엎드려 바라건대 장군은 용서하옵고 저의 뜻을 이루게 하옵소서."

하여 그 장군이 말했다.

"나는 한수정후(漢壽亭侯) 관운장(關雲長)일러니 삼국 시절에 조조(曹操)와 손권(孫權)을 잡아 우리 현주(賢主: 유비)의 은덕을 갚고자 하였지만, 천운이 불행하여 천하를 평정하지 못하고 여몽(呂蒙)의 음흉한 계략에 빠져 단념할 수밖에 달리 어찌할 도리가 없어 죽었으니, 원통하게 청룡도(靑龍刀)도 쓸 데가 전혀 없었고, 슬프게 적토마(赤兔馬)도 한중왕(漢中王)이셨던 우리 현주에게 복종하지 않았도다. 그래서 천추(千秋)의 오랜 세월 동안 지친 원혼이 이 집에 의지하여 옛 지경(地境)을 지키고 있었는데, 오늘 너를 보니 당세의 영웅인지라 내가 쓰던 청룡도를 주노라. 능주로 급히 가서 사직을 안전하게 보호하고 흉노의 피로 청룡도를 씻어 영웅의 원혼을 위로해주기 바라노라."

관운장이 청룡도를 주거늘 대봉이 받아들고 사례하였더니, 관운장은 문득 온데간데없더라.

대봉의 급한 마음은 일각여삼추(一刻如三秋)라서 애타는지라 월각 투구에 용린갑을 입고 청룡도를 비스듬히 차고서 만 리를 달리는 준총[萬里駿驄]을 훌쩍 올라타고는 비바람처럼 능주로 달려가며 말에게 당부하여 말했다.

"오추마야, 네 알리라. 천자의 위급하심과 대장부의 급한 마음을 네 어찌 모를쏘냐. 하늘과 땅이 서로 감응하여 너와 나를 내신 것이라. 빨리 능주에 도달해 대봉과 용총마(龍驄馬)의 날랜 용맹, 청룡도의 날랜 칼로 도적을 물리치고 사직의 충신이 되면, 천추의 오랜 세월 동안 길이 전할 빛난 이름을 기린각(麒麟閣)의 제1층에 새길 때, 내 이름을 새긴 뒤에 오추마 네 행적도 나를 따라 빛나리니 지체 말고 가자스라."

오추마가 얼마간 오래 듣더니 만 리나 머나먼 능주로 달려갈 때, 날래고 용맹스러운 오추마의 샛별 같은 두 눈에는 풍운조화(風雲造化)가 어려 있고 둥그런 네 발굽에는 강산정기가 감추었도다.

대운산을 넘어 양주를 지나 운주 역참에서 말을 먹이고, 서천강을 건너 앵무주를 지나서 봉황대에 다다르니, 해가 거의 저물어 서산을 넘어가고 있었다. 여산 능주에 도달하여 산위에 높이 올라 적의 형세를 살펴보니, 중원의 인물은 보이지 않고 10리나 되는 모래밭에 오랑캐의 병사만 가득하더라. 오랑캐들이 이기려는 기세가 등등하여 살기가 가득하고 함성이 크게 울리더니, 적의 선봉장 묵특이 북문을 부수고 철기(鐵騎)를 몰아 성 안으로 달려들어 닥치는 대로 죽이며 소리를 질렀다.

"명나라 황제야, 항복하라."

묵특이 외치는 소리에 강산이 무너질 듯했다. 이때 오랑캐의 세력을 감당하지 못하여 형세가 자못 지체할 겨를이 없자, 황제가 달리 어떻게 할 도리가 없어 옥새를 목에 걸고서 항서를 손에 들고 항복하러 나오더라.

〈이대봉전〉 하

각설。 이때에 대봉이 산 위에서 그 모습을 보고 분한 마음이 하늘을 찌를 듯 북받쳐 올라 월각투구에 용린갑(龍鱗甲)을 입고서 청룡도(靑龍刀)를 높이 들고 비룡(飛龍) 같은 오추마 위에 훌쩍 올라타고는 봉황의 눈을 부릅뜨고 천둥 같은 소리를 지르며 외쳤다.

"반적(叛賊) 묵특은 빨리 나와 내 날랜 칼을 받아라."

대봉의 외치는 소리에 적진의 장졸들이 넋을 잃어 대열을 갖추지 못하더라. 묵특은 이 말을 듣고 분한 마음이 하늘을 찌를 듯 북받쳐 올라 큰 소리로 말했다.

"네 이름 없는 장수야, 천자의 위엄을 모르고 큰 소리를 치느냐."

두 장수가 서로 싸워 일합(一合)도 채 되지 않아, 대봉의 청룡도 날랜 칼날이 허공에 번쩍하며 묵특의 머리가 칼의 섬광을 따라 말에서 아래로 떨어졌다. 대봉이 크게 소리를 지르며 묵특의 머리를 칼끝에 꿰어 들고 적진을 아무 거리낌 없이 제 마음대로 이리저리 무찌르다가 본진으로 돌아오더라.

이때 황제는 형세가 다급하고 힘이 다하여 더 버틸 수 없자 옥새를

목에 걸고 항서를 손에 들고서 용포(龍袍)를 벗고 미복(微服: 남루한
옷)차림으로 나오는 중이더라. 때마침 난데없이 어떤 대장이 나타나
묵특의 목을 베어들고 나는 듯이 본진으로 달려오더니, 말에서 내려
황제 앞에서 하늘을 우러러 부르짖으며 목 놓아 울다가 땅에 엎드려
아뢰었다.

"소장(小將)은 기주 땅 모란동에 살던 전(前) 시랑 이익의 아들 대봉이
옵니다. 운수가 불행하여 폐하께 죄를 얻어 머나먼 곳으로 유배를 갔사
온데, 유배 가는 도중에 바다에서 사공 놈들이 우리 부자를 해치고자 바
다에 빠뜨려 애비는 바다에 빠져 죽사옵고 소장은 천행으로 살아나서 천
축국 금화산 백운암 부처 중을 만났나이다. 그 후로 7년을 의지하면서
약간의 지략을 배우며 세월을 보내고 있었는데, 도적이 중원을 침범하는
이때를 당하여 폐하를 도와 사직을 안전하게 보존하옵고 간신을 물리치
고자, 소장의 애비를 해치려 했던 소인을 잡아 평생의 원수를 갚고 조정
을 바로잡아 사해를 평정하고자 왔사오니, 엎드려 바라건대 폐하께서는
지나치게 슬퍼마옵소서."

황제가 이 말을 듣고 대봉의 손을 잡으며 말했다.

"짐이 사리에 어두워 소인의 말만 듣고서 충성스럽고 의로운 대신을
머나먼 곳으로 유배를 보내고는 소인들을 가까이 하였으니 나라가 어지
러운데도 사직을 받들 신하가 없었노라. 그래서 태평과(太平科)를 보였
더니, 마침 장해운을 얻어 짐에 뜻을 이루었노라. 그러나 나라의 운수가
불행하고 짐이 덕이 없어 각처에서 도적이 강성하더니만 끝내 남방의 선
우(單于)가 반란을 도모하여 백만 대군을 거느리고 변방을 침범해와 백
성들을 해쳤다. 이에 장해운을 상장군(上將軍)으로 삼아 군병을 거느리
게 하고 수만 리 떨어진 남방의 선우(單于)을 토벌토록 보냈더니, 장해운
이 승전하고는 또 선우를 쫓아 교지국(交趾國)으로 갔노라. 그 사이 조정

에는 이름난 장수도 없고 지모 있는 재사(才士)도 없어 근심하였더니만 끝내 또 북방의 흉노가 강성하여 강병(强兵)을 거느리고 쳐들어오니 능히 대적할 자가 없었다. 그리하여 도적에게 사직을 빼앗기고 장안을 떠나 금릉으로 피하였더니, 적병이 금릉조차 별안간 습격해와 양성으로 피하였지만, 또 양성마저 적병이 침범해와 견디지 못하고 이곳으로 피하였노라. 각처의 제후 중에 해남 절도사가 한 무리의 군사를 이끌어 오고 양성 태수가 3천의 군사를 이끌어 능주로 오니, 능주 자사도 약간의 군사를 이끌고 와서 합세하여 성 안으로 들어와 성문을 굳게 닫고 군사들과 함께 성을 지켰노라. 북흉노왕은 대군을 몰아 도성 안에 쳐들어와 종묘에 불을 놓고는 스스로 '천자'라 일컫고 백관을 호령하였으며, 또 대군을 보내어 능주성을 에워싸고는 화약과 염초를 준비하여 성을 깨뜨리고자 하였노라. 그 세력을 당하지 못할러니 불쌍한 백성들이 가련한지라, 항서를 쓰고 옥새를 전하여 수많은 백성들의 목숨을 건지기라도 해야 할 듯해 짐이 성을 나섰더니라. 마침 밝은 하늘이 도와 그대를 명나라에 보내시어 이같이 위급한 때에 짐의 초라한 목숨을 구하게 하니, 하늘과 땅이 다시 밝고 환해지리로다."

황제가 대봉의 손을 잡고서 성 안으로 들어가 지휘대에 앉히고 말했다.

"장군이 짐을 도와 천하를 평정한 후에 그릇된 일을 다스려 바로잡을 것이 많으리로다."

황제가 이처럼 어루만지기를 마지아니하니, 대봉이 땅에 엎드려 아뢰었다.

"지금 사태가 위급하오니 폐하께서는 진정하옵소서. 소장(小將)이 비록 재주는 없사오나 힘을 다해 폐하를 도와 반란을 평정하고 사직을 안전하게 보존한 후에 소장의 원한을 풀고자 하오니, 엎드려 바라건대 폐하께서는 옥체(玉體)를 보존하시어 소장의 지략을 지켜보옵소서."

황제가 못내 기뻐하시고 중군(中軍)에 분부하여 칠성단(七星壇)을 높이 쌓고 방위(方位)를 오행에 맞추라고 하였다. 그리고는 황제가 대봉의 손을 잡고 칠성단 위로 올라가 하늘에 제사한 뒤 대봉을 제후로 봉하고 관작을 주었는데, 대명국(大明國) 대원수(大元帥) 겸 충의대장(忠義大將) 병마도총독(兵馬都總督) 겸 충의행원후 상장군(上將軍)에 봉작하고 황금으로 만든 인수(印綬), 대장절월(大將節鉞)과 함께 봉작교지(封爵敎旨)를 싸서 전해주고는 말했다.

"짐이 사리에 어두웠던 것을 못마땅하게 여기지 말고 충성을 다해 사해를 평정하라. 그런 후면 천하의 반을 나누어 주리라."

이 원수가 황제의 은덕에 감격하여 머리를 조아리며 인사를 한 뒤, 지휘대에 올라서 여러 장수와 군졸을 점호하니 병들고 피로에 지친 장수와 군졸들이 불과 3백 명이 남아 있었다. 이 원수가 중군장(中軍長) 장원을 불러 분부하였다.

"진중에 장수도 없고 군사도 나약하니 너희들은 방위를 오행에 맞춰있되 대열에서만 벗어나지 말라. 북흉노의 억만 대군이 산더미같이 에워쌌지만, 내 능히 대적하리니 장졸들을 요동치지 못하게 하라."

그리고는 이 원수가 진법(陣法)을 시행하였는데, 동방의 청기(靑旗) 7면에는 각항저방신미기(角亢氐房心尾箕)의 7수에 따라 응하게 하고, 남방의 적기(赤旗) 7면에는 정귀유성장익진(井鬼柳星張翼軫)의 7수에 따라 응하게 하고, 서방의 백기(白旗) 7면에는 규루위묘필자삼(奎婁胃

昴畢觜參)의 7수에 따라 응하게 하고, 북방의 흑기(黑旗) 7면에는 정두우여허위실벽(斗牛女虛危室壁)의 7수에 따라 응하게 하고, 중앙에는 황신기(黃神旗)를 세워서 다섯 방위의 깃발을 방위에 맞춰 나열하니, 이것은 바로 제갈무후(諸葛武侯)의 팔진도법(八陣圖法)일러라. 진세(陣勢)를 살펴보니 귀신이라도 그 신묘함을 헤아리지 못할레라.

이때 북흉노왕이 지휘대에 높이 앉아 승전고(勝戰鼓)를 울리며 황제에게 항복을 재촉하였는데 문득 우레 같은 소리가 천둥처럼 들리는지라 살펴보니, 한 대장이 월각투구를 쓰고 용린갑을 입고서 봉황 같은 눈을 부릅뜬 채로 오른손에는 청룡도를 들고 왼손으로는 채찍을 치며 오추마를 비스듬히 타고 달려오더라. 그 위엄이 서릿발 같고 소리가 웅장하여 강산이 무너지는 듯했고 남산(南山)의 사나운 호랑이를 몽둥이로 치는 듯했다. 그 대장이 순식간에 달려들어 호통 한번 치더니 선봉장 묵특의 목을 베어들고 선봉군을 짓이겨놓고는 성 안으로 들어가더라. 이를 본 북흉노왕이 크게 놀라 여러 장수를 모아놓고 의논하였다.

"그 장수 용맹을 보니 범상한 장수가 아니로다. 사람은 천신(天神) 같고 말은 보니 오추마(烏騅馬)요 칼을 보니 청룡도(靑龍刀)일러라. 분명 이름난 장수이러니 함부로 대적해서는 안 되리로다."

그리고는 80만 대병을 한꺼번에 나열하여 안팎으로 음양진(陰陽陣)을 치고, 목탁을 선봉장으로 정하고 통달을 우선봉장으로 삼고 달수를 좌선봉장으로 삼고 돌통을 후군장으로 삼고 맹통을 군사마로 삼아 군대의 위엄을 정돈한 뒤, 진문(陣門)에 깃발을 세우고 북흉노왕이 친히 중군(中軍)이 되어 싸움을 독려하더라.

이때 이 원수가 전투 대형을 갖추고 적진의 형세를 살피니, 북흉노왕이 특탁으로 하여금 장안을 지키게 하고 자신이 중군(中軍)이 되어 지휘대에 높이 앉아 싸움을 독려하더라. 이 원수가 소리를 지르며 말을 타고 적진 앞으로 나아가 큰소리로 꾸짖어 말했다.

"개 같은 오랑캐야, 네가 천자의 위엄을 범하여 시절을 요란케 하니 그 죄는 죽어도 아깝지 않을 것이로다. 천자를 꾸짖어 욕보이고는 스스로 천자라 일컬으니, 한 하늘 아래에 천자가 어찌 둘이 있을 수 있겠느냐. 내가 하늘의 명을 받아 너 같은 반적을 소멸할 것이니, 네가 만일 두렵거든 빨리 나와 항복하고 그렇지 않거든 빨리 나와 대적하라."

북흉노왕이 우선봉장 통달을 불러 이 원수와 맞서 싸우라고 하니, 통달이 내달려 나와 외치며 말했다.

"어린 아이 대봉아, 네가 천운(天運)을 모르는 게로구나. 불행히도 우리 선봉장이 죽었다만, 네 청춘이 아깝도다."

이렇게 외치며 달려들거늘, 이 원수가 분노하여 적장 통달과 싸우는데 반합(半合)도 채 되지 않아 고함 소리가 진동하며 청룡도 번뜻 하자 통달의 머리가 땅에 떨어졌다. 이 원수가 통달의 머리를 베어들고 이리저리 무찌르니, 군사들의 주검이 산처럼 쌓였더라. 이 원수가 통달의 머리를 칼끝에 꿰어 적진에 던지면서 말했다.

"반적 흉노야, 네 어이 살기를 바랄쏘냐. 빨리 나와 죽기를 기다려라."

이 원수가 이렇듯 천둥같이 호령하며 적의 선봉을 마구 무찌르니, 북흉노왕이 크게 놀라 후군장 돌통에게 대적하라 하고는 맹통·동철·동기 등 여덟 장수에게 함께 협력하여 맞서 싸우라고 명하였다. 이때 이 원수가 적의 선봉을 마구 무찌르다가 바라보니, 적장 돌통이 여덟 장수를 거느리고 나오면서 외치며 말했다.

"네 무슨 용맹이 있어 넉넉하랴. 만일 부족하다면 항복하라."

이 원수가 몹시 노해 한 필의 말을 타고 한 자루의 창을 들고서 달려들어 서로 맞붙어 싸웠다. 이때 황제가 군사를 거느리고 싸움을 구경하였는데, 두 진영의 군사가 서로 맞붙어 싸우는 구경이 처음일러라. 서로 맞붙어 싸우는 것을 보자니, 명나라 진영의 이 원수가 북흉노의 장수 9명을 맞아 싸우는데 월각투구와 용린갑이 햇빛에 번쩍이더니만 장하게도 청룡도가 동쪽 하늘에 번쩍하다가 서쪽의 오랑캐를 베고, 서쪽 하늘에 번쩍하다가 동쪽의 오랑캐를 베고, 남쪽 하늘에 번쩍하다가 북쪽의 오랑캐를 베고, 북쪽의 하늘에 번쩍하다가 남쪽의 오랑캐를 베었다. 청룡도의 날랜 검광이 한수정후(漢壽亭侯: 관우)가 쓸 때에는 형주성(荊州城)에서 빛나더니, 이곳에서는 이대봉이 물려받아 다시 청룡도를 잡은 것이라. 이 원수가 날래고 영걸스런 풍모에 서릿발 같은 청룡도를 오른손에 비스듬히 쥐고 오추마(烏騅馬) 높이 타고서 군사들 사이를 내달리는 모습은 동해의 청룡이 구름 속에서 꿈틀거리는 듯했는데, 사정없는 청룡도가 허공에 번뜻 할 때마다 오랑캐들이 쓰러지니 번개같이 날랜 칼날은 능주성에서 빛나더라.

20여 합(合)에 이르러 이 원수가 중군(中軍)으로 가는 듯했다가 후군장 돌통을 베어들고 여덟 장수를 대적하니, 여덟 장수들이 능히 대적하지 못할 줄 알고 본진으로 달아나고자 하였다. 이에, 이 원수가 큰소리로 말했다.

"무지한 적장은 달아나지 말라! 내 너희들의 목숨을 아껴 다섯 장수를 먼저 베었거늘, 끝내 항복하지 않으니 분하도다."

이렇게 큰소리로 말하며 이 원수가 달려드니, 노선·동기 등 네 장수가 이 원수를 맞아 싸웠다. 하지만 이 원수가 청룡도를 번뜩이며 노선의 머리를 베어 본진에 던지고, 왼쪽으로 가는 듯했다가 동기 등 세 장수를 베어 본진에 던지고, 적의 선봉군에 달려들어 군사를 무찌르니 구시월에 나뭇잎이 바람과 서리를 만나 떨어지듯 쓰러졌으며, 죽은 군사들의 피가 흘러 내를 이루더라.

북흉노왕이 크게 놀라 맹통과 동철에게 맞서 싸우라고 하니, 두 장수가 내달려 나와서 이 원수와 맞서 싸웠다. 칼의 섬광이 햇빛에 번쩍이고 말발굽 소리가 어지러이 뒤섞이는 가운데 세 장수의 고함 소리에 군졸들은 넋을 잃고 향오를 분별하지 못하였다. 이때 이 원수가 말의 뒷부분을 채찍질하며 공중으로 솟아올랐는데, 청룡도가 번뜻 하니 두 장수의 머리가 칼의 섬광을 따라 떨어지더라. 이 원수가 승기를 잡고 기세가 더욱 등등하여 이리저리로 내달리며 소리쳤다.

"적장이 몇이라도 남았거든 급히 나와 대적하라!"

이 원수의 외치는 소리가 하늘과 땅을 진동하니, 또 북흉노왕이 여러 장수들에게 호령하여 전투 대형을 더욱 굳게 갖추도록 하고, 봉선·봉조·맹주·영인 등 여덟 장수들을 급히 불러 말했다.

"정병(精兵) 30만과 철기(鐵騎) 15만을 거느리고 가서 군사들을 합세시켜 명나라 진영의 대원수를 사로잡아 나의 분을 풀게 하라."

여덟 장수가 북흉노왕의 명을 듣고 군사들을 배치하여 사방으로 에워싸서 쳐들어오며 명나라 진영을 위협하려 했는데, 이 원수는 이때 본진으로 돌아가 잠깐 쉬고 있었다. 적병이 물밀듯 쳐들어오자, 이 원수가 크게 노하여 말했다.

"내 결단코 흉노왕을 사로잡아 황상의 분을 씻으리라."

이처럼 노기(怒氣)가 하늘을 찌를 듯이 잔뜩 화가 난 이 원수가 월각 투구에 용린갑을 추스르고는 봉황의 눈을 부릅뜨고 청룡도를 비스듬 히 들고서 오추마 위에 훌쩍 올라타 진문(陣門) 밖을 나섰다. 이때 적 장이 외치며 말했다.

"명나라 황제야, 네 항복함이 옳거늘 조그마한 아이 대봉을 얻고서 우 리 대군의 기세도 모르고 제 분수에 넘치게 침범한단 말인가. 우리 진영 의 내세울 만한 이름도 없는 장수 10여 명을 죽이고 승전을 자랑하니 가 히 우습도다. 명나라 진영의 상장군 대봉아, 빨리 나와 대적하라. 만일 겁나거든 말에서 내려 항복하여 죽기를 면하고, 그렇지 않으면 빨리 나 와 죽기를 재촉하라."

그리고는 적군들이 물밀듯 들어오자, 이날 이 원수가 분한 마음이 하늘을 찌를 듯해 한 필의 말을 타고 한 자루의 창을 들고서 말의 뒷부 분을 채찍질하여 적진으로 달려 들어가 여덟 장수와 더불어 맞서 싸웠 지만, 서로 나아갔다가 서로 물러나기를 거듭하며 50여 합(合)에 이르 러도 승부를 내지 못할레라. 마뜩잖아 성난 기운이 얼굴에 가득한 이 원수가 호통을 천둥처럼 치며 청룡도를 높이 들고서 적의 전면(前面) 을 무찌르니 여덟 장수가 한꺼번에 달려들었다. 이 원수가 적진으로 돌진하여 청룡도를 번뜻 하자 봉선·맹주 두 장수의 머리가 말 아래로 떨어졌다. 또 이 원수가 뒤로 가는 듯이 하다가 앞으로 나아와 검광을 번뜩이자 적장의 머리가 칼 빛을 따라 떨어지고, 왼쪽에서 번뜩이는 듯이 하다가 오른쪽에서 검광을 번뜩이며 봉조의 머리를 베고, 앞에서 번뜩이는 듯이 하다가 뒤에서 검광을 번뜩이며 영인의 머리를 베고, 중앙의 진영에서 번뜩이는 듯이 하다가 동쪽에서 검광을 번뜩이며 문영·문수 두 장수의 머리를 베었다. 적진의 장졸을 쌓인 풀 버리듯이 마구 짓이기며 몰아치니, 초(楚)나라 장수 항우(項羽)가 8천의 젊은이를 거느리고 오강(烏江)을 건너와 함곡관(函谷關)을 부수는 듯했고, 상산(常山) 출신 조자룡(趙子龍)이 장판교(長坂橋)의 큰 혼란 중에서 삼국의 군사들을 마구 치는 듯하자, 북흉노의 백만 대군이 항오를 유지하지 못하더라. 청룡도의 날랜 검광이 허공에 번뜩이고 오추마가 내닫는 앞에 대적할 자가 뉘 있으랴. 우레 같은 호통 소리가 푸른 하늘에서 메아리치며 이리저리 마구 무찌르니, 적군이 겁에 질려 두려워하다가 검광을 따라 쓰러지니, 비유하건대 푸른 하늘에 어린 먹구름이 바람결에 걷어지는 듯해라.

이윽고 이 원수가 적의 중군(中軍)에 달려드니, 북흉노왕이 크게 놀라 얼굴빛이 하얗게 변하여 군사를 거느리고 장안으로 도망하더라. 이 원수가 그 뒤를 쫓아가면서 들이치기도 찌르기도 하며 죽이니, 북흉노의 백만 대군이 호랑이 앞에서 달아나는 토끼가 되었구나. 오추마가 내닫는 곳에 적진의 장수들과 군졸들의 머리가 검광을 따라 떨어지는데, 비유하자면 9월의 강산에 누런 초목이 서릿발을 만나 떨어지는 나뭇잎인 듯해, 시체가 쌓여 산더미 같았으니 가련하였도다. 흐르는 것이 흘러내리는 피요, 흘러내리는 피는 냇물이 되니 무릉도원(武陵桃源)의 붉게 흐르는 물처럼 흐르더라. 사납고 포악한 저 북흉노 오랑캐는 그 강포함도 쓸데없었고 백만 대군도 무용지물일러라. 이 원수는 거추장스런 무기도 없이 한 필의 말을 타고 한 자루의 창을 들었을 뿐이거늘 북흉노가 당해내지 못한 것이로다. 포악한 저 도적이 의기양양

하며 강성하였지만, 밝은 하늘이 도우시어 명나라를 회복하니 반갑도
다. 이에 백성들이 노래를 부르도다.

이때 오랑캐 장수 특탁이 도성을 지키고 있다가 북흉노왕의 급한 상
황을 보고 군병을 관할하여 장졸을 합세시켜서 백사장에 진을 치고는
이 원수와 대적하려 하니 진실로 호적(胡狄)의 강병일레라.

한편, 이 원수가 적군을 물리치고 본진에 돌아오니, 황제가 지휘대
아래로 내려와 이 원수의 손을 잡고 즐거워하며 못내 사랑하였다. 여
러 장수들과 군졸들도 거듭거듭 절하며 고마워하고 헤아릴 수 없을 정
도로 즐거워하며 은덕을 기리니, 이 원수가 말했다.

"도적이 멀리 가지 않았으니 적진에 들어가 군장(軍裝)과 기계(器械)
를 거두어 본진의 병기(兵器)와 합하라."

그리고는 이 원수가 중군장 장원을 불러 말했다.

"너는 여러 장수와 군졸들을 모두 관할하여 황상을 모시고 후군(後軍)
이 되어 내 뒤를 따르라. 내 한 필의 말을 타고 한 자루의 검을 들고서
적진에 들어가 장수와 군졸을 모두 몰살하고 북흉노왕을 사로잡아 황상
의 분하심을 풀리라."

이 원수가 이렇게 말하고는 말을 채찍질하며 흉노를 쫓아 도성에 이
르니 도적이 10리나 되는 모래밭에 진을 치고 군령을 엄숙히 하고 있
었는데, 또 자세히 살펴보니 남은 군사가 80여 만일러라. 이 원수가
기회를 틈타 큰소리로 외쳤다.

"반적 흉노야, 네 끝내 항복하지 아니하고, 나와 더불어 자웅을 겨루
려 하니 화가 나는구나."

그리고는 이 원수가 청룡도를 높이 들고서 용총마(龍驄馬) 위에 훌쩍 올라타고는 우레같이 호통을 치며 달려드니, 이때 적진에서는 36명의 장수가 합세하고 군사들을 정돈하여 이 원수를 에워싸고 좌우에서 협공하였다. 이에, 이 원수가 크게 화가 나서 용맹을 떨쳐 청룡도 날카로운 칼로 적장 10여 명을 베고 적진으로 달려들어 군사들을 무찌르니, 적장들이 다시 좌우에서 에워싸며 달려들었다. 이 원수도 다시 청룡도를 번뜩이며 적장 8명을 베면서 80여 합(合)에 이르도록 서로 맞싸워 적장 30여 명을 베었다. 마침내 이 원수가 적의 중군(中軍)으로 달려드니 한 장수가 나와 맞섰지만, 한번 고함지르고 검광을 번뜩이며 그 장수의 머리를 베어들었다. 그리고는 사방을 충돌하니, 사방에 이 원수가 있어 넷인 듯해라. 오추마가 고함소리와 검광을 좇아 내달리고 이 원수의 호령소리가 하늘을 진동하니, 제 아무리 강병이라 한들 뉘라서 능히 당할쏘냐. 적의 장수들과 군졸들의 주검이 산더미같이 쌓였고 10리나 되는 백사장에 피가 흘러 모래를 물들였고, 모래를 물들이고 남은 피는 말발굽을 적셨다. 이 원수의 용린갑에도 소상강(瀟湘江)의 대나무 수풀에 가랑비 맺혀 떨어진 듯이 피가 방울방울 떨어져 맺혔구나.

이때 북흉노왕이 사태가 급박한지라 약간 남은 장졸들을 거느리고 샛길로 도망하여 북을 향해 달아나더라. 가련하구나! 북흉노의 130만 대군 가운데 살아가는 자가 불과 3천 명에 지나지 못할레라. 한 자루의 칼로 일찍이 백만 군사를 감당했었다는 옛말을 오늘날에도 보리로다. 이 원수가 적병을 격파하고 군장(軍葬)과 기계(器械)를 거두어서 능주성에 들어가 황제를 모셔 환궁하고 백성들을 편안하게 하니, 도성 안팎의 백성들이 이 원수의 은덕을 기리며 즐거워하더라.

　한편, 이 원수는 여러 장수들을 군영(軍營)에 모아놓고서 음식을 주어 위로하며 쉬게 한 뒤, 탑전(榻前)에 들어가 말미를 청하여 기주에 내려가서 살던 집을 찾아보니 대단히 크고 웅장하던 누각들은 없어진 채 빈 터만 남았더라. 이 원수가 옛일을 생각하고 부모를 생각하니 쓸쓸하여 절로 한숨이 나와 말에서 내려앉아 목 놓아 몹시 섧게 울며 말했다.

　"우리 부친이 나라에 바른말을 하다가 소인에 참소 만나 만 리나 머나먼 유배지로 가는 길에 부자가 동행하였더니만, 무도한 뱃사공 놈의 해를 입어 천 리나 떨어진 바다의 깊은 물에 부자가 함께 빠졌더니라. 대봉은 천행으로 용왕의 은덕을 입고 살아나서 천지신명이 도우사 대원수 겸 상장군이 되어 호적(胡狄)을 파하고 살던 집을 찾아왔으나 빈 터만 남았구나. 뽕나무밭이 변해 푸른 바다가 되었다는 말은 나를 두고 이름이라. 가련하다, 우리 모친이여. 집을 지키고 계셨는데, 북흉노의 난을 만나 돌아가셨는지 살아 계신지 어느 날에나 만나보리까."

　이 원수가 이렇게 가슴을 두드리고서 하늘을 우러러 통곡하다가 황성으로 올라가 황제에게 정중히 인사를 드리니, 황제가 크게 칭찬해 마지않으며 궐내에 큰 잔치를 베풀어 원수의 공덕을 못내 치하하였다. 이에 이 원수가 고했다.

　"이 속에 승상 왕회가 없나이까?"

　왕회가 그 말을 듣고 스스로 자기의 죄를 알아 자리에서 내려와 땅에 엎드리며 죄를 청하자, 이 원수가 크게 노하여 청룡도로 겨누며 말했다.

"너는 나와 더불어 같은 하늘 아래에 같이 살 수 없는 원수로다. 당장에 죽일 것이로되, 흉노를 잡아 사해를 평정한 후에 죽일 것이니 아직 용서하노라."

이 원수는 이렇게 말한 뒤 왕회를 전옥(典獄)에 가두라 하고 황제에게 고했다.

"흉노가 비록 패하여 달아나 갔사오나 후환을 알 수 없사오니, 소장(小將)이 한 필의 말을 타고 한 자루의 창을 들고서 호국(胡國)에 들어가 흉노를 붙잡아 후환이 없게 하오리다."

황제가 크게 칭찬하며 말했다.

"원수는 곧 짐의 수족(手足)이라. 만일 오랑캐 땅으로 갔다가 쉬 돌아오지 않으면, 내 어찌 먹고 자는 것이 편할 수 있으랴."

이 원수가 대답했다.

"쉬 돌아와 폐하를 모실 것이니 과도하게 근심하지 마옵소서."

그리고는 이 원수가 백관(百官)에게 호령하여 황제를 편히 모시라고 당부한 뒤에, 한 필의 말을 타고 한 자루의 창을 들고서 만 리 머나먼 호국으로 가려 하니, 황제를 비롯해 조정의 모든 벼슬아치들이 궁궐의 뜰까지 나와 전송하며 만 리 머나먼 험지에 무사히 갔다가 돌아오기를 간곡히 당부하더라. 이 원수는 사례하고 작별을 고한 뒤에 길을 떠나 북흉노를 쫓아 가니라.

각설. 장 원수가 배를 준비한 뒤 여러 날 만에 군사를 거느려 교지국(交趾國)에 쳐들어 가니라. 이때 남선우가 본국에 돌아와 남만(南蠻)

오국(五國)에 구원병을 청하는 패문(牌文: 공문)을 보내고 군대를 다시 정비하고 있었는데, 뜻밖에 명나라 대원수가 80만 대군을 거느리고 쳐들어 온 것이라. 남선우가 군사를 거느리고 가서 막다가 당하지 못하자 항서(降書)와 예단(禮緞)을 갖추어 성 밖으로 나와 항복하니, 장원수가 크게 꾸짖어 말했다.

"네 죄상을 따지자면 죽여 마땅하나, 이른바 항복한 자는 죽이지 않는다고 하는지라 십분 용서하노니, 이후로는 다시 분수에 넘치는 뜻을 품지 말고 천자를 잘 섬기도록 하라."

장 원수는 항서와 예단을 받고 남선우의 성안으로 들어가 소와 양을 잡아 군사들에게 음식을 주고 위로하였는데, 중군장에게 장수들과 군졸들을 편히 쉬게 하라고 하였다. 장 원수도 갑옷과 투구를 벗고 며칠을 머물며 쉰 뒤에 어느 날 남선우를 불러 말했다.

"내 이제 남만(南蠻)을 쳐서 멸할 것이니, 그대는 나의 격서(檄書)를 남만 오국(五國)에 전하라."

남선우가 장 원수의 명을 받들고 즉시 두 장수를 불러 오국(五國)에 보내니라.

이보다 앞서 남만(南蠻) 오국(五國)은 남선우의 패문(牌文: 공문)을 보고 어찌 할 바를 몰라 망설여 결정을 짓지 못하고 있던 차에, 명나라 대원수가 교지국(交趾國)에 쳐들어와 남선우의 항복을 받고 격서를 보냈거늘 뜯어서 읽어보니, 그 내용은 이러하다.

「천자 조정의 한림 겸 예부시랑 대원수 병마도총독 상장군은 황명을 받아 반적 남선우를 항복시키고 이제 남만으로 행군하고자 하노라. 만일 항복하여 천자의 명을 순종하지 않으면 즉시 80만 대군을 거느리고 가서 공격할 것이니 격서를 보는 즉시 답을 아뢰어라.」

오국(五國)의 왕들이 장 원수의 격서를 다 보고 나서 남선우를 원망하며 각자 공물로 바칠 예단을 갖추고 항서를 작성하여 사신을 교지국(交阯國)으로 보내어서 항복하려 하였다. 이에, 장 원수는 군대의 위엄을 갖추고 군사들을 정렬하여 안팎으로 음양진(陰陽陣)을 펼친 뒤에 자신은 갑옷을 선명하게 입었다. 여러 장수들에게 다섯 방위에 맞는 오색의 깃발을 세우고는 그 아래 각각 말을 타고 창검을 높이 들어 나는 듯이 위엄을 세우라고 하였다. 군영의 문을 활짝 열어 오국(五國)의 사신들을 맞아 예를 갖추고는 그간에 있었던 일을 이야기하며 그 죄를 묻고 그들이 바치는 항서와 예단을 받은 뒤에 두터이 대접하여 보냈다. 오국(五國)의 사신들이 각기 돌아가 장 원수의 위엄을 각자의 왕에게 아뢰니, 오국(五國)의 왕들은 항복한 것을 다행으로 알더라.

장 원수가 네댓 달 만에 교지국을 떠나 행군하여 여러 날 만에 남해에 이르러 모래밭에 진을 치고 가까운 고을의 수령을 불러 말했다.

"소와 양을 잡아 군사들에게 음식을 주어 위로하며 쉬게 하라."

수령들이 장 원수의 명을 거행하는 데에 추상같아 위엄이 있더라. 이때 장 원수는 만 리 밖에 나와 공을 세웠으니 황성의 소식을 어찌 알 까닭이 있으랴. 황제가 대란을 만난 줄은 모르고 남선우와 남만 오국(五國)의 항복을 받아 승전한 첩서(捷書)를 장계(狀啓)로 올려 황제에게 아뢰고 군사들을 쉬게 한 것이라. 어느 날 장 원수가 생각했다.

'이제 내가 커다란 공을 이루고 돌아간들 무슨 즐거움이 있으랴. 부모

님은 이미 다 돌아가시고 또 시부모님과 낭군마저 죽었으니 어찌할 도리
가 없이 정 있게 살아야 할 세월을 무정히 보낼 수밖에 더 있으랴. 내가
이제 황성으로 올라가 철천지원수(徹天之怨讐) 왕회와 군량관(軍糧官)
진택열을 죽여 부모의 원수를 갚고는 벼슬을 던져버리고 깊숙한 규방에
들었다가 다음 생에서나 부모님과 낭군을 만나보리라.'

또 생각했다.

'낭군은 분명 바다에 빠져 죽어 외로운 넋이 되었을 것이니, 이제 이곳
에서 시아버님과 낭군의 혼백을 위로라도 해야 하리로다.'

또 생각했다.

'쓸쓸히 한숨 절로 나는구나. 위로 황상께서도 나를 여자인 줄 모르시
고 여러 장수들과 군졸들도 이를 모르니, 무슨 비밀스런 꾀를 써야만 남
이 알지 못하게 하면서 낭군의 혼백을 위로할 수 있으랴.'

장 원수가 매우 각별히 고민하다가 한 꾀를 생각해내고 중군장에게
분부했다.

"내 지난밤에 한 꿈을 꾸었는데 전생의 일을 알게 되었노라. 내 몸은
전생의 여자로서 낭군이 있었던 바, 그 낭군의 아버지가 나라에 직간을
하다가 소인의 참소를 입어 유배지로 가는 도중에 해상에서 풍파를 만나
부자가 다 바닷물에 빠져 죽었다는구나. 그리하여 나는 혼례도 치르지
못한 채 깊숙한 규방에서 늙어 죽었다는구나. 간밤의 꿈에 그 낭군이 나
타나 '전생에서 비록 혼례를 치르지 못한 정분일망정, 장 원수는 수고롭
게 생각하지 말고 여자의 의복을 입고서 수륙재(水陸齋)를 지내어 살아
생전과 죽은 후에 맺힌 혼백의 원한을 풀어 달라.'고 하니, 내 어찌 무심
할 수 있으랴. 비단 그 혼백뿐 아니라 다른 충혼(忠魂)들도 많으니, 내

친히 여자의 의복을 입고서 영위(靈位)를 배설하고 수륙재를 지내어 전
생의 설움을 풀어주려 하노라."

이에, 여러 장수와 군졸들이 다 신기하게 여겨 장 원수를 칭찬하더
라. 장 원수가 즉시 태수를 불러 말했다.

"제물(祭物)을 준비하라."

그리하여 강가에 나아가 10리 사장에 흰 베로 만든 장막을 둘러치고
영위(靈位: 혼백의 신위)를 배설하는데, 왼쪽에는 이 시랑의 영위이고
오른쪽에는 낭군의 영위이더라. 두 영위가 배설되니, 모든 장수들과
군졸들이 모두 지난날에 보지 못했던 처음 보는 제사라면서 말했다.

"우리 원수께서는 전생의 일도 아시고서 전생의 시아버지와 전생의 낭
군을 돌보시니 만고의 세월 동안 처음 있는 일이라. 우리 원수의 신기한
재주를 뉘라서 능히 알랴."

이렇게 말하며 온 군대가 모두 두려하더라.

이때 장 원수가 제사의 의식을 갖추어 법식에 따라 차려놓는데, 어
동육서(魚東肉西), 홍동백서(紅東白西), 좌포우혜(左脯右醯)를 방위에
따라 차려놓고 지방(紙榜)을 써서 혼백을 삼고서 친히 축관(祝官)이 되
어 제사 자리에 나아갔다. 장 원수가 여러 장수들에게 오방의 깃발을
선명하게 세우도록 하고는 또 좌익장, 우익장, 선봉장, 후군장을 불러
분부했다.

"장막의 사방 30보 안으로는 장수들과 군졸들 가운데 누구라도 들어
오지 못하게 하라."

그리고 장 원수는 갑옷과 투구를 벗어놓고 여자의 의복으로 갈아입으니, 소복(素服)을 입은 어여쁜 낭자일러라. 장 낭자가 축문(祝文)을 손에 들고서 이 시랑의 영위(靈位)에 들어가 향을 피우고 두 번 절하고 슬피 울며 곡(哭)한 뒤에 꿇어앉아 축문을 읽으니, 그 내용은 이러하다.

「유세차(維歲次) 기유년(己酉年, 1489) 3월 무진삭(戊辰朔) 15일 신사(辛巳)에, 효부 애황은 제물과 전물(奠物)을 갖추어 시아버지의 해상고혼(海上孤魂)을 위로하오니 흠향(歆饗)하옵소서. 돌아가신 우리 시아버지 예부시랑 이 아무개께 아뢰노니 세월이 머물지 않고 흘렀지만 조심하고 두려워하며 애모하는 심정이 편치 못하기에 몸을 게을리 하지 않고 삼가 맑은 술과 음식을 차려 슬픈 마음으로 받들어 올리나이다. 흠향하소서.」

이윽고 물러나와 다시 낭군 영위(靈位)에 들어가 향을 피우고 두 번 절한 뒤 꿇어앉아 축문을 읽으니, 그 내용은 이러하다.

「유세차(維歲次) 기유년(己酉年, 1489) 3월 무진삭(戊辰朔) 15일 신사(辛巳)에, 아내 장씨는 제물과 전물(奠物)을 갖추어 낭군의 해상고혼을 위로하오니 흠향하옵소서. 삼가 맑은 술과 음식을 차려 슬픈 마음으로 받들어 올리나이다. 흠향하옵소서.」

축문을 읽은 후에 장 원수는 절로 슬픈 마음이 일어 옥 같은 손으로 가슴을 두드리고 큰 소리로 슬프게 곡하며 말했다.

"사람살이에 있어 죽은 것은 곧 음이고 살아 있는 것은 곧 양이라. 음과 양이 서로 달라 이승의 길과 저승의 길이 다르니 오셨는지 안 오셨는지 가셨는지 안 가셨는지를 능히 알 수가 없어 가슴이 답답하고, 곡진했던 정을 생각하니 정신이 아뜩하도다. 옛일을 애틋하게 생각하고 그리워하니 어찌 가슴 아프고 분하지 아니하랴. 하루살이 같은 이 세상에 부평초처럼 떠도는 것이 사람살이이니, 사람살이에서의 부귀란 한때의 변화일 뿐이라. 그간의 일을 생각하니 부귀도 뜻이 없고 영화도 귀하지 아니하였거늘, 혼인하기로 한 중한 맹세를 조물주가 시기하고 귀신이 해를 끼쳐서 시부모님을 잘 섬기는 효성도 다하지 못했고 하늘이 맺어준 인연도 끊어졌으며 아버님이 남기신 유언도 허사가 되고 말았으니 한심하도다. 애황이는 따라 죽고자 하여도 후사가 없으니 슬프도다. 봉황대 위에 봉황이 노닐더니 봉이 떠난 봉황대에는 부질없이 강물만 절로 흐르는구나. 천상에 노닐던 봉황이 지금의 세상에 내려왔다가 봉(鳳)은 날아가고 황(凰)은 땅에 처졌으니, 내 한 몸에 부귀가 지극한들 무슨 재미가 있다 하랴. 푸른 바다에서 솟아오르는 햇빛은 그지없는 정을 머금지 않았을까마는, 밝고 맑은 달빛은 야삼경 한밤중에 촛불이 되어 겨우 가라앉은 수심을 불러 자아내니 눈앞에 보이는 것이 모두 다 수심이로다. 우리 황상께서 나라를 다스리시는 동안 조정에서 사직을 지킬 충신은 누구일런가. 조정에서 모든 벼슬아치들 가운데 임금에게 바른말을 했던 직신(直臣)은 먼 곳으로 유배 보내어지고 임금에게 아첨하는 소인(小人)의 조정이 되어 나랏일이 가장 위태하더니, 마침 천시(天時)가 불행하여 반란을 일으킨 남만(南蠻)을 내가 평정했다고 황상 앞에 나아가 아뢴들 한편으로는 기쁘나 한편으로는 슬플 뿐일지라. 황상께 아뢰고 우승상 왕회를 잡아내어 그간 저지른 죄상을 물은 뒤 칠척검(七尺劍) 날카로운 칼로 왕회 놈의 간을 내어 씹은 후에 남은 육신(肉身)은 포육(脯肉)을 떠서 충혼당에 제물로 올리고 석전제(夕奠祭)를 지내리라. 가련한 이내 신세에 대해 그간 있었던 일을 황상께 아뢰고 예전에 입었던 여자 의복을 다시 입어 부귀와 은총을 다 던져버린 뒤 고향으로 돌아가 남은 생을 보내리라. 한결같은 마음으로 정성들여 살아생전이나 죽은 후에 맺힌 혼백의 원한을 풀어 드리고는 다음 생에서나 다시 만나 평생토록 함께 즐거움을 누리리라. 오직 이 한 가지 일에만 마음을 바르게 쓰려거든 다음 생의 길이 절로

닭이리로다."

장 원수가 이렇듯이 통곡하니, 좌우에 있던 여러 장수들과 많은 군사들이 눈물을 흘리면서 말했다.

"우리 원수의 장한 위풍이 부인의 옷으로 갈아입으니, 아름답고 어여쁜 거동과 애처롭고 가엾은 모습이 진실로 요조숙녀(窈窕淑女)이라."

애통하고 원통한 곡소리에 푸른 하늘도 흐느끼고 강신(江神)인 하백(河伯)도 슬퍼하니 초목과 금수도 다 슬퍼하는 듯해라. 장 원수가 수륙재를 마치고서 지휘대에 들어가 중군장에게 분부하여 군졸들에게 제사 음식을 주어 위로하라 하고는 제물을 많이 싸서 바다에 던져 넣은 뒤에 다시 행군을 재촉하여 길을 떠나려 하더라.

한편, 장 원수가 바닷가에서 수륙재를 지낸다는 소식이 여기저기 퍼져 근처 고을의 백성들이 다투어 귀경하더라. 바로 그때 봉명암의 중들도 장 원수의 수륙재를 구경하기 위해 4, 5명이 짝을 지어 왔는데, 애원이 원수의 모습과 곡소리를 듣고는 절로 슬픈 마음이 생겨났으며 망자도 또한 마음이 몹시 아프고 슬퍼 절로 통곡하니, 슬프고 애처로운 곡소리가 바닷가에 울려 퍼지더라. 장 원수가 이 곡소리를 듣고 중군장을 불러 말했다.

"저기 어떠한 사람이 우는지 자세히 알아서 오라. 곡소리가 난 지가 꽤 오래일러라."

중군장이 장 원수의 이 명을 듣고 즉시 나아가 사실을 조사하여 알아보니, 이들은 봉명암의 여승들이었다. 그리하여 중군장이 물었다.

"너희들은 마음에 무슨 생각을 품고 있어서 군중(軍中)을 요란케 우느냐?"

애원이 대답했다.

"소승(小僧) 등은 본디 중이 아니나이다. 소승은 기주 장미동에 살았는데 이번 난리에 피란하다가 도중에서 기주 모란동에 사시는 이 시랑 댁의 양 부인을 만나 서로 의지하였지만, 광활한 이 세상에 의탁할 길이 없어서 성명을 바꾸어 이 시랑 댁의 양 부인은 승명(僧名)을 '망자'라 하고 소비(小婢)는 승명을 '애원'이라 하와 봉명암에 들어갔나이다. 소비는 전 한림학사 장 아무개 댁의 시비 난향이로소이다.

중군장이 들어와 이 사연을 자세히 고하니, 장 원수가 버선발로 지휘대에서 뛰어내려 나와 군영(軍營)의 문을 열고 망자와 애원을 들이라 하니라. 진중(陣中)이 요란한 중에 들어오는데, 과연 난향이 삭발하고 검은 베로 만든 장삼(長衫)에 송낙을 쓰고서 옻칠을 한 헝겊으로 만든 바랑을 동여매고는 스승을 모시고 들어오더라. 장 원수가 난향의 손을 잡고 목 놓아 큰소리로 우니, 난향이 잠시 기절했다가 통곡하였고 망자도 곁에서 눈물을 흘렸으며 모든 군사들도 또한 슬퍼하더라.

장 원수가 양 부인과 난향을 위로하며 지휘대에 모시고 들어가 인사를 마치고는 좌정한 뒤 그간 겪은 일을 대강 이야기하고 나서 즉시 교자(轎子: 가마)를 갖추도록 분부하여 양 부인과 난향을 태우고 바로 행군하였다. 몇 달 만에 형주에 다다라서는 장 원수가 기병(騎兵) 50명에게 명하였다.

"양 부인과 난향을 기주 장미동에 모셔두고 오라."

그리고는 난향을 불러 말했다.

"머지않아 만나 볼 것이니 양 부인을 착실히 모셔라."

이렇듯 애틋하게 두 사람을 보내니, 여러 장수들이 물었다.

"이들은 다 뉘시나이까?"

장 원수가 말했다.

"애원은 우리집 시비이고 그 부인은 이 시랑 댁의 양 부인이라. 이번 난리 중에 화를 피하여 산속에 들어갔다가 그곳에서 중을 만나 머리를 깎고 중이 되었다는구나. 그 집과 우리집은 대대로 친하게 지내는 사이이니, 내가 어찌 모시기를 무관심하랴."

그제야 여러 장수들과 군졸들이 모두 장 원수가 기주에 사는 줄 알았고 문벌(門閥)을 짐작하였으니 무슨 의심이 있으리오. 차례로 길을 떠나 황성으로 행군하더라.

각설. 이때 황제는 두 원수의 소식이 딱 끊어져 밤낮으로 잠자는 일과 먹는 일이 편안하지 못했다. 어느 날 장 원수가 장계를 올렸는데, 황제가 뜯어서 보니 승전한 첩서(捷書)를 비롯해 남선우의 항서와 오국(五國) 왕들의 항서를 동봉하였더라. 아울러 남선우와 오국 왕들로부터 받은 예단(禮緞)과 금백(金帛)을 함께 드리니, 황제가 크게 칭찬하여 말했다.

"장 원수가 한번 정벌하러 가서 적병을 무찔러 선우를 사로잡고, 또 남만(南蠻) 오국(五國)을 항복시켜 승전해 온다 하니, 장 원수의 공을 어찌 다 말하리오."

황제는 이렇게 장 원수가 쉬이 돌아오기를 기다리며, 또 이 원수가 오랑캐 나라로 떠난 뒤 소식이 없음을 더욱 근심하더라.

한편, 이 원수가 북흉노를 쫓아 서릉 땅에 다다르니, 북흉노는 이 원수가 쫓아온 것을 보고서 배를 타고 서릉도로 달아나더라. 이 원수도 배를 타고 바로 쫓아 서릉도로 들어가 한번 호통을 치며 청룡도를 높이 들어서 북흉노왕의 목을 치니 그의 머리가 말 아래로 떨어지더라. 이어 적군을 호령하니 북흉노가 일제히 항복하더라. 이 원수가 적군을 잡아들여 그 죄를 묻고서 장수는 곤장 30대를 치고 내보내니, 적진의 여러 장수들이 이 원수의 인자하고 후덕한 은덕을 기리며 물러나더라.

이날 이 원수는 서릉도에서 곧바로 길을 떠나 황성으로 행하더라. 바다의 한복판에 다다르자 갑자기 큰바람이 일어나며 푸른 파도가 심하게 출렁이고 풍랑이 걷잡을 수 없는지라, 이 원수가 탄 배는 바람을 따라 정처 없이 떠다니다가 수일 만에 한 곳에 당도하니 조그마한 섬이더라. 이 원수가 자세히 살펴보니 괴이한 짐승이 있는데, 온몸에 털이 나서 전신을 덮고 있었다. 귀신도 아니고 사람도 아닌 것 같아서 무엇인 줄 알지 못할레라. 이 원수가 배에서 내려 언덕에 오르니 그 짐승이 점점 가까이 다가와 곁에 앉으며 말을 하였는데, 목소리를 들으니 사람일러라. 그 짐승이 원수에게 물었다.

"상공(相公)은 무슨 일로 이 험한 곳에 오시나이까?"

이 원수가 대답했다.

"나는 중원(中原)에 사는데 북흉노의 난을 만나 도적을 쫓아 서릉도로 가서 도적들을 잡아 항복시키고 돌아가는 길에 바다 한복판에서 풍랑을 만나 이곳에 왔거니와 노인은 본디 이곳에 살고 계시나이까?"

그 노인이 원수의 목소리를 듣고 허옇게 센 머리칼 사이로 눈물이 비 오듯 하면서 말했다.

"나도 본래는 중원 사람인데 우연히 이곳에 들어와 여러 해 동안 고생하며 살았으나, 사람이 살지 않는 땅으로 사방을 둘러봐도 사람의 자취라곤 찾아볼 수 없는 적막하기 그지없는 곳인데다 날짐승도 길짐승도 없었는지라 고향 사람의 목소리를 들었으니 어찌 반갑지 않으랴만, 한편으로는 기쁘기도 하고 다른 한편으로는 안타깝기도 하오이다."

노인이 이렇게 말하며 통곡하니, 이 원수 또한 마음이 아프고 슬퍼서 눈물을 흘리며 대답했다.

"중원에 사셨으면, 어느 땅에 사셨으며 성명은 뉘라 하시니까?"

노인이 대답했다.

"나는 기주 땅 모란동에 살던 이익일러니, 나라에 바른말을 하였다가 소인의 참소를 입어 만 리 머나먼 유배지로 애비와 아들이 같이 길 떠나가다가 큰 바다 한가운데서 사공 놈들의 해코지를 받아 우리 부자가 함께 바닷물에 빠졌더니이다. 천행으로 나는 용왕께서 구해주시는 은혜에 힘입어 살아나서 이곳에 와 산속의 과일 열매를 주워 먹고 죽은 고기를 건져 먹으며 자그마치 8년을 지내고 있나이다."

이 말을 들은 이 원수가 다시 물었다.

"아들 하나를 두었다 하시니 이름이 무엇이니까?"
"자식 이름은 대봉이외다. 13세에 이별하였으니 금년 나이는 21세로소이다."

대봉이 그제야 부친인 줄 정말로 알고 땅에 엎드려 통곡하며 말했다.

"아닌 게 아니라 소자(小子)가 대봉이옵니다. 부친께서는 자식을 몰라보시나이까?"

이 시랑이 또한 대봉이란 말을 듣고 크게 놀라 얼굴빛이 하얗게 변하며 달려들어 대봉의 목을 안고 뒹굴며 통곡하였다.

"대봉아, 네가 죽어 영혼이 되어 왔느냐 살아 육신인 것이냐? 이게 꿈이냐 생시냐? 꿈이거든 깨지 말고 혼이라도 함께 가자."

이렇듯이 서로 붙들고 통곡하다가 이 원수가 부친을 위로하며 자세히 살펴보건대, 부친의 얼굴은 온몸에 난 터럭 속에 뚜렷하지 않으나 애틋하고 따뜻한 마음이 목소리에 묻어나니 이것이 천륜(天倫)이 아니랴. 이 원수도 바닷물 속에 빠졌다가 용왕이 구해준 것에 힘입어 살아나서 백운암에 들어가 공부하고 화산도사가 지시한 대로 중원에 들어가 흉노군을 무찌르고 벼슬한 것을 이른 뒤에 말했다.

"흉노를 쫓아 서릉에 들어가 흉노를 잡고 중원으로 돌아가는 길에 밝은 하늘이 도우시어 우리 부자가 서로 만났으니, 하늘이 돕고 신령이 도운 것이로소이다."

부자가 서로 그간 겪었던 일을 이야기한 뒤, 이 시랑과 이 원수는 양 부인이 살았는지 죽었는지를 알지 못해 절로 한탄하고 또 장애황이 시집을 갔는지 안 갔는지 알지 못해 탄식하더라.

그러다가 이 원수는 부친을 위로하며 배에 모시고 빨리 가기를 재촉해 중원(中原)으로 가고 있는데, 문득 물위로 푸른 옷을 입은 동자 두 명이 한 척의 조그마한 배를 저어오며 이 시랑과 이 원수에게 읍(揖)하였다. 자세히 살펴보니, 한 아이는 이 시랑을 구해주었던 동자이고 또 다른 아이는 대봉을 구해주었던 동자일러라. 지난날의 일을 이야기하며 구해준 은혜를 못내 치하하며 무수히 사례하니, 두 동자가 공손히 받고 말했다.

"저희들은 우리 대왕님의 명을 받자와 이 원수를 모시러 왔사오니, 엎드려 원하건대 이 원수께서는 수고롭다 여기지 마옵시고 저희와 함께 가기를 바라옵거늘 깊이 생각하옵소서."

이 원수가 대답했다.

"용왕님의 덕택과 동자의 은혜는 죽어서 백골이 된 뒤에도 잊을 수 없거늘, 우리 부자의 죽을 목숨이 용왕님의 넓으신 은덕으로 살아났으니 어찌 수고롭다 하리오."

이 원수가 부친을 모시고 그 배에 올라 한 곳에 당도하니, 해와 달이 내리비추어 하늘과 땅이 환하고 밝아서 그야말로 별천지였지만 인간세상이 아니었다. 탁 트이고 매우 넓은 땅에 단청(丹靑)을 곱게 입힌 대단히 크고 웅장하던 누각들이 즐비하였는데, 황금빛 큰 글자로 「서해 용궁(西海龍宮)」이라 뚜렷이 써 붙였더라. 이 시랑과 이 원수가 궁궐 문에 당도하니 서해 용왕이 통천관(通天冠)을 쓰고 용포(龍袍)를 입고서 마중 나와 맞이하는데, 수궁의 모든 벼슬아치들과 무수한 물고기들이며 푸른 치마 붉은 치마를 입은 시녀들이 에워싸고 나왔다. 이 시랑과 이 원수를 맞아서 옥으로 만든 자리에 모시고 인사를 마친 뒤에

서해 용왕이 말했다.

"과인(寡人)이 앉아 이 원수를 청하였으니 그 허물을 용서하소서."

이 원수가 말했다.

"소장(小將) 부자의 거의 죽게 된 목숨이 대왕의 은덕을 입사와 보존하였사오니 그 은혜는 죽어서 백골이 된 뒤에도 잊을 수 없는지라, 만분의 일이나마 갚기를 바라던 차에 이다지도 친절하고 정성껏 대접해 주시니 도리어 감사하나이다."

서해 용왕이 대답했다.

"과인(寡人)이 사리에 어두워 덕이 적어서 남해 용왕이 강병(强兵)을 거느리고 서해의 국경을 침범하였으니, 원컨대 장군은 한번 수고를 아끼지 마옵시고 용맹을 떨쳐서 형세가 다급하고 힘이 다한 과인을 돌보아주기를 바라나이다."

이 원수가 대답했다.

"속세의 인간이 비록 용맹과 힘이 있다한들 어찌 무궁한 조화를 부리는 남해 용왕을 당하리오만은, 힘을 다하여 대왕의 은덕을 만분의 일이나마 갚으리다."

서해 용왕이 크게 기뻐하여 즉시 이 원수를 대사마 대장군으로 봉하여 대장군의 절월(節鉞)을 주니, 이 원수가 즉시 월각투구에 용린갑(龍鱗甲)을 입고 오추마(烏騅馬)를 비스듬히 타고는 청룡도(靑龍刀)를 높이 들고서 서해 수궁의 정병(精兵) 80만 대군을 거느리고 전쟁터로 나아가는데, 북을 치고 나팔을 불며 아우성치는 소리가 천지를 진동하였

고 깃발과 창검들은 빛나서 햇빛과 달빛이 오히려 그 빛을 드러내지
못하더라.

이 원수가 서해 용궁의 군사를 거느리고 남해 용궁의 국경에 다다르
니, 남해 용왕이 이미 진을 치고 있어서 격서(檄書)를 전하여 싸움을
청하며 남해 용궁의 군진(軍陣)을 살펴보니라. 남해 용궁의 군대가 진
을 쳤는지라, 이 원수는 어관진(魚貫陣)을 펼쳐 승부를 결정지으려 하
자, 남해 용왕이 쌍룡투구에 구름문양이 그려진 비단으로 만든 갑옷을
입고 천사검(天賜劍)을 들고서 교룡마(蛟龍馬)에 올라탄 뒤 군진의 문
을 나서며 소리쳤다.

"대명국의 대봉아, 네 무슨 재주를 믿고 감히 나의 대병에 항거하고자
하느냐?"

남해 용왕이 풍운조화를 부려 이 원수를 에워싸자, 이 원수가 육정
육갑(六丁六甲)을 베풀어 남해 용왕의 진법을 헤치고 금쇄진(金鎖陣)
을 깨트린 뒤 어관진(魚貫陣)을 펼치고 한번 북을 쳐 남해 용왕의 군사
를 물리쳤다. 이 원수가 우레 같은 소리를 천둥 치듯 지르고 월각투구
에 용인갑을 입고 조화를 부리며 오추마를 타고 구름과 안개 속에서
청룡도를 마구 휘두르니, 남해 용왕이 견디지 못하여 끝내 진문을 열
고 나와 항복하더라. 이 원수가 남해 용왕의 항서를 받아가지고 승전
고를 울리며 서해 용궁으로 돌아오니, 서해 용왕이 마중 나와 이 원수
를 치하하고 그 공을 사례하며 칭송해 마지않았고 또 이 시랑도 못내
즐거워하더라.

이튿날, 서해 용왕이 태평연(太平宴)을 베풀고 사자(使者)에게 선관
(仙官)과 선녀(仙女)를 초청하라고 하였다. 선관과 선녀를 비롯해 모든

충신열사(忠臣烈士)들이 한꺼번에 들어와 동서로 자리를 나누어 앉고, 서해 용왕이 주인 자리에 앉은 뒤에 이 원수의 전공(戰功)을 자랑하니, 이 원수 또한 일어나 예의를 갖추어 인사를 마친 뒤에 서해 용왕에게 말했다.

"소장은 인간세상의 사람으로 이처럼 존귀한 자리에 참석하니 감격하거니와, 감히 묻잡노니 존귀한 이 자리의 모든 분들의 존호(尊號)를 알고자 하옵니다."

서해 용왕이 말했다.

"동쪽의 모든 선관은 안기생(安期生)·적송자(赤松子)·왕자진(王子晉)·굴원(屈原)이요, 서쪽의 모든 선녀는 항아(姮娥)·직녀(織女)·서왕모(西王母)·농옥(弄玉)이요, 만고충신은 오자서(伍子胥)를 비롯한 충신이요, 저편에 앉은 손님은 이태백(李太白)·여동빈(呂洞賓)·장건(張騫)이요, 이편에 앉은 손님은 마고선녀(麻姑仙女)·낙포선녀(洛浦仙女)·아황(娥黃)·여영(女英)인데 모두 모였나이다."

태평연에 모인 이들이 모두 백옥병(白玉瓶)을 기울여 술을 부어 서로 권하면서 풍류음악을 베풀었는데, 왕자진(王子晉)의 봉피리, 성련자(成蓮子)의 거문고, 악어가죽 북[擊鼉鼓], 용 장식의 옥피리[玉龍笛]로 연주하고 능파사(凌波詞)·보허사(步虛詞)와 우의곡(羽衣曲)·채련곡(採蓮曲)을 곁들여 노래하니 풍류음악이 장하더라. 오자서(伍子胥)는 칼춤을 추며 나랏일을 의논하였고, 이태백(李太白)은 술에 반쯤 취하여 흰 두건을 삐딱하게 쓰고 좌중에 꿇어앉아 스스로 주중선(酒中仙)이라 하니 자리에 있던 사람들이 모두 크게 웃더라. 아황(娥黃)과 여영(女英)은 남풍시(南風詩)를 읊조리니 소상강(瀟湘江) 저문 날에 백학(白鶴)이 우짖는 듯했고 무산(巫山)에 사는 잔나비가 가을바람에 소리내어 우는 듯해라.

잔치를 파하고 각각 돌아갈 때, 흰 노새를 탄 여동빈(呂洞賓), 고래를 탄 이적선(李謫仙: 이태백), 사자를 탄 갈선옹(葛仙翁: 갈홍), 구름을 탄 적송자(赤松子), 푸른 학을 탄 직녀(織女) 등이 하늘로 올라갔다. 모든 선관과 선녀가 제각기 이 원수에게 정을 표할 때 적송자는 옷을 주었는데, 안기생은 대추를 주며 말했다.

"이 과실이 비록 작으나 먹으면 빠진 이도 다시 나니 가져가소서."

이어 왕자진은 짧은 피리를 주었고 굴원은 책을 주었고 용녀(龍女)는 연적(硯滴)을 주었고 오자서는 병서(兵書)를 주었고, 농옥은 옥패(玉珮)를 주었는데, 이태백은 술을 주며 말했다.

"이 병이 비록 작으나 매일 300잔을 마셔도 마르지 않으리라."

또 이어서 항아는 계수나무 한 가지를 주었고 직녀는 수건 한 장을 주었고 아황과 여영은 반죽(斑竹) 한 가지를 주었다. 태평연에 참석한 이들과 제각기 작별한 이 원수가 또한 서해 용왕에게도 떠나기를 청하니 서해 용왕이 만류하지 못하여 전송하면서 황금 500냥을 주었지만, 이 원수가 군이 사양하고 받지 아니하자 서해 용왕이 또 야광주 2개를 주었다. 이 원수가 어쩔 수 없어 받아 행장에 간수하고는 부친을 모시고 용궁을 떠나 궐문을 나서는데, 서해 용왕이 백관을 거느리고 궁궐의 뜰까지 나와 애틋하게 작별하니 그 모습은 비할 데가 없더라. 차례로 길을 떠나 황성으로 올라오더라.

각설. 이때 장 원수도 군사를 재촉하여 몇 달 만에 황성에 당도하

니, 황제가 친히 백관을 거느려 궁궐의 뜰까지 나와 영접하였다. 장
원수가 말에서 내려 땅에 엎드리자, 황제가 장 원수의 손을 잡고 말
했다.

"머나먼 곳으로 정벌 나가서 큰 공을 세우고 무사히 돌아오니 다행이
로다."

황제가 또 여러 장수들과 군졸들을 위로하고 함께 궐내로 들어가는
데, 그 위용이 성대하였다. 장 원수는 갑옷을 단단히 입고 봉황의 눈
을 반만 뜨고서 7척의 천사검(天賜劍)을 비스듬히 들었으며, 여러 장
수들은 서열대로 장 원수를 모시어 호위하였으며, 깃발과 창검을 든
3천의 병마는 앞뒤에서 줄지어 행군하였으며, 그 가운데서 10길이나
되는 붉은 깃털이 달린 사명기(司命旗)가 펄럭이고 승전의 북소리와
행군의 북소리가 산천을 들썩이더라. 성 안팎의 백성들이 다투어 장
원수의 행군 위용을 구경하다가 친척을 찾아 서로 부르면서 나오니 진
실로 장관일레라.

장 원수가 궐문에 들어갈 때 군사들을 머물러 있게 하고 궐내에 들
어가니, 황제가 장 원수를 위로하여 태평연을 베풀었다. 정서문에 황
제가 친히 좌정하고 수많은 군사들을 위로하며 말했다.

"너희들이 만 리 머나먼 곳으로 정벌에 나가 장 원수와 고난을 함께하
였으니, 짐(朕)이 어찌 무심할 수 있으리오."

그리고는 황제가 술과 고기를 많이 하사하면서 궁중 아악(雅樂)을
갖추어 태평곡(太平曲)을 부르며 장 원수의 전공(戰功)을 기리도록 사
흘 동안 잔치를 열어 즐기게 하였다.

바로 이때 이 원수가 부친을 모시고 여러 날 만에 황성 아래에 이르렀다. 조정의 모든 벼슬아치들과 온 군대가 놀라 바라보니, 월각투구에 용인갑(龍鱗甲)을 입고 오추마(烏騅馬) 위에 높이 앉아 청룡도(靑龍刀)를 비스듬히 들고서 거침없이 들어오는데 위엄이 엄숙하고 태도가 당당하더라. 한 필의 말을 타고 한 자루의 창을 들고서 오추마의 날랜 걸음으로 눈 한번 깜짝할 사이 황성에 이르렀다. 황제와 모든 벼슬아치들이 크게 놀라면서도 크게 기뻐하며 한꺼번에 나아가 영접하자, 잔치 자리가 분주하고 여러 장수들과 군졸들이 공경해 어려워하더라.

황제가 친히 나아가니, 이 원수가 말에서 내려 땅에 엎드리고 죄를 청하며 말했다.

"신(臣)이 제 분수에 넘치게도 사람이 살지 않는 외딴섬 무인절도(無人絶島)에서 죽게 된 아비를 황명을 받잡지 않고 데려왔사오니, 그 죄는 죽어도 아깝지 않을 것이로소이다."

황제가 이 원수의 손을 잡고 위로하며 말했다.

"이 원수는 진정하라! 짐이 사리에 어두웠던 것을 너무 싫어하지 말고 그 부친을 함께 모시어 짐의 겸연쩍고 부끄러움을 덜게 하라."

이때 이 시랑이 들어와 땅에 엎드려 통곡하며 말했다.

"소신(小臣)이 충성스런 마음이 부족하여 폐하를 길이 모시고 환난에서 보필하지 못하였사오니, 어찌 신하 된 자의 도리라 하오며 무슨 면목으로 폐하를 대면하오리까?"

황제가 이 시랑의 손을 잡고 위로하며 잔치 자리로 들어가서는 황명을 내려 문무제장(文武諸將)에게 제후(諸侯)로 봉하고 관작(官爵)을 주면서 이 시랑을 우승상으로 봉하며 말했다.

"한(漢)나라의 소무(蘇武)는 북해(北海)에 유배되어 절개를 지키다가 10년 만에 고향에 돌아와서 한무제(漢武帝)를 보았으니, 이제 승상도 그와 같도다."

황제가 또 두 원수를 돌아보며 말했다.

"짐(朕)이 사리에 어두워 충신을 머나먼 곳으로 유배 보내고 나라의 변란을 만나 사직이 위태하게 되었더니, 두 원수를 만나서 사직을 안전하게 보존하였도다. 게다가 오랑캐를 물리쳐 짐이 궁궐로 돌아올 수 있게 하고, 또 호국에 들어가 흉노를 평정하여 짐의 근심이 없게 되었도다. 만고의 아주 오랜 세월 동안 이런 충신들은 드물지라."

황제가 두 원수를 제후로 봉하고 관작을 주는데, 대봉을 병부상서 겸 대사마 대장군으로 삼아 초왕(楚王)에 봉하였고, 장 원수를 예부상서 겸 연국공으로 삼아 연왕(燕王)에 봉하였다. 두 원수와 이 승상은 청향궁에 우선 거처하게 하였고, 정벌에 나갔던 장수들에게도 모두 제각기 벼슬을 내려 원망이 없게 하였고, 군사들에게도 다 제각기 첩지(牒紙)를 내려 집집마다 부과하던 잡역(雜役)을 함부로 하지 못하도록 하였다. 이에, 이 승상과 초왕, 연왕 두 왕이 황제의 정중히 사례하고 청향궁으로 물러나왔다. 그리고 황제가 여러 장수들과 군졸들을 불러 귀가하도록 하니, 황제의 성은을 감축하면서 두 원수의 공덕을 일컬으며 서로 만세를 부르고는 각각 돌아갔다.

그런 뒤에, 황제가 큰 잔치를 베풀고 조정의 모든 벼슬아치들을 모아 하루 종일 즐기고는 말했다.

"짐(朕)이 두 공주를 두었는데, 하나는 화양공주로 나이가 18세이고 또 하나는 화평공주로 나이가 16세인지라 부마(駙馬)를 정하고자 하여 밤낮으로 근심하였도다. 이때를 당하여 두 왕의 사정을 살펴보니 모두 미혼일러라. 화양공주를 초왕의 비(妃)로 정하고 화평공주를 연왕의 비로 정하여 짐의 뜻을 이루고자 하노니, 경들의 생각이 어떠하뇨?"

조정의 모든 벼슬아치들이 다 즐거워하는 중에 이 승상과 초왕이 황제의 은혜에 사례하며 말했다.

"소신(小臣)들이 관작을 받고 왕위에 오른 것만으로도 더할 수 없이 귀중한 은혜이옵거늘, 무슨 공덕이 있어 또한 겸하여 공주의 부마로 간택해 주시오니 황공하고 감사하옵나이다."

이 승상과 초왕이 황제의 은혜에 못내 사례할 때, 연왕은 땅에 엎드려 아뢰었다.

"신(臣)은 물러나 폐하께 아뢸 사정이 있사오니, 우선 신의 사정을 헤아려 말미를 주옵소서."

연왕이 처소로 물러나와 생각하니 분한 마음이 하늘을 찌를 듯 치솟아 오르고 답답한 마음을 참을 수가 없었다. 이에 칼을 빼어 서안(書案)을 쳐서 문밖으로 내동댕이치고 그간에 겪었던 일들을 생각했다.

'조정의 대신들은 모두 기풍과 공덕을 떨쳤거늘, 나는 그에 비하면 벼슬이 너무 지나쳐 몸소 감당할 수 없을 듯했다. 그래서 벼슬을 버리고 고향에 돌아가 깊숙한 규방에서 조상의 제사를 받들려 했다. 하지만 원수 왕회를 죽여 분을 풀고자 하는 마음에 그대로 있었더니, 천만뜻밖에 황상께서 나를 공주의 부마로 간택하시는지라 내 사정이 절박하게 되었

다. 내 생각하건대 이 승상과 초왕이 시아버님과 부군인 줄 대강 짐작은
하였지만, 오늘 볼진대 더 이를 데 없이 정말일러라. 왕회와 진택열을 내
칼로 죽인 뒤에 실상을 아뢸까 하였더니만, 내 아니고도 죽일 임자가 있
었구나.'

연왕이 이렇게 생각하고는 즉시 상소를 지어 탑전(榻前)에 올리니,
그 상소는 이러하다.

「한림학사 겸 예부상서 연국공 연왕(燕王)은 삼가 머리를 조아리며 거
듭거듭 절하옵고 한 장의 글월로써 폐하께 말씀을 올리나이다. 신(臣)이
본디 원한이 사무쳐 여자의 몸으로 남복(男服)을 하고서 위로는 폐하를
속이고 아래로는 모든 벼슬아치들을 속였사온데, 폐하의 은혜가 한이 없
어 한림학사에 이르렀나이다. 이때 외적이 강성하여 침범해오자, 뜻밖에
조정의 천거로 외람되게도 상장군의 절월(節鉞)과 대원수의 인신(印信)
을 받자와 전쟁터에 나아가게 되었으며, 전쟁터에서 반적(叛賊)을 잡고
백성들의 마음을 어루만져 안정시키고 돌아온 것은 폐하의 넓으신 덕택
이었나이다. 신첩(臣妾)의 본색을 일찍 아뢰고는 벼슬을 버리고 고향에
돌아가 깊숙한 규방을 지키며 세상을 마치는 날까지 조상의 제사를 받들
려 했나이다. 하지만 그렇게 하지 않고 우승상 왕회를 죽여 원수를 갚고
자 한 것은 왕회가 이 시랑의 부자를 죽인 원수였고 또 신첩의 부모가
모두 세상을 떠나도록 하게 한 원한 때문이었나이다. 오늘 살펴볼진대
밝은 하늘이 도우시사 이 시랑의 부자가 살아왔사오니, 신첩의 평생소원
이 풀릴 것 같사옵니다. 엎드려 바라건대 폐하께서는 신첩의 사정을 살
피시어 초왕 대봉과 신첩으로 하여금 평생소원을 풀고 무궁한 즐거움을
누리도록 해주시기를 더없이 간절히 바라나이다.」

황제가 상소문을 다 보고나서 크게 놀라고 크게 칭찬하며 말했다.

"만고의 아주 오랜 세월 동안 드문 일이로다. 새 가운데 봉황새요, 여자 가운데 호걸이로다. 여자의 몸이 되어 남자의 옷으로 갈아입고 과거에 급제하여 기둥과 주춧돌 같은 신하가 되어 짐(朕)을 섬기다가 남방의 변란을 평정하여 오랑캐를 소멸하고 커다란 전공(戰功)을 이루고 돌아왔도다. 그 공적으로 봉작(封爵)을 아끼지 아니하였거늘, 오늘 상소를 보니 충효를 겸하였도다."

황제는 즉시 이 승상과 초왕 대봉을 입시(入侍)하라 하여 연왕의 상소를 보여주니, 이 승상과 초왕이 연왕의 상소문을 다 보고나서 크게 놀라고 크게 기뻐하는 중에 이 승상이 말했다.

"전 한림학사 장화와는 정의가 이미 도타웠던 데다 서로 아들과 딸을 낳은지라 자녀들이 장성하거든 혼례하자고 하였는데, 소신(小臣)의 죄가 무거워 황명을 받자와 일이 어긋났나이다. 그 사이에 죽었는지 살았는지 알지 못하던 차에 어찌 또 이처럼 장성했을 줄 아오리까. 오늘 상소를 볼진대 이 모두는 폐하의 넓으신 은혜인가 하나이다."

황제가 말했다.

"초왕의 이름은 대봉이고 연왕의 이름은 애황이라 하니, 이는 반드시 옥황상제께서 짐(朕)의 사직을 받들게 하려고 봉황을 주심이로다."

그리고는 황제가 예관(禮官)을 명하여 연왕의 첩지(牒紙: 임명장)와 예부상서의 첩지는 거두고 다른 벼슬은 윤허하였다. 또 황제가 친히 시녀(侍女)를 중매쟁이로 삼고 태사관(太史官)에게 길일을 잡도록 하여 어전(御殿)에서 혼사를 주관하니, 이대봉과 장애황의 혼사가 이루어져 그 결혼식의 모습이 찬란하였다. 침향궁을 수리하고 구름 같은 차일(遮日)은 하늘 높이 쳐 궁궐 안에 교배석(交拜席)이 차려졌는데,

3천 궁녀가 신랑 신부를 모시어 섰고 조정의 모든 벼슬아치들도 다 나와 섰으니 이러한 위엄은 천고의 아주 오랜 세월 동안 처음 있는 일일러라. 초왕이 교배석에 나오는데, 몸에는 청룡과 일월을 수놓은 곤룡포(袞龍袍)를 입고서 봉황에 학을 수놓은 대(帶)를 하였고 머리에는 금관(金冠)을 썼고 허리에는 원수의 인신(印信)과 상장군의 절월(節鉞)과 병마대원수의 인신(印信)을 찼더라. 또 신부가 나오는데, 몸에는 칠보(七寶)로 단장한 명월패(明月牌)를 찼고 머리에는 금화관(金花冠)을 썼고 허리에는 대원수의 인신(印信)과 병마상장군의 절월(節鉞)을 매었더라. 채색 비단옷을 입은 궁녀들이 좌우에서 신부를 모시고 나오니, 남해의 관음보살(觀音菩薩)이 바다 위에 솟은 듯했고 둥글고 밝은 발이 뚜렷이 동쪽의 부상(扶桑) 위로 돋은 듯했는지라, 달 같은 자태와 꽃다운 얼굴 월태화용(月態花容)이 사람의 정신을 황홀하게 하더라.

신랑 신부가 결혼잔치를 치르는데 황금 술잔을 들어 서로 마시니, 비취와 공작이 연리지(連理枝)에 깃들인 듯했고 원앙새가 녹수(綠樹)에 노니는 듯했다. 대례(大禮)를 다 마친 뒤에 해가 저물자, 결혼잔치에 참석한 대신들이 제각기 처소로 돌아가고 신랑 신부는 신방(新房)으로 들어갔다. 수백의 궁녀들이 밤새도록 곁에서 지키는 가운데 동방화촉(洞房華燭)의 첫날밤에 신랑신부가 평생의 한을 푸니, 사랑스럽고 즐겁고 신기함을 어찌 다 형언할 수 있으랴.

원앙과 비취의 즐거움을 누리고 밤을 보낸 뒤, 초왕이 즉시 조복(朝服)을 갖추어 입고서 궐내에 들어가 황제에게 정중히 절하니라. 황제가 즐거워하며 말했다.

"짐(朕)이 경(卿)의 마음속에 품고 있던 사랑을 이루도록 해주었으니, 경도 짐이 바라는 바를 저버리지 말라. 옛날 요(堯)임금의 딸이 순(舜)임금의 왕비가 될 때도 두 딸이 함께 순임금을 섬겼으니, 이제 짐도 그와 같이 하리로다."

그리고는 황제가 초왕을 부마(駙馬)로 정하니라. 초왕이 이를 사양하지 못하고 물러나와 부친께 부마가 될 수밖에 없는 까닭을 말씀드리니, 이 승상이 황제의 은혜를 못내 사례하였다. 또 장 부인이 이를 알고 시아버지께 예의를 갖추어 감축하니, 이 승상이 한편으로는 기뻐하면서도 다른 한편으로는 슬퍼하며 지난날의 일을 이야기하였다. 이에, 장 부인이 지난날 바닷가에서 수륙재(水陸齋)를 지낸 일과 시어머님을 장미동에 모셔다가 시비 난향과 함께 지내게 한 일 등을 아뢰니, 이 승상이 크게 놀라고 크게 기뻐하며 말했다.

"이러한 일은 고금에 없는 일이리라."

이 승상이 즉시 초왕을 불러 사연을 말하니, 초왕이 장 부인에게 고마워하고 그날 바로 금등(金鐙)을 단 옥교(玉轎: 지붕이 없는 가마)를 갖춘 뒤에 침향궁의 노비로 하여금 탑전(榻前)에 들어가 이 일을 아뢰도록 하였다. 그리고서 초왕 내외는 기주 장미동으로 길을 떠나 며칠 만에 장미동에 당도하여 사당(祠堂)에 배알하고 모친을 만나 서로 그리워하던 마음을 이야기하는데, 그 살뜰하게 보살피고 사랑하며 애틋하게 여기는 정을 어찌 다 형언하랴. 또 장 부인이 못내 슬퍼하는 마음을 어찌 다 기록하랴. 초왕이 또한 장 한림 댁의 사당을 모시고 집안일을 하던 가정(家丁: 노복)을 거느려 황성에 올라와 이 승상을 뵈었다. 양 부인이 이 승상을 살펴보더니 '터럭이 어수선하여 알아보기 어렵도다.' 하자, 이 승상은 '부인이 머리를 깎아서 알아보기 어렵도다.' 하였다. 이렇듯 서로 기뻐하면서도 슬퍼하는 모습은 한 마디로 다 이야기하기 어렵더라.

이때 황제가 이 사연을 듣고 이 승상을 초나라의 태상왕에 봉하고 그 부인을 정렬왕비에 봉하며 많은 예물을 하사하니, 이 승상이 황제의 은혜에 감사하여 머리를 조아리며 그 마음을 전하고 물러나왔다. 또 황제가 각자의 처소를 정해주었는데, 태상왕과 정렬왕비는 숭례궁에 거처하게 하고, 초왕과 충렬왕후는 침향궁에 거처하되 시녀 100명으로 하여금 수발들게 하였다. 그리고 초왕에게 만종록(萬鍾祿)을 주고 그 부친 태상왕은 또 친국문 제후에 봉하여 만종록을 받게 하니, 초왕의 부자는 부귀가 천하의 으뜸일레라.

한편, 초왕이 흉노를 정벌하러 호국에 갈 때 우승상 왕회를 잡아 전옥(典獄)에 가두어 놓았는데, 그 사이에 일이 많이 벌어져 몹시 어수선해 죄상을 들추어 밝히지 못하였다. 초왕과 태상왕이 정서문에 나와 앉고 왕회를 잡아내어 그간의 저지른 죄목(罪目)을 물은 후에 사공 10여 명도 잡아들여 하나하나 빠짐없이 모든 죄상을 밝혔다. 이에, 장안의 큰길가에서 외쳐 말했다.

> "소인 왕회가 충신을 모함하여 유배지로 보낼진대, 금은(金銀)을 많이 주고 사공 놈들과 함께 모의하여 황제의 명으로 유배 가는 우리 부자를 꽁꽁 묶어 만경창파(萬頃蒼波)의 깊은 물속에 던져 넣었도다. 무지한 필부(匹夫)인 사공 놈들이 금은만 생각하고 인의(仁義)를 몰랐으니 어찌 살기를 바랄쏘냐. 타고난 운명이 감돌고 순탄해 초왕 부자가 살아나서 만종록(萬鍾祿)을 받았거니와, 무지한 뱃놈들의 용납하지 못할 죄를 조목조목 생각하며 시각을 지체하랴."

자객(刺客: 망나니)에게 명하여 장안의 큰길가에서 뱃사공들의 머리를 베게 하였다. 다시 왕회를 계단 아래에 꿇리고는 초왕이 청룡도를 들어 왕회의 목을 겨누며 말했다.

"원수 왕회 놈을 이 큰 칼로 베어야 할 것이로되, 우리 부자가 천행으로 살아나서 나라의 은혜가 한이 없는지라 황상의 넓으신 성덕을 생각하여 너도 우리 부자처럼 머나먼 곳으로 유배를 보내노니, 황상의 은덕을 죽어 귀신이 될지라도 잊지 말아라."

초왕이 그리고는 이러한 뜻을 황제에게 알리니, 황제가 초왕의 어질고 착한 성품을 칭찬하더라. 왕회 부자(父子)를 육지로부터 멀리 떨어져 있는 외딴섬으로 유배 보내어 달아나지 못하도록 가시울타리를 치게 하였다. 또 장 원수가 남선우를 정벌하러 출군하였을 때 병부상서 진택열을 군량관(軍糧官)으로 삼았지만, 진택열이 자신의 죄를 스스로 알고는 병석에 누워 일어나지 않고 있었는데, 초왕이 군졸을 호령하여 진택열을 잡아들여서 죄를 따져 밝히며 말했다.

"너는 지난날 병부상서로 있으면서 우승상 왕회 놈과 같은 무리가 되어 나랏일을 어지럽히고, 충성스런 신하들을 머나먼 곳으로 유배를 보냈도다. 소인의 화신이 되어 이간질로써 황상의 성덕을 가리고, 포악질로써 충신을 모함하여 죽였도다. 난세를 당하여 사직의 안전을 지키지 못하였으니, 너의 지난날 충심은 다 어디로 간 것이냐?"

진택열이 대답했다.

"소신(小臣)은 지난날 저지른 죄가 작지 않지만, 장 원수를 모시고 만리 머나먼 곳으로 정벌에 나가 고생하며 애쓴 마음이 있사오니, 엎드려 바라건대 초왕께서는 용서해주소서."

초왕이 크게 꾸짖어 말했다.

"너희 진가 놈들을 조정에 두지 못할러라. 지난날 환난을 당하였을 때에 네 사촌 병부시랑 진여 놈도 황상을 재촉하여 흉노에게 항서를 올리라 하였으니, 이 또한 반적과 같은 무리일러라. 너희를 죄다 처참해야 할 것이로되, 황상의 넓으신 성덕을 생각하여 너희를 황성에서 가장 멀어 누구도 쉽게 오갈 수 없는 원악지(遠惡地)로 정하여 유배 보내노니 빨리 돌아가 유배지로 떠나라."

그리고 초왕이 진여를 잡아들여서 진택열과 다 같이 유배 보내니, 조정의 모든 벼슬아치들과 백성들이 모두 초왕의 성덕을 칭송하지 않는 이가 없더라.

이때 황제는 초왕이 정사(政事) 돌보는 것을 보고 어찌 아름답지 아니하랴 하고는, 초왕을 두 공주의 부마로 정하고서 일관(日官)에게 길일(吉日)을 잡게 하니 춘삼월 보름이었다. 궐내에 큰 잔치를 베풀어 초왕과 혼인 예식을 올리려 한다 하니, 왕후(王后: 장애황, 충렬왕후)가 못내 즐거워하더라.

혼례일이 되자, 초왕은 용 문양을 박은 비단 도포(道袍)에 옥띠를 두르고 금관(金冠)을 쓰고서 조복(朝服) 차림으로 교배석(交拜席)에 나아갔고, 두 공주는 연두저고리에 다홍치마를 입어 색동옷으로 치장하고 밝은 달빛처럼 빛나는 옥패를 찼더라. 3천 궁녀가 두 공주를 좌우에서 부축하며 나오는 모습은 북두칠성을 좌우 양쪽에서 보필하는 별들이 갈라선 듯했고, 화려한 비단 옷은 햇빛을 가릴 듯했고, 두 공주의 달 같은 자태와 꽃다운 얼굴 월태화용(月態花容)은 주위를 환하게 하였다. 황금 술잔을 들어 대례(大禮)를 마친 뒤, 해가 져서 어둑어둑해지자 잠자려는 새가 둥지로 찾아들 때, 초왕과 두 공주가 동방화촉의 첫날밤에 원앙과 비취의 즐거움을 누렸으니 이것도 역시 하늘이 정하여 준 연분인가 하노라.

어느 날 황제가 초왕에게 궁궐에 들어오라 하고서 말했다.

"경(卿)이 이제 짐(朕)의 부마(駙馬)이지만 또한 초왕이 된 지 오래이니, 어찌 한 나라의 임금이 되고도 오래도록 짐의 슬하에만 머물면서 떠나지 아니할 수 있으랴. 즉시 길 떠날 채비를 하여 초나라에 들어가 백성들의 생활 형편을 잘 살펴 만세토록 그 이름을 널리 퍼지도록 하여라."

바로 그날에 두 공주가 길 떠날 채비를 하니, 화양공주를 숙열왕비로 봉하고 화평공주를 정안왕비로 봉하고는 금과 온갖 비단 등을 많이 하사하였다. 황제와 황후가 못내 애틋해하며 10리 밖까지 나와 전송하면서 말했다.

"봄가을로 조회(朝會)하라."

초왕과 태상왕이 머리를 조아리며 황제의 은혜에 감사하고 길을 떠나 초나라로 가는 도중, 초왕이 기주로 내려가 양가(兩家)의 선산을 찾아가서 묘소에 제사를 지낸 뒤 떠나려 할 즈음, 충렬왕후가 초왕에게 알렸다.

"지난날 신첩(臣妾)이 남복(男服)한 채로 여남 최 어사의 부인 댁에서 화를 피하였나이다."

충렬왕후는 아울러 최 어사의 부인이 3년 동안 자신을 불쌍히 여기어 은혜를 베풀면서 사랑해주던 곡진한 정과 그 댁 소저와 혼례를 의논했던 일 등을 하나하나 빠짐없이 모두 말했다. 초왕이 이를 듣고 못내 사랑하여 최 어사 댁으로 방문할 날짜를 알리는 통지문을 보내놓고 충렬왕후와 함께 찾아가니, 최 어사 댁에서 갈팡질팡 어쩔 줄 몰라 수

선스러운 중에 못내 반갑게 맞더라. 그간에 있었던 일들을 자세히 이야기하고는 초왕이 좋은 날을 택해 최 소저와 더불어 혼례를 치르니, 이것도 또한 하늘이 정해준 연분일러라. 원앙의 즐거움을 누리고는 며칠을 머물며 최 어사의 선산에 찾아가 묘소에 제사를 지내어 조상들께 작별을 고한 뒤, 최 어사 댁의 하인들을 수습하여 길을 떠나 여러 날 만에 초나라에 도착하였다. 초나라 조정의 모든 벼슬아치들, 여러 장수들과 군졸들이 궁궐의 밖까지 나와 영접하였다. 궁궐 안으로 들어가 각기 처소를 정하였다. 그리고는 최씨가 태상왕과 태상왕비를 뵈니 태상왕과 태상왕비가 못내 사랑하고 또 두 공주를 뵈니 또한 두 공주가 사랑하더라.

초왕이 어전에 자리를 잡고 앉아 여러 신하들의 조회를 받은 후에 나랏일 의논하면서 도총장(都總將)을 불러 말했다.

"군사가 얼마나 되는가?"
"갑옷을 입은 장졸이 30만이고 정병(精兵)이 40만이며, 철기(鐵騎)가 30만이고 궁노군(弓弩軍)이 20만이오니, 합하면 120만이나 되나이다."
"군량미와 소금과 마초는 어떠한가?"
"백미(白米)는 800만 석이고 백염(白鹽)이 500만 석이며 마초(馬草)는 산더미처럼 쌓여 있나이다."
"초나라의 땅은 얼마나 되는가?"
"하남이 30여 성이고 하북이 30여 성이며, 하서가 50여 성이고 강동이 40여 성이오니, 합하면 150여 성이 되나이다."
"장수는 얼마나 있느뇨?"
"지혜가 많고 용맹이 뛰어난 자가 100여 명이고, 그 나머지 장수가 수백 명이로소이다."
"성명을 올려라."

곧바로 장수의 명부가 올라오자, 초왕이 보니 지혜가 많은 장수로는 종형·종수·한선·백기·오인 등 10여 명이고 이정·곽회·정순·장달·왕주 등 20여 명이며 그 나머지 장수가 100여 명이었다. 이에 초왕이 말했다.

"다 각기 군사를 거느리고 훈련하여 전술을 익히도록 하라."

이처럼 군령을 엄숙하게 하니, 두려워하지 않는 이가 없더라. 백성을 다스리고 국정을 다스리는 데에 덕으로 감화시키니, 온 나라가 아무 탈 없이 편안하여 방방곡곡의 백성들은 격양가(擊壤歌)를 부르며 서로 만세를 불렀다. 게다가 비가 때맞추어 내리고 바람이 고르게 불어 해마다 풍년이 드니, 절로 나라를 부유하게 만들고 군대를 강하게 할 수 있는 권력을 가졌다. 이렇게 하여 국내가 태평하니 만백성이 칭송하더라.

이때 충렬왕후가 초왕에게 아뢰었다.

"난향의 공이 적지 아니하오니 대왕은 깊이 생각하옵소서."

초왕이 깨닫고 후궁으로 삼아 충렬왕비와 함께 거처하게 하니, 4처 1첩(四妻一妾)이 함께 거처하였다. 충렬왕비는 아직 후사를 잉태할 기미가 없는데 두 공주는 각각 2남씩 낳고 최 부인도 1남을 낳으니, 충렬왕후가 잉태할 기미가 보이지 않음을 초왕이 한탄하고 태상왕과 태상왕후도 민망하게 여기더라.

각설。 때는 대명(大明) 임자년(1492) 춘정월 보름일러라. 황제가 모든 신하들을 모아 즐기면서 태평 누리는 것을 생각하더니, 초왕 부부의 큰 공이 하늘처럼 높고 바다같이 깊다고 하며 하루 종일 잔치를 벌여 술에 잔뜩 취하였다. 이때 문득 정남 절도사 정비가 상소문을 올렸는지라 뜯어서 읽어보니, 그 상소문은 이러하다.

「남선우(南單于)가 또한 패전의 분을 이기지 못하여 남만(南蠻) 오국(五國)과 합세하여 장수 100여 명, 정병과 철기 500만을 징발하여 정남 땅을 침범해 백성을 무수히 죽이고 물밀듯 들어오니, 엎드려 바라건대 폐하께서는 급히 적군을 막으옵소서.」

황제가 상소문을 다 읽고 나서 크게 놀라 여러 신하들을 돌아보니, 여러 신하들이 동시에 아뢰었다.

"사태가 위급하오니 급히 초왕 대봉을 패초(牌招)로써 부르소서."

황제가 즉시 패초로써 부르려 하는데, 또한 하북 절도사 최선이 장계를 올렸는지라 뜯어서 읽어보니, 그 장계는 이러하다.

「북흉노왕(北匈奴王)이 죽은 뒤에 그 자식 3형제가 군사를 훈련하여 밤낮으로 전술을 익히고는 토번(吐蕃) 가달과 흉노의 묵특과 더불어 같은 마음으로 함께 모반하여 장수 천여 명과 군사 80만이라 하오나, 그 수를 자세히 알지는 못하나이다.」

황제가 장계를 다 읽고 나서 크게 놀라 얼굴빛이 하얗게 변하여 말했다.

"이 일을 어찌해야 하리오. 남북의 적병이 다시 일어났는데, 지난날이야 장해운이 있었지만 이제는 깊숙한 규방에 들었으니, 한쪽은 대봉을 보내려니와 또 한쪽은 뉘로 하여금 막게 하리오. 짐에게 덕이 없어 도적이 자주 일어나니, 초왕 대봉이 성공하고 돌아오면 이번에는 천자의 자리를 대봉에게 전하리라."

황제가 이렇게 말하며 눈물을 흘리니, 여러 신하들이 간(諫)했다.

"천자의 눈물이 땅을 적시면 지독한 가뭄이 3년 동안 계속된다 하오
니, 지나치게 슬퍼하지 마옵소서. 즉시 초왕만 패초(牌招)로써 부르시
면, 그 초왕의 장후는 본디 충효를 겸비한 사람이라 가만히 앉아있지 아
니하오리다."

황제가 즉시 패초로써 초왕을 부르니, 초왕이 전교(傳教: 황제의 명
령서)를 보고서 크게 놀랐는데 온 나라가 소란해지자 나랏일을 태상왕
에게 맡겼다. 그리고는 초왕이 용포(龍袍)를 벗고 월각투구에 용린갑
(龍鱗甲)을 입고서 청룡도(靑龍刀)를 비스듬히 들고 오추마(烏騅馬)를
채찍질하여 그날 바로 황성에 당도하여 계단 아래에 나아가 땅에 엎드
리더라. 황제가 초왕의 손을 잡고 나라의 위급함을 말하니, 초왕이 아
뢰었다.

"제 비록 남북의 강병이 억만 명이라 하나 폐하께서는 조금도 근심하
지 마옵소서."

초왕이 이렇게 말하고는 즉시 사자(使者)를 시켜 나라의 위급한 사
연을 충렬왕후에게 알리니, 충렬왕후가 나라의 위급한 사연을 듣고는
크게 놀라 화려한 옷을 벗어던지고 지난날 입었던 투구와 갑옷을 갖추
어 입으며 천사검(天賜劍)을 들고서 천리 준총마(駿驄馬)를 탄 채로 태
상왕과 태후를 비롯해 두 공주와 최 부인, 후궁에게 다 하직인사하고
준총마를 채찍질하여 황성에 당도하더라. 황제와 초왕이 성 밖까지 충
렬왕후를 나와 맞으니, 충렬왕후가 말에서 내려 땅에 엎드리고 아뢰
었다.

"저희 초왕 부부가 정성이 부족하여 외적이 자주 강성해지는 것으로 생각되옵니다."

황제가 그 충성을 못내 칭찬하고 적을 물리칠 방책을 의논하니, 장후(충렬왕후)가 아뢰었다.

"폐하의 은덕이 오로지 저희 초왕 부부에게만 미쳤사온데, 불행하여 전쟁터에 나아가 죽은들 어찌 나라의 위급함에 무심하리까. 엎드려 바라건대 폐하께서는 근심하지 마옵소서."

이에, 황제가 군병을 징발하려 하면서 장후를 대원수 대사마 대장군 겸 병마도총독 상장군으로 봉하고 인검(引劍)과 절월(節鉞)을 주며 말했다.

"출정해 있는 동안에 만일 태만한 자가 있거든 즉시 참수하여라."

황제는 또 초왕을 대원수 겸 상장군으로 봉하고 군병을 징발할 때, 장 원수는 황성의 군을 징발하게 하고, 이 원수는 초나라의 군을 징발하게 하더라. 두 원수가 각각 군병 80만씩 거느리고 행군하는데, 대봉은 북흉노를 치러 가고 애황은 남선우를 치러 가니라.

이때 애황(장후, 충렬왕후)은 잉태한 지 7개월일러라. 각각 말을 타고 남북으로 나뉘어 떠나면서 대봉이 애황의 손을 잡고 말했다.

"원수가 잉태한 지 겨우 7개월이니, 뱃속에 남겨진 혈육이 보전되기를 어찌 바라리오. 부디 몸을 안전하게 지켜서 무사히 돌아와 다시 서로 만나보기를 천만 바라노라."

대봉이 이렇게 말하며 애틋한 정을 이기지 못하니, 애황이 말했다.

"원수는 첩(妾)을 걱정하지 마시고 대군(大軍)을 거느려 한 번 북을 쳐 도적을 무찌르고 머지않아 빨리 돌아와 황상의 근심을 덜고 태상과 태후 의 근심을 덜게 하소서."

말 위에서 서로 잡았던 손을 놓고 헤어지니, 대봉은 북쪽으로 향하 고 애황은 남쪽으로 향하여 행군하더라.

각설. 이때 남선우는 대병(大兵)을 거느리고 진남관을 차지하고서 황성의 대진(大陣)이 오기를 기다리더라. 장 원수가 수십 일 만에 진남 에 당도하니, 진남관의 수문장(守門將)이 말했다.

"적병이 흉포하고 사나우니 원수는 가벼이 보고 대적하지 마옵소서."

장 원수가 진남관에서 5리 되는 곳에 진을 치고 격서(檄書)를 보내 어 싸움을 걸었다. 그러자 남선우가 선봉장 골통에게 명령했다.

"장 원수와 대적하라."

적의 선봉장 골통이 명령을 듣고 응전하러 나오자, 장 원수는 지난 날 출전했던 여러 장수들을 거느리고 갔기 때문에 그대로 군대의 암호 를 쓰고는 소리를 지르며 말을 타고 달려 나갔는데, 백금 투구에 흑운 갑(黑雲甲)을 입고는 7척 천사검(天賜劍)을 높이 들고서 천리 준총마 (駿驄馬)를 비스듬히 타고 적진에 달려들었다. 그러면서 남주작과 북 현무, 좌청룡과 우백호의 군에게 호령하여 적진의 후군을 습격해 죽이 라고 하였다. 장 원수가 남선우의 선봉장 골통을 맞아 싸운 지 반합도 채 안되었을 때, 장 원수의 칼이 공중에서 번쩍이며 골통의 머리를 베 어 들고는 이리저리 마구 무찔렀다. 지난날에 썼던 용맹을 이번 싸움 에도 발휘하니, 용맹스런 힘이 갑절이나 더하였던 것이다. 30여 합을

맞서 싸운 끝에 남선우의 80만 대병을 몰아치자, 남선우 또한 당하지
못할 줄 알고 군사를 거느려 달아나고자 하였다. 장 원수가 적군을 여
린 풀을 베듯 하여 적군의 주검이 산처럼 쌓였고 피가 흘러 내가 되었
으니, 뉘라서 겁내지 아니하랴. 적진의 장수들과 군졸들이 장 원수의
용맹을 보고 물결이 갈라지듯 흩어지더라. 이에 남선우가 죽기를 각오
하고 달아났지만, 장 원수가 한 마디 고함소리를 지르며 검광이 번쩍
이자, 남선우의 몸이 뒤집히면서 말 아래로 떨어지니, 남선우의 목을
베어 함(函)에 넣어서 남만(南蠻) 오국(五國)에 보낸 뒤, 여러 장수들에
게 호령하여 적진의 나머지 장수들과 군졸들은 씨 없이 다 죽이라고
하고는 백성들을 안정시키고 어루만져 달래더라.

이때 오국(五國)의 왕들이 남선우의 목을 보고는 황금과 비단과 채
단을 수레에 싣고 항서(降書)를 올리며 죽음을 각오하고서 사죄하니,
장 원수가 오국의 왕들을 잡아들여 먼저 죄상을 밝힌 뒤 항서와 예단
을 받으며 말했다.

"이 뒤로 만일 반역할 마음을 가지면 너희 오국(五國)에 있는 사람들
의 씨를 죄다 없앨 것이니 명심하라. 물러가서 동지(冬至)에 조공(朝貢)
바치는 것을 지체하지 말라."

오국의 왕들은 하나하나 빠짐없이 모두가 살려주기를 애걸하고 허
물을 선우에게 돌리고는 머리를 조아리며 사례하고서 돌아가더라.

장 원수가 마침내 군사를 수습하여 진남관에서 군사들에게 음식을
주어 위로하고 쉬게 하다가 예단을 싣고 차례로 길을 떠나 황성으로
올라오더라. 하양에 이르렀을 때 장 원수가 몸이 아무것도 할 수 없을
만큼 몹시 지쳐 영채(營寨: 본진의 임시 주둔지)를 세우고 쉬던 차, 갑
자기 출산의 진통이 심하여 혼미한 중에 아이를 낳으니 활달한 기남자

(奇男子)이더라. 3일간 몸조리하였지만 말을 탈 수가 없어 수레를 타고 행군하더라.

각설。 이때 대봉이 행군한 지 80일 만에 북쪽의 땅에 당도하니, 북흉노의 대병(大兵)이 태산을 등지고 진을 쳤더라. 이 원수가 100리나 되는 모래밭에 진을 치고는 한 필의 말을 타고 한 자루의 검을 들고서 오랑캐의 진영에 달려들며 우레 같은 소리를 천둥처럼 질렀다. 동쪽에 번뜻거리다가 서쪽의 장수를 베고, 남쪽에 번뜻거리다가 북쪽의 장수를 베고, 서쪽으로 가는 것처럼 하다가 동쪽의 장수를 베고, 북쪽으로 가는 것처럼 하다가 남쪽의 장수를 베고, 선봉에 번뜻하다가 중군장을 베며 이리저리 부딪치면서 마구 무찌르니 적군의 군사들과 장수들이 넋을 잃어 갈팡질팡 분주히 달아나느라 서로 밟혀 죽는 자가 태반일러라. 또 오추마가 내닫는 앞에 청룡도가 번뜻거리며 순식간에 이름 없는 장수 80여 명을 베고 초나라의 대병을 몰아 북흉노의 대병을 습격해 죽이니, 이 원수의 용맹은 천신(天神) 같고 내닫는 말은 비룡(飛龍) 같더라.

북흉노의 100만 대병이 패해 일시에 흩어지니, 북흉노왕이 제 당하지 못할 줄 알고 군사를 거느려 달아나고자 했으나 좌우에서 초나라의 복병이 벌이 날아들 듯 하여 갈 곳이 없어 갈팡질팡 다급해 하였다. 이때 큰 소리로 한번 호통을 치며 청룡도가 번뜻거리더니 북흉노왕의 머리가 땅에 떨어졌다. 이 원수가 북흉노왕의 머리를 꿰어 들고 적군을 호령하니, 소문만 듣고도 놀라서 맞서보려 하지 않고 일시에 항복하더라. 이에 이 원수가 장수는 곤장 30대 때린 뒤 이마에 패군장(敗軍將)이라 새겨서 내쫓고, 군사는 하나하나 빠짐없이 모두 곤장 30대씩 모질게 매질하여 물리치니, 이 원수의 은덕을 감축하며 살아서 돌아가게 된 것을 고마워하더라.

이 원수가 북흉노왕의 목을 토번 가달국으로 보내며 편지도 보냈다.

「너희가 천시(天時)를 모르고 천자의 위엄을 범하였으니, 만일 항복하지 않으면 이같이 죽여서 천하를 평정할 것이니 빨리 답하여 보고하라.」

이 원수가 격서(檄書)와 함께 편지도 동봉하여 보내니, 토번 가달이 이 원수의 용맹을 싫증이 날 만큼 많이 들었는지라 몹시 겁이 나서 일시에 항복하며 항서와 예단을 갖추고 사신을 보내어 사죄하였다. 이 원수가 토번 가달이 공물로 바친 예단을 수레에 싣고 항서를 받으면서 사신을 잡아들여 죄상을 밝힌 뒤에 말했다.

"만일 다시 죄를 범하면 토번 가달의 사람 씨를 말릴 것이니, 해마다 동지가 되면 조공을 바쳐라. 만일 태만하면 죄를 면치 못하리라."

이렇게 말하고 토번 가달의 사신을 내보내니, 사신이 이 원수의 명을 듣고 돌아가더라. 그리고는 이 원수가 창고의 곡식을 흩어 백성들을 구제하고 돌아왔으나 왠지 모르게 심란한지라, 군사들에게 음식을 주어 쉬게 하고는 여러 장수들을 불러 말했다.

"군사를 거느리고 뒤에 천천히 오라. 나는 급히 가서 왕후의 생사를 알아보리라."

이렇게 말하고는 이 원수가 오추마를 재촉하여 밤낮을 가리지 않고 이틀 길을 하루에 달리는 속도로 황성을 향하였다. 80일에 갔던 길을 4, 5일 만에 당도하여 황제를 뵈오니, 황제가 크게 놀라고 크게 기뻐하며 말했다.

"원수가 혼자 오는 것은 무슨 까닭이냐?"

대봉이 땅에 엎드려 그간에 있었던 일들을 아뢰고 곧바로 길을 떠나 남쪽 땅으로 향하더라.

이 원수가 며칠 만에 남주 땅에 이르니, 장 원수가 군대를 거느려 회군하고 있더라. 이 원수가 장 원수의 군진 앞에 나아가니, 두 원수가 서로 공을 치하하고 못내 반가워하였다. 그리고 아기를 살펴보니 영웅과 준걸의 모습일러라. 초왕과 장 원수가 크게 기뻐하며 행군을 재촉하여 황성에 당도하니, 또한 초나라의 군대도 마침 당도하고 있어서 서로 합세하여 진을 쳤다.

두 원수가 함께 들어가니, 황제가 조정의 모든 벼슬아치들을 거느리고 영접하며 두 원수를 비롯해 여러 장수들과 군졸들을 위로하였다. 두 원수가 궐내에 들어가니, 황후가 두 원수의 손을 잡고 칭찬해 마지않았다. 황제와 황후며 조정의 모든 벼슬아치들이 장후가 아이 낳은 것을 보고 더욱 칭찬하였는데, 황제가 말했다.

"만고 이래로 이런 충성은 없었도다. 두 원수가 한 번 정벌 나가면 흉적을 무찌르고 돌아와 짐의 근심을 없애고 사해를 안정시키니 두 원수의 공덕은 하늘같이 높고 바다같이 깊도다."

황제는 장후가 군중에서 낳은 아이의 이름을 '출전(出戰)'이라 하고 금은을 많이 하사하고는 태평연을 베풀어 초왕 내외의 공덕을 일컫고 만세를 불렀다. 여러 장수들에게는 벼슬을 높여주고 군사들에게는 상급을 많이 내리니, 조금도 원망이 없었고 황제의 은혜에 감축하며 집으로 돌아가더라.

이때 초왕과 장 원수가 황제에게 하직인사하고 군사를 거느려 초나라에 당도하니, 태상왕과 왕비들이 궁궐의 뜰까지 나와 초왕을 맞이하고 장후를 치하하며 아기를 소중히 대하였다. 그 충성과 공덕이며 용맹을 온 나라가 칭송하더라. 궐내에 큰 잔치를 베풀고 며칠을 즐긴 뒤에 여러 장수들과 군졸들을 각각 집으로 돌려보내니, 초왕의 은혜에 감축하고 돌아가더라.

초왕의 덕과 장후의 덕화가 온 세상에 덮였으니, 천하가 태평하고 거룩한 임금의 자손들이 대대로 계승하고 계승하여 만세토록 전하여지리로다. 장후가 3남 2녀를 낳았으니, 모두 풍채가 영웅다운 것이 그 부모를 닮았더라. 둘째 아들은 황제에게 아뢰어 장씨의 성을 내리도록 청하여 장씨의 제사를 받들게 하면서 황성에 다시 되돌려 보내어 벼슬살이하게 하였다. 그리하여 공후(公侯)의 작록을 받고 만종록(萬鍾祿)을 받아 대대로 작록이 떠나지 아니하더라.

천자는 태평성대로 만세토록 무궁할 것이고 초왕이 계승하고 계승하여 만세토록 전하여질 것이니, 괄시 없이 지낼 것은 사람밖에 없을지라. 사람으로 생겼거든 임금은 의로워야 하고 신하는 충성스러워야 한다는 것을 본받아 이름을 천 년 동안 전해지게 할지어다. 천천세 만만세 무궁하옵소서.

[백순재소장본]

원문과 주석

〈리디봉젼〉 상이라

디명(大明) 셩화[1] 년간의 효종황졔[2] 직위[즉위] 삼년이라. 잇썩 기
주[3]싸 모란동의 한 명환(名宦)이 잇스되, 셩은 니요 명은 익이라. 좌
승상 영준의 징손[長孫]이요 이부샹셔(吏部尙書) 덕연의 아달리라.

셰디명가지자손(世代名家之子孫)으로 일직[일찍] 쳥운[4]의 올나 벼
사리{벼슬이} 이부시량(吏部侍郎)의 쳐하미 명망이 조졍에 진동하나,
다만 실하[膝下]의 일졈 혀륙[一點血肉]이 업셔 션영향화(先塋香火)을
신케 되야 부귀(富貴)도 싱각 업고 영귀(榮貴)함도 쓰시 업셔 하날을
우러러 탄식하시미, 부인 양씨도 자식 업쓰물 자타[自歎]하며 눈물노
셰월을 보니면서 상공[5] 젼(前)의 엿자오디,

---

1) 셩화(成化): 중국 명나라의 제8대 황제 憲宗 때의 연호(1465~1487).
2) 효종황졔(孝宗皇帝): 중국 명나라 제9대 황제 朱祐樘. 憲宗의 아들이고, 궁녀 紹氏
   소생이다. 成化 12년(1476)에 황태자가 되고, 헌종이 죽자 제위를 이었다. 다음 해 弘
   治(1488~1505)로 연호를 고쳤다. 따라서 원문의 성화 연간이라 함은 오류가 되는 바,
   孝宗을 憲宗으로 고쳐야 한다.
3) 기주(冀州): 중국 고대의 九州의 하나. 지금의 河北·山西의 두 省 및 河南·黃河 이북,
   滿洲 遼寧省 遼河 이서의 땅이다.
4) 쳥운(靑雲): 높은 지위나 벼슬을 비유적으로 이르는 말.
5) 상공(相公): 지체 높은 집안에서, 아내가 남편을 높여 부르는 말.

"'불효삼천에 무후위되라'6) 하엿스니, 상공의 무자ᄒ문 다 첩의 죄악이로소이다."

하며 셔로 시러하던니{슬퍼하더니}, 일일은 외당(外堂)의 한 노승(老僧)이 흑포장삼(黑袍長衫)에 구절죽장7)을 집고 팔각포건(八角布巾)을 쓰고 드러와 상공 전의 합장비례(合掌拜禮)하거날, 시량(侍郎)도 답예(答禮)하고 문왈,

"존사(尊師)는 언느[어느] 졀르 계시며 누지(陋地)의 오신잇가?"

노승이 답왈,

"소사(小師)는 쳔츅국 금화산 빅운암의 잇십더니{있었더니}, 져리{절이} 퇴락(頹落)하와 불상(佛像)이 풍우을 피치 못하옵기로 중수8)코자 하와 권션9)을 가지고 사ᄒᆡ팔방(四海八方)을 두로 단이옵싸가 상공됙의 왓사오니 시주(施主)ᄒ옵소셔."

하거날, 시량이 왈,

"졀을 중수하올진듸 지산(財産)이 얼마나 하오면 중창10)하릿가?"

---

6) 불효삼천(不孝三千)에 무후위되(無後爲大)라: 《孟子》〈離婁章句 上〉의 "불효에는 세 가지가 있는데, 대를 이어갈 자손이 없는 것이 크다.(不孝有三, 無後爲大.)"에서 활용한 말. 그 세 가지에는 부모를 불의에 빠뜨리는 것, 부모가 연로하신데 자기 앞가림 못하는 것이 포함되어 있다.

7) 구절죽장(九節竹杖): 마디가 아홉인 대나무로 만든, 승려가 짚는 지팡이.

8) 중수(重修): 낡고 헌 것을 다시 손대어 고침.

9) 권선(勸善): 절을 짓거나 불사를 위하여 신자들이 내는 보시.

10) 중창(重創): 낡은 건물을 고쳐서 다시 새롭게 지음.

노승이 답왈,

"지무리{재물이} 다소(多少)가 잇사오릿가? 상공 쳐분(處分)리로소이다."

시량이 왈,

"나난 죄악이 지중(至重)하여 연광(年光)이 반(半)이 되도록 일졈혜륙[一點血肉]리 업셔 압질{앞길}를 인도(引導)하고 뒤를 이을 자식이 업사오니 사후의 빅골인들 뉘라셔 거두오며, 션영향화을 슨케 되야 주거[죽어] 황쳔(黃泉)의 도라간들 션군(先君)을 엇지 듸면(對面)하며 무삼 면목으로 부모를 듸하리요. 션영으 죄인이요 지하의 악귀(惡鬼)로다. 늬 지물을 두워 뉘게 다 젼하리요. 불뎐(佛殿)의 시주하야 후싱(後生) 기리나 닥그리라."

흐고 권션(勸善)을 밧드러 황금(黃金) 오빅 양과 빅미(白米) 삼빅 셕 황촉[11] 삼쳔 병를 시주하시니, 노승이 권션를 바다 가지고 돈수사례(頓首謝禮) 왈,

"소승이 멀이{멀리} 와 적지 안인[않은] 지물를 어더{얻어} 가오니 불상를 안보(安保)할지라. 은혜 빅골난망[12]이로소이다. 상공은 무자(無子)할가 한(恨)치 마옵소셔."

흐고 문듯 간듸업거늘, 시량이 그졔야 부쳰 줄 알고 당(堂)의 나려 공중을 힝흐야 사례 왈,

---

11) 황촉(黃燭): 밀초. 꿀벌의 밀로 만든 초이다.
12) 빅골난망(白骨難忘): 죽어 백골이 된다 하여도 잊을 수 없음. 큰 은혜나 덕을 입었을 때 감사의 뜻으로 하는 말이다.

"원컨딕 불상(佛像)을 자식 한 긔을 겸지ᄒ옵소셔."

ᄒ며 무수이 사례ᄒ고, 부인 양씨로 더부러 차사(此事)을 셜화(說話)ᄒ
며 천힝(天幸)으로 자식을 겸지할가 바릭더니,

과연 그 달부틈{달부터} 틱기(胎氣) 잇셔 십 삭(十朔)을 당ᄒ믹 일일
은 몸이 곤ᄒ야 침셕(寢席)의 조우더니, 비몽간(非夢間)의 천상(天上)
으로셔 봉황(鳳凰) 한 쌍이 닉려오더니 봉(鳳)은 부인 품으로 나러들고
{날아들고} 항[凰]은 장미동 장할임[한림] 집으로 가거늘, 씌다르니 집
안의 향취(香臭)와 오운(五雲)이 영농(玲瓏)ᄒ더니, 혼미(昏迷)즁으 탄
싱ᄒ니 활달한 긔남자(奇男子)라. 시량이 딕희(大喜)ᄒ야 아히를 살펴
보니 융준봉안13)이요 봉(鳳)으 소릭년늘{소리이어늘} 부인 몽사(夢事)
를 싱각ᄒ야 일홈[이름]를 딕봉(大鳳)이라 ᄒ다.

각셜(却說). 잇씩 기주 장미동의 장화라 하난 사람이 잇스되, 일직
청운(靑雲)의 올나 벼사리{벼슬이} 할임학사[翰林學士]의 쳐ᄒ믹 명망
이 조경의 진동ᄒ야 부귀 극진하나, 연장[年光] 사순(四旬)의 당ᄒ되
실하[膝下]으 잔여{자녀} 업셔 부인 소씨로 더부러 믹일 시러ᄒ시더니,

부인 소씨 우연이 틱기(胎氣) 잇셔 십삭(十朔)이 당ᄒ믹 일일은 호련
[忽然] 몸이 곤핍(困乏)ᄒ야 침금(寢衾)을 으지ᄒ여 혼곤ᄒ더니, 비몽
간의 천상으로셔 봉황(鳳凰) 한 쌍이 나려오더니 봉(鳳)은 모란동 이시
량으 집으로 가고 황(凰)은 부인 품안으 나러든니, 이르난 바 봉이 나
믹 황이 나고14) 장군이 나믹 용마(龍馬)가 나는쏘다. 힝닉 만실(滿室)

---

13) 융준봉안(隆準鳳眼): 우뚝 솟은 코에 봉황 닮은 눈매. 《史記》〈高祖本紀〉에 "한고조는
그 모습이 콧마루가 높아서 용의 얼굴을 지니고 있다.(高祖爲人, 隆準而龍顔.)"에서
활용한 말이다.
14) 봉이 나믹 황이 나고: 가장 좋은 짝이 생겨났음을 비유적으로 이르는 말.

ᄒ고 치운(彩雲)이 어려더니 혼미중의 탄싱ᄒ니 이난 곳 이황15)이라. 할임계{한림에게} 몽사(夢事)를 셜화(說話)한디, 할임이 디히(大喜)ᄒ야 일홈[이름]를 이황이라 ᄒ시고,

직시[즉시] 모란동 이시량 집의 가셔 본니 니시량되 부인도 쏘한 히티16)ᄒ엿거늘, 심독(甚篤)히 자부(自負)ᄒ고 시량를 청(請)ᄒ여 담화(談話)ᄒ다가 할임이 문왈,

"시량은 어늬 ᄭ에 히복(解腹)ᄒ신잇가?"

시량이 답왈,

"나난 직일(昨日) 사시(巳時)의 남자를 나엇건이와, 할임는 나와 즁마고우(竹馬故友)라 한가지{함께} 용문에 올나17) 부귀(富貴) 영총(榮寵)으로 사직(社稷)를 밧드러 명망이 진동ᄒ나 무자(無子)ᄒ믈 포한(抱恨)ᄒ더니, 쳔힝으로 자식를 나어건이와{낳았거니와} 할임은 지금까지 잔여간[자녀가] 업사오니 심이 민망(憫惘)ᄒ여이다."

할임이 답왈,

"나도 작일(昨日) 사시(巳時)에 한 여아를 나어삿오니 진실노 다힝ᄒ온지라. 우리 피차(彼此) 졍(情)으 자별(自別)ᄒ 즁의 쏘한 기이한 이리로다{일이로다}."

---

15) 이황(愛凰): 새끼 황.
16) 히티(解胎): 태를 푼다는 뜻으로, 아이를 낳음을 이르는 말.
17) 용문(龍門)에 올나: 登龍門. 용문에 오른다는 뜻으로, 어려운 관문을 통과하여 크게 출세하게 됨. 또는 과거에 급제함을 이르는 말. 잉어가 중국 황하강 중류의 급류인 용문을 오르면 용이 된다는 전설에서 유래한다.

ㅎ고, 할임이 자기 부인 몽사(夢事)를 셜화(說話)하신디, 시량이 디히(大喜)ㅎ야 직시[즉시] 니당(內堂)의 드러가 장할임으 부인 몽사를 양씨 부인게 셜화ㅎ신디, 부인이 ᄯᅩ한 몽사를 말삼ㅎ거날 두 부인 몽사 피차업난지라.18)

시량이 외당(外堂)의 나와 할임를 디ㅎ야 담소자락(談笑自樂)ㅎ여 왈,

"이난 반다시{반드시} 상계(上帝)계옵셔 이년[因緣]을 미자 보니시도다. 연월일시(年月日時)가 일분(一分)도 틀이미{틀림이} 업사오니, 두 아히 년기(年紀) 장셩(長成)ㅎ거던 봉황(鳳凰)으로 쫙를 지여 원앙지낙(鴛鴦之樂)를 일워 우리 피차(彼此) 말년(末年) 지미를 보사이다."

ㅎ고 종일토록 셔로 질거 취포19)ㅎ시다가 일모셔산(日暮西山)ㅎ미 할임이 집으로 도라와 이시량 부인 양씨 몽사를 셜화ㅎ고, 시량의 아자(兒子) 디봉를 취(取)ㅎ야 정혼(定婚)한 말삼를 ㅎ신디, 부인도 못니 사량ㅎ시더라.

잇ᄯᅥ 시량이 니당(內堂)에 드러가,

"장할임으 여아 이황를 취ㅎ야 아자 디봉으 쫙을 정ㅎ엿사오니 진실노 우리집으 다힝이로소이다."

ㅎ시니, 부인 양씨 못니 사량ㅎ시더라. 양가(兩家)이 셔로 봉황 장셩ㅎ기를 기다러 힝예(行禮)를 바리더라.

셰월리 여류(如流)ㅎ야 디봉으 나이 십삼 셰예 이르미, 기고리(氣骨

---

18) 피차(彼此)업난지라: 그쪽이나 이쪽이나 서로 나을 것도 못할 것도 없는지라.

19) 취포(醉飽): 醉且飽. 취하도록 술을 마시고 배부르도록 음식을 먹음.

이) 장딕ᄒ고 늠늠[凜凜]한 풍치(風采)와 활달한 거동(擧動)이 차시(此時)의 뭇쌍[無雙]이요, 영풍호걸(英風豪傑)은 진셰간(塵世間) 기남자20)라. 시셔(詩書)·빅가어21)를 무불통지(無不通知)ᄒ며 육도삼약22)과 소노23)으 병셔(兵書)를 잠심(潛心)ᄒ니, 총명지혜(聰明智慧) 관즁24)·아기25)으게 지닌난지라. 일일은 시량이 딕봉으 조달(早達)ᄒ물 근심ᄒ사 딕칙(大責) 왈,

"셩현(聖賢)으 글도 무수ᄒ거늘, 네 엇지 틱평셩딕에 귀신도 칭양[測量]치 못ᄒ난 병셔를 심쓰난다(힘쓰느냐)?"

딕봉이 주왈(奏曰),

"셕일(昔日)의 황졔(黃帝) 헌원씨26)난 만고영웅(萬古英雄)이로되 치

---

20) 기남자(奇男子): 재주와 슬기가 남달리 뛰어난 남자.

21) 빅가어(百家語): 중국 전국시대의 諸子百家의 말.

22) 육도삼약(六韜三略): 중국의 兵書. 周나라의 姜太公이 지었다는 육도와 黃石公이 지어 張良에게 주었다는 상·중·하 3권의 삼약을 함께 이르는 말이다.

23) 소노[孫吳]: 兵法의 시조로 불리는, 전국시대의 孫武와 吳起. 손무는 춘추시대 齊나라 사람으로《병법》13권을 吳王 闔閭에게 보이고 그의 장군이 되었으며, 오기는 위나라 사람으로 전국시대의 군사 지도자이며 정치가이다. 손무는《孫子兵法》을, 오기는《吳子兵法》을 저술하였다.

24) 관즁(管仲): 齊나라의 재상이자 사상가, 경제학자. 管子, 管夷吾, 管敬仲으로도 불리며, 이름은 夷吾이다. 춘추시대에 法家의 대표 인물이자 周穆王의 후예이기도 하다. 비록 齊나라의 下卿(경 가운데 낮은 벼슬)이었지만 중국 역사상 宰相의 본보기로 삼는다. 재임 중에 안으로 개혁을 하고 상업을 중시했다.

25) 아기[樂毅]: 전국시대 燕나라의 명신. 상장군이 되어 趙·楚·韓·魏·燕의 군사를 이끌고 齊나라에 들어가 濟西에서 제나라 군대를 격파하였는데, 다른 군사는 돌아갔으나 악의만은 남아서 당시 강대국임을 자랑하던 齊를 토벌하여 수도 臨淄를 함락시키고는 昌國公에 봉해졌다. 그 후 5년에 걸쳐 제나라의 70여 城을 함락시키고, 이들을 모두 연나라에 소속시켰다.

26) 헌원씨(軒轅氏): 중국 고대 전설상의 제왕. 성은 公孫. 헌원씨는 軒轅의 언덕에 살았

우27) 난(亂)를 맛나시고, 졔요(帝堯) 도당씨28)난 만고셩현(萬古聖賢)이
로되 사흉29)으 변(變)를 당ᄒ엿사오니, 틱평를 엇지 장구(長久)이 밋사
오릿가{믿사오리까}? 딕장부 셰상의 쳐ᄒ올진딕 시셔(詩書) · 빅가어(百
家語)와 육도삼약(六韜三略)를 심즁(心中)예 통달ᄒ와 용문(龍文)의 올
나 요순(堯舜) 갓탄 임군를 셥기다가, 국운(國運)이 불힝ᄒ와 난셰(亂世)
를 당할진딕 요하(腰下)의 딕장젼월[大將節鉞]30)을 쓰고 황금인수31)를
빗겨차고, 머리의 빅금투고를 쓰고 몸에난 엄신갑(掩身甲)를 입고, 우수
(右手)의 보검(寶劍)을 자바 좌수(左手)의 홀긔32)를 들고, 용졍33) · 봉
기34), 빅모35) · 황월36)리며 장창검극(長槍劍戟)을 나열ᄒ야 딕병(大兵)

던 데서 유래한다. 땅을 주관하는 土德 왕으로서 땅의 색깔이 황색이므로 黃帝라는
이름이 붙여졌다고 한다. 신농씨의 자손들이 나라를 다스리는 덕이 약해지자 창과 방
패를 만들어 천하를 통일했다. 특히 蚩尤가 난을 일으키자 涿鹿에서 평정한 뒤 군주가
되었다.

27) 치우(蚩尤): 중국의 전설상의 인물. 바람과 비를 몰고 올 줄 아는 데다 성질이 사나워
神農氏 때 난리를 일으켰으나 涿鹿의 들에서 黃帝와 炎帝에게 패전하였다. 전쟁의 神
이라 불리어 8대 신의 하나로 숭배된다.

28) 도당씨(陶唐氏): 중국 五帝의 한 사람인 堯를 이르는 말. 처음에 唐侯에 봉해졌다가
나중에 천자가 되어 陶에 도읍을 세운 데서 유래한다.

29) 사흉[四凶]: 고대 원시사회 때 황화 장강 유역에서 활동하던 共工, 驩兜, 三苗, 鯀을
가리키는 말. 舜이 堯의 명을 받들어 이들을 몰아냈다고 한다.

30) 젼월[節鉞]: '節斧鉞'의 준말. 옛날 중국에서, 천자가 출전하는 장수에게 통솔권의 상
징으로 주던 절과 부월. '절'은 手旗와 같고, '부월'은 도끼같이 만든 것으로 軍令을
어기는 자에 대한 生殺權을 상징한다.

31) 인수(印綬): (병조판서나 군문의 대장 등) 병권을 가진 관원이 병부 주머니를 차던,
사슴 가죽으로 된 끈.(인끈)

32) 홀긔(笏記): 혼례나 제례 때의 의식의 순서를 적은 글. 여기서는 벼슬아치가 임금을
만날 때에 손에 쥐던 물건인 笏이어야 한다. 아마도 상아홀이어야 할 것이다. 따라서
笏의 잘못으로 이하 동일하다.

33) 용졍(龍旌): 용을 그린, 왕의 깃발. 천자의 의장 중의 하나이다.

34) 봉기(鳳旗): 봉황을 그린 의장기.

35) 빅모(白旄): 털이 긴 쇠꼬리를 장대 끝에 달아 놓은 旗. 군권의 상징이다.

36) 황월(黃鉞): 황금으로 장식한 도끼. 천자가 다른 나라를 정벌할 때 지니는 것이다. 周
나라 武王이 殷나라 紂를 토벌할 때에 "무왕이 왼손에 황월을 잡고 오른손에 백모를

을 모라 젼장(戰場)의 나어가셔 반적(叛賊)를 쇠멸[掃滅]ᄒ고 사ᄒᆡ(四海)를 평정ᄒ야, 공를 죽빅37)에 올여 기린각38)에 졔명(題名)ᄒ고 나라에 충신이 되야 만종녹39)를 누룰진ᄃᆡ, 션군[聖君]의 덕틱과 부모으 은덕을 아라 죵신(終身) 부귀를 할 거시여늘, 셔ᄎᆡᆨ(書冊)만 상고(詳考)ᄒ와 유정(有情)한 셰월 무졍(無情)이 보ᄂᆡ릿가?"

ᄒ니, 시량이 디히ᄒ야 칭찬 왈,

"네 마리여! 족키 고인(古人)를 본바드리로다. 날 가탄 인싱(人生)은 죠졍(朝廷)의 몸이 드러 시위(尸位)40) 조찬 ᄯᅳᆫ이로다."

ᄒ시고 사량ᄒ시믈 칭양[測量]치 못할네라.

각셜. 잇ᄯᅥ 황졔 유약(柔弱)ᄒ사 법영(法令)이 히리[解弛]한 즁의 우승상(右丞相) 왕회 국권(國權)를 자바 국사(國事)를 쳐결(處決)하니 죠졍 빅관(百官)이며 각도 방빅수령(方伯守令)이 다 왕회 당(黨)이 되ᄆᆡ, 일국(一國) 권셰난 장즁(掌中)의 ᄆᆡ여 잇고 만인 싱사난 손ᄭᅳᆺ틱 달여쓰니, 권셰 지즁(至重)ᄒ미 한국(漢國)의 왕망41)과 진국(晉國) 왕돈42)으

쥐고(武王左操黃鉞, 右秉白旄.)"눈을 부릅뜨고 지휘했다 한다.

37) 죽빅(竹帛): 책이나 역사를 일컬음. 아직 종이가 발명되기 전에 대쪽이나 비단 헝겊에 글자를 썼기 때문이다.

38) 기린각(麒麟閣): 漢나라의 武帝가 장안의 궁중에 세운 누가. 宣帝 때, 이곳에 霍光·張安世·韓增·趙充國·魏相·丙吉·杜延年·劉德·梁丘賀·蕭望之·蘇武 11명의 초상을 그려 그 공적을 기렸다.

39) 만종녹(萬鍾祿): 매우 많은 祿俸. 鍾은 중국에서 사용했던 수량 단위로 六斛四斗, 혹은 十斛을 이른다.

40) 시위(尸位): 자리만 차지하고 일은 하지 않음.

41) 왕망[王莽]: 前漢 말기의 僭主. 자는 巨君. 成帝 때 攝政職에 임명되었으나 哀帝가 등극하면서 자신의 영지로 돌아왔는데, 그 애제가 죽으면서 자신의 고모인 왕 황후에 의해 다시 섭정직에 임명되어 신임황제인 平帝의 황후로 자신의 딸을 책봉하여 정권의 기반을 잡았다. 策謀로 平帝를 죽이고 漢朝를 빼앗아 新 왕조를 세웠으나 內治外交

계 지닉더라. 군자난 참소(讒訴)로써 멀이ᄒ고 소인은 아참[阿諂]으로
써 셩당ᄒ믹 국사 졈졈 살난(散亂)케 되더라. 국사 이러ᄒ되 황졔난 아
지 못ᄒ고 다만 소인 왕회로써 천ᄒ딕사를 모도 다 쳐결(處決)ᄒ니, 슬
푸다! 딕명국(大明國) 사직(社稷)이 조모43)의 위틱한지라.

잇ᄯᅦ 시량이 익니[익히] 국사 살난(散亂)ᄒ물 보고 상소(上疏) 왈,

「조졍 사셰(事勢)를 살피오니, 엇지 한심치 아니ᄒ오릿가? 군자를 쓰
실진딕 소인는 시사로[스스로] 머러질{멀어질} 거시오니, 친군자 원소
인44)는 나라이 홍(興)할 근본이요 원군자 친소인는 나라이 망할 근본이
오니, 이졔 펴하[陛下]난 궁궐에 집피{깊이} 쳐ᄒ시믹 국사 살난ᄒ물 아
지 못하시고, 승상 왕회난 국가에 간악(奸惡)한 소인이라 펴하[陛下]으
셩덕(聖德)를 가리옵고 아참[阿諂]으로 펴하[陛下]으 총명을 가리와쓰되
펴하[陛下] 지금가지 ᄭᅢ닷지 못ᄒ시니 이달나{애달파} ᄒ나니다. 당금(當
수)에 조졍이 거이 다 왕회로 더부러 모반(謀叛)ᄒ기 젹영[適用]ᄒ오니
펴하[陛下]난 살피사 먼져 신(臣)를 벼히옵고 다못[다음] 왕회를 기피[급
히] 벼혀 반젹으 홍계[凶計]를 파(破)ᄒ소셔. 진국(秦國) 조고45)와 송국

에 실패, 재위 15년 만에 後漢의 光武帝에게 멸망당하였다.
42) 왕돈(王敦): 晉나라 인물. 王導의 從兄으로 晉武帝의 딸 襄城公主와 결혼하여 사위가
   되어 揚州刺史를 지냄. 元帝 司馬睿 때 江東을 진압하여 征南大將軍이 되어 功을 믿
   고 권력을 전횡하다가 드디어 武昌의 난을 일으켰는데, 明帝가 토벌할 때는 이미 병사
   하였다.
43) 조모(朝暮): 썩 가까운 앞날.(머지않아)
44) 친군자 원소인(親君子 遠小人):《資治通鑑》〈唐紀〉의 "폐하는 군자와 가까이하고 소
   인을 멀리하며 여인의 베개송사를 물리치고 헐뜯는 말에 귀 기울이지 마시라.(親君子,
   遠小人, 絶女謁, 除讒慝.)"에서 나온 말.
45) 조고(趙高): 秦始皇의 환관. 시황제가 죽은 뒤, 丞相 李斯와 공모하여 둘째 아들인
   胡亥를 제2세 황제로 삼았다가 그들을 죽이고 子嬰을 즉위시켜 권력을 휘둘렀으나
   자영에게 一族이 살해되었다. 2세 황제에게 말을 바치고는 그것을 사슴이라 하고, 그
   때의 여러 신하의 반응을 보고 적과 자기편을 판별한 고사는 유명하다.

(宋國) 진히46)난 소인으로 만종녹(萬鍾祿)을 바다도[받아도] 국은(國恩)를 아지 못ᄒᆞ고 국사를 살난(散亂)케 ᄒᆞ야싸오니, 자고(自古)로 소인으계 국녹(國祿)니 부당(不當)ᄒᆞ오니다.」

ᄒᆞ야거늘, 이날 황졔 상소를 보신 후의 승상(丞相) 왕회을 도라보신ᄃᆡ, 병부상셔(兵部尚書) 진퇵열리 황졔계 엿자오ᄃᆡ,

"이부시량 니익이 일기 녹녹지신47)으로 조졍를 비방ᄒᆞ고 ᄃᆡ신(大臣)를 모함ᄒᆞ오니 죄사무셕(罪死無惜)이로소이다. 한국(漢國) 곽광48)은 권셰 지즁(至重)ᄒᆞ엿사오나 션졔(宣帝)의 츙신이요, 진국(晉國) 왕준49)은 강동 인물노셔 지혜가 놉ᄒᆞ쓰온니[높았사오니], 복원(伏願) 펴ᄒᆞ[陛下]ᄂᆞ 살피사 무망50)ᄒᆞᆫ 죄를 다사려 시량 니익을 벼혀 소인을 경계ᄒᆞ옵소셔."

---

46) 진히[秦檜]: 남송 초기의 정치가. 남침을 거듭하는 金軍에 대처, 금과 중국을 남북으로 나누어 영유하기로 합의하였으며, 금나라에 대하여 신하의 예를 취하고, 歲幣를 바쳤다. 24년간 재상을 지낸 유능한 관리였으나 정권유지를 위해 '문자의 옥'을 일으켜 반대파를 억압해 비난받았다.

47) 녹녹지신(碌碌之臣): 평범하고 보잘것없는 신하.

48) 곽광(霍光): 前漢의 권신. 霍去病의 이복 아우이자, 漢昭帝 황후 上官氏의 외조부, 漢宣帝 황후 霍成君의 부친이기도 하다. 漢武帝, 漢昭帝, 漢宣帝 등 삼대 황제를 섬기면서 昌邑王을 폐위시키는데 주도적인 역할을 하였다. 외모가 준수한데 특히 수염이 멋있어서 당시 사람들이 伊尹과 비교하여 '伊霍'이라고 일컬었다고 한다. 漢武帝는 자신이 나이가 많고 태자가 나이가 어린 것으로 인하여 자신이 죽은 후 아들을 도와줄 신하를 물색했는데, 畵工에게 周公이 周成王을 업고 있는 그림을 그리게 한 후에 곽광을 불러 주공이 되어 태자를 보필해달라고 부탁한 사실이 있다.

49) 왕준(王濬): 西晉의 征東將軍. 생각이 개방적이고 큰 뜻을 품어 羊祜의 인정을 받았다. 巴郡太守에 오르고, 두 번 益州刺史를 지냈다. 중론을 물리치고 吳나라를 멸망시킬 것을 주장하여 龍讓將軍으로 황명을 받들어 오나라를 침공했다. 오나라 사람들이 설치해 놓은, 강을 횡단하는 쇠사슬을 불태워 끊은 뒤 바로 建康을 탈취하니, 오나라의 군주 孫皓가 항복했다.

50) 무망(誣罔): 남을 속여 넘김.

황졔 말을 드르시고 올히 예겨,

"니익을 삭탈관직51)ᄒ야 삼말이[삼만리] 무인(無人)졀도의 우리안치52)ᄒ라."

ᄒ시고,

"그 졔족(諸族)은 면위셔인53)ᄒ고, 그 아달 되봉은 오쳘이[오쳔리] 빅셜도로 졍비(定配)ᄒ라."

ᄒ시다.

잇쩌 니시량 부자 빅소(配所)로 가려 ᄒᆯ 졔 엇지 아니 통분하랴. 승상부(丞相府)의 드러가[들어가] 눈을 부름쓰고[부릅뜨고] 크게 소리ᄒ여 왈,

"국운이 불힝ᄒ야 소인이 만조(滿朝)로다. 한시리(漢室이) 미약ᄒ믜 동퇵54)이 작난(作亂)ᄒ고 왕밍[王莽]이 협졍[攝政]ᄒ믜 츙신이 죽는쏘다. 승상 왕회ᄂᆫ 한국(漢國) 역신(逆臣) 왕밍지손[王莽之孫]이라, 간악(奸惡)을 셰견(世傳)ᄒ야 우으로 황상(皇上)을 쇠기고[속이고] 아릭로 츙신을 물이치고[물리치고] 박그로 소인을 작당(作黨)ᄒ야 국사를 살난[散]

---

51) 삭탈관직(削奪官職): 죄를 지은 사람의 벼슬과 품계를 빼앗고 벼슬아치의 명부에서 이름을 지우는 일을 이르던 말.

52) 우리안치[圍籬安置]: 죄인을 귀양살이하는 곳에서 달아나지 못하도록 가시로 울타리를 만들고 그 안에 가두어 두는 일을 이르던 말.

53) 면위셔인(免爲庶人): 왕족이나 관리의 지위를 빼앗아 서인으로 삼음.

54) 동퇵[董卓]: 後漢의 정치가. 靈帝가 죽자 병사를 이끌고 入朝하여 小帝를 폐하고 獻帝를 옹립하면서 정권을 잡았다. 袁紹 등이 기병하여 동탁을 토벌하려 하자, 헌제를 끼고 長安으로 천도하여 스스로 太師가 되어 횡포함이 날로 심했다. 司徒 王允이 몰래 동탁의 장군 呂布로 하여금 그를 살해하게 했다.

亂]케 ᄒ기로, 닉 직언(直言)으로써 직간(直諫)ᄒ엿더니 간괴(奸怪)한 소인으 참소(讒訴)를 맛나 수말이[수만리] 졀도(絶島)의 가거니와, 닉 아달 틱봉은 아직 어린 아히 무삼 죄로 수쳘이[수천리] 빅셜도로 졍비(定配)를 보닉난요?"

ᄒ며 쌍를 쳐 분연(奮然)ᄒ니, 왕회 틱로(大怒)ᄒ야 셔안(書案)를 치며 고셩(高聲) 왈,

"네 황명이 엿차(如此)ᄒ거날 무삼 잔말를 ᄒ난다? 네 만일 잔말ᄒ다가난 죽기를 면치 못할 거시니 쌜이 젹소(謫所)로 가라."

ᄒ며 영거사[55)를 호령ᄒ니, 시량이 할길업셔{하릴없어} 젹소로 가려ᄒ고 집으로 도라온이, 일가(一家)이 망극(罔極)ᄒ야 곡셩(哭聲)이 진동ᄒ니, 비금주수(飛禽走獸)도 다 시러한{슬퍼한} 듯 일월(日月)리 무광(無光)이라, 사람이야 뉘 안이 시러ᄒ리요.
이날 시량 부자(父子) 젹소로 발힝(發行)할식 부인으 손를 잡고 앙쳔통곡(仰天慟哭)ᄒ난 마리,

"이 몸은 하나리{하늘이} 미워ᄒ고 귀시니{귀신이} 작히(作害)ᄒ야 나라의 직간(直諫)타가 소인놈으 참소를 맛나 사지(死地)의 가거니와, 우리 틱봉은 무삼 죄뇨? 부인은 무삼 죄로 셔인(庶人)되야 가군56)과 자식을 이별ᄒ고, 친척은 무삼 죄로 일조(一朝)의 셔인이 되엿구나."

ᄒ고 방셩틱곡(放聲大哭)ᄒ니, 그 부인으 졍곡(情曲)은 일필(一筆)노 난기(難記)로다. 셔로 붓들고 통곡ᄒ며,

---

55) 영거사(領去使): 유배되는 사람을 데리고 가던 임시직의 벼슬아치.
56) 가군(家君): 남에 대하여 '자기 남편'을 가리키는 말.

"우리 딕봉은 아비 죄로 말미아마[말미암아] 오철이[오천리] 빅셜도으 안치57)ᄒ니 천지도 무심ᄒ고 귀신도 불명(不明)ᄒ다. 광딕한 천지간(天地間)의 야속(野俗)ᄒ고 불칙[不測]한 팔자 니익[이익] 갓탄 사람 또 잇시랴. 딕봉아 말이[만리] 젹소으 분거(分居)ᄒ니 다시 보기 바릴소냐? 말이[만리] 변방(邊方) 무인쳐(無人處)에 어린 네가 엇지 살며, 삼말이[삼만리] 졀도즁의 난들 엇지 사를소냐? 죽든 직시[즉시] 혼빅(魂魄)이나 동동 쩌셔 부자(父子) 상봉(相逢)ᄒ오리라."

딕봉이 눈물를 흘이면셔[흘리면서] 모친을 위로ᄒ되,

"모친 신셰를 싱각ᄒ면, 천지가 아득ᄒ고 일월(日月)리 무광(無光)이라, 가련코 원통ᄒ믈 엇지 다 셩언[形言]ᄒ오릿가만는, 사지의 가시난 부친 졍곡(情曲)만 갓타릿가? 우리 부자 젹소(謫所)로 쩌나오니 천힝(天幸)으로 사라오면[살아오면] 모친 얼골 다시 보련이와, 죽사오면 언으[어느] 쩌에 다시 맛나보오릿가? 역젹 왕회 소인 진틱열을 죽이지 못ᄒ고 도로여 히를 입어 젹소로 가거니와, 국가 사직이 조모(朝暮)의 잇난지라 천힝으로 사라나면[살아나면] 칼를 자바[잡아] 우리 원수 왕·진 두 놈을 사로자아[사로잡아] 젼후 죄목(罪目)을 무른[물은] 후의 빅를 갈나 간를 닉여 전하게 주달[進達]ᄒ고, 우리 부친 츙혼당(忠魂堂)의 셕견졔(釋奠祭)58)를 지닉리라."

이럿탓 분연(奮然)ᄒ며 통곡ᄒ니 초목금수(草木禽獸)도 다 눈물을 흘이난 듯ᄒ고 ᄒ더라. 연연(戀戀)이 악수 상별(相別)할 졔, 그 가련ᄒ고 슬푼 거둥 차마 보지 못할네라.

잇써 영거사신(領去使臣)이 길를 직촉ᄒ니 사공이 빅를 딕이거늘 시

---

57) 안치(安置): 귀양 간 곳에서 다시 거주의 제한을 받는 것을 일컬음.
58) 셕젼졔(夕奠祭): 염습 때부터 장사 때까지 매일 저녁 신위 앞에 제물을 올리는 의식.

량과 딕봉이 부인를 이여니(哀然히) 니별ᄒ고, 시량 부자 빅의 오른니 [오르니] 빅셜도난 졀도로 가난 역노[航路]라 ᄒ더라. 빅운(白雲)은 홋 터지고 순풍(順風)이 이러나며 비 싸르기 살 갓튼지라.

잇딕 승상 왕회 사공을 불너 중상(重賞)ᄒ고 시량 부자를 결박(結縛) ᄒ야 풍낭(風浪)의 너흐라 약속ᄒ엿더라. 시량 부자야 이런 흉계[凶計] 를 알 수 잇난야?

만경창파(萬頃蒼波) 깁푼[깊은] 물 풍낭(風浪)이 도도(滔滔)ᄒ고 으 의월식[依依月色] 추야장(秋夜長)으 강심(江心)도 젹막(寂寞)한듸, 심 이[십리] 사장(沙場) 노던 빅구(白鷗) 동남으로 나러난니{날아오르니} 고힝[故鄕] 소식 뭇고 지거[묻고 지고]. 강수(江水)는 잔잔ᄒ고 월식은 삼경(三更)인듸 션중(船中)의 안진 마음 고힝 싱각 젹상(積想)되야 잠 들 기리{길이} 망련[漠然]이라. 쳥쳔의 쓴 기럭기 쵹빅셩59)아 울너셔 손[客]으 수심(愁心) 도와ᄂ니 긱창한등60) 집푼 밤의 들이난니 져 원 셩(怨聲)이 강쳔(江天)으 낭자(狼藉)로다.

이러구러61) 여러 날 만의 한 고실{곳을} 당도하니 사고무인(四顧無 人) 젹막한듸 망망(茫茫)한 창히(蒼海)라, 어닉 싸인 줄를 모를네라. 중 유(中流)의 이르러 사공 십여 명이 달여드러 시량 부자를 결박[結縛]ᄒ 야 히중(海中)의 던지려 ᄒ거늘, 시량이 딕로(大怒)ᄒ야 사공을 ᄭᅮ지 져 왈,

---

59) 쵹빅셩(蜀魄聲): 蜀나라 패망의 혼백을 풀어 내리는 소리라는 뜻으로 처량한 울음소리 를 일컫는 말.

60) 긱창한등(客窓寒燈): 나그네의 숙소 창가에 비치는 싸늘한 등불. 나그네의 외로운 신 세를 비유한 말이다.

61) 이러구러: 이럭저럭 시간이 흐르는 모양.

"늬 황명(皇命)을 바다[받아] 비소(配所)로 가거날, 네의[너희] 등이 무삼 연고(緣故)로 이러틋[이렇듯] 핍박(逼迫)ᄒ난다?"

사공 등이 답왈,

"우리 곡절(曲折)은 너의[너희] 부자 알 빅 안이라."

ᄒ고 시량과 디봉를 창히상(蒼海上)으 던지려 ᄒ거늘, 시랑 왈,

"우리 부자 적소(謫所)로 가기도 익믜(曖昧)ᄒ거던, 너히 등이 이러함도 반적(叛賊) 왕·진 두 놈의 소위(所爲)로다."

ᄒ고 가로딕,

"너히 등이 우리 부자를 히코자 할진딕 결박은 무삼일고? 죽기도 원통커던 사지(四肢)를 결박ᄒ면 혼빅(魂魄)인들 엇지 용납ᄒ랴? 굴삼여62)· 오자셔63) 충혼(忠魂)을 엇지 차자[찾아] 가시랴?"

ᄒ시니, 그 즁의 한 늘근[늙은] 사공이 여러 사공을 달닉여 왈,

"옛마르[옛말에] 이르기을, '국사(國事)으도 사정(私情)이요64) 난즁

---

62) 굴삼여(屈三閭): 戰國時代의 楚나라 문학가이자 三閭大夫였던 屈原. 懷王의 신임이 두터웠는데, 간신의 참소를 당하여 疏遠되매 離騷를 지어 忠諫하였으나 용납되지 아니하자 끝내 汨羅水에 빠져 죽었다.

63) 오자셔(伍子胥): 春秋時代 楚나라 사람. 아버지 伍奢와 형 伍尙이 초나라 平王에게 피살되자, 한을 품고 吳나라로 들어가 闔閭를 도와 왕위에 오르게 한 뒤 楚를 쳐서 평왕의 무덤을 파헤치고 평왕의 시체를 3백 번 두드림으로써 원수를 갚았다고 한다. 간신 伯嚭의 이간질로 합려의 뒤를 이은 夫差의 신임을 얻지 못했으며, 월나라의 침입에 대비할 것을 주장하다 받아들여지지 않자 蜀鏤劍으로 자살했다.

64) 국사(國事)으도 사정(私情)이요(국사에도 사정이 있다): 나랏일에도 개인의 사정을 보와 주는 경우가 있다는 뜻으로, 어째서 남의 사정을 보아주지 않느냐는 말.

(亂中)으도 체면(體面)이 잇다' ᄒ엿쓰니, 시량 부자 이미ᄒ시물 아난지
라 ᄒ며, 결박한 거슬 쓰르고 수중(水中)의 너혼들{넣은들} 몸의 날기가
업셔쓴니{없으니} 엇지 살기를 바리리요.”

ᄒ며 결박한 거슬 쓸너 시량을 몬져{먼저} 풍낭 중의 밀치니, 일월리
무광(無光)ᄒ고 강신(江神) ᄒᄇᆨ65)이 다 시러ᄒ고{슬퍼하고} 초목금수
(草木禽獸)도 합누(合淚)ᄒ니, ᄒ물며 사람이야 일너{일러} 무삼ᄒ랴만
는 무지(無知)한 션인(船人) 등은 금수(禽獸)만도 못한지라.

잇쩌 ᄃᆡ봉이 부친 물의 ᄲᅢ지물 보니 쳔지 아득ᄒ고 졍신이 혼미(昏
迷)ᄒ는지라, 겨우 진졍ᄒ야 사공을 크계 ᄭᅮ지져 왈,

“싱(生)은 인야(人也)요 사(死)는 귀야(鬼也)라. 삼강수66) 집푼 물은
굴삼여(屈三閭)으 츙혼(忠魂)이요, 삼강수[吳江] 닝조(冷潮)난 오자셔(伍
子胥)으 졍영(精靈)이라67), 자고로 충신열사(忠信烈士) 수중고혼(水中孤
魂) 만한지라, 하물며 날{나} 갓탄{같은} 잔명(殘命)이야 죽기를 익기랴
만는{아끼랴마는}, 국중[九重]이 집고 집퍼 간신이 만조(滿朝)ᄒ야 국사
을 쳔권68)ᄒ니 충신는 원찬(遠竄)ᄒ고 소인으 화시(花時)로다. 빅옥무죄

---

65) ᄒᄇᆨ(河伯): 물을 맡아 다스린다는 신.

66) 삼강수(三江水): 湘江水의 오기. 중국 湖南省에 있는 강. 남령에서 발원하여 북으로
흘러 湖南省에 들어가 洞庭湖에 이른다. 일명 汨羅水가 湘水의 支流이다.

67) 삼강수(三江水) 집푼 물은 굴삼여(屈三閭)으 츙혼(忠魂)이요, 삼강수[吳江] 닝조(冷
潮)난 오자셔(伍子胥)으 졍영(精靈)이라: 李白의 〈行路難〉(3)에 “오자서는 오강에 내
버려지고, 굴원은 상수물가에 몸을 던졌소.(子胥旣棄吳江上, 屈原終投湘水濱.)”라 하
였다. 또 〈봉산탈춤〉의 넷째 목중에 '멱라수 맑은 물은 굴삼려의 충혼이요, 삼강수
얼크러진 비는 오자서의 정령이라.'고 하였다. 그리고 〈장부가〉라고도 하는 단가 〈불
수빈〉에는 “멱라수 맑은 물은 굴삼려의 충혼이요 상강수 성긴 비는 오자서의 정령이
라.”고 하였다. 김광순 소장 필사본 〈이대봉전〉에는 “삼강수 집푼 물은 굴삼연의 츙혼
이요, 오강 말간 물은 오ᄌ셔 츙혼이라.”고 하였다.

68) 쳔권(擅權): 권력을 마음대로 부림.

(白玉無罪) 우리 부자(父子) 창히(滄海) 즁의 고혼(孤魂) 되야 굴삼여으 충혼 맛나 오자셔를 반기 보고, 예얼불사{어여쁠사} 우리 임군 만셰(萬歲) 후의 츙혼 뫼와 위엄(威嚴)삼어 늬으 부친 비옥무죄 디봉으 어린 혼 빅신원(魂魄伸冤) 징인(懲人) 삼무리라. 우리 부자 무죄(無罪)ᄒᆞ문 청천(靑川)도 알년이와{알려니와} 귀신들도 아르리라. 디봉 부자 귀한 몸이 어복(魚腹) 즁의 장사(葬事)ᄒᆞ니 굴삼여와 갓틀지라. 디명쳔지(大明天地) 디봉의 명이 하나르{하늘에} 잇슬지연졍 네으계 잇슬리요. 늬 시사로{스스로} 죽을지라도 너으계다 살기를 비을손냐?”

디호일셩(大呼一聲)의 목으로셔 피을 토하여 히수(海水)를 보틔더니,

“부친이 이무{이미} 수즁고혼(水中孤魂) 되여쓰니 나도 쏘한 죽으리라.”

ᄒᆞ고 만경창파(萬頃蒼波) 집푼 물의 풍닝[風浪]이 요란한듸, 십삼 세 어린 디봉이 수즁고혼 가련ᄒᆞ다! 하나를 우러러 부친를 부르면셔 풍덩실 쑤여든니, 잇쩌의 사공더른 비를 돌여 황셩의 올나가 사연를 왕회의계 주달하니, 왕회 디히ᄒᆞ더라.

각셜. 잇쩌 할임{한림} 장화 이황으 혼사(婚事)를 이류지 못ᄒᆞ고 디봉으 부자 적소(謫所)로 가물 보고 분기츙쳔(憤氣衝天)ᄒᆞ아 울기(鬱氣)을 참지 못ᄒᆞ더니, 일노조차{이로 인하여} 병이 되야 병셕의 눕고 이지{일어나지} 못ᄒᆞ면 이무{이미} 셰상의 유(留)치 못할 줄를 알고 좌수(左手)로 부인으 손을 잡고 우수(右手)로 이황으 손을 잡고 쳬읍낙누(涕泣落淚) 왈,

“인명(人命)이 직쳔(在天)ᄒᆞ민 어길 기리{길이} 업셔 환낭지긱[放浪之客]이 되여도 와셕종신[69] ᄒᆞ거니와, 시량 부자는 수즁고혼이 될 거스니

가련코 원통ᄒ도다! 여아(女兒)의 일싱이 더욱 가련코 한심ᄒ지라. 이황
이 남자가 되야든들[되었던들] 황천(黃泉)의 도라간 이비 원통한 분(憤)
을 푸를 거슬, 네 몸이 안여자[아녀자]라 너의 가삼의 밋친 분한(憤恨)
어니 ᄻ의 싯칠소냐?"

ᄒ며, 부인을 당부ᄒ야,

   "여아(女兒)를 싱각ᄒ사 션영(先塋)을 봉힝(奉行)ᄒ고 ᄆᆡ사(每事)를
   션시(善施)ᄒ야 여아를 션도(善導)ᄒ와 욕급션영(辱及先塋) 말게 ᄒ오."
   "이황아! 눈을 엇지 감고 가랴."

손를 잡고 낙누ᄒ며 인ᄒ야 별세(別世)ᄒ이 ᄯᅩ 부인 소씨 정신이 아득
ᄒ야 명ᄌᆡ경긱(命在頃刻)이라.

   "이황아! 네의 신세 박명(薄命)이 자심(滋甚)ᄒ다."

ᄒ시며 인ᄒ야 별세ᄒ시니,

   불상토다, 이황 소졔(小姐) 일일ᄂᆡ(一日內)로 부모가 구몰(俱沒)ᄒ시
니 일신(一身)이 무의(無依)로다. 일가(一家)이 망극ᄒ야 곡셩(哭聲)이
진동ᄒ더니, 이황소졔 망극ᄒ야 긔졀(氣絶)ᄒ거날 비복(婢僕) 등이 구
완ᄒ야 인사(人事)를 치려 쵸종예70)를 갓쵸와 선산(先山)의 안장(安葬)
ᄒ니, 귀중여자[閨中女子] 장부(丈夫)를 안할네라[아내일러라].

   셰월리 여류(如流)ᄒ야 소졔(小姐)으 연광(年光)이 이팔(二八)리라.
옥안운빈(玉顔雲鬢)과 셜부화용(雪膚花容)이 금셰(今世)의 쌍(雙)이 업

---

69) 와셕종신(臥席終身): 제명을 다하고 편안히 자리에 누워서 죽음.
70) 쵸종예(初終禮): 운명해서 입관하고 성복하기까지 행해지는 의례. 초상이 난 뒤부터
   卒哭 때까지의 모든 장례 절차를 이른다.

난지라. 비록 여주로되 면목(面目)이 웅장ㅎ야 단산71)의 봉(鳳)의 눈
은 귀미셜{귀밑을} 도라보고 청수(淸秀)한 골격이며, 성음(聲音)이 웅
장ㅎ되 산호치를 드러 옥반(玉盤)을 씌치난 듯ㅎ고 지혜(智慧) 활달ㅎ
민, 소졔으 쌍(雙)이 업난지라. 총명(聰明)ㅎ 그 자쇠(姿色)를 뉘가 안
이 층송ㅎ리. 이러무로{이러므로} 일홈이 일국의 진동하리로다.

잇쩌 우승상 왕회 한 아달을 두어쓰되 일홈은 셕연이라. 풍치 늠늠
[凜凜]ㅎ고 문필(文筆)리 과인(過人)ㅎ니 명망이 일국의 진동한지라.
승상이 긱별 사랑ㅎ야 구혼(求婚)ㅎ되 셕연으 짝이 업셔 쓰슬 리우지
못ㅎ더니, 이황의 덕쇠(德色)를 포문72)ㅎ고 장할입(장한림)의 뉵촌(六
寸) 장준을 청ㅎ야 되졉한 후의 가로되,

　　"그뒤으 직종(再從)이 일직 기셰(棄世)ㅎ민 가중범사(家中凡事)를 주
　　장(主掌)할지라. 나를 위ㅎ야 미자(媒子)되여 아자(兒子) 셕연으로 더부
　　러 그뒤 종질여(從姪女)와 혼사를 리루게{이루게} ㅎ라."

ㅎ니, 장준이 깃거 허락ㅎ고 집의 도라와{돌아와} 그 쳐 진씨를 보늬여
언어수작(言語酬酢)ㅎ다가 혼사(婚事)ㅎ자는 사년(事緣)를 젼ㅎ니, 소
졔 염용(斂容) 되왈,

　　"숙모는 나를 위ㅎ야 감격한 말삼으로 기유(開諭)ㅎ옵시나, 부모임 싱
　　존시(生存時)의 모란동 이시랑 아달과 정혼(定婚)ㅎ야싸오니 차사(此事)
　　를 힝치 못ㅎ것난니다."

---

71) 단산(丹山): 봉황이 산다는 丹穴의 산. "丹穴之山, 其上多金玉, 丹水出焉, 而南流注于
　　渤海, 有鳥焉, 其狀如雞, 五采而文, 名曰鳳凰(단혈산은 그 위에 금과 옥이 많고, 단수
　　가 이 산에서 나와 남으로 흘러 발해로 들어가는데, 새가 있으니 모양이 학과 같고
　　다섯 가지 채색의 무늬가 있어서 이름하기를 봉황이라 한다)." 『山海經』 〈南山經〉.
72) 포문(飽聞): 싫증이 날 만큼 많이 들음.

흐거날, 진씨 무류[無聊]이 도라와 소졔으 말를 장준의게 젼흐니, 장준
이 친니 소졔으게 가미 소졔 영졉(迎接)흐거늘, 장준이 소졔다러 일
너 왈,

"부부유별(夫婦有別)은 일륜(人倫)의 쩟쩟한 이리라. 슬푸다! 인싱(人
生)이여. 인사(人事)가 변복[翻覆]흐고73) 조무(造物)리 시기흐야 형임
[형님]이 일직[일찍] 기셰(棄世)흐시미 친척이 다만 너와 나 쏸이로다.
니 너를 위흐야 봉황으 짝를 구흐더니, 우승상 왕회의 아달 셕연은 문필
(文筆)을 겸젼(兼全)흐고 영풍호걸(英風豪傑)리 짐짓 네의 짝이라. 네난
고집도의{고집되게} 말고 천졍(天定)을 어기지 말지어다. 또 이시량 부
자는 말이 젹소(謫所)로 갓쓰니 사싱(死生)를 엇지 알이요. 사지(死地)의
간 사람을 싱각흐야 셰월를 보닐진디 홍안(紅顔)이 낙조74)되며 무졍셰
월양뉴파75)를 자탄(自歎)할지라. 홍안이 졈쇠흐고 빅발(白髮)리 난수
(亂垂)흐면 무삼 영화(榮華) 보랴."

흐고 여차등셜(如此等說)노 만단기유(萬端改諭)흐니, 소졔(小姐) 디왈,

"팔자 기박(奇薄)흐와 부모를 여히고 일편단신[一片丹心]니 혈혈무
의76)라. 불가(不可)한 힝실를 할지라도 올혼{옳은} 일노쎠 인도(引導)함
미 올삽거는{옳거늘}, 하물며 왕회난 날노 더부러 원수(怨讐)여늘 소인
을 아쳡흐야 고단(孤單)흔 족하{조카}를 뉴인(誘引)코자 흐니 긱이{적이}

---

73) 인사(人事)가 변복[翻覆]흐고: 韓愈의 〈寄崔二十六立之〉에서 "원래 인간 세상의 일
    은, 엎치락뒤치락 알 수 없는 것.(由來人間事, 翻覆不可知.)"이라는 시구에서 활용한
    표현인 듯.
74) 낙조(落照): 성하던 기운이나 기세가 쇠하여짐을 비유적으로 이르는 말.
75) 무졍셰월양뉴파[無情歲月若流波]: 무정한 세월이 흐르는 물과 같음. 세월이 덧없이
    흘러감을 비유하는 말이다.
76) 혈혈무의(孑孑無依): 홀몸으로 의지할 데 없이 외로움.

미안ᄒ나니다. 일후(日後)부텀은 투족(投足)을 마옴소셔."

ᄒ니, 장준니 소제의 빙셜(氷雪) 갓튼 졀기(節槪)를 탄복ᄒ고 도라와 승상 보고 젼후수말를 ᄒ니, 승상이 왈,

"아모죵록 주혼(主婚)ᄒ라."

ᄒ더라.

장준이 한 쇠를 싱각ᄒ고 왕회와 으논ᄒᄃᆡ 왕회 ᄃᆡ희(大喜)ᄒ야 길일(吉日)을 밧고 장준으로 더부러 언약(言約)을 졍ᄒ더라.

각셜. 잇ᄯᆡ ᄃᆡ봉 부자 ᄒᆡ중(海中)의 ᄲᅡ져던이, 셔ᄒᆡ 용왕(西海龍王)이 두 용자[童子]을 불너 왈,

"ᄃᆡ명(大明) 츙신 이익과 만고영웅(萬古英雄) ᄃᆡ봉이가 소인의 참소(讒訴)를 만나 젹소(謫所)로 가다가 수중(水中)의 죽겨 되여쓰니 급피 가 구안ᄒ라."

ᄒ시니, 두 동자 일엽쾨주(一葉瓢舟)을 타고 셔남으로 좃차 가니라. 잇ᄯᆡ 시량이 물결의 밀여{밀려} 한 고ᄃᆡ{곳에} 다다은니{다다르니} 밤이 이무[이미] 삼경(三更)이라. 혼미(昏迷) 중의 바ᄅᆡ보니 동남 ᄃᆡᄒᆡ(大海)로셔 한 동자 일렵편주(一葉片舟)를 타고 풍우(風雨)갓치 오더니 시량을 건져 주중(舟中)의 실고 위로ᄒ거날, 시량이 졍신을 진졍ᄒ야 동자게 사례(謝禮)ᄒ니 동자 답왈,

"소자난 셔ᄒᆡ 용왕으 명을 바다 상공(相公)을 구하온니 다ᄒᆡᆼ이로소이나."

ᄒ며 순식간의 한 고ᄃᆡ{곳에} 빅를 ᄃᆡ니고 ᄂᆡ리기를 쳥ᄒ거늘, 시량이

좌우을 살펴보니 만경창파(萬頃蒼波) 너룬{넓은} 물의 한 셤이 잇난 지라.

"예셔{여기서} 황셩(皇城)이 얼마나 ᄒᆞ뇨?"

동자 답왈,

"즁원(中原)이 삼쳘니(三千里)로소니다."

시량이 비의 ᄂᆞ리ᄆᆡ 동자 하직(下直)ᄒᆞ고 살갓치 가는지라. 셤의 들러가니 과목(果木)이 울밀(鬱密)ᄒᆞ지라. 과실(果實)노 양식을 심고[삼고] 죽은 고기을 주어 먹고 ᄒᆡ상(海上) 무인쳐(無人處)의 닝풍(冷風)은 소실(蕭瑟)ᄒᆞ듸 산과목실(山果木實)의다 명(命)을 붓쳐 셰월를 보ᄂᆡ면 쳐자(妻子)을 ᄉᆡᆼ각ᄒᆞ야 우름으로 일을 삼더라. 잇ᄯᆡ 부인은 가군(家君)과 딕봉을 ᄉᆡᆼ각ᄒᆞ야 하날를 우러러 신셰을 자탄(自歎)ᄒᆞ며 눈물노 셰월을 보ᄂᆡ니 참옥한 형상(形像)을 엇지 다 셩언[形言]ᄒᆞ리요.

잇ᄯᆡ 딕봉이 수즁(水中)의 ᄲᅡ져 인사(人事)를 일코 풍낭의 밀쳐 ᄯᅥ나가니 딕봉의 귀한 몸이 명직경각(命在頃刻)이라. 남딕ᄒᆡ(南大海)로셔 난딕업난 이렵편쥬[一葉片舟] 살갓치 ᄯᅥ오더니 딕봉을 기피[급히] 건져 올이건날, 이윽키 진졍ᄒᆞ야 동자를 살펴보니 벽수쳥의(碧袖青衣)예 월픽77)를 차고 좌수(左手)의 금광옥결78)를 쥐고 우수(右手)의 계도난장79)을 혼들고 안자거날, 딕봉이 이러나 동자계 사려[謝禮] 왈,

---

77) 월픽(月佩): 벼슬아치의 金冠 朝服의 좌우에 늘여 차는 옥의 하나.
78) 금광옥결(金光玉玦): 금빛 옥으로 만들어 허리에 차는 고리.
79) 계도난장(桂櫂蘭槳): 계수나무로 만든 노와 백목련으로 만든 삿대라는 뜻으로, 노와 삿대를 아름답게 이르는 말.

"동자난 뉘시관딕 죽을 인명(人命)을 구하난요?"

동자 답왈,

"셔희 용궁 사옵더니 왕명(王命)을 밧자와 공자(公子)를 구하나이다."

딕봉이 치사(致謝) 왈,

"용왕의 덕틱과 동자으 은덕은 빅골난망(白骨難忘)이라, 언늬{어늬} 쎤의 만분지일(萬分之一)리나 갑사오릿가?"

흐며 문왈,

"이곳 지명(地名)를 아지 못흐오니 동자난 가라치소셔. 아러지이다."

동자 답왈,

"이 싸은 쳔축국이라."

흐며 늬리기를 쳥흐거날, 딕봉이 비의 나러 문왈,

"어딕로 가야 잔명을 보젼[保存]흐릿가?"

동자 답왈,

"져 산은 금화산이요. 그 안의 져리 잇시되 졀 일홈은 빅운암이라. 그 졀을 차자가면 구할 사람이 잇사오니 그리로 가소셔."

흐고 비[빅]를 져어가거늘,

동자 가라치난 길노 금화산을 차져가니, 빅운(白雲)은 담담(淡淡) 명산(名山)이요. 물은 잔잔(潺潺) 별건곤(別乾坤)의 나무나무 피난 쇼슨 가지가지 춘경(春景)이라. 쳥계(淸溪)난 동구(洞口)에 흘너 극낙셰계(極樂世界) 되야 잇고, 칭암졀벽(層巖絶壁)은 반공(半空)의 소사난듸{솟았는데} 쳥학80)·빅학(白鶴)은 쌍쌍이 왕니ᄒ고 유의(有意)한 두견셩(杜鵑聲)은 이늬{바로} 수심(愁心) 자어닌다. 산수도 조컨이와 부모를 싱각ᄒ니 조흔{좋은} 푼경[風景] 회포(懷抱) 되야 눈물을 금치 못할네라.

구름를 싸라 한 고슬 다다르니 포연[飄然]한 션경(仙境)이라. 은은한 경(磬)쇠소릭 풍편(風便)의 들이거늘 완완(緩緩)이 드러가니 황홀한 단쳥화각(丹靑畵閣)이 구름 소계 뵈니거날, 삼문81)의 당도ᄒ니 황금딕자(黃金大字)로 두려시 써쓰되 「금화산 빅운암이라」 ᄒ여거늘

셕양(夕陽)으 밥분[바쁜] 손이 주인를 찻더니, 한 노승이 구폭가사(九幅袈裟)82)에 팔각건(八角巾)를 쓰고 구졀죽장83)를 집고[짚고] 나오더니 동자(公子)를 마져{맞아} 예필(禮畢) 후의,

“존긱(尊客)이 누지(陋地)의 왕임(枉臨)ᄒ시거늘 소승(小僧)의 강역[脚力]이 부족ᄒ와 머리{멀리} 나 맛지[맞지] 못ᄒ오니 무례(無禮)ᄒ물 용셔ᄒ소셔.”

공자 빅례(拜禮) 왈,

“궁도84) 힝인(行人)를 이딕지 관딕(寬待)ᄒ시니 도로여 불안(不安)ᄒ

---

80) 쳥학(靑鶴): 날개가 8개, 다리가 1개이며 사람의 얼굴에 새의 부리를 한 상상의 새.
81) 삼문[山門]: 절 또는 절의 바깥문.
82) 가사(袈裟): 승려가 장삼 위에, 왼쪽 어깨에서 오른쪽 겨드랑이 밑으로 걸쳐 입는 法衣.
83) 구졀죽장(九節竹杖): 마디가 아홉인 대나무로 만든, 승려가 짚는 지팡이.

여이다."

노승이 답예(答禮) 왈,

"오날날 이리 오시기난 명쳔(明天)이 지시ㅎ온 비라."

ㅎ고,

"동자[公子]난 소사(小寺)와 인년(因緣)이 잇사오니 머물기를 허물치
마르소셔."

ㅎ거늘, 공자 이러나 지비ㅎ고 답왈,

"소자 갓탄 잔명(殘命)을 사량ㅎ오며 이갓치 이휼(愛恤)ㅎ시니 감격ㅎ
여이다."

노승이 미소(微笑) 왈,

"공자 기주짜 모란동 이시량딕 공자(公子) 딕봉이가 안인가?"

공자 딕경(大驚) 왈,

"존사(尊師) 엇지 소자으 거주셩명(居住姓名)을 아난잇가?"

노승 왈,

"소사(小寺) 공자딕의 왕닉한지 십여 년이라. 상공(相公)계옵셔 황금
(黃金) 오빅 양과 빅미(白米) 삼빅 셕 황쵹(黃燭) 삼쳔 병(柄)를 시주ㅎ시

---

84) 궁도(窮途): 곤궁하게 된 처지.

미 져리 풍우(風雨)에 퇴릭(頹落)ᄒ야 젼복지경(顚覆之境)이 되얏더니 불상(佛像)를 안보(安保)ᄒ미 은덕을 엇지 이지리요."

공자 왈,

"존사(尊師)의 말삼를 듯사오미 져근{적은} 거시로쎠{것으로써} 큰 인 사85)을 바든니 감사ᄒ여이다."

노승이 답왈,

"공자는 년쳔(年淺)ᄒ미 젼사(前事)를 알이요."

ᄒ고 동자을 명ᄒ야 셕반(夕飯)를 듸리거늘 바다보니 졍결(淨潔)ᄒ미 세상 음식과 다른지라.

각셜. 잇ᄯᅵ예 왕셕연이 길일(吉日)를 당ᄒ미 노복(奴僕)과 교마(轎馬)을 거나리고 장미동의 이르니 밤이 이무{이미} 삼경(三更)이라. 할임듸의 드러가 소졔(小姐)을 겁탈(劫奪)코자 ᄒ더니,

잇ᄯᅥ 소졔(小姐) 등촉(燈燭)을 발키고《예기(禮記)》〈ᄂᆡ칙편(內則篇)〉를 보더니, 외당(外堂)의 예 업던 인마(人馬)소리 나거늘 기피[급히] 시비 난향을 불너 그 연고(緣故)를 탐지(探知)ᄒ니, 난향이 급피 드러와 엿자오듸,

"왕승상집 노복(奴僕) 등이 교마(轎馬)를 거나리고 와 외당의 와 주져(躊躇)ᄒ더니다."

소졔(小姐) 듸경질식[大驚失色] 왈,

---

85) 인사(人事): 입은 은혜를 갚거나 치하할 일 따위에 대하여 예의를 차림.

"심야(深夜) 삼경의 오기난 분명 혼사를 겁칙[겁측]코자 하미라. 이리 급박ᄒᆞ니 장차 엇지ᄒᆞ리요."

ᄒᆞ며 수건으로 목를 미여 자결코자 ᄒᆞ거날, 난향이 위로 왈,

"소졔(小姐)난 잠간 진정ᄒᆞ옵소셔. 소졔 만일 계양[揭揚]ᄒᆞ야 죽을진ᄃᆡ 부모와 낭군으 원수를 뉘라셔 갑사오릿가? 소비(小婢) 소졔으 의복(衣服)을 입고 안져닷가 소졔 환(患)을 감당ᄒᆞ리니, 급피 남복(男服)을 환칙[換着]ᄒᆞ시고 ᄃᆞᆫ장(短墻)을 너머 환(患)을 피ᄒᆞ소셔."

소졔 왈,

"나는 그러ᄒᆞ련이와 너난 날노 말미야마{말미암아} 아롬다온 청춘을 보존치 못ᄒᆞ리로다."

ᄒᆞ며, 직시[즉시] 남복(男服)을 가초고 사당(祠堂)의 하직ᄒᆞ고 후원 담을 너머 동산의 올나셔니 창만[蒼茫]한 달빗 아ᄅᆡ 언늬{어느} 고셜{곳을} ᄒᆡᆼ(행)ᄒᆞ리요. 셔남(西南)을 바ᄅᆡ보고 졍체업시 가난 신셰 청천(靑天)으 외기럭기 쌱을 차자 소상강86)으로 ᄒᆡᆼ[向]ᄒᆞ난 듯 가련코 슬푸도다! 장할임[ᄃᆡ] 무남독여(無男獨女) 이리 될 줄 뉘가 알야.

잇ᄯᅥ 난향이 소졔(小姐)를 ᄋᆡ연(哀然)이 젼별(餞別)ᄒᆞ고 져난 소졔으 복ᄉᆡᆨ(服色)을 입고 침방(寢房)의 드러가 소졔 모양으로 쳔연(天然)이 안져더니, 왕회집 시비(侍婢) 소졔 침실(寢室)으 드러와 셰쇄(細瑣)한 말노써 만단ᄀᆡ유(萬端改諭)ᄒᆞ며 괴자[轎子]를 디려 왈,

---

86) 소상강(瀟湘江): 중국 湖南省에 있는 洞庭湖에 합류하여 들어가는 瀟水와 湘水를 함께 일컬으며, 경치가 매우 아름다운 곳임.

"소제난 쳔졍(天定)을 어긜나[어기지] 마옵소셔."

ᄒ며 오르기를 간쳥(懇請)ᄒ거날, 난향이 등쵹(燈燭)를 발키고 시비(侍婢)를 ᄭ지져 왈,

"네 심야(深夜) 삼경(三更)의 ᄉᄃ부딕 ᄂᆡ졍(內庭)의 도립[羅立]ᄒ야 뉘를 히코자 ᄒ난다? 심규(深閨)의 싱장(生長)한 몸 집를 바리고 어ᄃᆡ로 가리요. 너히 등이 도라가지{돌아가지} 안할진딕, 너의 목젼(目前)의 죽어 원수(怨讐)을 지으리라."

ᄒ고, 수건으로 목를 자르니[조르니] 셕연으 비복(婢僕) 등이 수건을 앗고 교자(轎子)의 올이거날 난향으 일편단신(一片丹心) 강약니 부동이라.87) 괴자[轎子]의 실여 장안으로 힝ᄒ니라.

장미동을 써나 빅화졍 이십 이를 힝하니 동방이 장차 발것난지라. 노소인민(老少人民)이 이르기를,

"장할임딕 이황소졔 왕승상딕 메나리 되야 신힝88)ᄒ여 간다."

ᄒ더라.

승상딕으 다달나셔 좌우를 살펴보니, 딕연(大宴)을 빅셜(排設)ᄒ고 빅반(杯盤)이 낭자(狼藉)로다. 노소(老少) 부인이 난향을 칭찬 왈,

"어엿ᄲ다! 이황소졔난 짐짓 왕공자의 짝이로다."

모다 칭송할 졔 난향이 연셕(宴席)의 나어가니, 일가(一家) 딕경(大

---

87) 강약(强弱)니 부동(不同)이라: 둘 사이의 힘이나 역량이 한 편은 강하고 한 편은 약하여 서로 상대가 되지 못함을 뜻하는 말.
88) 신힝(新行): 혼인할 때에, 신랑이 신부 집으로 가거나 신부가 신랑 집으로 감.

驚)ㅎ며 빈객(賓客)이 경동89)ㅎ난지라. 왕회를 도라보와 왈,

　"소비(小婢)난 소졔(小姐)으 시비(侍婢) 난향이라. 외람이 소졔으 일홈
으로 승상을 소계쓰니{속였으니} 죄사무셕(罪死無惜)이로소다. 승상은
부귀 천하예 읏듬이라 혼사(婚事)을 할진듸 믜자(媒子)를 보늬여 슐이[順
理]로 인년[因緣]을 믜자 육례90)를 갓초오미 올커날, 무도(無道)한 힝실
노쎠 사듸부듸 늬졍(內庭)을 심야 삼경으 도립ㅎ야 나무 집 종를 다려다
가 무엇ㅎ려 ㅎ난잇가? 우리 소졔난 작야(昨夜) 오경(五更) 집푼 밤의 어
듸로 가 계신지? 결단코 원혼(冤魂)이 되리로다."

ㅎ며 통곡ㅎ니, 승상이 듸경(大驚)ㅎ야 위로 왈,

　"소졔(小姐)는 빙셜(氷雪) 갓탄 몸를 천한 난향으겨 비ㅎ니 졀힝(節行)
을 가이 알지라."

ㅎ고, 장준를 쳥ㅎ야 소졔 허실(虛實)를 탐지(探知)ㅎ니 과연 난향이
라. 승상이 듸로ㅎ야 죽이러 ㅎ니, 좌중빈긱(座中賓客)이 왈,

　"난향은 진실노 충비(忠婢)요 견문발검91)이라 용셔ㅎ소셔."

ㅎ니, 승상이 장준을 칙망(責望)ㅎ고 난향를 도라 보늬니라.
　잇쩌 소졔 이황이 집를 쩌나 남방을 힝ㅎ야 정체업시 가더니, 여러
날 만의 여남짜의 이른지라. 한 고듸 다다르니 산천이 수례(秀麗)ㅎ고

---

89) 경동(驚動): 뜻밖의 일에 놀라서 들썩거림.

90) 육례(六禮): 전통사회에서 행하던 혼인절차의 여섯 가지 儀式. 곧, 納采·問名·納吉·
　　納徵·請期·親迎을 말한다.

91) 견문발검(見蚊拔劍): 모기를 보고 칼을 뺀다는 뜻으로, 사소한 일에 크게 화를 내며
　　덤빔을 이르는 말.

만장졀벽(萬丈絶壁)은 반공(半空)의 소사잇고, 산영(山影)이 엄숙한듸
수목(樹木)이 울밀(鬱密)ᄒ고 빅화(百花) 만발(滿發)한 중의, 졈졈 드러
가니, 경기(景槪) 졀승(絶勝)ᄒ고 물ᄉᆡᆨ(物色)도 유감(有感)ᄒ다. 곳가지
의 안진{앉은} ᄉᆡ는 춘광(春光)을 자랑ᄒ고, 황봉빅졉(黃蜂白蝶) 왕나
부{왕나비}난 향기 찻난 거동(擧動)이요, 비취공작(翡翠孔雀)은 쌍거쌍
ᄂᆡ(雙去雙來) 나러들고, 수양천만사(垂楊千萬絲)는 어구[어귀]의 느러
지고{늘어지고}, 금의공자92) 환우셩(喚友聲)은 녹임[綠林] 속으 쳬량
[凄涼]ᄒ고, 간수(澗水)는 잔잔(潺潺)ᄒ야 탄금셩(彈琴聲)을 도와ᄂᆡᆫ다
[자아낸다]. 졈졈 드러가니, 사무인젹(四無人跡)ᄒ고 셕양(夕陽)은 이
셔(已西)ᄒ듸 숙조(宿鳥)는 투림(投林)ᄒᆯ졔 젹마[草木]는 실피 울고, 일
낙함지93) 황혼(黃昏) 되ᄆᆡ 동영[東嶺]의 비친 월ᄉᆡᆨ(月色) 금수강산(錦
繡江山) 기례{길에} ᄂᆡᆫ다.

밤은 집퍼{깊어} 삼경(三更)인듸 갈 바리 어듸ᄆᆡ뇨. 숨풀[수풀]를 으
지ᄒ야 은신(隱身)ᄒ고 안자실졔{앉았을제} 야월공산(夜月空山) 지푼
{깊은} 밤의 촉빅셩(蜀魄聲) 실피 우러 이ᄂᆡ 간장 다 뇌긴다{녹인다}. 십
이장강[十里長江] 벽파상(碧波上)의 쌍거쌍ᄂᆡ(雙去雙來) 빅구(白鷗)더
른 쪽 찻난 거동(擧動)이라. 슬푸다! 이원셩(哀願聲)은 ᄂᆡ으 수심(愁心)
자어ᄂᆡ고, 강촌의 어젹94)소ᄅᆡ 들이난니 수심나라.

이러한 가온듸 기갈(飢渴)리 자심(滋甚)한 중의 잠간 안져 조우더니,
비몽사몽간(非夢似夢間)의 일위(一位) 노인이 학발95)를 헛날이고{흩날

---

92) 금의공자(金衣公子): 꾀꼬리를 비유적으로 이르는 말.
93) 일낙함지(日落咸池): 해가 함지에 떨어진다는 뜻으로, 해가 짐을 이르는 말. '咸池'는
   중국 고대 전설에서 해가 지는 곳이라고 믿었던 서쪽의 큰 연못이다.
94) 어젹(漁笛): 어부가 부는 피리.
95) 학발(鶴髮): 학의 깃털. 노인의 백발을 가리키는 말이다.

리고} 유건(儒巾)을 쓰고 흑포흑디(黑袍黑帶)의 청여장(靑藜杖)를 지촉
ᄒ야 산상(山上)으로 나려와{내려와} 말삼하되,

"익황아! 잠을 쌔여 져 묘[山]를 너머 가면 한 집이 잇스리라. 그집은
장익황으 공부터라. 어셔 기피[급히] 가거드면 너으 션싱 거기 잇다."

바람은 소실[蕭瑟] 잠을 씌니 소연(昭然)한 쑴이로다. 노인 가라치던
묘[山]를 너머{넘어} 수십 보(步)를 늬러가니 수간초옥(數間草屋)이 보
이거날, 문젼(門前)의 당도ᄒ니 한 여노인(女老人)이 나오면셔 손을 잡
고 반기ᄒ며 당즁(堂中)의 드러가 좌(座)을 주워 안치거늘 익황이 이러
나 직비(再拜)ᄒ고 뭇자오디,

"부인은 뉘신지? 잔명(殘命) 구졔(救濟)ᄒ시니 감사ᄒ옵늬다."

그 부인이 미소 답왈,

"나난 본디 졍한 고시{곳이} 업건이와 쳔틱산의 유련(留連)터니, 빅운
암 셰존계셔 이고디로{이곳으로} 지시ᄒ며 이르기를 '금야(今夜) 오경(五
更) 분에 장미동 장익황이 그고셜{그곳을} 갈 거시니 이휼(愛恤)하라' ᄒ
옵기로, 기다린 졔 오릭로다."

ᄒ며 여동(女童)을 지촉하야 셕반(夕飯)을 듸리거날 음식이 졍결ᄒ고
먹은이 향기 만복(滿腹)한지라.
이난 마구션여96)라, 익황를 다리고 도학(道學)을 가라친니 총명이

---

96) 마구션여(麻姑仙女): 漢나라 桓帝 때의 선녀. 《神仙傳》에 의하면, 원래 建昌 사람으
로 牟州 동남쪽 姑餘山에서 수도하였고, 宋나라 政和연간에 眞人으로 봉했다 한다.
그는 蒼海가 3번이나 桑田으로 변하는 것을 보았다고 한다.

뭇쌍[無雙]이라. 션여 더욱[더욱] 사랑하야 상젼벽히 수 노키97)와 왼 갓[온갖] 법수[法術]를 가라치며 천문98) 지리(地理)와 둔갑장산지술99) 리며 병셔(兵書)를 숙독(熟讀)ᄒ니, 삼년지간(三年之間)의 상통천문(上 通天文)ᄒ고 하찰지리(下察地理)ᄒ며 중찰인사(中察人事)ᄒ고 병법(兵 法)은 관중(管仲)·아거[樂毅]도 당(當)치 못할네라. 지혜 활달ᄒ야 심 중(心中)에 두려운 거시 업난지라.

이러구러 이황으 년광(年光)이 십구 셰라. 일일은 부인이 이황을 불 너 왈,

    "이졔 네 나이 장셩ᄒ고 쏘한 조혼[좋은] 시져리[시절이] 당ᄒ오니 산 중(山中)를 써나 평싱 소원을 이루라. 월늬[원래] 방년100)에 기한(期限) 이 갓가온다. 네 비록 여자오나 용문(龍門)에 올나 몸이 귀(貴)니 되야 되장졀월(大將節鉞)를 씌고 황금인수(黃金印綬)는 요하(腰下)에 횡되(橫 帶)ᄒ고 빅만군병를 거나려 사히(四海)을 평정ᄒ고 일홈[이름]을 기린각 (麒麟閣)의 올여 명젼쳔추(名傳千秋)ᄒ라."

ᄒ며 인ᄒ야 간되업거늘, 이황이 허망(虛妄)ᄒ물 이기지 못ᄒ야 공중 을 힝ᄒ여 무수이 사례ᄒ고 그고졀[그곳을] 써나 촌여(村閭)로 나아가 더니,

    한 고되 이르러 주인을 차자 요기101)를 청ᄒ더니 이 집은 셔주 최어

---

97) 상젼벽히(桑田碧海) 수 노키[繡놓기]: 唱本 〈水宮歌〉의 "오대산(五臺山) 문주보살(文 珠菩薩) 감중연(坎 中連) 앉았으며 천태산(天台山) 마고션여(麻姑仙女) 상젼벽해(桑 田碧海) 수(繡) 놓는다."에서 인용된 말.

98) 천문(天文): 天體에서 일어나는 온갖 현상.

99) 둔갑장산지술[遁甲藏身之術]: 귀신을 부리어 몸을 감추거나 변화함으로써 남에게 보 이지 않게 하는 술법.

100) 방년(芳年): 20세 전후의 한창 젊은 꽃다운 나이.

사튁이라. 어사난 일직{일찍} 기셰(棄世)ᄒ고 다만 한 ᄯ̄ᆯ을 두워싯되 용모 비범ᄒ아 임사102)의 덕과 이비103)으 졀ᄒᆡᆼ(節行)이며 틱사(太姒)의 화순심(和順心)과 장강104)의 ᄉ̄ᆨ을 품어난지라. 부인 호씨 여아(女兒)로 더부러 ᄆ̄ᆡ일 봉황(鳳凰)으 ᄶ̄ᅡᆨ을 어더 여아 일싱를 부탁고자 ᄒ더니, 잇ᄯ̄ᅥ 마참 이황이 산중의셔 나올 ᄯ̄ᆨ 일홈을 곳쳐 ᄒᆡ운이라 ᄒ다. 호씨 ᄒᆡ운을 보고 ᄂ̄ᆡ심(內心)의 직거ᄒ야{기뻐하여} 외당(外堂)의 안치고{앉히고} 문왈,

"수지105) 어듸 잇시며 셩은 무어시며 일홈{이름}는 무어시뇨?"

ᄒᆡ운이 답왈,

"소자 일직 부모를 여히고 도로(道路)에 단니난이다."

ᄒ니, 부인 왈,

"ᄂ̄ᆡ 집으 남자가 업난지라, 초당(草堂)을 거쳐ᄒ고 나를 위로함이 엇더ᄒ뇨?"

ᄒᆡ운이 ᄃᆡ왈,

---

101) 요기(療飢): 시장기를 면할 정도로 조금 먹음.

102) 임사(任姒): 周나라 文王의 모친 太任과 武王의 모친 太姒를 합쳐서 부른 말. 婦德의 명성이 높은 인물로 모두 聖母로 일컬어졌다.

103) 이비(二妃): 중국 堯임금의 딸 娥黃·女英. 둘은 함께 순임금에게 시집가서 아황은 后, 여영은 妃가 되었다. 그런데 순임금이 蒼梧山에서 죽자 슬피 울다가 湘江에 빠져 죽어 아황은 湘君이 되고, 여영은 湘夫人이 되었다.

104) 장강(莊姜): 춘추시대 衛나라 莊公의 처. 덕이 있고 아름다웠으나 자식이 없었다.

105) 수지(秀才): 州나 郡에서 뽑아 入朝케 한 才學이 뛰어난 사람을 가리키는 말. 미혼 남자를 높여 이르던 말로도 쓰였다.

"으지업난 사람를 이휼(愛恤)하시니 엇지 사양하릿가?"

ᄒ고, 그날보틈{그날부터} 초당(草堂)에 거쳐ᄒᄆᆡ, 부인이 만권 셔칙(書冊)를 닉여주거늘, 상고(詳考)ᄒ니 육도삼약(六韜三略)과 소노[孫吳]으 병셔가 잇난지라, 병셔를 상고ᄒ며 셰월를 보닉더라.

잇ᄯᅦ 딕봉은 본딕 지혀 활달한 중에 싱불(生佛)를 맛나쓰니 신통(神通)홀 술법과 신뫼(神妙)한 직조난 당시의 뭇쌍[無雙]이요, 심{힘}은 오자셔(伍子胥)를 압두106)할네라.

각셜。 잇딕는 셩화(成化) 십구년 졍희107) 춘삼월 십오일리라. 황졔 하교(下敎) 왈,

「'왕자는 막고니주문108)이요 빅사난 막고어졔환109)이라'110) ᄒ니, 현신[賢臣]이 만하면{많으면} 쳔하를 아울너 다다익션(多多益善)이라.」

ᄒ시고, 장차 과거(科擧)를 뵈야실ᄉᆡ 쳔하 션비 묘와드난지라{모여드는

---

106) 압두(壓頭): 남을 누르고 첫머리나 첫째를 자지함.

107) 졍희(丁亥): 成化 19년인 1483년은 계묘년이며, 정해년은 1467년인 성화 3년과 1527년인 嘉靖 6년이어서 원문은 착종된 것임. 현대어역에서는 정해년 표기를 삭제할 것이다.

108) 주문(周文): 주나라 文王. 商末周初 시대 周族의 지도자로 商나라를 멸망시키고 주나라를 세우는 기틀을 마련한 왕이다.

109) 졔환(齊桓): 齊나라 桓公. 鮑叔牙의 진언으로 공자 糾의 신하였던 管仲을 재상으로 기용한 뒤 제후와 종종 會盟하여 신뢰를 얻었으며, 특히 葵丘의 회맹을 계기로 覇者의 자리를 확고히 하여 春秋五覇의 한 사람이 되었다. 만년에 관중의 유언을 무시하고 예전에 추방했던 신하를 재등용하여 그들에게 권력을 빼앗김으로써 그가 죽은 후 내란이 일어났다.

110) 왕자는 막고니주문이요 빅사난 막고어졔환이라:《古文觀止》〈前集〉 6권 〈高帝求賢詔〉의 "아마 천하 제왕 중에 주나라 문왕보다 훌륭한 분이 없고, 제후 중에 제나라 환공보다 훌륭한 사람이 없다고 들었습니다.(蓋聞王者莫高於周文, 伯者莫高於齊桓.)"에서 나온 말.

지라).

잇쩌 희운이 과거 기별(奇別)을 듯고 호씨으계 고왈,

"황셩(皇城)의셔 틱평과111)를 주신다 ᄒ니 한번 늬가 관광(觀光)코자 ᄒ나이다."

ᄒ니, 부인이 허락ᄒ시고 지필(紙筆)과 금은옥쵹(金銀玉燭)를 만이{많 이} 주며 왈,

"늬 신셰 박명(薄命)ᄒ야 가군(家君)를 여히믹 쏘한 자식이 업난지라. 다만 한 여식(女息)를 두워쓰되, 덕식(德色)은 업쓰나 죡키 건시112)를 바 들{받들} 만ᄒ니 공자 쓰시 엇더ᄒ요?"

공자 흔연(欣然)이 허락ᄒ니, 부인이 딕히(大喜)ᄒ야 수히{쉬이} 도 라오기를 당부ᄒ시더라.

직일[卽日]의 발힝(發行)ᄒ야 여러 날 만의 기주에 다다르니, 옛일를 싱각ᄒ야 눈물을 금치 못ᄒ고, 장미동을 드러가며 좌우을 살펴보니 예 보던 좌우 쳥산(靑山) 어졔 본듯 반갑도다. 전일의 보던 녹죽창송(綠竹 蒼松) 군자졀(君子節)를 직케쑤나{지켰구나}. 사던 집을 드러가니 소연 (蕭然) 한심[한숨] 졀노 난네. 사면(四面)를 살펴보니 왕셕연으 환(患) 를 피ᄒ야 간신이 넘던 담장 풍우(風雨)의 퇴락(頹落)ᄒ야 반이나 문너 졋다{무너졌다}.

잇쩌 난향이 호을노{홀로} 집안을 직키더니 엇더한 공자(公子) 늬졍

---

111) 틱평과(太平科): 나라에 경사가 있을 때 특별히 실시하던 과거.
112) 건시[巾櫛]: 수건과 빗. 수건과 빗을 들고 남편을 옆에서 모신다는 뜻으로, '아내나 첩이 됨'을 겸손하게 일컫는 말이다.

(內庭)으로 드러오거날 난향이 되경ᄒ야 기피[급히] 몸를 피ᄒ더니, 그
공자 바로 침방(寢房)의 드러와 난향으 손을 잡고 통곡 왈,

"난향아! 네가 날를 모로난다?"

난향이 그계야 자시 보니 예 보던 얼골리 은은(隱隱)ᄒ고 셩음(聲音)
의 낫다나미 화용월틱[113] 고흔 모양 우리 소졔(小姐) 분명ᄒ다. 소졔
으 목을 안고 실셩통곡(失聲痛哭)하는 마리,

"우리 소졔 뉵신(肉身)으로 와 겨신가, 영혼이 와 겨신가? 풍운(風雲)
의 싸여온가? 반갑쏘다 반갑쏘다. 더듸도다 더듸도다. 소졔 힝차 더듸도
다. 어이 그리 더듸던고? 소상(瀟湘)의 반죽[114]이 되야 이비(二妃)를 위
로턴가? 호지(胡地)의 지닉다가 왕소군[115]를 위로턴가. 히셩[116] 월(月)이
당도ᄒ야 우미인[117]을 위로턴가? 은하(恩河) 작교(鵲橋) 다달나셔[다다
라서] 견우·직녀 만나던가? 진시황[118] 구션코자 불사약을 구ᄒ던가? 쳔

---

113) 화용월틱(花容月態): 꽃 같은 얼굴과 달 같은 자태. 아름다운 여인의 얼굴과 맵시를
　　이르는 말이다.
114) 반죽(斑竹): 얼룩무늬의 대나무. 일명 二女竹. 이녀는 중국 堯임금의 딸인 娥皇과 女
　　英. 둘은 함께 舜임금에게 시집가서 아황은 后, 여영은 妃가 되었는데, 순임금이 蒼梧
　　山에서 죽자 슬피 울다가 湘江에 빠져 죽어 아황은 湘君이 되고, 여영은 湘夫人이
　　되었다. 이때 두 비가 흘린 눈물로 부근의 대나무가 얼룩졌다는 고사가 있다.
115) 왕소군(王昭君): 漢나라 元帝 때의 궁녀. 뛰어난 미모를 가졌지만 황제의 총애를 받지
　　못하다가 匈奴에게 시집가서 살다가 죽었는데, 胡中에는 白草가 많은데도 유독 그녀
　　의 무덤에는 청초가 났다는 일화가 있다.
116) 히셩(垓城): 項羽가 漢高祖 劉邦에게 패전한 '垓下城'을 가리킴.
117) 우미인(虞美人): 초패왕 項羽의 寵姬. 楚漢 전쟁 당시 항우가 垓下에서 劉邦의 군대
　　에 의해 포위되었을 때, 그녀는 구차히 목숨을 구할 수 없다면서 항우의 시에 맞추어
　　춤을 추고 자결하여 항우를 격려했다는 故事가 있다.
118) 진시황(秦始皇): 秦나라 제1대 황제. 莊襄王의 아들. 이름은 政. B.C. 221년에 천하
　　를 통일하였다. 郡縣制에 의한 중앙집권을 확립하고, 焚書坑儒에 의한 사상통제, 도
　　량형·화폐의 통일, 만리장성의 증축, 阿房宮의 축조 등으로 위세를 떨쳤다. 그는 신

퇴산(天台山) 마구[麻姑] 싸려[따라] 상전벽히(桑田碧海) 징험(徵驗)턴
가? 북히상(北海上) 소무119) 싸라 노푼 졀기 본밧던가? 수양산(首陽山)
빅숙120) 싸라 치기미(采其薇)의 흥시던가? 치셕강121) 추야월(秋夜月)의
풍월(風月) 실너 가겻던가? 상공(相公) 벼살 마다 ᄒ고 추동강 칠이탄의
양구를 셜치던가?122) 예양123)의 비수(匕首) 들고 교하(橋下)의 숨어던
가? 장양124)의 철퇴(鐵槌) 되야 박낭사중(博浪沙中) 다니던가? 진(秦)나
라 사신되야 지형(地形)를 엿보던가?125) 위수(渭水)의 여싱126)되야 야

선이 되어 장생불사하려고 徐福을 시켜 불로초를 찾게 하였다는 고사가 있다.

119) 소무(蘇武): 漢나라 武帝의 忠臣. 中郎將으로 和親을 위해 匈奴에 使臣으로 갔다가
    酋長 單于에게 붙잡혀 服屬할 것을 강요당하였으나 이에 굴하지 않았고, 게다가 흉노
    에게 항복한 지난날의 동료 李陵까지 나서서 설득하였으나 끝내 굴복하지 않아, 北海
    [바이칼호] 부근으로 유폐되어 그곳에서 양치기를 하며 절개와 지조를 지켜내다가 19
    년 만에 송환되었다.

120) 빅숙(伯叔): 伯夷와 叔齊. 殷나라 孤竹君의 아들들. 武王이 은나라를 치자 이를 간하
    였으며, 무왕이 천하를 손안에 넣으매 周나라의 곡식 먹기를 부끄러이 여겨 首陽山으
    로 도망가서 采薇하고 살다가 마침내 굶어 죽었다. 采薇歌 중에 "저 서산에 올라 산
    중의 고사리나 캐자.(登彼西山兮, 采其薇矣.)"라는 구절이 있다.

121) 치셕강(采石江): 安徽省 當塗縣 서북쪽에 있는 牛渚山 북부 장강의 한 강변. 李太白
    이 뱃놀이를 하다가 강물에 비친 달을 잡으려고 뛰어들었다가 죽었다는 일화가 있다.

122) 상공(相公) 벼살 마다 ᄒ고 추동강(秋桐江) 칠이탄(七里灘)의 양구(羊裘)를 셜치던
    가: 후한 光武帝 때의 은일지사인 嚴光과 관련된 고사. 光武帝가 諫議大夫를 제수하
    려고 했지만 그 벼슬을 마다하고 富春山에 들어가 밭을 갈며, 白鷗로 벗을 삼고 猿鶴
    으로 이웃 삼아 羊裘를 떨쳐입고 桐江 七里灘에서 낚시질하며 살았는데, 그가 낚시
    하던 바위를 嚴子陵 釣臺라고 한다.

123) 예양(豫讓): 전국시대 晉나라 사람. 智伯을 섬기던 중 趙襄子가 지백을 쳐서 멸하매,
    원수를 갚고자 몸에 옻칠을 하여 문둥이처럼 하고, 숯을 삼켜 벙어리가 되어서는 조
    양자를 척살코자 했으나, 뜻을 이루지 못하고 잡혀 자결하였다. 忠烈을 상징하는 인
    물이다.

124) 장양(張良): 前漢 創業功臣. 蕭何와 韓信과 함께 한나라 三傑로, 張子房으로도 흔히
    일컫는다. 그는 秦末의 병법가인 黃石公으로부터 圯上에서 兵書를 전수받아서 그 병
    법으로 漢高祖 劉邦의 謀臣이 되어 秦나라를 멸망시키고 楚나라를 평정하여 漢의
    건국에 공이 있었으나, 만년에 세속의 일을 떨쳐버리고 辟穀을 배워 赤松子를 따르
    고자 하는 심정을 나타냈다. 특히, 자객 여홍썽을 시켜 동쪽을 순행중인 진시황을
    博浪沙에서 습격하게 하였으나, 철퇴가 빗나가 실패한 일도 있었다.

운[야윈] 고기 밥 주던가? 어이 그리 더듸던고? 박명(薄命)한 난향이난
독입청총127) 본를 밧고, 옥안운빈(玉顔雲鬢) 우리 소졔 여화위남(女化爲
男) 흐이시니, 쳔고영웅(千古英雄) 엄한 위풍(威風) 겨[그] 뉘라셔 아러
보리. 우리 소졔 젼별(餞別) 후의 주야(晝夜) 싱각 미졀(未絕)되야 여광
여취(如狂如醉) 지니더니, 명쳔(明天)이 도으시사 존중(尊重)하신 우리
소졔 오날날노 보겨 흐니 반갑기난 예사(例事)되고 실푸기 칭양[測量]
업네."

두리{둘이} 셔로 통곡타가 정신를 진정흐야 젼후사(前後事)를 셜화
(說話)흐며 년년(戀戀)이 낙누(落淚)흐고, 소졔 사당의 드러가 통곡지
비(痛哭再拜)흐고 물너나와, 난향를 듸하야 가로되,

    "늬 본심(本心)를 직켜 심귀[深閨]의 늘글진듸{늙을진대} 뉘라셔 늬으
    셜원(雪冤)흐리요. 지금 과거(科擧)가 잇스니 장중(場中)의 드러가 쳔힝
    (天幸)으로 용문(龍文)의 오를진듸 평싱 한를 풀 거시니, 너난 늬으 종젹
    (蹤迹)을 누셜치 말고 집를 직켜 날를{나를} 가름하야{대신하여} 힝화(香
    火)를 착시리 밧들나."

흐며 난향를 작별흐고, 이날 장미동을 써나 황셩의 득달(得達)흐니, 잇

125) 진나라 사신되야 지형를 엿보던가: 楚나라의 公族인 景鯉와 관련된 고사인 듯. 경리
    가 秦나라에 사신으로 갔다가 볼모로 잡혀 위기에 처했을 때, "자신이 사신이 되어
    진나라로 올 때 齊나라와 魏나라가 진나라를 섬기겠다고 하였는데 그것은 楚나라와
    秦나라가 형제처럼 연합했기 때문이거늘 지금 자신을 볼모로 잡아두면 진나라가 고
    립되는 것이라."하여 풀려났다는 고사가 있다.
126) 여싱[呂尙]: 周初의 賢臣. 자는 子牙. 본성은 姜이나, 선조가 呂國에 봉함을 받아
    여씨 성을 따랐다. 姜太公 또는 太公望이라 불리기도 하였다. 文王이 渭水 가에서
    미끼 없는 곧은 낚시를 하며 은거하던 그를 만나 군사로 삼았으며, 뒤에 武王을 도와
    殷나라 紂王을 쳐 없애고 천하를 평정하였다. 그 공으로 齊나라에 봉함을 받아 시조
    가 되었다.
127) 독입쳥총(獨入靑塚): 獨留靑塚. 王昭君의 무덤의 풀만이 홀로 푸른빛을 띠었다는 말.

씨난 하사월(夏四月) 초팔일이라. 과일(科日)리 당흥믹 황제 황극젼(皇極殿)의 젼좌[128]흐시고 장중(場中)의 모든 션븨 글졔를 기달릴졔, 어악풍유[129] 쳥아셩[淸雅聲]의 잉무싀가 춤를 춘다. 만조빅관(滿朝百官) 시위(侍衛) 중의 듸졔학(大提學) 퇴츌(擇出)하야 어졔(御題)를 닉리시니, 삼당상(三堂上) 모셔 닉여 용문(龍文)의 노피 거니, 글졔의 흐엿쓰되 「셩화춘과(成化春科) 퇴인지(擇人才)」라 흐엿거날,

잇써 희운이 글졔를 살핀 후의 히졔(解題)을 싱각흐야 옥수(玉手)로 산호필(珊瑚筆)을 자바 일폭(一幅) 화젼(花箋)의 일필휘지(一筆揮之)흐니 용사비등[130]한지라. 일쳔[131]의 션장[132]하믹 상시관[133]이 글를 보고 쳔자젼(天子前)의 올여 노코 문불가졈[134] 조을시고{좋을시고} 자자(字字)이 비졈[135]이요 귀귀(句句)이 관주[136]로다. 쳔자 듸찬(大讚) 왈,

"짐이 어진 직조를 보려 흐엿더니 과연 어더쏘다."

흐시고 봉닉[137]를 긔팃(開坼)흐시니 「여남 장미동 장희운」이라 흐엿

---

128) 젼좌(殿座): 임금 등이 정사를 보거나 조회를 받으려고 正殿이나 便殿에 나와 앉던 일.
129) 어악풍유[御樂風流]: 樂生들이 與民樂을 연주해 올리던 일. 〈열녀춘향수절가〉의 "어악풍류 淸雅聲에 앵무새가 춤을 춘다"가 있는데, 원문은 이를 활용한 듯.
130) 용사비등(龍蛇飛騰): 용이 나르고 뱀이 뛰어오르는 듯해 글씨가 힘참. 생동감 있게 잘 쓴 필력을 뜻한다.
131) 일쳔(一喘): 한 번 숨 쉰다는 뜻으로, 매우 짧은 시간을 이르는 말.
132) 션장(先場): 과거를 볼 때, 문과 과거장에서 가장 먼저 글장을 바치던 일.
133) 상시관(上試官): 과거 시험의 試官 가운데 우두머리를 이르던 말.
134) 문불가졈(文不加點): 글에 점 하나 더할 것이 없다는 뜻으로, 글이 아주 잘되어서 흠잡을 곳이 없음을 이르는 말.
135) 비졈(批點): 詩文을 평론할 때 아주 잘 된 것에 찍는 둥근 점.
136) 관주(貫珠): 글자나 詩文의 썩 잘된 부분에 치는 동그라미를 이르던 말.(長安)
137) 봉닉(封內): 과거 시험을 볼 때 답안지 오른쪽 끝에 이름, 생년월일, 주소, 四祖單子 따위를 써서 봉하여 붙이는 일을 이르던 말.

거날, 숙예과니[屬禮官이] 딕ᄒ(臺下)의 나려 창방(唱榜)ᄒ거늘 희운이 드러가 계하(階下)의 복지(伏地)ᄒᄋᄃᆡ, 전하 친이 불너 희운으 손을 잡고 어주(御酒) 삼빈(三盃) 권ᄒ신 후 등를 어로만지시며 가라사ᄃᆡ,

"젼일(前日) 할임학사[翰林學士] 장화난 짐으 주셕신(柱石臣)[138]이라. 이졔 경(卿)이 '그 아달이라' ᄒ니, 엇지 기쑤지 안이ᄒ리요."

ᄒ시고 직시 할임[翰林]을 졔수(除授)하시니,

할임이 사은숙빈(謝恩肅拜)ᄒ고 궐문의 나어올졔 머리의난 어사화(御賜花)요 몸으난 잉삼[139]이라 청사금포(靑紗錦袍)의 옥ᄃᆡ(玉帶)를 ᄃᆡ고 금안준만[金鞍駿馬]의 포연[飄然]이 노피 안자 장안ᄃᆡ도상(長安大道上)의 완완(緩緩)이 나오난ᄃᆡ, 금의화동(錦衣花童)은 쌍쌍이 젼빈[140]ᄒ고 청나일산(靑羅日傘) 권마셩[141]은 반공(半空)의 노피 써셔 셩동(城東)의 진동하니 장안(長安) 만호동 신셩[萬戶同時聲]이라, 좌우의 귀경ᄒ난 사람더리 뉘가 안이 칭찬ᄒ랴. 옥안션풍(玉顔仙風) 고은 얼골 위풍이 늡늡[늠름]하니 청산미간(靑山眉間)의 조화를 갈마 잇고 단산(丹山)의 봉(鳳)의 눈은 금셰(今世)으 영웅이라.

삼일유과[142]한 연후의 전하계 숙빈(肅拜)ᄒ고 기주 고힝 도라와셔

---

138) 주셕신(柱石臣): 나라를 떠받치는 중요한 구실을 하는 신하.

139) 잉삼(鶯衫): 생원이나 진사에 합격한 나이 어린 소년이나 과거에 새로 합격한 사람이 입던 연두색 예복.

140) 젼빈(前陪): 벼슬아치가 행차하거나 상관을 만날 때 앞을 인도하는 관리나 하인을 이르던 말.

141) 권마셩(勸馬聲): 임금이나 높은 벼슬아치가 행차할 때 그 위세를 더하기 위하여 司僕下人이나 驛卒이 가늘고 길게 부르는 소리.

142) 삼일유과[三日遊街]: 과거에 급제한 사람이 사흘 동안 광대를 앞세우고 풍악을 울리면서 스승과 선배 및 친지들을 찾아 인사를 드리기 위해 받는 휴가.

사당(祠堂)에 비알(拜謁)ᄒᆞ고 산소의 소분143)ᄒᆞ니 일히일비[一喜一悲]
슬푼지라. 뉘라셔 소졔라 ᄒᆞ리요. 호을 난향은 일히일비로 직겨ᄒᆞ더
라. 사당분묘(祠堂墳墓)를 하직ᄒᆞ고 난향을 불너 가졍(家庭)을 당부ᄒᆞ
고 여남으로 힝ᄒᆞ니라.

잇ᄯᅵ 우승상 왕회 황졔계 주왈,

"젼할임(前翰林) 장화난 아다리 업삽거날, 여남 장희운이 자칭(自稱)
'장화의 아달리라' ᄒᆞ야 할임이 되엿시니, 복원(伏願) 펴하난 희운을 국
문(鞫問)하와 기망(欺罔)한 죄를 경계ᄒᆞ와 조졍를 말키소셔[밝히소셔]."

하거날, 황졔 딕로 왈,

"'부자지간는 인소난언이라'144) ᄒᆞ엿거날, 경(卿)이 엇지 자상(仔詳)
이 아라 희운를 희(害)코자 ᄒᆞ난다?"

ᄒᆞ시니 왕회 한출첨비145)ᄒᆞ더라.

각셜. 잇딕 장할임이 여남 최어사딕의 이르러 부인 호씨를 뵈온딕,
부인이 할임의 손를 잡고 못뇌 사랑ᄒᆞ며 질거ᄒᆞ난 마를[말을] 엇지 다
셩언[形言]ᄒᆞ리요. 인ᄒᆞ야 여익(女兒) 혼사를 이루고자 ᄒᆞ더니, 차시
(此時)에 황졔 할임를 총익(寵愛)ᄒᆞ사 사자(使者)를 명ᄒᆞ야 픽초146)ᄒᆞ
시거늘 할임이 승명(承命)ᄒᆞ고 급피 치힝147)할졔 호씨가 수이 보기를

---

143) 소분(掃墳): 경사로운 일이 있을 때 조상의 산소를 찾아가 돌보고 제사를 지내는 일.
144) 부자지간(父子之間)는 인소난언(人所難言)이라:《通鑑節要》〈漢紀·世宗孝武皇帝 下〉
     에서 나온 말로, 부자간은 딴 사람이 말하기 어렵다는 뜻.
145) 한출첨비[汗出沾背]: 너무 부끄럽거나 무서워서 흐르는 땀이 등을 적심.
146) 픽초(牌招): 임금이 승지를 시켜 신하를 부르던 일. '命'자를 쓴 나무패에 신하의 이름
     을 써서 院隷를 시켜 보냈다.
147) 치힝(治行): 길 떠날 채비를 함.

당부ᄒᆞ더라.

할임이 황셩에 득달(得達)ᄒᆞ야 탑젼(榻前)의 숙비ᄒᆞ니, 상이 가라
사ᄃᆡ,

　　"경(卿)은 짐으 주셕(柱石)으로 실하[膝下]를 쩌나지 말고 짐으 불명[148]
　　ᄒᆞ물 직간(直諫)ᄒᆞ라."

ᄒᆞ시고, 벼살{벼슬}을 승품(陞品)ᄒᆞ야 예부시랑(禮部侍郎)의 겸 간의ᄐᆡ
부(諫議大夫)를 졔수하시니 명망(名望)이 조졍의 진동ᄒᆞ더라.

　각셜。 잇ᄯᅢ난 셩화(成化) 이십이년 시월 십구일이라. 황졔 어양궁
의 젼좌(殿座)ᄒᆞ시고 쳔관(千官)를 뫼와 잔치를 비셜(排設)ᄒᆞ시고 국사
를 의논ᄒᆞ시더니, 쯧박그 희남졀도사 니셔ᄐᆡ 장계[149]를 올이거늘 직
시{즉시} ᄀᆡᄐᆡᆨ(開坼)ᄒᆞ니, ᄒᆞ엿시되,

　「남션우(南單于) 강셩ᄒᆞ와 역모(逆謀)의 ᄯᅳ슬 두고 쳘기(鐵騎) 십만과
　졍병(精兵) 팔십만를 조발[150]ᄒᆞ고 장수 쳔여 원(員)를 거나려 쵹담·거린
　ᄐᆡ[151]로 션봉을 삼아 지경(地境)를 범ᄒᆞ와 여남 칠십여 셩(城)을 쳐 항복
　밧고 빅셩를 노략(擄掠)ᄒᆞ니 창곡(倉穀)이 진갈(盡渴)ᄒᆞ고 젹병 소도지
　쳐(所到之處)의 빅셩 죽검이 뫼 갓사옵고, 여남ᄐᆡ수 정모를 죽기고 희남
　지경의 침범ᄒᆞ오니 순망직치한[152]일가 ᄒᆞ오니, 복원(伏願) 펴하난 군병
　를 춍독(總督)ᄒᆞ와 젹병을 막의소셔.」

────────

148) 불명(不明): 사리에 어두움.
149) 장계(狀啓): 감사 또는 지방에 파견된 벼슬아치가 민정을 살핀 결과를 임금에게 글로
　　써서 올리는 보고.
150) 조발(調發): 徵發. 군사로 쓸 사람을 강제로 뽑아 모음.
151) 거린ᄐᆡ: 뒷부분에는 '겨린ᄐᆡ'로 되어 있어 '결인태'로 통일하여 표기함.
152) 순망직치한(脣亡則齒寒): 입술이 없으면 이가 시리다는 뜻으로, 서로 돕던 이가 망하
　　면 다른 한쪽도 함께 위험하다는 말.

ᄒᆞ엿거날, 황졔 견필(見畢)의 되경ᄒᆞ사 방젹(防敵)을 의논ᄒᆞ시더니, 쏘
풍셩티수(太守) 셜만춰 장계(狀啓)를 올이거늘 직시{즉시} ᄀᆡ틱(開坼)
ᄒᆞ니, ᄒᆞ엿시되,

「남션우(南單于)난 여남을 쳐 함몰(陷沒)하고 ᄒᆡ남 지경(地境)을 범ᄒᆞ
와 남관을 쳐 항복밧고, 관즁의 운거[雄據]ᄒᆞ야 호군153)ᄒᆞ고 황셩으로
힝군ᄒᆞᄆᆡ 졍병(精兵)·쳘기(鐵騎) 빅여만이라 소ᄒᆡᆼ(所行)의 무젹(無敵)이
오니, 복원 황상은 명장을 틱출(擇出)ᄒᆞ사 젹병 되셰(大勢)를 방젹(防敵)
ᄒᆞ옵소셔.」

ᄒᆞ엿거늘, 상이 견필(見畢)으 실ᄉᆡᆨ(失色)ᄒᆞ사 좌우를 도라 보신되 조졍
이 분분(紛紛)ᄒᆞ고 장안이 요동ᄒᆞ야 신민(臣民)이 황황(遑遑)ᄒᆞᆫ지라.
잇ᄯᅥ 좌승상(左丞相) 유원진과 병부상셔(兵部尙書) 진틱열리 조졍를
츙동ᄒᆞ야 합주(合奏)할ᄉᆡᆨ, 황졔 ᄒᆡ운을 총ᄋᆡᄒᆞ사 사량ᄒᆞᄆᆞᆯ 시기ᄒᆞ야
졔신(諸臣)이 합주 왈,

"충신(忠臣)은 국가지근원(國家之根源)이요 난젹(亂賊)은 국가의 근심
이라. 강포(强暴)한 도젹의 션봉장 촉담·겨린틱난 당시 명장(名將)이오
니, 이 양장(兩將)를 뉘 능히 당하리요. 원큰되{원컨대} 펴하난 예부시량
ᄒᆡ운은 질략[智略]이 과인(過人)ᄒᆞ고 문무를 겸젼(兼全)ᄒᆞ엿사오니 짐짓
젹장의 젹순(敵手) 듯ᄒᆞ오니 ᄑᆡ초ᄒᆞ와 젹병를 파ᄒᆞ고 만민(萬民)으 실망
지탄(失望之歎)이 업겨{없게} ᄒᆞ옵소셔."

ᄒᆞ거날, 상이 가라사되,

"ᄒᆡ운의 영풍(英風)과 지략을 짐이 알건이와 말이[만리] 젼장(戰場)의

---

153) 호군(犒軍): 군사들에게 음식을 주어 위로함.

그 연소(年少)ᄒ믈 근심ᄒ노라."

ᄒ신ᄃᆡ, 희운이 복지 주왈,

"소시(小臣)니 하방쳔신(遐方賤臣)으로 쳔은(天恩)을 입사와 몸이 용문(龍門)의 올나 벼사리{벼슬이} 융즁154)하오ᄆᆡ 국운(國運)이 망극(罔極)한지라. 잇ᄯᆡ를 당ᄒᆞ와 펴하으 홍은(鴻恩)을 만분지이(萬分之一)리나 갑고자 ᄒᆞ오니, 복원(伏願) 황상(皇上)은 군병(軍兵)을 주옵시면 한번 북쳐 젹병을 물이치고 난신젹자155)를 벼히고 쳔하를 평졍코자 하나이다."

상이 ᄃᆡ히ᄒᆞ사 직시[즉시] 희운으로 상장군(上將軍)을 삼아 ᄃᆡ원수(大元帥)를 봉하시고 황금인수(黃金印綬)와 ᄃᆡ장졀월(大將節鉞)을 주시며,

"군즁(軍中)의 만일 ᄐᆡ만자(怠慢者) 잇거던 당참(當斬)ᄒᆞ라."

ᄒᆞ시고, 군병을 총독(總督)ᄒᆞ실ᄉᆡ 졍병(精兵) 팔십만를 조발(調發)ᄒᆞ야 군위(軍威)를 졍졔(整齊)할ᄉᆡ, 원수 칠셩(七星)투고의 용문(龍紋)젼포156)를 입고 요하(腰下)의 황금인수를 횡ᄃᆡ(橫帶)ᄒᆞ고 ᄃᆡ장졀월을 씌고 우수(右手)의 참사검[天賜劍]을 집고 좌수(左手)의 홀기(笏記)를 들고 쳘이준총[千里駿驄]을 빗겨 타고 군사을 호령ᄒᆞ야 황셩 박그 십이 사장(沙場)의 진(陣)을 치고 군호(軍號)를 시험할ᄉᆡ, 용졍봉기157)와 기치창검(旗幟槍劍)은 일월(日月)를 히롱[戲弄]ᄒᆞ고 빅모황월158)은 추상(秋

---

154) 융즁(隆重): 셩대하고 장중함.
155) 난신젹자(亂臣賊子): 나라를 어지럽히는 불충한 무리.
156) 젼포(戰袍): 장수가 입던 긴 웃옷.
157) 용졍봉기(龍旌鳳旗): 용과 봉황이 그려진 깃발.

霜) 갓터여 빅이[百里]를 년속(連續)ᄒ며, 남주작(南朱雀) 북현무(北玄
武)와 동(東)의 쳥용기(靑龍旗)와 셔(西)의 빅호기(白虎旗)를 응(應)ᄒ
고 즁앙 황기(黃旗)난 본신기[本陣旗]를 삼고 각 방위(方位)를 졍졔(整
齊)ᄒ고, 졔장(諸將)를 틱졍(擇定)할시 한능으로 션봉(先鋒)을 삼고 황
신으로 좌익장(左翼將)을 삼고 장판으로 우익장(右翼將)을 삼고 조션
으로 후군장(後軍將)을 삼고 호신으로 남주작을 삼고 한통으로 북현무
를 삼고 사마장군(司馬將軍) 한주요 포기장군[驃騎將軍] 마밍덕이라
남주로 군사마159)를 삼고 원수 탑젼(榻前)의 드러가 황계계 ᄒ직를 고
하니, 상이 친이{친히} 원수를 다라[따라] 진문(陣門)의 친임160)ᄒ시
다. 원수 군사장군 남주를 불너 진문을 크계 열고 황상를 모셔 장디161)
에 좌졍ᄒ시고 진법(陣法)을 귀경ᄒ실시, 원수 황상계 주왈,

　"북두(北斗)에 비록 칠셩(七星)이 잇사오나 그 아리 이십팔숙[二十八
宿]이 잇셔 졀후(節候)를 짓사오니, 국가조신(國家朝臣)도 쏘한 이와 갓
거날 소위(所謂) 조졍 듸신이 수신졔가(修身齊家)만 알고 치국평쳔하(治
國平天下) 알 신하 젹사오니 이답사오이다. 병부상셔 진틱열은 무무[文
武]를 겸젼(兼全)ᄒ고 위인이 엄장(嚴壯)ᄒ오니 가이 군힝(軍行) 근고(勤
苦)를 할 만ᄒ미, 복원 펴하난 소신으계 허락ᄒ소셔."

---

158) 빅모황월(白旄黃鉞):《史記》〈周本紀〉의 "무왕이 왼손에 황월을 잡고 오른손에 백모
　　를 쥐고 지휘했다.(武王左杖黃鉞, 右秉白旄以麾.)"에서 나온 말.
159) 군사마(軍司馬): 군사 기구에 소속되어 일반 사무를 맡아 보던 문관. 그런데 원문을
　　보면 남주에 대해 군사마 또는 군사장군이라 하는데, 진문을 열고 황상을 모시는 자
　　리에서 역할을 하는 인물로 설정된 점으로 보자면 단순히 사무를 맡은 문관이 아니라
　　는 점에서 君師가 옳을 듯해 번역문에서는 이를 따른다.
160) 친임(親臨): 임금이 어떤 곳에 몸소 나옴.
161) 장디(將臺): (장수 등이 올라서서) 명령·지휘하는 대.

상이 가라사티,

"짐의 덕이 업셔 도적이 강셩ᄒ야 원수를 부득이 말이 젼장의 보니거날 엇지 일기(一介) 신(臣)을 허락지 안이ᄒ리요."

ᄒ시고 직시[즉시] 허락ᄒ시며 환궁ᄒ시다. 원수 직시[즉시] 사통162)을 만드러 션봉장 능을 불너 '진틱열을 디령(待令)ᄒ라' ᄒ니, 한능이 쳥영(聽令)ᄒ고 부즁(府中)의 이르러 가 사통을 틱열으겨 디리니, 병부상셔 진틱열은 괴심(怪心)이 놉푼 사람이라. 사통을 기틱(開坼)하니, ᄒ엿시되,

「할임의 겸 예부시랑 디원 병마상장군 장희운은 병부상셔 진틱열 휘하(麾下)의 부치노라. 국운이 불힝ᄒ야 외적이 난을 지여 시졀을 요란케 ᄒ미 국운[國恩]이 망극ᄒ와 외람(猥濫)이 상장 졀월과 디원수 인신[印綬]을 바다 말이[만리] 젼별[戰變]의 가오니 군의신충163)은 장부(丈夫)의 할 빅라, 그디로 굴양관[軍糧官]의 겸 총독장(總督將)을 졍하니 사통을 보던 직시[즉시] 디령(待令)ᄒ라. 만일 틱만(怠慢)하면 군법으로 시힝ᄒ리라.」

ᄒ엿더라.

틱열리 사통을 보고 분기팅쳔164)ᄒ여 황졔계 드러가 사연을 고ᄒ고 사통을 올여 분연(憤然)한디, 상이 묵언양구(默言良久)에 왈,

"조졍졔신(朝庭諸臣)이 희운의 위엄[威嚴]을 당할 지 잇난요? 아지 못

---

162) 사통(私通): 公事에 관하여 관원끼리 주고받는 편지.
163) 군의신충(君義臣忠): 임금은 의롭고 신하는 충성스러움.
164) 분기팅쳔(憤氣撑天): 분한 마음이 하늘을 찌를 듯이 격렬하게 솟구쳐 오름.

거라. 그듸 가셔 모면ᄒ라.”

ᄒ시니, 졔신이 뉘 안이[아니] 두려ᄒ리요.

틱열리 하릴업셔 가솔(家率)을 하직ᄒ고 직시[즉시] 의갑(衣甲)을 가초오고 한능을 ᄯᅡ라 진문(陣門)의 이르러 납명165)ᄒ니, 원수 장듸(將臺)의 놉피 안자 포기장군[표기장군] 마밍덕을 불너 오방기치(五方旗幟)를 방위의 파열166)ᄒ고 군위(軍威)를 비셜(排設)ᄒ고, 좌익장 조션을 명ᄒ야,

“진문(陣門)을 크겨 열고 틱열을 나입(拿入)ᄒ라.”

호령이 추상 갓거늘, 조션이 쳥영(聽令)ᄒ고 틱열을 나입ᄒ야 장하167)의 ᄭᅮ린듸, 원수 듸로ᄒ야 왈,

“네 전일(前日)은 병권(兵權)을 잡고 교만이 심ᄒ엿건이와, 이졔 니 황명을 바다 듸병(大兵)을 총독(總督)ᄒ야 굴영[軍令]을 셰우거늘 네 엇지 거만ᄒ뇨? 이졔야 드러오니 네 군율(軍律)을 가소ᄒ고 날을 능멸ᄒ니, 너를 벼여 군법(軍法)을 복종케 ᄒ리라.”

ᄒ고, 좌우 졔장을 호령ᄒ야,

“진문 박겨 벼히라. 만일 위령자(違令者)면 당참(當斬)ᄒ리라.”

ᄒ니, 졔장과 만군중(萬軍中)이 두려 안이할 지 업더라. 틱열리 복지(伏地) 주왈,

---

165) 납명(納名): 윗사람에게 왔다는 뜻으로 이름을 알림.
166) 파열(擺列): 배치함. 배열함.
167) 장하(杖下): 곤장을 맞는 바로 그 장소.

"소장(小將)이 연광(年光) 오십에 당한 비라. 노신(老身)을 어ᄃᆡ다 쓰오릿가? 복원 원수난 용셔ᄒᆞ와 한 가지 소임(所任)을 뫼기시면 진심으로 감당ᄒᆞ것사오니 잔명(殘命)를 잌기소셔."

ᄒᆞ며 잌걸(哀乞)ᄒᆞ고, ᄯᅩ 졔장 등이 일시의 익걸 왈,

"복원 원수난 집피 싱각ᄒᆞ옵셔 도젹을 아직 ᄃᆡ젹(對敵)지 안이ᄒᆞ엿사오니 용셔ᄒᆞ소셔."

ᄒᆞ며 기기(箇箇)이 익걸[哀乞]ᄒᆞ거늘, 원수 노(怒)를 차무시고[참으시고] 가로ᄃᆡ,

"너를 벼허 군율을 셔울 거시로ᄃᆡ, 졔장의 간[懇請]하무로 용셔ᄒᆞ건이와 네 만일 이후의 범죄(犯罪)ᄒᆞ면 죄을 아울너 용셔치 못ᄒᆞ리라."

ᄒᆞ고,

"군영(軍令)을 그져 거두지 못ᄒᆞ난이 졀곤[168] 십도(十度)의 방출(放黜)ᄒᆞ〈라〉."

〈ᄒᆞ〉고 다시 입예(入禮)ᄒᆞ야 굴양관[軍糧官]을 삼고 셜원으로 총독장(總督將)을 삼마 ᄃᆡ군을 총독ᄒᆞ야 힝군ᄒᆞᆯᄉᆡ, 원수 ᄃᆡ군을 거나라 굴예[宮內]로 드러가 황졔계 하직을 고ᄒᆞᆫᄃᆡ, 상이 친이[친히] 조졍 빅관을 거나리고 십이[십리] 박계[밖에] 젼송ᄒᆞ시며 원수으 손를 잡고 친이[친히] 잔를 드러 삼빈(三盃)를 권ᄒᆞ시고,

"말이 젼장(戰場)의 ᄃᆡ공(大功)를 이루워 무사이 도라와 짐으 근심을

---

168) 졀곤[決棍]: 곤장으로 죄인을 치는 형벌을 집행하던 일.

덜겨{덜게} ᄒ라."

ᄒ고, 연연(戀戀)이 젼별(餞別)시며 군위(軍威)을 살펴보니, 진셰(陣勢)가 웅장ᄒ고 장수와 군사 출입진퇴(出入進退)ᄒ난 법이 셕일(昔日) 한신[169]도 당치 못할네라.

빅모황월[170] 용정봉기(龍旌鳳旗)와 장창검극(長槍劍戟)은 일월(日月)을 가리오고, 금고함셩(金鼓喊聲)은 쳔지 진동ᄒ며 목탁나팔(木鐸喇叭)은 강산이 상응(相應)ᄒ고, 되원수난 의갑(衣甲)을 가초오고 우수(右手)의 칠쳑(七尺) 쳔사검(天賜劍)을 쥐고 좌수(左手)의 홀기(笏記)를 드러 졔장을 호령ᄒ여, 쳘리쥰총(千里駿驄)의 포년[飄然]이 안자{앉아} 힝군를 지쵹ᄒ야, 여러 날 만의 양무의 다달나 군사를 호귀[171]ᄒ고, 직시[다시] 발힝(發行)ᄒ야 능무를 지닉여 히ᄒ(垓下)의 드러 군사를 쥐고[쉬고] 익일(翌日)의 힝군하야 하남 지경의 이르러 젹셰(敵勢)을 탐지(探知)ᄒ니, 쳬탐(體探)이 고(告)ᄒ되,

"젹병이 하남을 신탕[震蕩]ᄒ고 여남관의 운거[雄據]ᄒ더니 셩주로 갓나니다."

ᄒ거늘, 졔장을 불너 군사를 지쵹ᄒ야,

"셩주로 힝군ᄒ되 삼일 닉로 득달(得達)켜 ᄒ라."

---

169) 한신(韓信): 前漢의 武將. 張良·蕭何와 더불어 한나라 三傑. 高祖 劉邦을 따라 趙·魏·燕·齊를 멸망시키고 항우를 공격하여 큰 공을 세웠다. 한의 통일 후 楚王이 되었으나, 유방이 그의 세력을 염려하여 淮陰侯로 임명하기도 했다. 후에 呂后에게 피살되었다. 이때 그는 '狡兔死走狗烹'이라는 명언을 남겼다.
170) 빅모황월: 원문의 이 글귀는 쓸데없이 들어간 군더더기로 보임.
171) 호귀(犒饋): 군사들에게 음식을 주어 위로함.

　계장이 쳥영(聽令)ᄒ고 주야로 힝군ᄒ야 삼일 만의 득달ᄒ여 젹셰를
탐지ᄒ니,

　잇ᄯ 션우 셩즁(城中)의 드러 군사를 쉬여 원수을 지다르더니 원수
지경(地境)의 이르미 격셔(檄書)를 명진(明陣)의 보니여 졉젼(接戰)ᄒ
기를 지쵹ᄒ거늘, 원수 격셔을 보고 좌익장[172] 한능을 불너 위여(외
쳐) 왈,

　　"반젹(叛賊)은 드르라! 네 쳔위(天威)을 거사려(거슬러) 가미[감히] 황
　　지(皇旨)을 항거코자 ᄒ니 죄사무셕(罪死無惜)이라. 금일은 일모셔산(日
　　暮西山)ᄒ여쓰니 명일(明日)노 너히[너희]를 파ᄒ리라."

ᄒ고, 원수 빅사장(白沙場)의 영치[173]를 셰우고 총독장 셜원을 불너,

　　"이경(二更)의 밥을 지어 삼경(三更) 초(初)의 군사를 먹이라."

ᄒ고,

　　"사경(四更) 초의 니 영(令)을 지다리라(기다리라)."

　잇ᄯ 션우 명진(明陣)을 보고 졔장을 모와 군호(軍號)를 졍졔(整齊)
ᄒ고 셩문을 구지 닷고 밤를 지니더라.

　잇ᄯ 원수 장디(將臺)의 드러가(들어가) 셩주 지도(地圖)을 살핀 후
의 사경(四更)이 당ᄒ미, 원수 치니 장디의 나려와 졔장을 모와 군호
(軍號)를 단속할졔, 선봉장 한능을 불너,

---

172) 좌익장(左翼將): 선봉장의 잘못.
173) 영치(營寨): 임시 주둔지.

"너난 갑군(甲軍) 오쳔을 거나려{거느리고} 북편(北便)으로 십이[십리]를 가 금산 소로(小路)의 미복ᄒ엿다가 적병이 그리로 가거던 이러이러ᄒ라."

ᄒ고, 쏘 좌익장 황신을 불너,

"너난 오쳔 쳘기(鐵騎)를 거나려{거느리고} 북편(北便) 십이[십리] 딕로(大路)를 막어 이러이러ᄒ라."

ᄒ고, 쏘 우익장 장판을 불너,

"너난 오쳔 궁뇌수174)을 거나려{거느리고} 동문 십이[십리]의 산이 잇시니 산곡(山谷)의 미복ᄒ엿다가 도적이 몰이거던 일계이 쏘라."

ᄒ고, 쏘 사마장군 한주를 불너,

"너난 졍병(精兵) 오쳔을 거나려{거느리고} 동문 좌편(左便)의 미복ᄒ엿다가 이러이러〈ᄒ라.〉"

ᄒ고, 쏘 포기장군[驃騎將軍] 마밍덕을 불너,

"너난 복뇌군175) 오쳔을 거나려{거느리고} 셔문 남편(南便)의 미복ᄒ엿다가 북소릭 나거던 직시[즉시] 셔문을 취ᄒ라."

ᄒ고, 쏘 총독장 셜원을 불너,

"너난 오쳔 졍병(精兵)을 거나려 셔문 북편(北便)의 미복ᄒ엿다가 밍

---

174) 궁뇌수[弓弩手]: 활과 쇠뇌를 쏘던 군사.
175) 복뇌군[伏路軍]: 길가에 잠복하여 적의 형편을 살피는 군사.

덕을 접응(接應)ᄒ라."

ᄒ고, 후군장 조션을 불너,

"너난 본진(本陣)을 직키라."

ᄒ고,

"다 각기 분발(奮發)ᄒ고 나문{남은} 장수난 ᄂᆡ 영(令)을 지다리라{기 다리라}."

ᄒ고, 미명(未明)의 군사을 조반(朝飯) 먹여 나리{날이} 발그ᄆᆡ, 갑주 (甲冑)을 갓초고 우수(右手)의 참사검[天賜劍]을 쥐고 좌수(左手)의 쳘 퇴(鐵槌)을 들고 비신상마(飛身上馬)ᄒ야 진문(陣門)을 크겨 열고 진젼 (陣前)의 나셔며 좌우를 호령ᄒ야 남주작(南朱雀) 북현무(北玄武)을 응 ᄒ고 장사일자진(長蛇一字陣)을 쳐 두미(頭尾)을 상합(相合)겨 ᄒ고 고 셩ᄃᆡ호(高聲大呼) 왈,

"반젹(叛賊) 오랑키야! 젼시[176]을 거사려 시졀를 요란케 ᄒ니, 황졔 ᄃᆡ 로ᄒ사 날노 하여금 '반젹을 쇠멸[掃滅]ᄒ고 사ᄒᆡ(四海)을 평졍ᄒ라' ᄒ 사기로 ᄂᆡ 황명(皇命)을 바다{받아} 왓거니와, ᄂᆡ 칼리 젼장(戰場)의 쳐 음리라. 네 머리를 벼여 네의 피로 ᄂᆡ 칼을 시치리라{씻으리라}."

ᄒ고, 호통을 쳔동가치 지르니 강산이 문어지난[무너지는] 듯 쳔지의 진동ᄒ거늘, 잇ᄯᅥ 션우의 션봉장 촉담을 불너 '딕젹ᄒ라' ᄒ니, 촉담이 의갑(衣甲)을 갓초고 셩문을 열고 나와 응셩(應聲)ᄒ거늘, 원수 말을

---

176) 젼시[天時]: 하늘이 주는 좋은 기회.

치 쳐 촉담으로 더부려 합젼(合戰)할시 양장(兩將)으 고함소릭 쳔지 진동하고 말굽은 분분(紛紛)하야 피차(彼此)을 모를네라.

잇찍 후군장 죠션이 장딕(將臺)의 드러가 북을 친니, 셔문 좌우로 고각함셩(鼓角喊聲)이 딕진(大震)하며 양장(兩將)이 셔문을 씨치고 일만 군을 모라 엄살(掩殺)하고, 원수난 주작 현무군을 모라 엄살ᄒ니, 션우 촉담·겨린틔 졔장을 모라 죽기로쎠 막거날 촉담은 당시 명장이라, 원수을 마자 십여 합(合)의 불결승부(不決勝負)라. 원수 좌우을 호령ᄒ며 동츙셔돌177)하니, 주작호신이 삼만 군을 모라 원수 좌편(左便)을 졉응하고, 현무한통은 삼만 경병을 모라 원수 우편(右便)을 졉응ᄒ니, 졔 아무리 명장(名將)인들 원수 용밍 당할소야.

잇찍 션우 셔편을 바릭보니, 함셩니 딕진(大震)ᄒ며 두 장수 짓쳐드러오거늘, 이난 포기딕장[驃騎大將] 마밍덕·총독장(總督將) 셜원이라. 션우 약간 상수[장수]를 거나려 양장(兩將)얼 막은들 졔 어이 당ᄒ리요. 남(南)으난 딕원수 날닌 용밍[勇將] 좌우의 모라치고 셔(西)으로난 양장(兩將)이 모라치니, 군사 죽음니 뫼 갓고 피흘너 셩쳔(成川)이라. 셩셰[軍勢] 졈졈 위틱ᄒ다.

원수 승승(乘勝)하야 동으로 가난 듯 셔장(西將)을 벼히고, 남으로 가난 듯 북장(北將)을 벼히고, 셔으로 번듯 동장(東將)을 치고, 북의 번듯 남장(南將)을 지치고, 좌우츙돌(左右衝突) 즁장을 벼혀 들고 촉담의 압을 짓쳐 달여들며, '우지 못ᄒ난 달기요 짓지 못하난 오랑키야 빨이 나와 항복하란' 호통지셩178)은 뇌셩벽역(雷聲霹靂)이 진동ᄒ고 젹진

---

177) 동츙셔돌(東衝西突): 동쪽으로 충돌하고 서쪽으로 돌진한다는 뜻으로, 이리저리 닥치는 대로 부딪친다는 말.

178) 호통지셩: 잘못된 한자어. 호통은 순우리말이기 때문이다.

중의 달여드러179) 좌충우돌(左衝右突) 횡힝(橫行)ᄒᆞ니, 사람은 천신(天神) 갓고 닷난{달리는} 말은 비룡(飛龍) 갓다. 뉘 능히 당젹(當敵)ᄒᆞ랴.

결인틔 원수을 틱젹ᄒᆞ니 반합(半合)이 못ᄒᆞ야 호통 일셩의 결인틔을 벼혀 들고 총독포기군[총독표기군]을 합셰ᄒᆞ니 승기 더옥 등등(騰騰)ᄒᆞ고, 네 장수 고함소릭 강산이 상응(相應)ᄒᆞ고, 원수의 엄한 위풍(威風) 단산 밍호 장을 치난 듯180), 젹진 션봉 측담은 원수 압을 방젹(防敵)한들 졔 어이 당젹(當敵)ᄒᆞ랴. 션우의 팔십만 병 항오(行伍)를 못 차린다.

션우 장틱(將臺)의 드러가 북을 울이며 기(旗)를 둘너 군사로 원수를 에우거날, 원수 사장(四將)을 호령ᄒᆞ야 '측담의 좌우를 치라' 한이, 졔 엇지 능히 사장(四將)을 능당(能當)ᄒᆞ리. 원수는 후군(後軍)의 달여드러 필마단검(匹馬單劍)으로 군사를 짓쳐 횡힝(橫行)ᄒᆞ니 가련ᄒᆞ다! 션우 장졸 팔공산 두른 초목 구시월(九十月) 만난 다시 원수의 칠척(七尺) 참사검[天賜劍] 일광(日光)조차 번듯하며 호젹(胡狄)이 시러지고, 추풍낙엽(秋風落葉) 불 만난 듯 군사 주거 산이 되고 피는 흘너 늬가 되니, 원수의 이분{입은} 젼포(戰袍) 피가 무더 유식(有色)하고 비룡갓치 닷난{달리는} 말굽 피가 어려 목단(牧丹)이라.

후군(後軍)을 다 지치고[짓치고] 중군(中軍)의 달여드니 측담이 사장(四將)을 마자{맞아} 싸우다가 원수 중군의 들물{듦을} 보고 사장(四將)을 바리고 중군으 드러와 원수로 더부러 '좌웅(雌雄)을 결단(決斷)하자' 하고, 측담이 철궁(鐵弓)의 봉뇌살181)을 며겨[매겨] 원수의 흉중(胸中)

---

179) 젹진 중의 달여드러: 문맥상 쓸데없는 군더더기 글귀인 듯.
180) 단산 밍호[南山猛虎] 장(杖)을 치난 듯: 남산의 사나운 호랑이를 몽둥이로 치는 듯. 《水滸傳》74회〈燕青智撲擎天柱, 李逵壽張喬坐衙〉의 "주먹으로 남산의 맹호를 치고, 발로는 북해의 교룡을 찬다.(拳打南山猛虎, 脚踢北海蒼龍.)를 활용한 표현이다.
181) 봉뇌살: 현재로서는 알 수 없음. 문맥상 鐵弓에 弩矢를 걸은 것으로 파악되어, '쇠뇌

을 쏘거늘 원수 오난 살{화살}을 쳘퇴(鐵槌)로 막으면셔 봉(鳳)의 눈을 부름듯고[부릅뜨고] 꾸지져 왈,

"기 갓튼 젹장놈은 쌜이 나와 항복하라. 네 만일 더딀진딕 사졍업난 늬의 칼리 네 목의 빗나리라."

잇씨 션우 결인티 죽엄을 보고 원수를 당치 못할 줄 알고 도망코자 하되, 셔남(西南)의난 사장(四將)이 막어 치고 원수난 진즁(陣中)의 횡힝ᄒᆞ믹 갈 바를 모로더니, 동북(東北)이 비여거늘 션우 션봉군을 수십[收拾]ᄒᆞ야 북문을 열고 다러나며{달아나며} 결륜182)·촉마로 하여금 뒤를 막고, 촉담은 원수을 당젹(當敵)한되 당(當)치 못할 줄 알고 장졸을 거나려 동문을 열고 닷난지라.

잇씨 원수 딕젼(對戰) 팔십여 합의 션우와 촉담을 잡지 못ᄒᆞ믹, '포기 총독 현무 삼장(三將)은 션우을 조차[쫓아] 엄살(掩殺)하라' 하고 군사마 남주을 다리고 바로 촉담 뒤을 쌀터니, 담이 역진(力盡)하야 한 고딕{곳에} 다다른니, 문듯 한 쎄 군마 닉닷거늘 이난 사마장군 한주라. 쌍봉(雙鳳)투고의 녹운갑(綠雲甲)을 입고 좌수(左手)의 방픽을 들고 우수(右手)의 장창(長槍)을 들고 닉다라 딕질(大叱) 왈,

"무지한 도젹은 어딕로 가려 한다? 목숨을 익기거던{아끼거든} 말겨 닉려 항복하라."

잇씨 촉담이 딕로(大怒)하야 한주로 더부러 졉젼(接戰)할싀 수합(數合)이 못하야 한주 거짓 픽하여 닷거늘, 촉담이 한주을 조차 가더니 문

화살'로 해석해 번역하였음.

182) 결륜: 바로 뒷부분에는 '결윤'으로 표기되어 있는데, 번역문에는 '결륜'으로 통일함.

듯 산파(山坡)로셔 뇌고함셩(雷鼓喊聲)이 쳔지 진동하며 한 장수 나오
거늘 이난 우익장 장판[183]이라. 봉쳔투고의 빅운갑(白雲甲)을 입고 좌
수(左手)의 홀기(笏記)을 들고 우수(右手)의 장팔사모[184] 창을 들고 마
상(馬上)의 놉피 안자 궁뇌수[弓弩手]을 직촉하야 궁시(弓矢)을 졔발
(齊發)하니, 살리{화살이} 비오듯 하거늘 쵹담이 경황(驚惶)하던 차의,
한주 병(兵)이 합셰하고 양장(兩將)은 압[앞]을 막어 항복을 직촉할졔,
뒤히로 함셩이 딕진(大震)ᄒ며 진퇴충쳔[進退兩難]한 중의 일원딕장
(一員大將)이 오거늘 이난 곳 장원수라. 딕호(大呼) 왈,

    "젹장은 닷지{달아나지} 말고 말겨{말에서} 나려{내려} 항복하야 죽기
    를 면하라."

ᄒ며 풍우(風雨)갓치 달여 오니, 그 가온딕 드러쓰니 졔 아무리 명장
(名將)인들 젼딜소냐. 군사을 졀상(絶傷)ᄒ고 원수을 바우던니[185] 시
셕(矢石)이 분분(紛紛)하야 갈 바을 모르던 차의, 쳔동 갓탄 소릭 싯틱
칠쳑검(七尺劍) 번듯 하며 쵹담의 머리 검광(劍光)을 조차 니러지니,
원수 칼 싯틱 ᄭ우여들고 젹군을 호령하니 일시의 항복하거늘 젹장 십여
명과 군사 쳔여 명을 싱금(生擒)하고 군기(軍旗)을 탈취하야 본진(本
陣)의 도라오니, 후군장 조션이 진문(陣門)을 크게 열고 나와 원수을
마자 장딕(將臺)의 드러가 사례(謝禮)한딕, 원수 왈,

    "이 다 황상(皇上)의 덕이라."

---

183) 장판: 앞에서는 계속 '장판'으로 나왔기 때문에 번역문에서 '장판'으로 함.
184) 장팔사모(丈八蛇矛): 《三國志演義》에서 張飛가 사용한 창으로 기술되어 있음.
185) 바우던니: 바우다가 전라도에서는 '피하다' 혹은 '견디다', '이겨내다'라는 의미로 쓰
    이는 방언인데, 여기서는 '피하다'를 일컫는 말로 쓰임.

ᄒᆞ시더라.

잇ᄃᆡ 션우 북문으로 도망하아 한 고ᄃᆡ 이르러 군사을 졈고(點考)하더니, 문듯 뇌고나자셩186)이 나며 한 장수 황금투고의 녹포운갑(綠袍雲甲)을 입고 오천 갑군(甲軍)을 거나려 엄살(掩殺)하니 니난 션봉장 한능이라. 쳔사검187)을 놉피 들고 고셩(高聲) 왈,

"네 어ᄃᆡ로 갈다? 빨이 나와 항복하라!"

뇌셩(雷聲)갓치 호령하고, 또 문듯 북편[北便]으로 함셩이 천지 진동하며 용봉투고의 흑운갑(黑雲甲)을 입고 우수(右手)의 쳔강검 들고 좌수(左手)의 철퇴을 쥐고 오천 철기(鐵騎)을 모라 셩화(星火)갓치 드러오난ᄃᆡ, 문듯 뒤히로셔{뒤에서} 고각함셩(鼓角喊聲)이 진동하거늘, 션우 바ᄅᆡ보니 삼원(三員) ᄃᆡ장이 ᄃᆡ군을 거ᄂᆞ러 물미듯 드러오니, 션우 황겁(惶怯)ᄒᆞ야 엇지 할 줄 모르더니, 촉마·걸윤 등 십여 명이 뒤을 막고 션우난 일군(一軍)을 거나려 동(東)으로 힝하야 다라나거늘, 잇ᄃᆡ 오장(五將)이 합셰하야 젼우[션우]의 후군을 지쳐[짓쳐] 함몰하고 굴양[軍糧]·기겨[器械]을 다 취하고 장수 칠원(七員)과 군졸 쳔여 명을 싱금(生擒)하여 낫낫치 결박(結縛)하야 오장(五將)이 군사을 ᄌᆡ촉하여 본진(本陣)으로 드러와 원수 휘하(麾下)의 밧치니, 원수 ᄃᆡ히[大喜]하사 ᄃᆡ하(臺下)의 나려 제장(諸將)을 위로하며 션봉을 불너 장졸을 졈고(點考)하니 한 명도 상한 지{者가} 업거늘, 만군중(萬軍中)이 원수을 송덕(頌德)하더라.

---

186) 뇌고나자셩[擂鼓吹螺聲]: 북을 치고 소라나팔을 부는 소리인 듯.

187) 쳔사검: 장애황(장해운)인 장 원수의 칼 이름이므로 원문에서는 착종된 듯해, 번역문에서는 그냥 '검'으로 함.

원수 후군장(後軍將)을 불너 기치(旗幟)를 파열(擺列)하야 군위(軍威)을 빗졀[排設]하고 원수 장디(將臺)의 놉퍼 안자,

"젹장 수십 명을 닉입(拿入)하라."

좌우 졔장(諸將)이 쳥영(聽令)하고 젹장을 나입(拿入)하거늘, 원수 디로(大怒) 왈,

"네 왕이 외람이 강포(强暴)를 미더{믿어} 쳔위(天威)을 범하엿시니, 네 왕은 이졔 쇠[곧] 자부런이와{잡으려니와} 너으 등을 다 죽일 거시로디, 인명(人命)을 싱각하야 특위방송(特爲放送)하노라."

ㅎ시고, 졀곤[決棍] 삼십도(三十度)식 밍장(猛杖)하여 방출(放黜)하시며 왈,

"다시난 범남188)한 마음을 먹지 말고 귀가(歸家) 글농[勤農]하다."

ㅎ시고, 쏘 군사을 일졀리[일제히] 난입[拿入]하야 호던[好言]으로써 기유(開諭)ㅎ시고 '방출ㅎ라' ㅎ시니, 젹진 장조리{장졸이} 원수을 송덕(頌德)하며 호쳔고지(呼天叩地)하야 상호(相好) 만셰(萬歲)를 부르며,

"원수는 쳔쳔만만셰(千千萬萬歲) 유젼(流傳)ㅎ옵소셔."

ㅎ며 가더라.

잇써 원수 셩즁(城中)의 드러가{들어가} 디연(大宴)을 빗셜(排設)하야 만군즁(萬軍中)을 위로하고 빅셩은 진무(鎭撫)하니 도닉189) 인민이

188) 범남(汎濫): 제 분수에 넘침.
189) 도닉(道內): 쓸데없는 군더더기 말인 듯.

질거{즐거이} 취포(醉飽)하야 만세를 부르난듸, 군사들도 질거{즐거이}
취포(醉飽)하야 원수를 송덕(頌德)하더라.

칠일 만의 힝군(行軍)할시 위의(威儀)도 장할시고. 승전고(勝戰鼓)
힝군고(行軍鼓)는 원근(遠近)예 진동하고, 용봉기치(龍鳳旗幟) 검극(劍
戟)이며 빅모황월(白旄黃鉞) 셔리 갓고, 십장홍모(十丈紅毛) 사명기(司
命旗)[190]난 그 가온듸 셰워 가고 초초[191]명장(名將) 힝진할졔, 의갑(衣
甲)이 션명하아 일광(日光)를 히롱하고 힝군취듸(行軍吹打) 징북소리
충심을 도와닌다. 듸원 병마상장군은 딩기영풍(猛氣英風) 놉푼 직조
쳘이마샹[千里馬上] 빗계{비스듬히} 안자{앉아} 위진사히(威振四海) 썰
쳐쏘다. 션우을 자부랴고{잡으려고} 그 뒤를 싸르더라.

잇썬 션우 목숨를 도망하야 남히의 다달나 픽군(敗軍)을 졈고하니,
시셕(矢石)의 상한 장졸(將卒) 불과(不過) 삼만이라. 션우의 빅만병(百
萬兵)이 명진(明陣)의셔 다 죽이고 명장(名將) 빅여 원(員)과 수죡(手
足) 갓탄 촉담 겨린틔를 죽여쓰니 '엇지 안이 분흐리요' 흐고, '다시 기
병(起兵)하야 쳔하명장(天下名將)을 어더{얻어} 명진(明陣)을 쳐 파하
고 상장군 장희운을 사로자바 간을 늬고 나문{남은} 고기 포(脯)을 써
셔 죽은 장졸을 위로하야 수륙졔[192]를 지늬리라' 흐고, 이를 갈고 본
국으로 드러가더라.

차시(此時) 원수 듸군을 거나려 남히를 다달나 격세(敵勢)을 탐지하
니 본국으로 드러갓난지라. 원수 졔장을 모와 의논 왈,

---

190) 사명기(司命旗): 휘하의 군대를 지휘할 때 사용하던 깃발.

191) 초초(楚楚): 擧擧. 출중한 모습을 형용하는 말.

192) 수륙졔[水陸齋]: 나라를 위해 목숨을 바친 이의 바다와 육지를 헤매고 있는 孤魂들을
위하여 나라에서 지내는 의식.

　　"이졔 션우 본국에 드러갓시나 그져 두고 회군(回軍)하면 일후(日後)
의 반다시 후환이 잇쓸지라."

한듸, 졔장이 여출일구(如出一口)여날,

　　'션척(船隻)을 준비하야 괴지국193)을 드러가 션우를 사로잡고 남젹을
항복밧고 남만오국(南蠻五國)을 동벌(同伐)하야 천위(天威)를 벼푸러 깅
기(更起)할 마음이 업겨[없게] 하리라.'

하고, 차의를 황졔게 장계(狀啓)하고 남희의 와 머물너 션척을 준비하
더라.

　　각셜. 황졔 원수를 말이[만리] 젼장(戰場)의 보늬고 소식을 몰나 침
식(寢食)이 불평하시든 차의 원수의 장계(狀啓)를 올이거늘 직시[즉시]
ᄭᅵ탁(開坼)하시니, 하엿쓰되,

　　「원수 겸 상장군 도총독 장희운, 신은 글월로써 돈수ᄇᆡ비(頓首百拜)하
옵늬다. 션우를 쳐 젹군을 파(破)하옵더니 촉담·결인틱을 벼히옵고[베
옵고] 장수 빅여 명을 벼혜들고[베어들고] 션우을 찻삽더니 도망하야 졔
나라로 드러갓삽기로, 뒤를 ᄯᅡ라 션우을 잡고 남만오국(南蠻五國)을 아
울너 천위을 셜쳐 감니[감히] 요동(搖動)치 못하겨 하고 차차 회군(回軍)
하오린니, 복원 펴하난 근심치 마옵소셔.」

하엿거날, 상이 듸찬불의[大讚不已]하시고 원수 수이[속히] 도라오기
를 기다리더라.

　　각셜. 잇ᄯᅥ 북횽노[北匈奴] 강셩하야 역모(逆謀)의 ᄯᅳ실 두고 중원194)

───────────

193) 괴지국[交趾國]: 지금의 베트남 북부 지역.
194) 중원(中原): 중국의 황하 중류의 남부 지역. 흔히 한때 군웅이 할거했던 중국의 중심

을 탈취코자 하야 자로 엿보더니, 씩마참 남선우 기병(起兵)하야 중원
의 범하엿단 소식을 듯고 흉노 딕히하야 가로딕,

"시직시직195)로다! 급격물실(急擊勿失)하리라."

하고, 명장(名將)을 간틱(簡擇)하야 션봉을 삼고 장수 천여 원(員)과 군
사 일빅삼십만 병을 조발(調發)하야 힝군할싀, 호왕(胡王)이 이기양양
[意氣揚揚]하야 가로딕,

"닉 한번 북 쳐 유략[柔弱]한 명졔(明帝)을 항복밧고 쇠잔(衰殘)한 션
우를 자바 지광196)을 보틱리라."

하며, 졔가 친이 중군(中軍)이 되야 주야(晝夜)로 힝군하니, 그 셰 웅장
하물 일구(一口)로 난셜(難說)이라. 기치창검(旗幟槍劍)은 가을 셔리
갓고 금고함성(金鼓喊聲)은 천지을 흔드난 듯 장수 의갑(衣甲)은 날빗
슬{햇빛을} 히롱하니 뉘 능히 당하리요. 소힝(所行)의 무젹(無敵)이라,
여러 날 만의 중원 지경의 이르러 거병공지(擧兵攻之)하니, 촉쳐(觸處)
의 죽엄이 묘[山] 갓고 항복지 안이할 지 업더라. 연경(燕京) 육십여 주
를 항복밧고 정군197) 칠십여 성을 항복밧고 의기등등(意氣騰騰)하야
빅셩을 노략하니, 창곡198)이 진갈199)하고 겨견200)이 탕진(蕩盡)이라.

부나 중국 땅을 이른다.
195) 시직시직(時哉時哉): 때가 되었구나, 때가 되었도다. 곧 '적절한 때'임을 일컫는다.
196) 지광(地廣): 땅의 넓이.
197) 정군: '경남', '정남' 등으로 표기되어 있는바, '정남'으로 통일함.
198) 창곡(倉穀): 창고에 쌓아둔 곡식.
199) 진갈(盡渴): 다 없어짐.
200) 겨견[積燃]: 쌓아놓은 땔감.

정남관의 웅거(雄據)하야 군사을 호군(犒軍)ᄒ고 장졸을 쉬ᄂᆞ라.

잇ᄯᅥ 황졔 희운의 장계을 보고 근심을 더러더니{덜었더니}, 쯧밧게{뜻밖에} 졍남졀도사 장문(狀聞)을 올엿쓰되,

> 「북흉노 강셩ᄒ야 졍병쳘긔(精兵鐵騎) 일빅삼십 만을 조발(調發)ᄒ야 지경(地境)을 범(犯)ᄒ와 연경(燕京) 육십여 셩을 앗고 졍남 칠십여 셩을 항복바다 남관의 웅거(雄據)ᄒ엿사오나, 그 셰(勢) 웅장하물 능히 당치 못하와 황황(遑遑)이 장계하오니, 복원(伏願) 펴ᄒ[폐하]는 경국병[201]을 조발ᄒ야 도젹을 막으소셔.」

ᄒ엿거늘, 황졔 견필(見畢)의 딕경실식(大驚失色)하사 직시[즉시] 공부상셔(工部尚書) 곽틱효로 원수를 삼아 군병 삼십만을 조발ᄒ야 북으로 힝군ᄒᄂᆞ라.

잇ᄯᅥ 흉노 소힝(所行)의 무젹(無敵)리라, 목탁·묵특으로 좌우 션봉을 삼고 통달노 후군장을 삼아 하북(河北)으로 힝군ᄒ야 삼십여 셩을 쳐 어드니 뉘 능히 딕젹하리요.

각셜。 잇ᄯᅥ는 긔축[202] 시월 망간(望間)이라. 국사(國事) 분분(紛紛)ᄒ미 크게 근심하사 조졍(朝廷)이 진동(振動)ᄒ고 빅셩이 요동(搖動)ᄒ미, 일노{이로} 국사를 의논하시던이, 문듯 하북졀도사 이동식이 장계을 올엿거날 ᄀᆡ틱(開坼)ᄒ니, 하엿씨되,

> 「북흉노 일빅삼십만 군(軍)을 조발(調發)하야 지경(地境)의 범(犯)하와 연경(燕京) 뉵십여 주(州)와 졍남 칠십여 셩(城)을 항복밧고 쏘 하북

---

201) 경국병(京國兵): 도셩의 군사.

202) 긔축(己丑): 기축년은 1469년인데다 남션우의 침입이 1486년이므로 시간 흐름상 己酉年(1489)이라야 맞음.

(河北)을 침범ᄒ야 삼십여 셩(城)을 아셔쓰니, 셰부당(勢不當) 역불급(力
不及)ᄒ야 미구(未久)에 황셩 지경(皇城地境)을 범할 거시오니 급피 방
젹(防敵)ᄒ옵소셔.」

하엿거늘, 상이 견필(見畢)의 ᄃᆞ경(大驚)하사 조졍(朝廷)이 분분(紛紛)
하야 유셩장(有城將) · 유진장(留鎭將)을 묘우고 각도(各道)의 ᄒᆡᆼ관203)
하야 군사을 총독(總督)하더라.

잇ᄯᅥ 곽ᄐᆡ회204) 상군의 득달(得達)하야 군사을 쉬더니, 흉노 군을
거나러 상군의 득달ᄒ니 원수 곽ᄐᆡ효 격셔(檄書)을 전하거늘, 흉노 통
달을 명하야 한 번 북 쳐 원수을 사로잡고 셩중(城中)의 드러가 충돌
(衝突)하니 황진(皇陣) 장졸리 일시의 항복하거늘, 흉노 상군을 엇고
[얻고], 익일(翌日)에 건주을 쳐 엇고[얻고], ᄯᅩ 익일의 황주을 쳐드러
가니 졀도사 이동식이 군을 거나러 ᄃᆡ젹(對敵)하더니 당(當)치 못하야
ᄑᆡ주(敗走)하거늘 하북을 엇고[얻고], 옥문관을 취ᄒ야 쉬고 바로 동졍
북문을 ᄲᅵ쳐 기주로 드러가 자칭(自稱) '천자라' 하고 노략하니, ᄇᆡᆨ셩
이 난(亂)을 맛나 산지사방(散之四方)하더라.

잇ᄯᅴ 이시랑 부인이 도망하야 한 고ᄃᆡ{곳에} 다달나 장미동 장할임
ᄃᆡ 시비 난향을 맛나[만나] 져로[서로] 의지하야 여러 날 만으 천축 ᄯᅡ
의 다달르니, 질가{길가}의 한 여승이 부인과 난향을 인도하야 가거날,
부인과 난향이 노승[여승]계 사려[사례] 왈,

　"난셰을 당하와 가권(家眷)을 일코{잃고} 갈 바를 몰나 죽겨{죽게} 된
인명(人命)을 구졔하옵신 은덕 갑기{갚기}을 바리히요{바래리오}."

203) ᄒᆡᆼ관(行關): 상급관아에서 하급관아로 공문을 보냄.
204) 곽ᄐᆡ회: 앞부분에서 곽태효로 나왔기 때문에 번역문에서는 곽태효로 통일함.

하고, 무수이 사례하고 여승을 다라[따라] 봉명암을 드러가 삭발위승
(削髮爲僧)하야 부인과 난향이 시승[스승] 상직205)되여, 부인으 승명
은 '망자'라 ᄒ고 난향의 승명은 '이원'이라. 망자은 시량과 딕봉을 싱
각하고 이원은 소제을 싱각하야 주야(晝夜) 불전(佛前)의 축원하고 눈
물노 제월[세월]을 보닉더라.

각셜. 잇썩 딕봉이 금화산 빅운암의 잇셔 노승과 한가지로 각식(各
色) 술법(術法)과 육도삼약(六韜三略)이며 천문도(天文圖)을 익케 달통
(達通)하고 신묘한 병셔(兵書)을 잠심(潛心)하니 지모장약(智謀將略)이
당셰(當世)에 뭇쌍[無雙]이라. 웅직딕략(雄才大略)이 산중예셔 세월을
보닉더니, 일일은 화산도사 공자(公子)다려 왈,

"공자 급피 셰상의 나어가라. 원닉 방연(芳年)의 기한(期限)이 갓가오
니 급피 가련이와 간밤의 천기(天氣)을 보니 각셩(各星) 방위가 두셔(頭
序)을 정치 못하고 북방(北方) 호셩(胡星)이 중원(中原)의 범하여쓰니 시
져리[시절이] 딕란(大亂)한지라. 급피 출셰(出世)하여 중원의 득달(得達)
하야 황상을 도와 딕공(大功)을 이루고, 인하야 부모을 맛나[만나] 보고
인연을 차자 기약[佳約]을 이루고, 그딕 심중(心中)의 믹친 한을 풀 거시
니 지체 말고 가라. 연연(戀戀)하거이와 장부(丈夫)의 조혼[좋은] 쩍을
이르리요[미루리오]."

하며 직촉하거늘, 공자 문왈,

"황성이 얼마나 하난잇가?"

도사 왈,

---

205) 상직(上佐): 출가한 지 얼마 되지 않은 수습 기간 중의 예비 승려.

"중원이 에셔{여기서} 일만팔천육빅 이(里)라. 농셔난 일천칠빅 이(里)오니 농셔로 급피 가오면 중원을 자연(自然) 득달(得達)하오리다."

하고, 바랑206)을 여러 실과(實果)을 주며 왈,

"힝역(行役)의 몸이 곤(困)ᄒ거던 요기(療飢)하소셔."

하며 손을 잡고 몬늬[못내] 시러하며{슬퍼하며} 훗기약[後期約]을 당부하고 연연경별[戀戀餞別]하니, 공자 힝장(行裝)을 차려 발힝(發行)하니 셔로 눗난 경은 비할듸업더라. 이날 산문(山門)을 하직ᄒ고 농셔을 바리고 초힝노숙207)하야 주야비도208)하더라.

각셜. 잇듸 흉노 듸병(大兵)을 모라 황성을 짓쳐 드러가니, 금고함셩(金鼓喊聲)은 천지진동(天地震動)하고 기치검극(旗幟劍戟)은 일월을 히롱ᄒ고, 고셩듸호(高聲大呼)하는 마리{말이},

"명졔(明帝)난 옥시(玉璽)을 밧비 듸려 잔명(殘命)을 보전ᄒ고 어여쑨{불쌍한} 인싱(人生)을 부질업시 상케 말나. 네 만일 더딀진듸 죽기을 면치 못하리라."

하고, 물미듯 드러오니 감이[감히] 당젹할 지 업난지라. 황저[황제] 황황급급(遑遑急急)하야 유셩장(有城將)을 조발(調發)하여 '막으라' 하니 반합(半合)이 못하야 픽하거늘, 쏘 병부시량(兵部侍郞) 진여을 명하야 '막으라' 하니 이 역시 호전주퇽209)네라. 조졍의 잇난 신하 보쳐자(保

---

206) 바랑[바랑]: 물건을 담아서 등에 질 수 있도록 만든 주머니.
207) 초힝노숙(草行露宿): 푸서리로 다니며 노숙한다는 뜻.
208) 주야비도(晝夜倍道): 밤낮을 가리지 아니하고 보통 사람 갑절의 길을 걸음.
209) 호전주퇽[虎前走兎]: 호랑이 앞에서 달아나는 토끼.

妻子)만 심{힘}을 쓰니 충신은 바이{아주 전혀} 업고, 근소인(近小人)만
하던 조정 뉘라셔 사직을 밧들이요.

성셰 가장 급흔지라, 여간(如干) 군사을 거나려 남성으로 도망하야
금능으로 닷던니, 이날 흉노 셩중(城中)의 드러가 종묘사직(宗廟社稷)
의 불을 노코, 흉노 젼상(殿上)의 놉피 안자 호령이 추상(秋霜) 갓고,
통다리{통달이} 군(軍)을 모라 쳔자 뒤을 조차 금능으로 가니, 슬푸다!
딕명사직(大明社稷) 억말연(億萬年) 치국으로 일조(一朝)의 돈견(豚犬)
갓탄 흉노의게 사직을 이러쓰니{잃었으니} 엇지 안이 분할소냐. 뉘라
셔 강젹(强敵)을 쇠멸흐고 중원사직(中原社稷)을 회복하라.

잇딕 황졔 금능으로 피하더니, 호병(胡兵)이 뒤을 조차 드러와 여간
(如干) 군사를 엄살하니 뉘 능히 막으리요. 인민(人民)을 살히하며 황
졔을 차자 횡힝(橫行)하니, 사면의 잇난 거시 모도 다 호젹(胡狄)이라.
이날 황졔 삼경(三更)으 도망흐야 양셩으로 가시더라, 따로난 지 불과
(不過) 빅명이라. 한심하다! 딕명쳔자(大明天子) 가이업시{가엾이} 되
야쓰니, 명쳔(明天)도 무심하고 강산실영(江山神靈)도 헛거실네{헛것
일네}.

양셩의 드러가 밤을 지닐식, 양셩틱수 장원이 군사 삼쳔 병을 거나
러 시위(侍衛)하거늘 황졔 딕히하사, 양셩틱수 장원으로 션봉(先鋒)을
삼고 상이 친니{친히} 중군(中軍)이 되고자 하시더니, 이날 밤 미명(未
明)의 문듯 군마 요란하거늘 '호젹이 오난가' 하여 딕경하여 보니, 히
남졀도사[210] 황연이 졍병(精兵) 삼만을 거나려 셩 밧게 왓거날, 상이

---

[210] 히남졀도사: 남션우의 침입에 대한 장계를 올린 절도사가 바로 해남 절도사 이셔태
였는데, 이 장면은 북흉노의 침범에 대한 장계를 올리는 대목이므로 하남 절도사이어
야 할 듯. 번역문에서는 하남 절도사로 표기하였다.

딕히(大喜)하아 황연으로 중군을 정하시고, 적셰을 탐지하니, 보(報)
하되,

"호적이 지경의 오든이다."

하거늘, 일군(一軍)이 딕경하야 천자을 모시고 양셩을 바리고 능주로
힝하야 셩하의 이르이 능주자사 일지군(一枝軍)을 거나러 셩 박겨 나
와 천자을 모셔 셩중으 드러가 관사의 모시고 셩문을 구지{군게} 닷고
철통갓치 직키더니,

잇딕 도젹[호젹]이 양셩의 달여드러 천자을 차지니{찾으니} 셩중(城
中)이 고요하고 인민(人民)이 업난지라. 셩중의 드러가 탐지(探知)하니
'능주로 갓다' 하거늘, 묵특이 삼천 철기(鐵騎)을 거나러 능주로 조차
바로 셩하(城下)의 이르러 고셩 왈,

"명졔(明帝)난 부지럽시{부질없이} 시졀을 요라케{요란케} 말고 항셔
(降書)을 쓰고 옥쇄를 듸려 목숨을 보존하고 빅셩을 안돈[安堵]케 하라.
우리 딕왕은 하날계{하늘의} 명을 바다 사히(四海)을 평정하고 억조창싱
(億兆蒼生) 덕을 닥가{닦아} 만승천자(萬乘天子) 되야쓰니 쳔고 업난 영
웅 우리 왕상211)쑨이로다. 지체 말고 항복하라."

이러타시 의기량량하거날, 천자 분부 왈,

"젹장의 젹수(敵手) 업시니 셩문(城門)을 구지{군게} 직케[지켜] 도젹
[호젹]이 셩의 드지 못하게 하라."

하시더니, 문듯 사면으로 진퇴[사기] 충천하며 흉노군이 드러오더니

___

211) 왕상(王上): 왕을 높여 이르는 말.

성을 에워씨고 싸호믈 직촉하되, 졉젼할 장수 업난지라 사면을 에워쓰니 버셔날 길 밍연[茫然]하다. 흉노 졔장으게 분부하되,

　"능주셩을 예워싸고 화약엄초(火藥焰焇)을 준비하야 팔문(八門)의 장이고{쟁이고} 셩 주회{주위} 일쳑 오촌(一尺五寸)을 쫄[땅]을 파고 화약엄초을 뭇고 불을 노와 셩지(城地)를 파(破)하고 명졔(明帝)을 자부라."

하더라. 천자며 모든 군민(軍民)이 이 마[말]를 듯고 황황망극(遑遑罔極)하야 곡셩(哭聲)이 쳥쳔(靑天)의 사모차고[사무치고], 천자는 식음을 젼폐(全廢)하시고 직결(自決)코자 하시거늘 시위졔장(侍衛諸將)이 위로하야 계우{겨우} 보존하시나 사셰(事勢) 만분위틱(萬分危殆)한지라.
　우승상 왕회 간왈(諫曰),

　"천운(天運)이 불힝하고 펴하[陛下] 덕이 젹싸와 도젹이 자로{자주} 강셩하미 종묘사직을 밧들기 어렵싸오니, 복원(伏願) 펴하는 네비{널리} 싱각하와 항셔(降書)를 쓰고 옥시를 전하와 존명(尊命)을 보젼하고 억조창싱(億兆蒼生)을 건지소셔."

하고, 쏘 병부시량 진여 합주(合奏)하거날, 상이 아무리 싱각하시되, '원수 희운는 수말이[수만리] 남션[남션우]을 가고 사셰(事勢) 위급하니, 짐의 덕이 업셔 하나리{하늘이} 망케 하시미라.' 하시고, 하날을 우러러 탄식히고, 이날 왕회을 불너 '항셔을 쓰라' 하시고, 옥시를 목에 걸고 좌수(左手)의 항셔을 들고 우수(右手)로 가삼[가슴]을 뚜다리며[두드리며] 황후·틱자을 어로만지며 왈,

　"이 몸는 하날게 득죄(得罪)하야 사지(死地)의 드러가거니와, 황후 틱자을 싱각하야 귀체(貴體)을 보젼하소셔."

하며 셔로 목을 안고 통곡하시니 쳔지 엇지 무심하랴.

각셜。 잇뒤 뒤봉이 여러 날 만의 능셔[농서][212]의 이르니, 일모셔산 (日暮西山)하고 흑운(黑雲)은 원쳐[遠天]의 가득하아 지쳑(咫尺)을 분별치 못하고 뇌곤[路困]이 심한지라 바우[바위]를 의지하야 날 식기을 지다리던니, 삼경(三更)이 지뒤믜 운무산진(雲霧散盡)하고 월출동영 [月出東嶺]하며 쳔지 명낭하거날,

무심이 안자써니 한 여인이 아푸로[앞으로] 드러와 보니거날[보이거늘] 살펴보니, 녹의홍상(綠衣紅裳)은 월식(月色)을 흐롱하고 셜부화용 (雪膚花容)은 빅옥이 빗친 듯 쳔언(天然)한 틱도와 황홀한 자식(姿色) 이 사람의 정신을 살나(散亂)케 하난지라. 뒤봉이 봉(鳳)으 눈을 부름 쓰고 크게 꾸지져 왈,

"네 어이한 계집이관뒤 심야(深夜) 삼경(三更)의 남자을 차자 왓난다?"

하나, 뒤왈,

"공자의 힝차 젹막(寂寞)하시기로 위로코자 왓나니다."

하거늘, 뒤봉이 분명 귀신인 줄을 짐작하고 눈을 부름듯고 호통을 벽역[霹靂]갓치 지르니 문듯 간뒤업는지라.

이윽고 포연한[飄然히] 션빈 청사금포(靑紗錦袍)의 흑뒤(黑帶)을 뒤고 드러오난뒤, 살펴보니 쳔연한 얼골는 약무[陽武] 진평[213]과 한국

---

212) 능셔[농서]: 화산도사가 이대봉에게 당부할 때 황성으로 가되 농서에 먼저 가라고 한 바 있음.

213) 진평(陳平): 前漢 초기의 공신. 陽武의 戶牖 사람. 지모가 뛰어나 項羽의 신하였다가 漢高祖 劉邦에게 투항하여 여섯 가지의 묘책을 써 楚나라 승상 范增을 물리치고 공 을 세웠다. 惠帝 때 좌승상이 되고, 呂氏의 난 때는 周勃과 함께 평정하였다. 文帝

(漢國) 동통214)의게 지닌지라. 귀신인 줄 알고 크게 무지져 왈,

"네 언이한[어떠한] 요귀(妖鬼)관딕 딕장부 좌젼(座前)의 감이[감히]
드러오난딕?"

하니, 무슨 소릭 나며 간딕업던니

이윽고 쳔지 회명(晦冥)하고 뇌셩벽억[雷聲霹靂]이 쳔지 진동하고
풍우 딕작(大作)하며 졀목발옥215)하며 양사주셕216)하더니, 한 딕장이
아푸[앞에] 셧거늘 살펴보니, 월각투고의 용인갑(龍鱗甲)을 입고 장창
딕검(長槍大劍)을 들고 우릭 갓탄 소릭을 쳔동갓치 지르며 바람을 조
차[좇아] 횡힝(橫行)터니 히(害)코자 하거늘, 딕봉이 졍신을 지졍[鎭靜]
하야 안식(顏色)을 불변(不變)하고 단졍이 안자 호령 왈,

"사불범경217)이여날 네 어이한[어떠한] 흉귀(凶鬼)관딕, 요망한 힝실
노써 장부의 졀긔(節槪)을 구피고자[굽히고자] 하난다?"

하니, 그 장수 답왈,

"소장(小將)은 한 장(漢將) 이릉218)이옵던니, 당년(當年)의 쳔자계 자

때 승상이 되었다.

214) 동통[鄧通]: 前漢 文帝가 총애하던 신하. 文帝의 아들 景帝에게 미움을 사서 관직에
서 물러났을 뿐만 아니라 재산 모두 몰수당하여 가난하게 살다가 죽었다.

215) 졀목발옥(折木拔屋): 나무를 부러뜨리고 집을 송두리째 뽑음.

216) 양사주셕(揚沙走石): 모래가 날리고 돌멩이가 구름.

217) 사불범경(邪不犯正): 바르지 못하고 요사스러운 것이 바른 것을 건드리지 못함.

218) 이릉(李陵): 前漢의 무장. 武帝 때 騎都尉가 되어 步騎 5천을 거느리고 흉노를 치다가
항복하자, 흉노가 그를 右校王으로 삼고 공주와 결혼시켰다. 이러한 소식을 들은 무
제가 크게 노하여 그의 일족을 몰살시키려고 하자, 司馬遷이 그의 충성심과 용감한
전투정신을 칭찬하며 변론했지만 무제가 오히려 더욱 분노하여 사마천을 궁형에 처

원(自願)하고 군사 오천 명을 거나러 전장(戰場)의 나어가 흉노의 히(害)
을 보와 속졀업시 황양지긱219)이 되엇기로, 평싱 젹취지한[積恥之恨]이
심간(心肝)의 가득하야 하소할{하소연할} 고시{곳이} 업삽더니, 마참 공
자을 맛나믹 닉의 셜원지취(雪寃之秋이)라. 공자는 소장의 갑주(甲冑)을
가져다 흉노을 벼여 딕공(大功)을 이루고, 소장의 수쳘연[수천년] 원혼
을 위로하실가 바릭노라."

하고, 월각투고와 용인갑을 딕러 왈,

　"이 갑주을 간수하여 급피 발힝(發行)하소셔."

하고, 인하야 간 고시 업거날,

　직시 발힝(發行)하야 삼일 만의 평사(平沙)의 이른니 사고무인(四顧
無人) 젹막한듸 벽역(霹靂)갓튼 소릭 나거늘, 자셔이 살펴보니 강변의
난듸업난 오추마220) 닉다라 네 굽을 허우며{허비며} 번긔갓치 쒸놀다
가 공자을 보고 반기난 듯하거늘, 힝장(行裝)을 버셔{벗어} 길가의 놋
코 평사(平沙)의 나어가 경셜[情說] 왈,

　"오추마(烏騅馬)야! 네가 딕봉을 아난다? 알거던 피치 말나."

하며 달여드러 목을 안으니, 오추마(烏騅馬) 딕봉을 보고 고기을 쉬겨
네 굽을 허우며{허비며} 반기난 듯하거날, 딕봉이 오추마 목을 안고 강
변의 릭르니 황금 굴네[굴레]와 은안장이 뇌여거날{놓였거늘} 딕봉이

반겨 굴네를 쓰우고 안장을 갓추와 힝장을 수십하야 오추마 상(上) 번
듯 올나 천기(天氣)을 살펴보니, 북방 이셩221)이 황셩의 비쳐 닛고 쳔
자의 지미셩222)은 도셩을 써나 능주의 잠겨거날, 딕봉이 탄식ᄒ며 말
다려 경셜 왈,

"명쳔(明天)은 딕봉을 닉시고 용왕은 너을 닉시니, 이난 쳔자의 급한
씩를 구ᄒ게 ᄒ시니라{하심이라}. 지금 도적이 황셩의 들어쓰니 쳔자으
위급하미 경각(頃刻)의 잇ᄂ지라. 잇씩를 바리면 딕명쳔지(大明天地)이
딕봉이 쓸 곳시 바이{전혀} 업고, 비룡 죠화(飛龍造化) 네으 용믱이 셰상
의 닉실 졔ᄂ 사직(社稷)을 위홈이라, 실시(失時)ᄒ야 무용(無用)되면 쓸
곳시 어딕 믜야. 딕봉의 써ᄂ 쓰셜{뜻을} 널로 ᄒ여{인하여} 엇게{이루
게} 되니 어이 안니 반가오랴. 항젹223)의 타던 용총(龍驄) 오강224)의 드
러싸가 딕명의 딕봉 나믜 날을 도와 나와구나{나왔구나}."

리러타시{이렇듯이} 질거ᄒ며 황셩으로 올나가니, 사람은 쳔신(天
神) 갓고 말은 경영{졍녕} 비룡(飛龍)이라. 이날 칠빅이{칠백리} 상군을
지닉어 잇튼날 일쳔삼빅이{일천삼백리} 하셔를 지닉니 황셩이 장차 각

---

221) 이셩[翼星]: 중국 천자를 해하려는 별.
222) 지미셩(紫微星): 紫微垣에 있는 별 이름.
223) 항젹(項籍): 秦末의 장수. 자는 羽. 陳勝과 吳廣이 거병하자 숙부 項梁과 吳中에서
    병사를 일으켜 진군을 격파하고 스스로 서초패왕이라 일컬었던 인물이다. 그는 숙부
    項梁이 군사를 일으키고 왕실의 후예인 熊心을 찾아 懷王으로 삼으니, 그 자신도
    따르면서 회왕을 義帝로 높이기까지 하여 황제로 옹립하였다. 그러나 순간이었다.
    그는 왕실의 호위부대인 卿子冠軍을 일망타진하고 의제를 시해하고 말았다. 이런 이
    유로 인심을 잃은 항우는 漢高祖에게 垓下에서 대패하여 죽었다.
224) 오강(烏江): 安徽省 和縣 동북에 있는 강. 楚나라 項羽가 자결한 곳이라고 한다. 항
    우가 漢의 추격군에 쫓겨 烏江浦에 이르렀을 때 오강의 亭長이 배를 타고 江東으로
    가서 재기할 것을 권했으나, 항우는 강동의 젊은이 8천 명을 다 잃었으니 그 부형들
    을 볼 낯이 없다 하여 거절하고, 백병전을 벌이다가 자결하였다.

가지니라(가까워지니라).

여러 날 만으 화룡도225)의 다다르니 밤이 임무[이미] 삼경(三更)이라. 천지 아득ㅎ며 풍우(風雨) 듸각[大作]하야 지척을 분별치 못ㅎ야 주져주져ㅎ더니, 길가의 빈집이 잇거늘 그 집으 드러가(들어가) 잠간 쉬엿더니, 문듯 천병만마(千兵萬馬) 나오더니 그 집을 에워 진(陣)을 치거날, 자상(仔詳)이 살펴보니 진법(陣法)은 팔진도226)라. 그 중의 일원 듸장(一員大將)이 낫빗슨(낯빛은) 무른(잘 익은) 듸초빗(대추빛) 갓고 눈은 천창227)으 덥피난 듯하고, 황금투고의 녹포운갑(綠袍雲甲)을 입고 청용도228)을 빗겨 들고, 적퇴말229)을 쌜이(빨리) 모라(몰아) 봉(鳳)의 눈을 부음쓰고(부릅뜨고), 삼각수(三角鬚)을 거사리고(치세우고) 그 집으로 드리오시거날, 듸봉이 정신을 수십[收拾]하야 팔괘(八卦)을 벼푸려놋코[베풀어놓고] 단정이 안자던니(앉았더니), 그 장수 여푸(옆

---

225) 화룡도[華容道]: 《三國志演義》에 등장하는 지명. 曹操가 赤壁의 전투에서 패한 후 여기로 도망하였다고 한다. 蜀나라 명장 關羽가 예전에 조조에게 신세진 일이 있어서 차마 죽이지 못하고 화용도에서 조조의 군대를 포위하고도 퇴로를 열어주고 달아나게 한 바, 修人事待天命이라는 성어가 나온 배경이다.

226) 팔진도(八陣圖): 諸葛亮이 군사를 거느리고 전쟁을 수행하는 가운데 역대 兵家들의 陣法을 계승 발전시켜 연구해낸 독특한 진법. 병사를 훈련시키고 행군·숙영하거나 싸움을 할 때 각기 다른 여러 가지 상황에 대비하여 만든 군사 배치와 작전 방안이었다.

227) 천창(天倉): 눈썹 위의 이마 부위를 총칭하는 곳.

228) 청용도(青龍刀): 중국소설 《三國志演義》에 나오는 關羽의 무기. 青龍偃月刀의 약칭이다. 청룡은 푸른 용으로서 동방의 神이며, 언월은 半弦의 달을 말하는데 양쪽 모두 칼날의 모양을 형용하고 있다.

229) 적퇴말[赤兔馬]: 《三國志》의 "사람 중에 여포가 있고, 말 중에 적토가 있다.(人中有呂布, 馬中有赤兔)"에서 나오는 말. 《삼국지연의》에 의하면, 적토마는 온몸이 붉고, 잡털이 하나도 없으며, 머리에서 꼬리까지의 길이가 1丈이고 키가 8尺이다. 이 적토마의 주인은 董卓, 呂布, 曹操, 關羽 순으로 바뀌었는데, 관우가 죽자 적토마가 주인을 따라 굶어 죽음으로써 진정한 주인은 관우였음을 몸으로 보여주었다고 한다. 또한 관우는 82근이나 되는 青龍偃月刀를 휘둘렀다고 한다.

에} 와셔 듸호(大呼) 왈,

　"듸봉아! 네 난셰(亂世)을 평졍하고 듸공(大功)을 일울진듸{이룰진대} 지혜와 도략을 쓸 거시여날, 한갓 담듸(膽大)하물쎠{담대함으로써} 남의 집의 쥬인을 아지 못하고 완만(緩慢)이 안자난야{앉았느냐}?"

듸봉이 이려나{일어나} 복지사례(伏地謝禮) 왈,

　"강군[장군]의 존호(尊號)난 뉘신 줄노 아르잇가{아르리까}? 소자 년 쳔[年淺]하와 빈 집의 쥬인을 아지 못하옵고 긱에(客禮)을 일러싸은이 {잃었으니}, 복원 장군은 용셔ㅎ옵고 쓰슬{뜻을} 일우계{이루게} ㅎ옵 소셔."

한듸, 그 장군이 왈,

　"나난 한수졍(漢壽亭) 관운장[230]일넌이, 삼국시졀의 조조[231] · 손권[232] 을 자바{잡아} 우리 현쥬(賢主)의 은덕을 갑자더니{갚자 하더니}, 쳔운이 불힝하야 쳔하을 평졍치 못하고 여몽[233]으 흉계(凶計)의 속졀업시 쥭어

---

230) 관운장(關雲長): 蜀漢의 勇將 關羽. 운장은 그의 자이다. 용모가 魁偉하고 긴 수염이 났다. 관우가 曹操의 포로였을 때 袁紹 휘하의 顔良과 文醜를 죽이고 돌아오자, 조조 가 관우를 漢壽亭侯로 봉하였다. 그러나 張飛와 함께 劉備를 도와서 공이 크며, 뒷날 荊州를 지키다가 呂蒙의 장수 馬忠에게 피살되었다. 중국의 민간에서 忠義와 武勇의 상징으로 여겨져서 신앙이 두터워 각처에 關王墓가 있다.

231) 조조(曹操): 삼국시대 魏나라의 시조. 권모술수에 능하고 詩文에 뛰어난 武將으로, 黃巾의 난을 평정하고 獻帝를 옹립하여 실권을 쥐고 華北을 통일하였다. 赤壁싸움에 서 孫權 · 劉備 연합군에게 크게 패하여, 중국 천하는 3분되었다. 獻帝 때 魏王으로 봉함을 받았다. 그의 아들 조가 제위에 올라 武帝라 追尊하였다.

232) 손권(孫權): 吳나라의 초대 황제. 孫堅의 아들. 아버지의 원수 黃祖를 물리쳤다. 劉 備와 더불어 曹操를 赤壁에서 대파하였으나, 魏와 제휴하여 荊州를 습격하여 關羽를 사로잡았고 또 夷陵에서 劉備를 대파하여 제위에 올랐다. 연호를 黃龍이라하고, 도 읍을 建業으로 옮겨서, 중국 남방 江蘇 일대를 다스렸다.

쓰니 원통한 청용도(靑龍刀)난 쓸 고시 젼이 업고 슬푸다! 적퇴마(赤兔
馬)는 불복한중[234]하여쓰며[하였으며] 천추(千秋)의 지친 혼이 이 집의
으지하야 옛 지경을 직케더니[지켰더니], 오늘날 너을 보니 당시 영웅이
라 나 쓰든 청용도를 주난이, 능주로 급피 가셔 사직을 안보(安保)하고,
흉노의 피로 써셔 청용도를 스쳔다가[씻었다가] 영웅으 원혼올 위로
하라."

하고 주거날, 바다들고[받아들고] 사례하니 문듯 간듸업더라.

듸봉으 급한 마음 일각(一刻)이 여삼추(如三秋)라 월각투고 용인갑
[龍鱗甲]의 청용도(靑龍刀) 빗계 돌고[들고] 말이[萬里] 준총(駿驄) 빗
겨 타고 풍우(風雨)갓치 올나갈졔, 말다려 경계하되,

"오추야! 네 알이라[알리라]. 천자의 급하심과 듸장부 급한 마음 네 어
이 모를소냐. 쳔지(天地)가 감응(感應)하사 너와 나을 늬신 바라. 능주의
득달(得達)하야 듸봉ㆍ용총(龍驄) 날닌 용밍 청용도 날닌 칼노 도적을 물
이치고[물리치고] 사직 충신 되거드면, 명젼쳔추[永傳千秋] 빗난 일홈
기린각(麒麟閣) 졔일층(第一層)의 졔명(題名)할졔, 늬 일홈 각(刻)한 후
의 오추마 네 힝젹은 날을 싸라 빗나리라. 지쳬 말고 가자셔라."

오추마 이윽키[235] 듯더니, 말이 능주을 달여갈졔, 오추마 날닌 용밍
식별[샛별] 갓턴 두눈으난 풍운조화[236] 어려 잇고, 동굴한[둥그런] 네

---

233) 여몽(呂蒙): 吳나라의 명장. 젊었을 때에는 매형인 鄧當에게 의탁했으나, 뒤에 孫策
의 장수가 되었다. 벼슬은 別部司馬, 偏將軍, 虎威將軍, 南郡太守, 漢昌太守 등을
역임했다. 皖城을 공격하여 점령하고 濡須의 전투에서 방어를 잘하였으며, 지혜로
長沙, 零陵, 桂陽 등 三郡을 취했고, 關羽가 지켰던 荊州를 탈취하였다.

234) 불복한중[不服漢中王]: 한중왕에게 복종하지 않음. 한중왕은 劉備가 益州에 속했던
漢中郡에 봉작되었을 때의 봉호이다.

235) 이윽키[이슥히]: 지난 시간이 얼마간 오래.

굽의난 강산졍기(江山精氣) 갈마쏘다{갚았도다}.

둼운산을 너머 양쥬을 지닉여 운쥬역의 말을 먹여 셔쳔강을 건네 잉무쥬를 지닉여 봉황둼을 다다르니 일모셔산(日暮西山) 거의로다. 여산 능쥬을 당도하야 산상(山上)의 놉퍼{높이} 올나 젹셰을 살펴보니, 즁원 인물은 보이잔코{보이지 않고} 십이[十里] 사장(沙場)에 호병(胡兵)이 가득하야 승기(勝氣)가 등등하여 살기(殺氣) 가득하고 함셩이 둼진(大震)터니, 호장(胡將) 묵특이 북문을 기치고{깨치고} 쳘기(鐵騎)를 모라 셩즁(城中)의 달여드러 엄살(掩殺)하며 함셩ᄒ되,

"명졔야 항복ᄒ라."

ᄒ난 소릭 강산이 문어지난{무너지는} 듯하거날, 잇둼 쳔자 도젹의 셰를 당치 못하야 셩셰[形勢] 가장 급한지라, 할일업셔{하릴없어} 옥쇄를 목의 걸고 항셔를 손의 들고 항복하려 나오더라.

236) 풍운조화(風雲造化): 바람이나 구름의 예측키 어려운 변화.

〈딕봉젼〉 권지하라

각셜。 잇찍예 딕봉이 산상(山上)의셔 그 거동을 보고 분기충쳔(憤氣衝天)하야 월각투고의 용인갑(龍鱗甲)을 입고 쳥용도(靑龍刀)를 놉피 들고 비용(飛龍) 마상(馬上)의 번듯 올나 봉(鳳)의 눈을 부릅쓰고 쳔동 갓튼 소릭을 지르며 워여(외쳐) 왈,

"반젹(叛賊) 묵특은 쌀이 나와 닉 날닌 칼을 바드라[받아라]."

하난 소릭의 격진 장졸리 넉슬 이러 항오을 분별치 못하더라. 묵특이 이 말를 듯고 분기 충쳔하야 딕호 왈,

"네 일홈(이름) 업난 져 장수야, 쳔위(天威)를 모르고 큰 말을 하난다?"

하며 셔로 싸와 일합(一合)이 못하여 딕봉의 쳥용도 날닌 칼리 중쳔[空中]의 번듯하며 묵특의 머리 검광(劍光) 조차 마하(馬下)의 써러지거날, 딕봉이 딕호(大呼)하며 묵특의 머리을 칼 끗틱 쎠여 들고 격진 중의 횡힝(橫行)하며 좌충우돌하다가 본진으로 도라오더라.

잇찍의 쳔자 셰궁역진(勢窮力盡)하야 옥식를 목의 걸고 항셔를 손의 들고 용포(龍袍)을 벗고 미복(微服)으로 나오더니, 난딕업난 일원딕장

(一員大將)이 묵특의 목을 벼여 들고 나는 다시 본진으로 드러오더니 말게 나려 황상 전의 호천통곡(呼天痛哭)하며 복지 주왈,

"소장(小將)은 기주짜 모란동 거하던 전 시랑 니익의 아달{아들} 뒤봉 이옵더니, 불힝하와 전하게 득죄(得罪)하야 원방(遠方)의 뉘치시미 중노 (中路) 강상(江上)의셔 사공놈으 히(害)을 입어 부자 물에 싸져 익비는 히중(海中)의 죽삽고, 소신은 쳔힝(天幸)으로 사라나셔 쳔축국 금화산 빅운암 부쳬중을 맛나{만나}, 칠연[칠년]을 으지하옵더니 약간 지략을 빅와 셰월을 보뉘옵더니 잇씨를 당하와 펴하[陛下]을 도와 사직을 안보 (安保)하옵고 간신을 물이치고 소신으 익비 모히(謀害)하던 소인을 자바 {잡아} 평싱 원수을 갑고[갚고] 조졍을 발켜{밝혀} 사히를 평정코자 왓사 오니, 복원 펴하[陛下]난 과도이 실허[슬퍼]마옵소셔."

하거날, 상이 뒤봉의 손을 잡고,

"짐이 불명(不明)하야 소인의 말노쎠 충회뒤신[忠義大臣]을 원찬(遠 竄)하고 소인을 갓가이 하야 국가 분분(紛紛)하되 사직을 밧들 신하 업 셔, 튀평과(太平科)을 보이더니 마참 장희운을 어더{얻어} 짐의 쓰슬{뜻 을} 리우던니{이루더니}, 국운이 불힝하고 짐의 덕이 업셔 각쳐 도젹이 강셩하믜, 남션우(南單于) 반(叛)하야 빅만 뒤병(大兵)을 거나려 변방의 범하야 빅셩을 노략하기로 희운으로 상장(上將)을 사마{삼아} 군병을 거 나려 수말이{수만리} 남션(南單)을 보뉘더니 승젼(勝戰)하고 쏘 션우(單 于)을 조차{쫓아} 교지국[1]을 갓스니, 조졍의 명장(名將)이 업고 지모지 사(智謀才士) 업셔 근심하더니, 쏘 북흉노 강셩하야 강병(强兵)을 거나 려 치믜 능히 당할 지 업셔 도젹의게 사직을 아시고{빼앗기고} 장안을 바 리고[버리고] 금능으로 피하엿더니 젹병이 금능을 엄살(掩殺)하기로 양

---

1) 교지국(交阯國): 지금의 베트남 북부의 통킹·하노이 지방에 해당함.

성으로 피하엿더니 쏘 양성을 범(犯)하민 견딕지 못하고 이고딕로{이곳
으로} 피하엿더니, 각쳐 졔후 즁의 희남졀도사 일지군(一枝軍)을 거나려
오고 양셩틱수 삼쳔군(三千軍)을 거나려 능쥬로 오더니 자사 일군(一軍)
을 거나려 와 합셰(合勢)하야 셩즁(城中)의 드러와 셩문(城門)을 구지{군
게} 닷고 군사로 수셩(守城)하더니, 흉노 딕군(大軍)을 모라 셩즁의 드러
와 종묘의 불을 노코 자칭 쳔자라 하고 빅관(百官)을 호령하며 딕군을 보
닉여 능쥬셩을 에워싸고 화약염초(火藥焰硝)을 준비하야 셩지(城地)를
파(破)코자 하니, 그 셰을 당(當)치 못하고 어여쏀{불쌍한} 인싱이 가련
키로 항셔(降書)을 쓰고 옥싀(玉璽)을 젼수(傳授)하야 억조창싱(億兆蒼
生)을 건질가 하야 나오더니, 명쳔(明天)이 도와 그딕을 딕명(大明)의 닉
옵시민 이갓치{이같이} 급한 씌를 당하야 짐의 쇠진(衰盡)한 명(命)을 구
안하니 쳔지 다시 명낭(明朗)이라."

하시며, 손을 잡고 드러가 장딕(將臺)의 안치고{앉히고} 가라사딕,

"장군이 짐를 도와 쳔하를 평졍 후의 사졍(司正)이 만할지라{많을
지라}."

하시고 무류(撫柔)하시물 마지아니하시니, 딕봉이 복지 주왈,

"금자(今者) 사셰(事勢) 위급하오니 펴하[陛下]난 진졍하옵소셔. 소장
(小將)이 비록 직조 업사오나 심{힘}을 다하와 펴하를 도와 평졍하고 사
직을 안보(安保) 후의 소장의 원한을 풀고자 하오니, 복원(伏願) 황상은
옥쳬(玉體)을 안보하와 소장의 장약(將略)을 보옵소셔."

하니, 상이 못닉 직거하시고{기뻐하시고} 즁군(中軍)의 분부하야 칠셩
단(七星壇)을 놉피 무어{쌓아} 방위을 졍졔(整齊)하고, 쳔자 딕봉의 손
을 잡고 딕상[壇上]의 올나 하날게 졔사하고 딕봉을 봉작(封爵)하실식,

틱명국 틱원수 겸 충으틱장 병마도총독 겸 충위힝원후 상장군을 봉하시고 황금인수(黃金印綬)와 틱장절월(大將節鉞)이며 봉작첩지(封爵牒紙)를 동봉(同封)하야 젼수(傳授)하시고 왈,

"짐의 불명(不明)을 허미치[허물치] 말고 충셩을 다하야 사희을 평졍 후의 쳔하을 반분(半分)하리라."

하시거날, 원수 쳔은을 축사[感謝]하야 고두사례(叩頭謝禮)하고 장틱(將臺)의 나와 졔장군졸(諸將軍卒)을 졈고ᄒ니 피병장조리2) 불과(不過) 삼빅이라. 원수 중군장 장원3)을 불너 분부하되,

"진중(陣中)의 장수 업고 군사 잔약(孱弱)하니 너으난 방위(方位)을 졍졔(整齊)하고 항오(行伍)을 일치 말나. 흉노의 억만 틱병이 구산(丘山)갓치 ᄡ여쓰나, 늬 능히 당젹하린니 장졸을 요동치 말나."

하시고, 진법을 시험할ᄉ 동방 쳥기(東方靑旗) 칠면(七面)으난 각항져방신미기(角亢氐房心尾箕)을 응하고, 남방 젹기(南方赤旗) 칠면으난 두우여허우실벽4)을 응하고, 셔방 빅기(西方白旗) 칠면의난 귀루위묘필취삼(奎婁胃昴畢觜參)을 응하고, 북방 흑기(北方黑旗) 칠면의난 졍귀유셩장익진5)을 응하고, 중앙(中央)의난 황신기(黃神旗)를 셰워 오방기치(五方旗幟)을 방위의 나열하니 이난 졔갈무후6) 팔진(八陣)이라.

---

2) 피병장조리(疲病將卒이): 피로하고 병든 장수와 군졸.

3) 장원: 상권에서 양셩 태로로 소개되었음.

4) 두우여허우실벽(斗牛女虛危室壁): 井鬼柳星張翼軫과 착종되었음.

5) 졍귀유셩장익진(井鬼柳星張翼軫): 斗牛女虛危室壁과 착종되었음.

6) 졔갈무후(諸葛武侯): 漢의 宰相 諸葛亮. 隆中에 은거하고 있을 때 劉備의 三顧草廬에 못 이겨 出仕한 후 劉備를 보좌하여 천하 三分之計를 제시했고, 荊州와 益州를 취하고 蜀漢을 세우는 데 큰 공헌을 했다. 또 南蠻을 평정하고 北伐을 주도했다. 유비가 죽은

진셰(陣勢)을 살펴보니 귀신도 칭양[測量]치 못할네라.

잇딕 흉노 장딕(將臺)의 놉피 안자 승젼고(勝戰鼓)을 울이며 항복을 직촉하더니, 문듯 우릭{우레} 갓탄 소릭 쳔동갓치 들이거늘, 살펴보니 일원딕장(一員大將)이 월각투고을 쓰고 용인갑(龍鱗甲)을 입고 우수의 쳥용도(靑龍刀)을 들고 봉(鳳)으 눈을 부름쓰고 좌수의 치을 드러 오추말(烏騅馬)을 빗겨 타고 드러오니, 위엄이 상셜(霜雪) 갓고 소릭 웅장하야 강산이 무어지난 듯하고 단산밍호[南山猛虎] 장(杖)을 치난 듯하더니 순식(瞬息)의 달여드러 호통일셩의 션봉장 묵특을 벼여 들고 션봉을 지쳐 셩중(城中)의 들거날, 흉노 딕경(大驚)하야 졔장을 묘와{모와} 의논 왈,

"그 장수 용밍을 보니 범상한 장수 안이라. 사람은 쳔신(天神) 갓고 말은 보니 오추마(烏騅馬)요 칼은 보니 쳥용도(靑龍刀)라. 분명한 명장이라. 경격(輕敵)지 못하리라."

하고, 팔십만 병을 일시 나열하야 닉외(內外) 음양진(陰陽陣)을 치고 목탁으로 션봉을 졍하고 통달노 우션봉을 삼고 달수로 좌션봉을 삼고 돌통으로 후군장을 삼고 밍통으로 군사마을 삼아 군위(軍威)을 졍졔하고 진문(陣門)의 기를 셰우고 흉노 친이 중군(中軍)이 되야 싸홈을 도두더라{돋우더라}.

잇딕 딕원수 진셰을 벼풀고[베풀고] 격진 형셰을 살피더니, 흉노 특탁으로 장안을 직키고{지키고} 졔가 자칭(自稱) 중군(中軍) 되야 장딕(將臺)의 놉피 안자{앉아} 싸홈을 도도거늘, 원수 응셩출마(應聲出馬)

뒤, 遺詔를 받들어 後主인 劉禪을 보필하다가 魏나라의 司馬懿와 五丈原에서 대전중 陳中에서 죽었다. 그가 지은 〈出師表〉는 名文으로 유명하다.

하야 진젼(陣前)의 나셔며 고셩뒤질(高聲大叱) 왈,

"긔 갓탄 오랑키야! 네 쳔위(天威)을 범하야 시졀을 요란케 하니 죄사무셕(罪死無惜)이요. 황졔을 진욕[叱辱]하고 자칭(自稱) 쳔자라 하니, 일쳔지하(一天之下)의 어듸[어찌] 쳔자 두리{둘이} 잇쓰리요. 닉 하날게 명을 바다{받아} 네 갓탄 반젹(叛賊)을 쇠멸[掃滅]할 거시연날{것이거늘}, 네 만일 두렵거던 쌜이 나와 항복하고 그러치{그렇지} 안이하거던 쌜이 나와 뒤젹하라."

흉노 통달을 불너 '뒤젼(對戰)하라' 하니, 통달리 닉다라 웨여{외쳐} 왈,

"어린 아히[아이] 뒤봉아! 네 쳔시(天時)를 모르나쏘다. 불힝하야 우리 션봉이 죽어건이와, 네 쳥춘이 아갑쏘다."

하며 달여들거날, 원수 분노하야 젹장을 취할시 반합(半合)이 못하여 고함소리 진동하며 쳥용도 번듯하며 통달르 머리을 벼여{베여} 들고 좌츙우돌하니 군사 죽엄이{주검이} 묘[뫼] 갓더라. 칼 긋틔 꾸여 젹진(敵陣)의 던져 왈,

"반젹 흉노야! 네 어이 살기를 바릴소냐. 쌜이 나와 죽기를 뒤령(待令)하라."

호령소릭 쳔동갓치 지르며 션봉을 지치거날, 흉노 뒤경(大驚)하야 돌통으로 '뒤젹하라' 하고 밍통·동쳘·동기 등 팔장(八將)을 명하야 '졉응(接應)하라' 하니, 잇뒤 원수 션봉을 지치다가{짓치다가} 바릭보니 젹장 돌통이 팔장을 거나려 나오며 웨여{외쳐} 왈,

"네 무삼 용밍이 넉넉하뇨? 만일 부족하거던 항복하라."

하거늘, 원수 듸로하야 필마단창(匹馬單槍)으로 달여드러 접전할계, 천자 군사을 거나려 싸홈을 귀경하시고 양진(兩陣) 군사 듸젼(對戰)하난 귀경이 쳐음이라. 셔로 닷토와 보더니, 명진(明陣) 듸원수 호장(胡將) 구인(九人)을 마자 싸우난듸, 월각투고·용인갑은 일광(日光)을 히롱하고, 엄장(嚴壯)한 청용도난 동쳔(東天)의 변듯하면 빅호[7]을 벼히고 셔쳔(西天)의 변듯하며 청용[8]을 벼히고 남(南)의 변듯 현무[9]을 벼히고 북(北)의 번듯 주작[10]을 벼히고, 청용도 날닌 검광(劍光) 수경후(壽亭侯)가 쓸 졔 형주성(荊州城)의 빗나더니 차릭(此來) 듸봉 수(受)하야 깅파청용도(更把靑龍刀)라. 원수의 날닌 영풍(英風) 상셜(霜雪) 갓탄 청용도을 우수(右手)의 빗계 들고 오추마(烏騅馬) 놉피 타고 군중(軍中)의 닷난[닫는] 양(樣)은 동히 청용이 구름 속의 굼이난듯, 사졍업난 청용도 중쳔(中天)의 변듯[번뜻] 호적(胡狄)이 쓰러지니 번기갓치 날닌 칼은 능주셩의 비시[빛이] 난다.

이십여 합의 이르러 중군(中軍)으로 가난 듯 션봉장[11] 돌통을 벼여 들고, 팔장(八將)을 당젹[能敵]하니 팔장이 능이 당치 못할 줄 알고 본진(本陣)으로 닷고자[닫고자] 하더니, 원수 고성 왈,

"무지(無知)한 적장은 닷지[달아나지] 말나. 닌 네히을 익기고자 하야

---

7) 빅호(白虎): 서쪽을 가리킴. 여기서는 서쪽의 오랑캐를 일컫는다.
8) 청용(靑龍): 동쪽을 가리킴. 여기서는 동쪽의 오랑캐를 일컫는다.
9) 현무(玄武): 북쪽을 가리킴. 여기서는 북쪽의 오랑캐를 일컫는다.
10) 주작(朱雀): 남쪽을 가리킴. 여기서는 남쪽의 오랑캐를 일컫는다.
11) 션봉장: 앞부분에서 흥노왕이 돌통을 후군장으로 임명한 것을 감안하면 착종되었음. 션봉장 목탁은 이미 죽었기 때문이기도 하다. 후군장으로 번역한다.

오장(五將)을 몬져{먼저} 벼혀던니{베었더니}, 종시(終是) 항복지 아니하
니 분하도다."

하며 달여드니{달려드니} 노션·동기 등 사장(四將)이 마자{맞아} 싸호
더니, 쳥용도 번듯하며 노션의 머리를 벼여[베여] 본진의 던지고, 좌편
(左便)으로 가난 듯 동기 등 삼장(三將)을 벼여 본진의 던지고, 션봉진
(先鋒陣)의 달여드러 군사를 뭇지른니, 구시월 나무입{나뭇잎}이 상풍
(霜風)을 맛나{만나} 써러지듯 유혀리(流血이) 셩쳔(成川)이라.

흉노 뎌경하야 밍통·동쳘노 '뎌적하라' 하니, 두 장수 늬다라 접젼
(接戰)할졔, 검광은 일공[日光]을 히롱하고 말굽은 분분하야 삼장(三
將)의 고함소릐 군졸리 넉실{넋을} 일코{잃고} 항오(行伍)을 분별치 못
하더니, 원수 말셕12)을 치 쳐 공중의 소수더니{솟더니} 쳥용도 번듯하
며 양장의 머리 검광의 싸여 더러지니, 원수 승기(勝氣) 등등(騰騰)하
야 동셔로 충돌하며,

"적장은 얼마나 나머거던{남았거든} 기피[급히] 나와 뎌수13)하라."

웨난{외치는} 소릐 진동하니, 또 흉노 졔장을 호령하야 진셰(陣勢)을
더욱 굿계{굳게} 하고 봉션·봉조·밍주·영인 등 팔장(八將)을 급피
불너,

"졍병(精兵) 삼십만과 쳘기(鐵騎) 십오만을 거나러[거느려] 군사로 합
셰(合勢)하야 명진(明陣) 뎌원수을 자바{잡아} 늬의 분(憤)을 풀계 하라."

---

12) 말셕(末席): 끝자리. 여기서는 '말의 뒷부분'이라는 뜻인 듯.

13) 뎌수(對酬): 應酬. 상대편이 한 말이나 행동을 받아서 마주 응함.

팔장(八將)이 청영(聽令)하고 군사을 파열(擺列)하야 사방으로 둘너쳐{둘러싸} 드러오며 명진(明陣)을 겁칙(劫勅)코자 하거날, 원수 잇띠 본진의 도라가 잠간 쉬더니, 적병이 물미듯{물밀듯} 드러오거날 원수 딕로(大怒) 왈,

"늬 결단코 흉노을 사로자바 황상의 분을 스치리라."

하고, 노기등쳔(怒氣登天)하야 월각투고 용인갑을 다사리고{추스르고} 봉의 눈을 부름쯧고{부릅뜨고} 청용도을 빗겨 들고 오추마상(烏騅馬上) 번듯 올나 진문(陣門) 밧그 나셔니, 적장의 워난{외치는} 마리{말이},

"명졔(明帝)야! 네 항복함이 올커던{옳거늘} 조고만한 아히 딕봉을 어더{얻어} 우리 딕셰을 모로고 범남[汎濫]이 침범하냐? 우리 진중(陣中) 무명식(無名色)한 장수 십여 명을 죽이고 승젼(勝戰)을 자량하니 가이 우숩쏘다."

하며,

"명진 상장군 딕봉아! 쌜이{빨리} 나와 딕적(對敵)하라. 만일 겁나거던 말게 나려{내려} 항복하야 죽기을 면하고 그러치{그렇지} 안이하면 쌜이 나와 죽기를 직촉하라."

하며 물미듯{물밀듯} 드러오거늘, 이날 원수 분기팅쳔(憤氣撑天)하야 필마단창(匹馬單槍)으로 말셕을 치쳐 적진의 달여드러 팔장(八將)으로 더부러 딕젼(對戰)하야 상진상퇴(相進相退) 오십여 합의 불결승부(不決勝負)네라. 원수 노기등등(怒氣騰騰)하야 호통을 쳔동갓치 지르고 청용도 놉피 드러{들어} 젼면(前面)을 뭇지르니, 팔장(八將)이 일시여

달여들거늘 원수 격진의 돌출(突出)하야 쳥용도 변듯[번뜻] 하더니 봉
션·밍주 양상[兩將]으 머리 마하(馬下)의 나려지거늘[떨어지거늘], 쏘
뒤흐로 가난 듯 압푸[앞에] 번듯 검광이 이러나며 격장의 머리 칼빗[劍
光]조차 써러지고, 좌편(左便)의 번듯 우편(右便)의 나며 검광이 언듯
봉주14)을 벼히고, 압푸 번듯 뒤로 나며 영인을 벼여 들고, 중진의 번
듯 동으로 나며 문영·문수 양장(兩將)을 벼히고, 격진 장졸을 무은[쌓
인] 풀 썍듯[버리듯] 지쳐[짓쳐] 횡힝하니, 초(楚)나라 항장군15)이 팔쳔
졔자[子弟] 거나리고 도강[烏江]이셔 건네 와셔 함곡관16)을 부수난 듯,
상산(常山) 싸[땅] 조자룡17)이 장판교18) 틴교[大鬧] 중의 삼국청병(三
國請兵) 지치난[짓치는] 듯, 흉노으 빅만 틴병(大兵) 항오(行伍)을 분별
치 못하거늘 쳥용도 날닌 검광(劍光) 중쳔의 어러 잇고 오추마 닷난[달
는] 아푸[앞에] 틴젹할지 뉘 잇쓰랴. 뇌셩(雷聲) 갓탄 호통소릭 청쳔(靑
天)니 상응하며 좌충우돌 횡힝하니 격군이 황겁(惶怯)하야 검광조차
시러진니[쓰러지니], 비컨틴 청쳔(靑天)의 어린 흑운(黑雲) 바람결의

---

14) 봉주: 앞부분에서는 '봉조'로 되어 있어, 번역문에서는 봉조로 통일함.

15) 항장군(項將軍): 項羽. 秦末에 陳勝과 吳廣이 거병하자 숙부 梁과 吳中에서 병사를
일으켜 秦軍을 쳐서 함양을 불사른 후 진왕 子嬰을 죽이고 스스로 西楚覇王이라 일컬
었으며, 漢 高祖와 천하를 다투다가 垓下에서 패하자 烏江에서 자살하였다.

16) 함곡관(函谷關): 河南省 서북의 관문으로, 渭水盆地에서 동쪽의 중원평야에 들어오는
요충지.

17) 조자룡[趙子龍]: 삼국시대 蜀漢의 武將. 子龍은 자. 이름은 雲. 常山 眞定 출신이다.
그는 창을 아주 잘 썼는데, 劉備가 曹操에게 쫓겨 처자를 버리고 남으로 도망할 때에
騎將이 되어 그들을 보호하여 난을 면하게 하니, 유비가 '자룡은 몸 전체가 담이다(子
龍一身都是膽)'라 평했다.

18) 장판교(長坂橋): 荊州에 있던 劉備가 曹操의 대군에 쫓겨 형세가 급박해졌을 때, 張飛
가 단기로 막아낸 곳. 조자룡은 유비가 조조의 대군에 쫓겨 가족들을 남겨둔 채로 달아
난 것을 알고 유비의 감부인과 아들 유선을 구출하는 과정에 배반했다는 오해도 받았
다. 이로써 원문에 장판교의 싸움이 조자룡의 일화로 되어 있는 것은 착종이나, 번역문
에서는 그대로 조자룡의 일화로 번역함.

몰이난(물러난) 듯하더라.

중군(中軍)의 달여드니(달려드니) 흉노 딕경질식[大驚失色]하야 군사를 거나리고 장안으로 도망커날, 뒤를 조차(쫓아) 충살(衝殺)하니 흉노의 빅만병이 호전주퇴(虎前走兎) 되야쭈나. 오추마 닷난 고딕(곳에) 젹진 장졸의 머리 검광(劍光) 조차 써러지니, 이르건딕 구월 강산 두룬[누런] 초목 상풍(霜風) 부러 낙럽진[낙엽진] 듯 젹시여산(積屍如山) 가련하다! 흐르나니 유혈(流血)이라, 유혈리 셩쳔(成川)하니 무릉도원(武陵桃源) 홍유수(紅流水)라. 강포(强暴)한 져 흉젹(凶賊)은 강포도 쓸딕 업고 빅만 딕병 무영[無用]이라, 단초롭다[단출하다]! 원수 힝장(行裝) 필마단창(匹馬單槍) 못 당하고, 포악한 져 도적이 으기량량[의기양양] 강셩(强盛)터니 명쳔(明天)니 도으시사 딕명(大明) 회복 반갑쏘다. 군민의 노릭로다.

잇딕 호장(胡將) 특탁이 도셩를 직키더니[지키더니] 흉노의 급한 셩셰[形勢]을 보고 군병(軍兵)을 충독(總督)하야 장졸을 합셰하여 빅사장(白沙場)의 진을 치고 원수을 딕젹ᄒ려 하니, 진기(眞個) 강병은 호젹일네라.

잇딕 원수 젹군을 물이치고[물리치고] 본진의 도라오니, 천자 딕하(臺下)의 나려 원수의 손을 잡고 질기며 못늬 사량하시고, 졔장 군졸리 빅빅사례(百拜謝禮)하며 무수이 질기고 송덕(頌德)하거늘, 원수 왈,

"도적이 멀리 안니 갓쓰니(아니 갔으니) 젹진의 가 군장기계(軍裝器械)를 거두워 본진 병기(兵器)와 합하라."

하시고, 중군[19]을 불너,

"너난 졔군장졸(諸軍將卒)을 총독(總督)하야 황상을 모시고 후군(後軍)이 되야 늬 뒤을 짜르라. 늬 필마단검(匹馬單劍)으로 젹진의 드러가 장졸을 함몰(陷沒)하고 흉노을 사로자바 황상의 분하시물 풀이라(풀리라)."

하고, 말을 치 쳐 흉노을 조차(쫓아) 도셩(都城)의 이르니 도젹이 십이[十里] 평사(平沙)의 진을 치고 군호(軍號)를 엄숙케 하거늘, 자셔이 살펴보니 나문 군사 팔십여 만이라. 원수 승셰(乘勢)하야 틱호(大呼) 왈,

"반젹(叛賊) 흉노야! 네 죵시(終是) 항복지 안이하고 날노(나와) 더부려 자웅(雌雄)을 결단코자 하니 분하도다."

하고, 청용도(靑龍刀)을 놉피 들고 용총마상(龍驄馬上)의 번듯 올나 우뤼갓치 호통하며 달여드니(달려드니), 잇딕 젹진 중의셔 삼십육장(三十六將)을 합셰하고 군사을 졍졔(整齊)하야 원수을 에워싸고 좌우로 치거늘, 원수 틱로(大怒)하야 용밍을 썰쳐 청용도 드난(드는) 칼노 젹장 십여원(十餘員)을 버히고 진중(陣中)의 달여드러 군사을 뭇지르니(무찌르니), 젹장이 달여드러 좌우로 에워것날(에워싸거늘) 청용도 번듯하며 젹장 팔원(八員)을 버여 들고, 교젼(交戰) 팔십여 합(合)의 젹장 삼십여원(三十餘員)을 버히고, 쏘 중군(中軍)의 달여드니 한 장수 나와 맛거늘 일고셩(一高聲) 노푼 소릭 검광(劍光)이 빗나더니 젹장을 버여 들고, 사방을 충돌하니 사방의 원수 너힐네라(넷일레라). 오추마 항셩[함셩]소릭 검광조차 이러나고[일어나고] 원수의 호령소릭 중천의 진동하니, 졔 아모리 강병(强兵)인들 뉘 능히 당할소냐. 장졸의 죽엄이 구

---

19) 중군(中軍): 中軍將. 앞부분에서 중군장으로 장원을 삼은 바 있음.

산(丘山)갓치 싸여 잇고 십이[十里] 사장(沙場)의 피 흘너 모릭을 물듸리고{물들이고} 나문{남은} 피난 말굽을 격시난듸, 용인갑(龍鱗甲)의 듯난{떨어진} 피난 소상강(瀟湘江) 듸숲푸례{대수풀에} 셰우(細雨) 미쳐{맺혀} 써러진 듯 점점이 미쳐구나{맺혔구나}.

잇듸 흉노 셩셰[形勢] 가장 급한지라, 약간 나문{남은} 장졸을 거나리고 싀이질노{샛길로} 도망하야 북으로 힝하여 다라나더라{달아나더라}. 가련하다! 흉노의 일빅삼십만 병이 사라가는{살아가는} 지 불과 삼천(三千)의 지닉지 못할네라. 일검으로 졍당빅만사20)을 오늘날노 보리로다. 원수 젹병을 파하고 군장기계(軍葬器械)을 거두워 셩의 드러가 천자을 모셔 환궁하고 빅셩을 안돈(安頓)하니, 셩외셩늬(城外城內) 빅셩더리{백성들이} 원수을 송덕(頌德)하며 질기더라.

잇듸 원수 졔장을 묘와[모와] 원문21)의 호궤(犒饋)하고 탑젼(榻前)의 드러가{들어가} 수유22)하고, 기주의 닉러가 사던 집을 차져 보니 고류거각[高樓巨閣]이 빈 터만 나마구나{남았구나}. 옛 일를 싱각하고 부모을 싱각하니 소연(蕭然) 한심[한숨] 졀노 난다, 마샹(馬上)의 나려 안자{앉아} 방셩듸곡(放聲大哭) 우난 마리,

"우리 부친 나라의 직간(直諫)타가 소인의 참소(讒訴) 맛나 말이[萬里] 젹소(謫所)로 가난 길의 부자 동힝(同行)되야더니, 무도(無道)한 션인(船人) 놈의 히(害)을 이버{입어} 철이[千里] 히상(海上) 지푼{깊은} 물의 부자 함기[함께] 쌔져더니, 듸봉은 천힝(天幸)으로 용왕의 덕을 입어 사라

<hr>

20) 일검(一劍)으로 졍당빅만사[曾當百萬師]: 王維가 지은 〈老將行〉의 "한 몸으로 싸움터로 삼천리를 돌아다니며, 한 칼로 백만 군사를 감당했었지.(一身轉戰三千里, 一劍曾當百萬師.)"에서 나오는 말.
21) 원문(轅門): 軍營이나 營門을 이르던 말.
22) 수유(受由): 말미를 받음.

나셔{살아나서} 쳔지 실영(神靈)이 도으시사 되원수 상장(上將)이 되야 호적(胡狄)을 파하고 사던 집을 차자오니{찾아오니} 빈 터만 나머쑤나{남았구나}. 상젼벽희(桑田碧海) 한단 마리{말이} 날노{나를} 두고 이름이라. 가련하다! 우리 모친 집을 직켜{지켜} 겨시던니 흉적(凶賊)의 난을 맛나 죽어난지, 사라난지? 언의{어느} 나르{날에} 맛나[만나] 보리가?"

가삼[가슴]을 두다르며 앙쳔통곡(仰天慟哭)하고 황셩으로 올나가 황계계 숙비(肅拜)하니, 상이 되찬부리(大讚不已)하시고 궐늬(闕內)의 되연(大宴)을 비셜(排設)하야 원수 공을 못늬 치사(致謝)하실시, 원수 고왈(告曰),

"차중(此中)의 승상 왕회 업난잇가{없나이까}?"

한되, 잇되 왕회 자지기죄(自知其罪)하야 되하(臺下)의 나려 복지쳥죄(伏地請罪)하거늘, 원수 되로(大怒)하야 쳥용도로 젼우면셔{겨누면서},

"너난 날과 불공되쳔지수[23]라. 당정[당장]의 죽일 거시로되 흉노을 자바{잡아} 사히(四海)을 평졍(平定) 후의 죽일 거시니 아직 용셔하노라."

하고, '젼옥[24]의 가두라' 하야 상계 고왈(告曰),

"흉노 비록 픽(敗)하여 갓사오나 후환을 아지 못하니, 소장(小將)이 필마단창(匹馬單槍)으로 호국(胡國)의 드러가 흉노을 자바{잡아} 후환이 업계{없게} 하오리다."

---

23) 불공되쳔지수(不共戴天之讎): 하늘을 같이 이지 못하는 원수라는 뜻으로, 이 세상에서 같이 살 수 없을 만큼 원한이 깊게 맺힌 원수를 비유적으로 이르는 말.

24) 젼옥(典獄): 죄인을 가두는 감옥.

한듸, 상이 되찬 왈,

　"원수난 곳{곧} 짐의 수족(手足)이라. 만일 가셔 더듸 오면 늬 엇지 침식(寢食)이 편하리요."

하시니, 원수 듸왈,

　"수이 도라와 펴하[陛下]을 모실 거시니{것이니} 과도이 근심치 마읍소셔."

하고, 빅관(百官)을 호령하야 '황상을 편이 시위하라(侍衛)' 당부하고 필마단창(匹馬單槍)으로 말이[만리] 호국을 가려 하니, 쳔자며 조졍 빅관이 반졍(半庭)의 나와 젼송(餞送)하며 말이[만리] 중지25)의 무사이 도라오물{돌아옴을} 쳔만당부(千萬當付)하시니, 원수 사은하직(謝恩下直)하고 발힝(發行)하여 흉노을 조차{좇아} 가니라.

　각셜. 장원수 션쳑(船隻)을 준비하야 여러 날 만의 군사을 거나려 교지국(交阯國)의 드리가니라{들어가니라}. 잇듸 션우 본국의 드러와 남만(南蠻) 오국(五國)의 쳥병(請兵) 픽문26)을 보늬고 군사을 다시 졍졔(整齊)하더니, 뜻박게 명국 듸원수 듸병(大兵) 팔십만을 거나려 드러오거날 션우 군(軍)을 거나려 막다가 당치 못하믜 항셔(降書)와 예단(禮緞)을 가초와 셩 밧게{밖에} 나와 항복하거늘, 원수 듸질(大叱) 왈,

　"네 죄상(罪狀)을 논지(論之)하면 죽여 맛당하나 닐은[이른바] 항자는 불사라27) 하기로 십샨(十分) 용사[容恕]하노니, 차후(此後)난 범남(汎

─────────

25) 중지(重地): 險地. 적의 땅 깊숙한 곳.
26) 픽문(牌文): 사신 통지문.
27) 항자(降者)는 불사[不殺]라: 항복하는 적은 죽이지 않음. 진실로 뉘우치는 죄인은 관

濫)한 쯔실 두지 말고 천자을 셤기라.”

하고, 항셔와 예단을 밧고[받고] 션우 셩중의 드러가[들어가] 우양(牛羊)을 자바[잡아] 군사을 호귀[犒饋]하고 중군(中軍)의 분부하야 '장조[將卒]를 편이 쉬라' 하시고, 원수도 갑주(甲冑)을 벗고 수일(數日) 유련(留連)하신 후의, 일일은 원수 션우을 불너,

  “늬 이졔 남만(南蠻)을 쳐 멸(滅)할 거시니 그듸난 늬의 격셔(檄書)을
  남만 오국(五國)의 젼하라.”

하시니, 션우 쳥영(聽令)하고 직시[즉시] 장수 이원(二員)을 불너 오국(五國)의 보늬니라.

  잇듸 남만 오국이 션우의 픽문(牌文)을 보고 유에미결28)하던 차의 명국 듸원수 교지국(交阯國)의 드러와 션우을 항복밧고 격셔(檄書)을 보늬거날 기틱(開坼)하니, 하여쓰되,

  「쳔죠졍(天朝廷) 할임[翰林] 겸 예부시량(禮部侍郎) 듸원수(大元帥)
  병마도총독(兵馬都總督) 상장군(上將軍)은 황명을 바다[받아] 반젹(叛
  賊) 션우(單于)을 항복밧고 남만을 힝(行)하니, 만일 항복하야 쳔명(天
  命)을 순종치 아니하면 직시[즉시] 팔십만 듸병(大兵)을 거나려 거병공
  지29)할 거시니[것이니} 직시 답보(答報)하라.」

하엿거날, 오국왕(五國王)이 견필(見畢)의 션우을 원망하고 각각 진공예단(進貢禮緞)을 갓추고 항셔(降書)을 써 사신을 교지국(交阯國)으로

  대하게 용서한다는 말이다.
28) 유에미결[猶豫未決]: 망설여 결정짓지 못함.
29) 거병공지(擧兵攻之): 군사를 일으켜 공격함.

보닉여 항복하거날, 원수 군위(軍威)을 비설하고 군사을 나열하야 닉외(內外) 음양진(陰陽陣)을 치고 의갑(衣甲)을 션명하겨 하고 졔장은 오방기치(五方旗幟) 아릭 각각 말을 타고 창검을 놉피 드러 나는 다시 셰우고 진문(陣門)을 크계 열고 오국(五國) 사신을 입례(立禮)하야 젼후사(前後事)를 문목30)하고 항셔와 예단을 바드며 후딕(厚待)하여 보닉니, 오국 사신이 도라가[돌아가] 그 위엄을 각각 져으 왕계 주달(奏達)하고 항복하물 다힝이 알더라.

잇딕 장원수 사오삭(四五朔) 만의 교지국을 써나 힝군하야 여러 날 만의 남히의 이르러 평사(平沙)의 진을 치고 근읍(近邑) 수령을 불너,

"우양(牛羊)을 자바 군사을 호귀[犒饋]하라."

하시니, 거힝(擧行)이 셔리[秋霜]갓더라. 잇딕 원수난 말이[萬里] 박기가 공을 셰워쓰되 황셩 소식을 엇지 알이요. 쳔자 딕란(大亂) 만난 줄은 모르고 션우와 남만 오국 항복바든 승전 쳡셔(勝戰捷書)을 장문(狀聞)하고 쉬더니, 일일은 싱각하니,

'이졔 닉 딕공(大功)을 리우고[이루고] 도라간들[돌아간들] 무삼 질검이 [즐거움이] 잇스리요. 부모 구몰(俱沒)하시고 쏘 시부모와 낭군이 죽어쓰니 속졀업시 유졍(有情)한 셰월을 무졍(無情)이 보닉리로다. 닉 이졔 올나가 원수 왕회와 굴양관[軍糧官] 진틱열을 죽여 원수을 갑고[갚고] 벼살을 갈고[바꾸고] 심규(深閨)의 드러 후싱(後生)의 부모와 낭군을 만나보리라.'

호고, 싱각하니,

---

30) 문목(問目): 죄인을 신문하는 조목.

‘낭군이 분명 수중고혼(水中孤魂)이 되야쏘다.’

하고,

‘늬 이고틔셔{이곳에서} 시부(媤父)와 낭군의 혼빅(魂魄)을 위로하리라.’

하고, 싱각하니,

‘소연(蕭然) 한심{한숨} 결노 난다. 우의로{위로} 황상이 나를 여잔 줄 모르시고 졔장 군졸도 모르거던 무삼 비계(祕計)로써 남이 아지 못하계 가군(家君)의 혼빅을 위로하리요.’

하고, 심독(甚篤)히 싱각하더니 한 쇠를 싱각하고 중군(中軍)의 분부 왈,

"늬 간밤의 한 쑴을 어더{얻어} 젼싱사(前生事)를 아라노라{알았노라}. 늬몸이 젼싱(前生)의 여자로셔 낭군을 졍한 바 그 부모 나라의 직간(直諫)타가 소인으 참소(讒訴)을 맛나 젹소(謫所)로 가다가 히상(海上)의 풍파(風波)을 맛나 부자(父子)이 다 이 물의 싸져 죽어난지라. 늬 셩취(成娶)도 못하고 심규(深閨)의 늘거{늙어} 죽어쎠니 간밤의 쑴을 쑤더니, 그 낭군이 와셔 ‘젼싱의 미혼지졍(未婚之情)을 원수난 수고롭계 싱각지 말고 여복(女服)으로 수륙졔[水陸齋]을 지늬여 싱젼사후(生前死後) 밋친 원혼(冤魂)을 풀러{풀어} 달나’ 하니, 늬 엇지 무심하리요. 수륙졔[水陸齋]을 지늬여 비단 그 혼빅쑌 아니라 모든 충혼(忠魂)이 만하민{많으매} 늬 친이 여복을 입고 영위(靈位)을 비셜(排設)하야 젼싱(前生) 셔룸{설움}을 풀이라."

하니, 졔장군졸(諸將軍卒)리 다 신기이 넉여{여겨} 원수을 칭찬하고, 직시[즉시] 틱수를 불너,

"졔물(祭物)을 졍비[準備]하라."

하야 강가의 나어가 십이[十里] 사장(沙場)의 빅포장(白布帳) 둘너치고
영위(靈位)을 빈셜(排設)할졔, 좌편(左便)의난 시량 영위을 빈셜하고
우편(右便)의난 낭군 영위라.

두 영위을 빈셜하니 모든 졔장[諸將軍卒]이 다 '젼고(前古)의 쳐음
보난 졔사라' 하고,

"우리 원수난 젼셰사[前生事]를 아르시고 젼싱 시부(媤父)와 젼싱 낭
군을 싱각하시니 만고(萬古) 쳐음이라. 원수의 신기한 직조을 뉘 능히 알
이요."

하며, 일군(一軍)이 다 두려하더라.

차시(此時) 원수 졔젼(祭典)을 갓초와 진셜(陳設)할식, 어동육셔31)
홍동빅셔32) 좌포우혜33) 방위 차려 진셜하고 지방(紙榜)으로 혼빅을
삼고 친이 축관34)이 되야 졔셕(祭席)의 나어갈식, 졔장(諸將)을 분발
하야 오방기치(五方旗幟)을 션명케 하고, 좌우익장과 션봉 후군장을
불너,

"사방 장막 삼십보 니의난 졔장 군졸을 드지 못하게 하라."

하고, 규갑주35) 버셔 놋코 여복(女服)을 차려 소의소복(素衣素服)으로

31) 어동육셔(魚東肉西): 제사상을 차릴 때에 생선 반찬은 동쪽에 놓고 고기반찬은 서쪽에
놓는 일.
32) 홍동빅셔(紅東白西): 제사상을 차릴 때에 붉은 과실은 동쪽에 흰 과실은 서쪽에 놓는 일.
33) 좌포우혜(左脯右醯): 제사상을 차릴 때에 육포는 왼쪽에, 식혜는 오른쪽에 놓는 일.
34) 축관(祝官): 제사 때에 축문을 읽는 사람.
35) 규갑주[具甲冑]: 갑옷을 입고 투구를 씀.

낭자(娘子)하고, 축문(祝文)을 손의 들고 시량 영위(靈位)의 드러가 분
향지비(焚香再拜)하고 예곡[哀哭] 후의 궤좌독축(跪坐讀祝)할식,

「유셰차(維歲次) 기축36) 삼월(三月) 무진삭(戊辰朔) 십오일 신사(辛
巳)의 효부(孝婦) 이황은 졔젼(祭奠)을 갓초와 히상고혼(海上孤魂)을 위
로하오니 흠양[歆饗]하옵소셔. 현고(顯考) 예부시량 이모는 일월불거(日
月不居) 소심외기(小心畏忌) 이모불영(哀慕不寧) 불타기신(不惰其身) 근
이(謹以) 쳥작셔수(淸酌庶羞) 이천우신사37) 상향(尙饗).」

하고, 물너나와 낭군 영위(靈位)의 드러가 분향지비(焚香再拜)하고 궤
좌독축(跪坐讀祝)할식,

「유셰차 기축38) 삼월 무진삭 십오일 신사의 실인(室人) 장씨는 졔젼
(祭奠)을 갓초와 낭군의 히상고혼을 위로하오니 흠향하옵소셔. 근이(謹
以) 쳥작셔수(淸酌庶羞) 이천우상사(哀薦于常事) 상향(尙饗).」

하고, 축문을 일근[읽은] 후의 원수 자연(自然)이 비창(悲愴)하야 옥수
(玉手)로 가삼[가슴]을 쑤다리며 방셩통곡(放聲痛哭) 왈,

"인싱(人生)이 여사직음(如死卽陰)이요 싱직양야(生卽陽也)라. 음양
(陰陽)이 달나 유현(幽顯)니 도수(塗殊)모로 왕불왕(往不往) 거불거(去不

---

36) 기축(己丑): 기축년은 1469년인데다 남선우의 침입이 1486년이므로 시간 흐름상 己酉
年(1489)이라야 맞음.
37) 이천우신사[哀薦于常事]: 제문의 끝부분에 쓰이는 투식적 어구. 그러나 常事가 쓰인
자리의 어구는 예학자 사이에 다양한 의견이 있어 조심스럽지만, 바로 다음의 제문을
참고하여 常事라 하였으나, 제사의 대상이 시아버지와 낭군이라는 점에서 동일하게
써도 좋은지는 단정할 수 없다.
38) 기축(己丑): 기축년은 1469년인데다 남선우의 침입이 1486년이므로 시간 흐름상 己酉
年(1489)이라야 맞음.

去)를 능이 아지 못하니 가삼이 답다하고, 정곡(情曲)을 싱각하니 정신
이 비월(飛越)리라. 옛일를 사모(思慕)하니 엇지 통분(痛憤)치 안니하리
요. 부유(蜉蝣) 갓탄 이 셰싱의 평초(萍草) 갓탄 인싱이라, 인싱 부귀(富
貴)난 일시(一時)의 변화라. 전후사(前後事)를 싱각하니 부귀도 쯧시 업
고 영귀(榮貴)함도 귀치 안코, 삼싱가약39) 중한 밍셰(盟誓) 조물(造物)
리 시기하고 귀신이 작히(作害)하야 혼정신셩40) 못 이루고 쳔연(天緣)이
쓴어지고 유언(遺言)이 허사(虛事) 되니 한심하다. 이황이난 종사무후
(從死無後) 실푸도다! 봉황듸상(鳳凰臺上)의 봉황유(鳳凰遊)터니 봉거듸
공강자류(鳳去臺空江自流)라. 쳔상(天上)의 노더 봉황 금셰(今世)의 나
려와 봉(鳳)은 날고 황(凰)은 쳐져 일신(一身) 부귀 극중(極重)한들 무삼
지미 잇다 하리. 창히(蒼海)의 돗는 날[日]은 무한정(無限情)이 안일넌
가, 명정월식(明淨月色)은 삼경(三更)의 촉불 되야 안진 수심(愁心) 직발
[卽發]되고 안전(眼前)의 보이난 게 모도 다 수심(愁心)이라. 우리 황상
치국조정(治國朝廷) 사직충신(社稷忠臣) 뉘길넌고. 조정의 모든 빅관(百
官) 직신(直臣)은 원찬(遠竄)하고 소인의 조정 되야 국사(國事) 가장 위
틱하더니, 쳔시(天時) 불힝하미 남만(南蠻)을 평정(平定)하고 황상 젼의
드러간들 일히일비(一喜一悲) 쑌일지라. 펴하[陛下] 젼의 주달(奏達)하
고 우승상 왕회을 자바닉여{잡아내어} 젼후 수죄(前後數罪)한 연후(然
後) 칠쳑검(七尺劍) 드난 칼노 왕회놈의 간을 닉여 씨분 후의 육신(肉身)
은 포육(脯肉) 쩌셔 충혼당을 빅셜하고 셕젼졔(夕奠祭)을 지닌 후의, 가

---

39) 삼싱가약(三生佳約): 삼생을 두고 끊어지지 않을 아름다운 언약이라는 뜻으로, '약혼'
을 달리 이르는 말.

40) 혼정신셩(昏定晨省): 밤에는 부모의 잠자리를 보아 드리고 이른 아침에는 부모의 밤새
안부를 묻는다는 뜻으로, 부모를 잘 섬기고 효성을 다함을 이르는 말. 《禮記》〈曲禮〉
의 "무릇 사람의 자식으로서의 예는 겨울에는 따뜻하게 해 드리고 여름에는 서늘하게
해 드리며, 저녁에는 잠자리를 정돈해 드리고 새벽에는 문안 인사를 드리며, 동배(同
輩)끼리 다투지 않는다.(凡爲人子之禮, 冬溫而夏淸, 昏定而晨省, 在醜夷不爭.)"에서
나온 말이다.

련한 이늬 신세 젼후사(前後事)을 황상 젼의 주달(奏達)하고 옛 의복을
갓촌 후의 부귀영총(富貴榮寵) 다 바리고 고향의 도라가셔 여연(餘年)을
보닐 젹그 일심(一心)으로 졍셩드려 싱젼사후(生前死後)의 밋치친 원한
을 후싱(後生)의나 다시 맛나 평싱동낙(平生同樂)하오리라. 일심경염41)
하거드면 후싱(後生)지를{길을} 닥그리라."

이러타시{이렇듯이} 통곡하니, 좌우졔장(左右諸將)과 만군중(萬軍中)
이 낙누(落淚)하며 하는 마리,

"우리 원수 쟝한 위풍 부인으로 환칙[換着]하니 연연(娟娟)한 거동과
이연(哀憐)한 모양이 진실노 요조숙여(窈窕淑女)라."

이원(哀怨)한 곡셩(哭聲) 쳥쳔(靑天)도 늑기우고{흐느끼고} 강신하빅
(江神河伯)도 실러하며{슬퍼하며} 초목금수(草木禽獸)도 다 실어하는
{슬퍼하는} 듯하더라. 잇씨 원수 졔[齋]을 파(罷)하고 쟝딕(將臺)의 드
러가 중군의 분부하야 '군졸을 호군(犒軍)하라' ᄒ며, 졔물(祭物)을 마
니{많이} 싸셔 히중(海中)의 넛코{넣고} 힝군(行軍)을 직촉ᄒ야 발힝(發
行)할시,

잇씨 원수 하수(河水)의 수륙졔[水陸齋]을 지닌단 소식이 낭자(狼藉)
ᄒ야 근읍(近邑) 빅셩더리 닷토와{다투어} 귀경ᄒ더니, ᄯᅩ 봉명암42) 즁
드리{중들이} 귀경 차(次)로 사오 명이 작반(作伴)ᄒ야 졔사ᄒᆞ는 귀경
을 ᄒ더니, 이원이 원수의 거동과 목셩을 드르니 자연 비창(悲愴)ᄒ고
망자도 ᄯᅩ한 비창ᄒ야 자연 통곡ᄒ니 슬푼 이원셩[哀憐聲]이 강쳔(江

---

41) 일심경염(一心正念): 一意專心. 오직 한 가지 일에만 마음을 쓰고 생각함.
42) 봉명암: 이대봉의 모친 양씨와 장애황의 시비 난향이 승려가 되어 각각 승명을 '망자'
   와 '애원'이라 한 곳.

川)의 낭자ᄒ거날, 원수 드르시고 중군장을 불너 왈,

"져 엇더한 사람리 우난지 자상(仔詳)이 아라[알아] 드리라. 곡셩(哭
聲)이 장차 오린지라."

ᄒ시니, 중군장이 쳥영(聽令)ᄒ고 직시[즉시] 나어가 사실43)하니 이난
봉명암 여승 등이라. 문왈,

"너히난 무삼 소회(所懷)로 와셔 군중(軍中)이 요란케 하고 우난다?"

승(僧)등이 답왈,

"소승(小僧) 등은 본딕 중이 안이라. 소승은 기주 장마동44)의 사옵더
니, 금번(今番) 난중(亂中)의 피란(避亂)ᄒ와 중노(中路)으셔 기주 모란
동 니시량딕 부인을 맛나 셔로 의지ᄒ와 광딕(廣大)한 쳔지의 으틱[依託]
이 무로(無路)하와 셩명을 갈고[바꾸고] 부인 승명(僧名)은 망자라 ᄒ고
소비 승명은 이원이라 하옵고 젼(前) 할임학사(翰林學士) 장모딕 시비(侍
婢) 난향이로소이다."

중군장이 드러와[들어와] 사언[事緣]을 자상(仔詳)이 고하니, 원수
보션발노 장딕(將臺)의 쮜여ᄂ려 진문(陣門)을 열고 '망자 이원을 들나'
ᄒ니, 진중(陣中)이 요란하며 드러오니 과연 난향이 삭발ᄒ고 흑포장
삼(黑袍長衫)의 송낙45)을 쓰고 칠포(漆布) 바랑을 얼메고[얽매고] 싀승
을 모시고 드러오거날, 원수 난향의 손을 잡고 방셩딕곡(放聲大哭)ᄒ

---

43) 사실(査實): 사실을 조사하여 알아봄.
44) 장마동: 상권 앞부분에서는 장미동으로 되어 있는바, 번역문에서 장미동으로 통일함.
45) 송낙: 예전에 여승이 주로 쓰던, 松蘿를 우산 모양으로 엮어 만든 모자.

시니 난향도 기졀통곡(氣絶痛哭)ᄒᆞ고 망자도 낙누(落淚)ᄒᆞ고 일군(一軍)이 ᄯᅩ한 시러ᄒᆞ더라{슬퍼하더라}.

부인과 난향을 위로하야 장ᄃᆡ(將臺)의 드러가 예필좌졍(禮畢坐定) 후의 ᄃᆡ강 마를{말을} 셜화(說話)ᄒᆞ고 직시[즉시] 분부하야 교자(轎子)을 갓초와 부인과 난향을 ᄐᆡ우고 직시 ᄒᆡᆼ군ᄒᆞ야, 수삭(數朔) 만의 형주의 다달나{다다라} 군사 오십기(五十騎)를 명ᄒᆞ야,

"부인과 난향을 기주 장미동으로 모셔두고 오라."

ᄒᆞ시며 난향을 불너 왈,

"수이{쉬이} 맛나볼 거시니{것이니} 부인을 착시리{착실히} 모시라."

ᄒᆞ시고 연연(戀戀)이 보ᄂᆡ시니, 졔장이 문왈,

"그계 다 뉘라 하신잇가?"

원수 왈,

"ᄋᆡ원은 우리집 시비요, 그 부인은 니시랑집 부인이라. 금번 난즁(亂中)의 피화(避禍)하야 산즁(山中)의 드러가 즁을 맛나 삭발위숭(削髮爲僧)ᄒᆞ엿다. 그 집과 ᄂᆡ 집은 셰ᄃᆡ유젼지친(世代留傳至親)이라, 엇지 모시기를 벼면46)이 하리요."

하신ᄃᆡ, 졔장군조리(諸將軍卒이) 다 원수가 기주 사난 졸 알고 문별[門閥]을 짐작하니 무삼 으심[의심]이 잇슬리요. 차차(次次) 발ᄒᆡᆼ(發行)하

---

46) 벼면[비면]: 무관심. 무심.

야 황셩으로 힝군(行軍)하더라.

각셜。 잇씨 황제 두 원수 소식이 돈졀47)하야 주야(晝夜) 침식(寢食)
이 불안ᄒ시더니, 일일은 장원수 장계(狀啓)을 올이거날 키틱(開坼)하
시니, 승전첩셔(勝戰捷書)며 션우의 항셔(降書)와 오국왕의 항셔를 동
봉(同封)하고 바든 예단(禮緞) 금빅(金帛)을 드리거날, 천자 되찬(大
讚) 왈,

> "원수 한번 가미 '젹병을 파하고 션우을 사로잡고 쏘 남만 오국을 항복
> 바다 승전(勝戰)하고 온다' 하엿쓰니, 원수의 공을 엇지 다 말하리요."

하시고, 수이 도라오물 지다리며{기다리며} 쏘 니원수 호국(胡國)의 드
런간 후로 소식업쓰물 더욱[더욱] 근심하시더라.

잇씨 니원수 흉노을 조차{쫓아} 셔룽싸의 득달(得達)하니 흉노 원수
오물 보고 비를 타고 셔룽도로 드러가거날, 원수도 비을 타고 바로 조
차 셔룽의 드러가 일성호통의 청용도를 놉피 드러 흉노 목을 친이{치
니} 머리 마하(馬下)의 나려지거날, 젹군을 호령하니 일졀리[일제히]
항복하거날, 원수 젹군을 나입(拿入) 수죄(數罪)하고 장수난 결곤(決
棍) 삼십도(三十度)의 방출(放黜)하니, 젹진 졔장이 원수의 인후(仁厚)
한 덕틱을 송덕(頌德)하며 물너가거날,

이날 원수 직시[즉시] 발힝(發行)하야 황셩으로 힝할시, 되강(大江)
중유(中流)의 다달으니, 되풍(大風)이 이러나며{일어나며} 벽파(碧波)
가 뒤눕고 풍낭(風浪)이 도도하야, 원수의 탄 비 바람을 조차{쫓아} 졍
쳐업시 가더니 수일(數日) 만의 한 고셜{곳을} 당도하니 조고만한 셤이

---

47) 돈졀(頓絶): 편지나 소식이 딱 끊어짐.

여날, 자셔니{자세히} 살펴보니 고히한{괴이한} 물건이 잇난듸 왼몸{온
몸}의 터리{털이} 나셔 젼신(全身)을 덥퍼쓰니{덮었으니}, 귀신도 안이
요 사람도 아니라 무어신{무엇인} 줄 아지 못할네라. 원수 비의 나려
어덕{언덕}의 오르니, 그거시{그것이} 졈졈 갓가이 와 졋틔{곁에} 안지
며{앉으며} 말을 하난듸 셩음(聲音)을 드르니{들으니} 사람이라. 원수다
려 문왈(問曰),

"상공(相公)은 무삼 일노 험지(險地)의 오신잇가?"

원수 답왈,

"나난 중원(中原)의 살며 흉노의 난을 맛나 도젹을 조차 셔룽도의 와
잡고 도라가난 길의 강상[海上]의셔 풍낭(風浪)을 맛나 이고듸{이곳에}
왓건이와, 노인은 본듸 이곳의 겨신잇가?"

그 노인이 원수의 음셩(音聲)을 듯고 빅수[48]의 눈물이 비오듯 하
며 왈,

"나도 본듸 중원(中原)사람으로 우연이 이고듸{이곳에} 드러와{들어
와} 젹연(積年) 고상하옵더니, 이고슨{이곳은} 무인지경(無人之境)이라
사고무인(四顧無人) 젹막(寂寞)한듸 비금주수(飛禽走獸)도 업난지라, 고
국 음셩을 드르니 엇지 반갑지 아니하리요, 일히일비(一喜一悲)로소이
다."

하며 통곡하거날, 원수 쏘한 비창(悲愴)하야 낙누(落淚) 듸왈,

---

48) 빅수(白首): 허옇게 센 머리카락.

"중원의 사옵시면 어늬 짜의 사라쓰며 성명은 뉘라 하시닛가?"

노인이 듸왈,

"나난 기주짜 모란동의 사든 이익일너니, 나라의 직간(直諫)하다가 소인의 참소(讒訴)를 맛나 말이[萬里] 적소(謫所)의 부자(父子) 동힝(同行)하다가 듸히(大海) 중의셔 사공놈의 희(害)을 보와 우리 부자 물의 밧져더니{빠졌더니}, 천힝(天幸)으로 나난 용왕으 구하물 심이버{힘입어} 사라나셔{살아나서} 이고듸{이곳에} 와 산과목실(山果木實)을 주셔 먹고 죽은 고기를 건져 먹으며 장차 팔연(八年)을 잇난이다."

하거날, 원수 다시 문왈,

"일자(一子)를 두어짜 하시니 일홈{이름}이 무어신잇가?"
"자식 일홈{이름}은 듸봉이라. 십삼 셰의 이별하엿쓰니 금연(今年)의 이십일 셰로소이다."

듸봉이 그졔야 부친인 줄 정영(丁寧)이 알고 복지통곡(伏地痛哭) 왈,

"과연 소자(小子)가 듸봉이옵닏다. 부친은 자식을 모로시난잇가?"

시량이 쏘한 듸봉이란 말을 듯고 듸경실식(大驚失色)하며 달여드러 듸봉의 목을 안고 궁굴며[뒹굴며] 통곡 왈,

"듸봉아! 네가 죽어 영혼이야, 사라{살아} 육시니냐{육신이냐}? 이거 쑴이냐, 싱시냐? 쑴이거던 씌지 말고 혼이라도 함씌 가자."

리러타시{이렇듯이} 셔로 붓들고 통곡하다가 부친을 위로하고 자상(仔詳)이 살펴보니, 부친의 얼골[얼굴]이 터럭 속의 은은(隱隱)하고 익

원[愛憐]한 인경이 성음(聲音)의 나타나니 이 안이[아니] 철뉸(天倫)인
가. 원수도 수중(水中)의 싸져 용왕의 구하물 입어 사라나셔[살아나서]
빅운암 드러가[들어가] 공부하고 도사의 지위49)되로 하야 중원(中原)
의 드러가 흉노군을 파(破)하고 벼살[벼슬]한 말과,

    "흉노을 조차[쫓아] 셔룡의 드러가[들어가] 흉노를 잡고 가난 길의 명
    천(明天)이 도으시사 우리 부자(父子) 상봉하니 천위신조(天佑神助)로소
    이다."

하며 부자(父子) 셔로 전후사(前後事)을 셜화(說話)하고 시량과 원수
부인 사싱(死生)을 몰나 자탄(自歎)하고 장소졔 출가여부(出嫁與否)를
몰나 탄식하더라.
    잇쩌 원수 부친을 위로하야 모시고 비를 직촉하야 중원(中原)으로
힝(行)하더니, 문듯 강상(江上)으로셔 청의동자(靑衣童子) 한 쌍이 이
렵편주[一葉片舟]를 져어오더니 시량과 원수계 읍(揖)하거날, 자상(仔
詳)이 살펴보니 한 아히난 시량을 구하던 동자요 한나는 공자를 구하
던 동자라. 견이[전일]를 셜화(說話)하며 은혜을 못닉 치사하야 무수이
사례(謝禮)한되, 두 동자 비사(拜賜)하고 가로되,

    "소동(小童) 등이 우리 되왕의 명를 밧자와[받자와] 장군을 모시려 왓
    사오니, 복원(伏願) 장군은 수고을 싱각지 마옵시고 함기[함께] 가시기
    를 바리오니 집퍼[깊이] 싱각하옵소셔."

    원수 되왈,

---

49) 지위(知委): 명령을 내려 거행하게 함.

"용왕의 덕틱과 동자 은혜 빅골난망(白骨難忘)이라, 우리 부자 죽을
목숨이 용왕의 너부신{넓으신} 덕을 입어 사라거날{살았거늘} 엇지 수고
라 하시리요."

하고, 부친을 모시고 그 비의 올나 한 고셜{곳을} 당도하니 일월(日月)
리 조림(照臨)하고 천지(天地) 명낭(明朗)하야 벼루천지비인간50)이라.
천공지활51)한듸 화각단청(畫閣丹靑) 고루거각(高樓巨閣)이 질비[櫛比]
한듸 황금듸자(黃金大字)로 「셔히용궁(西海龍宮)」이라 두려시{뚜렷이}
써 부쳐거날, 궐문(闕門)의 당한니{당도하니} 용왕이 통쳔관52)을 쓰고
용포(龍袍)을 입고 마조{마중} 나와 마질시 수궁빅관(水宮百官) 빅만인
갑(百萬鱗甲)이며 청상홍상(靑裳紅裳) 신여[侍女] 등이 옹위(擁衛)하고
나와 시량과 원수를 마자{맞아} 옥탑(玉榻)의 모시고 예필(禮畢) 후의
용왕이 왈,

"과인(寡人)이 안자{앉아} 장군을 청하엿쓰니 허물을 용셔하소셔."

원수 왈,

"소장(小將)의 부자 잔명(殘命)이 듸왕의 은덕을 입사와 보존하오니
은혜 빅골난망(白骨難忘)리라. 만분지일(萬分之一)리나 엇지 갑기을{갚
기를} 바릭던 차의 이듸지 관듸(款待)하시니 도로혀 감사하여이다."

용왕이 듸왈,

---

50) 벼루천지비인간[別有天地非人間]: 별천지가 있는데 인간 세상이 아니다. 경험하지 못
   한 새로운 세계를 말한다.
51) 천공지활(天空地闊): 하늘이 텅 비고 땅이 넓다는 뜻으로, 탁 트이고 매우 넓음을 이르
   는 말.
52) 통천관(通天冠): 임금이 정무를 보거나 詔勅을 내릴 때에 쓰던, 烏紗로 만든 관.

"과인(寡人)이 박지[밝지] 못하야 덕이 젹사와 남히왕이 강병을 거나리고 지경을 범하야 싸오니, 원컨듸 장군은 한번 수고를 악기지 마옵고 용밍을 썰쳐 세궁역진(勢窮力盡)한 과인을 싱각하실가 바릭나니다."

원수 딕왈,

"진셰(塵世) 인싱53)이 비록 용역(勇力)이 잇다 한들 엇지 무궁조화(無窮造化) 가진 남히용왕을 당하리요만은, 심{힘}을 다하야 듸왕의 은덕을 만분지일(萬分之一)리나 갑사오리다."

용왕이 듸히(大喜)하야 직시[즉시] 원수로 듸사마 듸장군을 봉하야 듸장절월(大將節鉞)을 주거날, 원수 직시 월각투고의 용인갑(龍鱗甲)을 입고 오추마(烏騅馬)를 빗겨 타고 쳥용도(靑龍刀)를 놉피 들고 수궁 정병(精兵) 팔십만을 거나려 젼장(戰場)의 나어갈식, 고각함셩(鼓角喊聲)은 쳔지 진동하고 기치창검(旗幟槍劍)은 일월을 히롱하더라.

셔히(西海) 군사를 거나리고 남히(南海) 지경의 다다르니 남왕(南王)이 임의{이미} 진(陣)을 쳣거날, 격셔(檄書)를 젼하니 싸홈을 쳥하거날, 남진(南陣)을 살펴보니 군사 진을 쳣거늘, 원수난 어관진54) 쳐 승부를 결단할식 용왕이 쌍용투고의 운문갑(雲紋甲)을 입고 쳔사검(天賜劍)을 들고 교용마(蛟龍馬)를 타고 진문(陣門)의 나셔며 워여(외쳐) 왈[왈],

"듸명(大明) 듸봉아! 네 무삼 직조를 밋고{믿고} 감이[감히] 닉의 듸병을 항거코자 하는다?"

---

53) 인싱: 어떤 사람과 그의 삶 모두를 낮잡아 이르는 말.
54) 어관진(魚貫陣): 에워싸서 징을 치고 불을 밝혀 물고기를 놀라게 해서 잡듯이 젹과 싸우는 전술.

하며 풍운(風雲)을 부려 원수를 에워싸거날, 원수 육경육갑[55]을 베푸러 남희진을 혜쳐 금사진[56]을 파하고 어관진(魚貫陣)을 드러 한번 북쳐 남희용왕의 군사를 물이치고{물리치고}, 우리 갓탄 소리를 쳔동갓치 지르고 월각투고 용인갑(龍鱗甲)은 조화 속의 빗쳐 잇고 청용도(靑龍刀) 오추마(烏騅馬)는 운무(雲霧) 중의 살난(散亂)하니, 남희왕이 견디지 못하야 진문(陣門)을 열고 나와 항복하거날, 원수 항셔을 바다{받아}가지고 승젼고(勝戰鼓)을 울이며 셔희로 도라오니 용왕이 마조[마즁] 나와 원수을 치사하며 원수 공을 사례하야 층숑[칭송]을 마지안니히고 쏘 시랑도 못닉 질거하시더라.

잇튿날 용왕니 티평연(太平宴)을 빈셜(排設)ᄒ고 사자(使者)을 명ᄒ야 션관션여(仙官仙女)을 쳥ᄒ니 션관션여와 모든 츙신열사(忠臣烈士) 일시의 드러와 동셔의 분좌(分座)ᄒ고, 용왕 주셕(主席)으로 좌졍(坐定) 후의 원수의 공을 자랑ᄒ거날, 원수 쏘한 리러나{일어나} 예필(禮畢) 후의 용왕계 디왈,

"소장(小將)은 셰상 사람으로 존셕(尊席)의 참예(參預)하니 감격ᄒ거니와, 감이[감히] 뭇잡나니{문자오니} 존셕의 모든 션싱의 존호(尊號)를 아러지이다{알아지이다}."

용왕이 왈,

"동편의 모든 션싱[션관]은 안기싱[57]·격송자[58]·왕자진[59]·굴원(屈

---

55) 육경육갑[六丁六甲]: 遁甲術을 할 때에 부르는 神將의 이름.

56) 금사진[金鎖陣]:《삼국지》에 나오는 陣法. 악신을 잡아가두는 자물쇠의 철망. 악신을 위협 가하는 신장이나 신병을 八門에 해당하는 방위에다 포진시켜 악신을 포위 감금하는 것을 팔문금쇄법이라 한다.

原)이요, 셔편의 모든 션여난 항아[60]·직여[61]·셔황모[62]·능옥[63]이요,
만고충신(萬古忠臣) 오자셔(伍子胥) 모든 충신이요, 져편의 안진{앉은}
손임 이틱빅[64]·여동빈[65]·장건[66]이요, 이편의 안진{앉은} 손임 마구션
여[麻姑仙女]·낙포션여[67]·아황(娥黃)·여영(女英) 묘와쏘다."

---

57) 안기싱(安期生): 秦나라의 仙人. 그 당시 이미 천 살이었다고 알려졌으며, 秦始皇이
   동해에서 그와 이야기를 나눈 후, 훗날 그가 있다는 蓬萊山 아래에 사람을 보내 찾았
   으나 찾지 못했다. 漢武帝 때에 李少君이 그를 동해에서 보았던 것으로 전해진다.

58) 젹송자(赤松子): 神農氏 때의 雨師로, 곤륜산에 들어가 신선이 되어 西王母의 석실에
   들어가 비바람을 타고 놀았다고 한다.

59) 왕자진(王子晉): 周나라 靈王의 태자로서 王子喬. 통소를 잘 불어 통소로 봉황의 울음
   소리를 만들었다고 한다.

60) 항아(姮娥): 달 속에 살고 있다는 선녀. 남편인 羿가 바람을 피우자 못 마땅히 여겨
   남편과 함께 먹기로 한 불사약을 혼자서 먹고 달로 도망친 고사가 있다.

61) 직여(織女): 칠월칠석날 은하수 건너 牽牛와 만난다는 전설의 별. 오랫동안 직물과 비
   단을 짰는데, 河西(황하 서쪽을 지칭)의 牛郞(견우)에게 시집가 직물 짜는 것을 중단하
   자, 천제가 크게 노하여 이들을 헤어지게 하고는 매년 칠월 칠석에만 만나게 했다고
   한다.

62) 셔황모(西王母): 崑崙山에 살았다는 옛 중국의 선녀로서 이름은 楊回. 사람 얼굴에
   호랑이의 이빨, 표범의 털을 가진 神人이라고 한다. 그러나 일반적으로는 불사의 약을
   가진 선녀라고 전해진다. 그녀는 서방에 巡狩하여 곤륜산에 온 周穆王을 만나 瑤池에
   서 놀며 仙桃 세 개를 가져다주었다 한다. 주목왕은 서왕모를 만나 즐기다가 돌아오는
   것을 잊었다고 전해진다.

63) 능옥[弄玉]: 춘추시대 秦나라 穆公의 딸. 목공은 통소를 불어서 봉황이 우는 소리를
   잘 내는 簫史에게 농옥을 시집보냈다. 수사는 농옥에게 통소 부는 것을 가르쳐 농옥이
   통소를 불어 봉황이 우는 소리를 내니 봉황이 날아왔다는 고사가 전한다.

64) 이틱빅(李太白): 唐代의 시인 李白. 자는 太白, 호는 靑蓮居士. 賀知章으로부터 謫仙
   人이라는 칭찬을 받아 李謫仙이라 한다. 천성이 호방하고 술을 좋아한 천재시인으로
   六朝풍의 시를 물리치고, 漢魏의 호방함을 본떠 자유분방한 감정을 표현했다. 杜甫와
   함께 詩宗으로 추앙되었다. 일설에는 그는 고래를 타고 하늘로 올라갔다 한다.

65) 여동빈(呂洞賓): 唐나라 때 道士. 흔히 呂祖라 불린다. 終南山에서 수도한 후 鶴을
   타고 다녔다고 한다.

66) 장건(張騫): 前漢 武帝의 정치가. 사신으로 서역 대월지(大月氏)와의 동맹을 위해 가
   다가 匈奴에 잡혀 10여 년간 포로생활을 하다가 귀국했다. 특히, 東西交通과 文化交流
   에 공이 큰 인물이다.

67) 낙포션여(洛浦仙女): 伏羲氏의 딸 宓妃. 洛水에 빠져 죽은 뒤에 水神이 되어 낙수의

빅옥병을 기루러{기울여} 술을 부이[부어] 셔로 권하며 풍유(風流)을 빅설할시, 왕자진의 붕피례[봉피리]며 성현자[68])의 거문고와 격타고 옥용젹[69])과 능파사[70]) 보허사[71])와 우의곡[72]) 치련곡[73])을 섯드려[곁들어] 노릭하니[74]) 풍유도 장할시고. 오자셔(伍子胥)는 칼춤을 추며 국사(國事) 의논하고, 이틱빅(李太白)은 술을 반취(半醉)하야 졉이관[75])을 모로 쓰고 좌중의 쓸어안자{꿇어앉아} 자칭(自稱) 주중션(酒中仙)이라 하니 좌중이 딕소(大笑)하더라. 아황·여영은 남풍시[76])을 희롱하니 소상

여신으로 일컬어진다.

68) 성현자[成蓮子]: 중국 楚나라의 거문고 명인. 거문고의 대가였던 伯牙의 스승이었다.

69) 격타고[擊鼉鼓] 옥용젹[玉龍笛]: 악어가죽 북, 용 장식의 옥피리. 李賀의 〈將進酒〉에 "용 피리 불고 악어가죽 북을 치니, 하얀 이 드러내며 노래하고 한 줌 허리 놀리며 춤추네.(吹龍笛, 擊鼉鼓, 皓齒歌, 細腰舞.)"라는 구절이 있다.

70) 능파사(凌波詞):《剪燈新話》〈水宮慶會錄〉에 나옴. 唐나라 玄宗이 꿈에 용녀의 청을 들어 지었다는 노래이다.

71) 보허사[步虛詞]: 唐나라 때 신선을 매우 좋아했던 高騈의 樂府詩. 신선들의 신비스러운 생활과 경묘한 자태를 찬미한 노래이다.

72) 우의곡(羽衣曲): 霓裳羽衣曲. 중국 당나라의 악곡의 하나. 唐나라 玄宗이 꿈에 月宮殿 (전설에서 달 속에 있는 궁전)에서 신선들의 음악과 춤을 보고, 이것을 본떠 만들었다고 하는 악곡이다.

73) 치련곡(採蓮曲): 연밥 따는 노래. 중국 남방에서 연밥을 따며 부르던 민요로, 이후 많은 문인들에 의해서 남녀간의 想思를 노래한 가사가 붙여졌다.

74) 〈金演洙 唱本 水宮歌〉의 "王子晋의 봉피리, 郭處士 竹長鼓, 成蓮子 거문고, 張良의 玉簫嘯, 稽康의 奚琴이며 阮籍의 휘파람, 擊打鼓 吹龍笛, 凌波詞 步虛詞 羽衣曲 採蓮曲을 졌드려 노래헐제"에서 참고한 것임.

75) 졉이관(接䍦冠): 모자의 일종. 接䍦는 두건을 말한다. 李白의 〈襄陽歌〉에 "석양이 현산 서쪽으로 지려 하는데, 술 취해 흰 건을 거구로 쓰고 꽃 아래 서성거린다.(落日欲沒峴山西, 倒著接䍦花下迷.)"는 구절에서 나온다. 이백이 양양에 잠시 살았는데, 그곳에는 晉나라 羊祜의 墮淚碑와 山簡이 술에 취해 다녔던 習家池가 있어 詩材로 삼은 것으로 술을 좋아하던 晉나라 山簡을 자신에 비유한 것이라 한다.

76) 남풍시(南風詩): 虞舜이 五絃琴을 타면서 지었다는 시. 곧, "남풍의 훈훈함이여, 우리 백성들 걱정 풀리겠네.(南風之薰兮, 可以解吾民之慍兮.)"인데, 백성들의 풍요를 빈 것이다.

강(瀟湘江) 져문 날의 빅학(白鶴)이 우지지난 듯 무산[77]의 잔녀비난 춘풍[秋風]의 우난 듯하더라.

잔치을 파하고 각각 도라갈식, 빅노(白鷺) 탄 여동빈(呂洞賓)과 고릭 탄 이젹션(李謫仙) 사자 탄 갈션옹[78] 젹송자(赤松子) 구름 타고 쳥학 (靑鶴) 탄 장여[79]난 비상쳔(飛上天)하난구나.[80] 모든 션관션여 다 각 기 원수으게 졍(情)피할졔 젹송자는 오슬[옷을] 주고 안기싱은 딕초[대 추]을 주며 왈,

"이 과실리 비록 져그나[작으나] 먹의면 낙치(落齒)가 부싱(復生)하난 니 가져가소셔."

하고, 왕자진은 단져[短笛]을 주고, 굴원이난 칙(冊)을 주고, 용여난 연젹(硯滴)을 주고, 오자셔는 병셔(兵書)을 주고, 능옥[弄玉]이난 옥픽 (玉珮)을 주고, 이틱빅은 술을 주며,

"이 병이 비록 져그나[작으나] 일일(日日) 삼빅빈(三百盃)을 먹어도 마 르지 안이하리라."

하고, 항아는 겨화(桂花) 일지(一枝)을 주고, 직여[직녀]는 수건 한 치

77) 무산(巫山): 四川省 동부 巫山縣에 있는 산. 원숭이가 많은 곳으로 유명하다.

78) 갈션옹(葛仙翁): 晉나라 도사 葛洪. 호는 抱朴子. 오랫동안 煉丹術에 종사하면서 養生 및 不老의 방술에 전념하였다

79) 장여: '직녀'의 오기인 듯. 션관과 션녀, 충신 그리고 손님이 앉은 대목에서 보면 직녀 이외에는 달리 생각할 만한 인물이 없기 때문이다.

80) 〈심쳥가〉의 "태을선녀는 학을 타고, 적송자는 구름 타고, 사자 탄 갈선옹과 청의동자 백의동자, 쌍쌍 시비 취적선과, 월궁항아 서왕모며 마고선녀 낙포선녀와 남악부인의 팔선녀 다 모였다. … 심청이 뒤로 백로 탄 여동빈, 고래 탄 이적선과 청학 탄 장녀가 공중을 날아다니고 있었다."는 구절을 활용함. 원문에서는 이 창본을 오자까지 그대로 옮겨놓았다.

을 주고, 아황·여영은 반죽 한 가지을 주고, 다 각각 작별하고 원수도
쏘한 나어가기을 청한되 용왕이 말유[만류]치 못하야 전송할시, 황금
오빅 양을 주거날 구지{굳이} 사양하고 밧지{받지} 안이하니 야광주(夜
光珠) 두 기을 주거날 바다{받아} 힝상[行裝]의 간수하고 부친을 모시
고 용궁을 써나 궐문의 나오니, 용왕이 빅관을 거나려 반졍(半庭)의 나
와 연연(戀戀)이 젼별하니 그 졍이 비할되업더라. 차차 발힝(發行)하야
황셩으로 올나오더라.

각셜. 잇쩌 쟝원수 군사을 직촉하야 수삭(數朔)만의 황셩의 득달(得
達)하니, 상이 친이 빅관(百官)을 거나려 반졍(半庭)의 영졉(迎接)하니
원수 말계{말에서} 나려{내려} 복지한되, 황졔 원수의 손을 잡고,

　　"원졍(遠征)의 되공(大功)을 셰우고 무사이 도라오니{돌아오니} 다힝
　　하도다."

하시며, 쏘 졔쟝 군졸을 위로하시고 궐뇌(闕內)로 드러갈졔 위으(威儀)
도 쟝할시고. 원수난 의갑(衣甲)을 굿겨{단단하게}하고 봉(鳳)의 눈을
반만 듯고[뜨고] 칠쳑(七尺) 참사검[天賜劍] 빗계 들고 졔쟝은 차례로
시위(侍衛)하고 기치창검(旗幟槍劍) 삼쳔병마(三千兵馬) 젼후의 작무
[作列]하고 십쟝홍모(十丈紅毛) 식명기(司命旗)난 한가온되 셰워 오고
승젼고(勝戰鼓)와 힝군고(行軍鼓)난 원근(遠近)의 진동하니, 셩외셩뇌
(城外城內) 빅셩더리 싸토와 귀경하며 친쳑 차자{찾아} 부르며셔 나오
니 진기 쟝관일네라.

궐문(闕門)의 드러갈졔 군사을 유진(留陣)하고 궐뇌(闕內)의 드러가
니{들어가니}, 황졔 원수을 위로하야 틱평연(太平宴)을 비셜하고 졍셔
문의 황졔 친니 좌졍하시고 만군중(萬軍中)을 위로 왈,

"너으 등이 말이[萬里] 원정(遠征)의 원수와 동고(同苦)하엿시니 짐
(朕)이 엇지 무심(無心)하리요."

하시며, 주육(酒肉)을 만이{많이} 상사(賞賜)하시며 어악[81]을 갓초와
틱평곡(太平曲)을 부르며 원수을 송덕(頌德)하며 삼일을 연낙(宴樂)하
시더니.

잇찍 이원수 부친을 모시고 여러 날 만의 셩하(城下)의 이르난지라.
만조빅관(滿朝百官)과 일군(一軍)이 놀닉여 바릭보니, 월각투고의 용
인갑(龍鱗甲)을 입고 오추마샹(烏騅馬上) 놉피 안져[앉아] 쳥용도(靑龍
刀)을 빗겨 들고 포연[飄然]이 드러오니, 위염[威嚴]이 엄숙하고 거동
(擧動)이 웅장한지라. 필마단창(匹馬單槍)으로 오추마 날닌 거름{걸음}
순식간의 도셩의 이르거날, 황졔와 빅관이 딕경딕히(大驚大喜)하야 일
시의 영졉(迎接)하니 연셕(宴席)이 분주(奔走)하고 졔장군조(諸將軍卒)
리 두려워하더라.

상이 친히{친히} 나어가시니 이원수 마하(馬下)의 나려 복지쳥죄(伏
地請罪) 왈,

"신(臣)니 범남(汎濫)니 무인졀도(無人絶島)의 죽겨 된 의비[아비]을
봉명(奉命)업시 다리고 왓사오니 죄사무셕(罪死無惜)이로소이다."

상이 원수으 손을 자부시고 위로 왈,

"원수난 진졍하라. 짐(朕)의 불명(不明)을 과도이 시러{싫어} 말고, 그
부친을 함끼 모셔 짐의 무류(無聊)함을 덜나."

---

81) 어악(御樂): 임금 앞에서 연주하던 궁중 아악.

하시니, 잇쩌 이시량이 드러와 복지통곡(伏地痛哭) 왈,

"소신(小臣)이 충심(忠心)이 부족하와 황상을 지리{길이} 모셔 환난상
구(患難相救)을 못하오니 엇지 신자(臣子) 도례[道理]라 하오며, 무삼 면
목으로 황상을 딕면(對面)하오릿가?"

상이 시량의 손을 자부시고{잡으시고} 위로하시며 연셕(宴席)의 드
러가 상이[82] 젼교(傳敎)하사 두 원수을 찬셩하시고[83] 문무졔장(文武
諸將)을 봉작(封爵)하실시 시량으로 우승상을 봉하시고 가라사딕,

"한국(漢國)의 소무(蘇武)난 북희상(北海上)의 졀기을 직케더니{지켰
더니} 십연(十年) 만의 고힝[故鄕]의 도라와셔{돌아와서} 한무졔[84]을 보
와쓰니, 이제 승상도 그와 갓도다."

하시고,

"짐(朕)이 박지{밝지} 못하야 충신을 원찬(遠竄)하고 국변(國變)을 맛
나{만나} 사직(社稷)이 위틱하겨 되엿더니, 원수을 맛나 사직을 안보(安
保)하고 호젹(胡狄)을 파(破)하고 짐(朕)을 환궁(還宮)하고, 쏘 호국을 드
러가{들어가} 흉노을 자바{잡아} 평졍하고 짐의 근심을 업게 하니, 만고
(萬古)의 이런 충신은 드물지라."

하시며, 쏘 두 원수을 봉작(封爵)하실시, 딕봉으로 병부상셔 겸 딕사마

---

82) 상이: 쓸데없는 불필요한 말임.

83) 두 원수을 찬셩하시고: 쓸데없는 불필요한 말임.

84) 한무졔(漢武帝): 前漢 제7대 임금 劉徹. 중앙집권을 강화하기 위해 지방에 刺史를 임
명하여 제후들의 세력을 약화시켰고, 百家를 축출하고 儒術을 존숭했고, 널리 인재를
등용하였다. 또한 대외적으로 四夷를 정벌했는데, 특히 흉노를 격파하고 서역과의 실
크로드를 확보하는 등 중국의 영토를 확대시켰다.

뎍장군을 삼아 초왕(楚王)을 봉ᄒ시고 장원수로 예부상셔 겸 연국공
연왕(燕王)을 봉ᄒ야, 두 원수와 승상은 쳥향궁의 아직[우선] 거쳐ᄒ계
ᄒ시고, 출젼 졔장으로 각각 봉작(封爵)을 ᄒ사 원망이 업계 ᄒ고, 군
사뎔도 다 각기 쳡지(牒紙)를 ᄂ리리시고 연호잡벽85)을 물침(勿侵)ᄒ시
니, 승상과 두 왕이 쳔은(天恩)을 숙사(肅謝)ᄒ고 쳔양궁[쳥향궁]의 물
너나와 졔장 군졸을 불너 '귀가하라' ᄒ실ᄉ| 셩은(聖恩)을 츅사(祝謝)
ᄒ며 원수의 공덕을 일칼고[일컫고] 상호 만셰을 부르고 각기 도라간
{돌아간} 후의 상이 뎍연(大宴)을 ᄇ셜(排設)ᄒ고 만조ᄇ|관(滿朝百官)
을 모와 죵일 질긴 후의, 황졔 가라사ᄃ|,

　　"짐(朕)이 두 공주을 두워쓰되, 한난ᄂ[하나는] 화양공주니 연(年)이
　　십팔 셰요, 쏘 한난ᄂ[하나는] 화평공주니 연(年)이 십뉵 셰라, 부마(駙
　　馬)를 졍코자 ᄒ야 주야 근심ᄒ더니, 잇ᄯ을 당ᄒ야 두 왕의 사졍을 보니
　　미혼젼[未婚]이라. 화양공주로 초왕의 비(妃)를 졍ᄒ고 화평공주로 연왕
　　의 비(妃)를 졍ᄒ야 짐의 ᄯ슬{뜻을} 리우고자{이루고자} 하니, 경(卿)등
　　소위[素意]가 엇더ᄒ뇨?"

조졍이 다 질거하고 승상과 초왕은 쳔은(天恩)을 사례하야 왈,

　　"소신(小臣)이 무삼 공덕으로 봉작왕명(封爵王名)도 지즁(至重)하옵거
　　날, 겸하와 공주 부마(駙馬)을 틱졍(擇定)하시니 황공감사하여이다."

하며 셩은(聖恩)을 몬ᄂ|[못내] 사례하고, 연왕은 복지 주왈,

　　"신(臣)은 물너가와 황상계 아윌[아뢸] 사졍이 잇사오니 아직 용사(容

85) 연호잡벽[煙戶雜役]: 집집마다 부과하던 雜役.

救)하옵소셔."

하고 쳐소로 물너나와 싱각하니 분기창천[憤氣衝天]하야 울기(鬱氣)을 참지 못하고 칼을 쌔여 셔안(書案)을 쳐 문 밧게{밖에} 늬치고, 젼후사 (前後事)을 싱각하니,

'조졍듸신(朝廷大臣)이 일반풍열[一般風烈]이요 늬 쏘한 벼사리{벼슬이} 과도하미 몸으 불가(不可)하야 벼살을 갈고{버리고} 고힝의 도라가 {돌아가} 심규(深閨)을 직케{지켜} 힝화(香火)을 밧들고 웬수 왕회을 죽여 분을 풀고자 하엿더니, 쳔만의외(千萬意外)예 공주 부마(駙馬)을 의 논하시나 늬의 사졍 졀박하다. 늬 싱각건듸 승상과 초왕이 시부(媤父)와 가군(家君)인 졸을 듸강 짐작은 잇셔써니, 금일노 볼진듸 졍영(丁寧)한 줄 아럿시되 왕회 진퇴열을 늬 칼노 죽인 후의 사졍을 알욀가{아뢸까} 하 엿더니 늬 안이고도[아니고도] 죽일 임자 잇도다.'

하고, 직시[즉시] 상소(上疏)을 지여 탑젼(榻前)의 올인니[올리니], 그 상소의 하엿쓰되,

「할임[翰林] 겸 예부상셔 연국공 연왕은 근돈수빅비(謹頓首百拜)하옵 고 일장(一張) 글월노쎠 상언우폐하젼(上言于陛下前)하노이다. 신(臣)이 본듸 원한이 집사와[깊사와] 예화위람[女化爲男]하와 우으로 황상을 쇠 기고{속이고} 아릭로 빅관을 쇠겨{속여} 쳔은(天恩)이 망극(罔極)하와 할 임[翰林]의 쳐하옵더니, 쯧밧겨{뜻밖에} 외적이 강성하와 조졍 물망86)으 로 외람이 상장군 졀월(節鉞)과 듸원수 인신(印信)을 밧자와 젼상[戰場] 의 나어가 반젹(叛賊)을 잡고 빅셩을 진무(鎭撫)하와 도라오옵기난 황상 의 너부신{넓으신} 덕틱이입건이와{덕택이었거니와}, 신쳡(臣妾)의 본

---

86) 물망(物望): 예전 인재를 뽑을 때 임금에게 올린 후보자 명단. 보통 3인을 천거한다.

졍[87]을 일직 주달(奏達)하와 벼살을 갈고{버리고} 고향의 도라가{돌아가} 심규(深閨)을 직켜{지켜} 셰상 맛치난 날가지 향화(香火)을 밧들고자 하되, 우승상 왕회을 죽여 웬수을 갑고자[갚고자] 함언{함은} 이시량 부자 죽은 웬수와 신쳡의 부모 구몰하물 한탄하엿쌉더니, 금일노 볼진듸 명쳔(明天)이 도우시사 승상 부자 사라싸오니{살아왔사오니} 신쳡의 평싱 소원을 풀가 하오니, 복원(伏願) 황샹은 신쳡의 사졍을 살피사 초왕 듸봉과 신쳡으로 하여금 평싱 소원을 풀고 무궁지낙(無窮之樂)을 리우계[이루게] 하시물 쳔만복축(千萬伏祝)하오니다.」

하엿거날, 상이 견필(見畢)의 듸경듸찬(大驚大讚) 왈,

"만고의 드물도다. 싀중의 봉황시요 여즁(女中)의 호걸(豪傑)이로다. 녀자 몸이 되야 남복(男服)을 환칙[換着]하고 입신양명(立身揚名)하야 주셕(柱石)으로 짐(朕)을 셤기다가 남난(南亂)을 쇠멸[掃滅]하고 듸공(大功)을 리우고[이루고] 도라오믜 그 공으로 봉작(封爵)을 익기지{아끼지} 안이하엿더니, 금일 상소(上疏)을 보니 충효(忠孝)을 겸젼(兼全)하엿쏘다."

하시고, 직시[즉시] 초왕 듸봉을 입시(入侍)하야 '연왕의 상소을 보라' 하시니, 승상과 초왕이 견필(見畢)의 듸경듸히(大驚大喜) 왈,

"젼 할임[翰林] 쟝화와 졍의비말[情誼已密]하옵더니, 피차 자여{子女}을 나으믜[낳으매] 쟝셩(長成)하거던 셩예(成禮)하자 하엿더니 죄(罪) 즁(重)하와 황명을 밧자와 사기지차(事機之差)하오믜 그간 사싱(死生)을 아지 못하온 즁의 엇지 쏘 이갓치 쟝셩하물 아오릿가? 금일노 볼진듸 이 모다{모두} 황샹의 너부신 덕틱(德澤)인가 하나이다."

---

87) 본졍(本情): 본심. 여기서는 본색 또는 정체라는 의미로 쓰였다.

상이 가라사디,

"초왕의 일홈은 딕봉이요 연왕의 일홈은 익황이라 하니, 이난 반다시 {반드시} 옥졔(玉帝) 짐(朕)의 사직을 밧들게{받들게} 하사 봉황을 수시미라[주심이라]."

하시고, 예관(禮官)을 명하야 연왕의 쳡지(牒紙)와 예부상셔 쳡지(牒紙)난 거두고 다른 벼살{벼슬}은 윤혀[允許]하시고, 상이 친이 신여[侍女]을 명하야 미픠(媒婆)을 삼고 틱사관88)으로 틱일(擇日)하야 어젼(御殿)의셔 주혼(主婚)하사 딕봉 익황의 혼사을 리우실시[이루실새] 위의(威儀)도 찰난(燦爛)하다. 침힝궁[침향궁]을 수리하고 구름 갓튼 치일[遮日]은 반공(半空)의 놉피 치고 궁늬(宮內)의 교빅셕89)을 빅셜(排設)하고 삼쳔궁여(三千宮女) 시위(侍衛)하고 만조빅관(滿朝百官) 어거[擧立]하니 리러한{이러한} 위엄은 쳔고(千古)의 쳐음이로다. 초왕이 교빅셕(交拜席)의 나오난듸 몸의난 쳥용일월(青龍日月) 광용포[袞龍袍]을 입고 봉(鳳)의 학듸(鶴帶)요 머리예난 금관(金冠)을 쓰고 요하(腰下)의 난 원수 인신(印信)과 상장군 졀월(節鉞)이며 병마듸원수 인신(印信)을 차고 교빅셕의 나오시니, 또 신부가 나오난듸 칠보단장(七寶丹粧)의 명월픠(明月牌)을 차고 머리의난 금화관(金花冠)을 쓰고 요상(腰上)으로 딕원수 인신(印信)과 병마상장군 졀월(節鉞)을 씌고 치의궁여(綵衣宮女)난 좌우로 모셔쓰니 남희관음(南海觀音)이 히즁(海中)의 돗난 듯 두렷한 일윤명월(一輪明月)리 부상90)의 돗난 듯 월틱화용91)이 사람의

---

88) 틱사관(太史官): 천문을 관찰하고 역수, 측량, 시각 등의 일을 맡아보는 관리. 길일을 점치기도 한다.

89) 교빅셕(交拜席): 전통 결혼식에서, 신랑과 신부가 서로 절하는 자리.

90) 부상(扶桑): 해가 돋는 동쪽 바다를 빗대어 이르는 말. 원래는 동쪽 바다의 해가 뜨는

졍신을 비치난지라.

실낭신부[신랑신부] 치연(治宴)할시 황금현[黃金盞]을 드러 상음(相飮)하니 비취공작(翡翠孔雀)이 열리지⁹²⁾의 질듸인[깃들인] 듯ᄒ고 원앙(鴛鴦)이 녹수(綠水)을 맛난⁹³⁾ 형상이로다. 다 뎌례⁹⁴⁾을 마친 후의 일모(日暮)하미 제위뎌신(諸位大臣)이 다 각기 쳐소로 도라가고(돌아가고) 실낭신부[신랑신부]난 동방(洞房)으로 드러갈시, 수빅궁여(數百宮女)로 밤이 맛도록 시위(侍衛)하고 동방화쵹⁹⁵⁾ 첫날 밤의 실낭신부[신랑신부] 평싱 한을 풀터인니, 사랑옵고 길겁고 신기ᄒ물 엇지 다 셩언[形言]하리요.

원앙비취지낙(鴛鴦翡翠之樂)을 일우고(이루고) 밤이 지늬미, 초왕이 직시[즉시] 조복(朝服)을 갓초고 궐늬(闕內)의 드러가(들어가) 황졔계 숙빈(肅拜)한듸, 상이 질거하시고 가라사듸,

"짐(朕)이 경(卿)의 소회(所懷)을 푸러주워쓰니(풀어주었으니) 경도 짐의 바릐난 바을 져바리지 말나."

곳에 있다는 신성한 나무를 가리킨다.

91) 월틱화용(月態花容): 달 같은 자태와 꽃다운 얼굴이란 뜻으로, '미인의 모습'을 형용하여 일컫는 말.

92) 열리지[連理枝]: 뿌리가 다른 두 그루의 나뭇가지가 사이좋게 합쳐져 서로 얽혀 붙어 있는 것. 남녀가 결합하는 것을 일컫는 말이다.

93) 원앙(鴛鴦)이 녹수(綠水)을 맛난: 《剪燈新話》〈翠翠傳〉의 "두 사람의 즐거움은 공작과 비치가 하늘에서 속삭이는 것과 원앙새가 쌍쌍이 녹수에 노니는 것도 비교할 수 없을 정도였다.(二人相得之樂, 雖孔翠之在赤霄, 鴛鴦之遊綠水, 未足喩也.)"에서 나오는 말.

94) 뎌례(大禮): 혼인을 치르는 큰 예식이나 잔치.

95) 동방화쵹(洞房華燭): 동방에 비치는 환한 촛불이라는 뜻으로, 혼례를 치르고 나서 첫날밤에 신랑이 신부 방에서 자는 의식을 이르는 말.

하시고,

　"셕일(昔日) 요여(堯女) 순쳐(舜妻)도 그 형제(兄弟) 하나을 셤겨쓰니,
이제 짐도 그와 갓치 하리라."

하시고, 초왕으로 부마(駙馬)을 졍하시니 초왕이 사양치 못ᄒ고 물너
나와 부친게 연유(緣由)을 고하니 승상이 황은(皇恩)을 못ᄂᆡ 사례하시
고, ᄯᅩ 장부인이 시부(媤父)계 예비(禮拜)하니 승상이 일히일비(一喜一
悲)하사 젼사(前事)을 셜화(說話)하실시, 장부인이 고왈(告曰) '젼일 하
수(河水)의셔 수륙제[水陸齋] 지ᄂᆡ던 마리며{말이며} 시모(媤母)임을
모셔다가 장미동 시비(侍婢) 난향과 함기[함께] 계시게 한 사연(事緣)'
을 알왼ᄃᆡ, 승상이 ᄃᆡ경ᄃᆡ히(大驚大喜) 왈,

　"일러한[이러한] 이른{일은} 고금(古今)의 업난지라."

ᄒ시고, 직시[즉시] 초왕을 불너 사연을 말삼하시니, 초왕이 부인계 사
례ᄒ고 직일[卽日]노 금등96)옥교을 갓초와 침향궁 노비을 지쵹하며
탑젼(榻前)의 드러가 차의(此意)을 주달(奏達)하고 초왕 ᄂᆡ외(內外) 기
주 장미동으로 발ᄒᆡᆼ(發行)하야 수일 만으 득달(得達)하여 사당(祠堂)의
ᄇᆡ알(拜謁)하고 모친을 모셔 셔로 기루던[그리던] 마리며{말이며} 권권
(拳拳)하는 졍(情)을 엇지 다 셩언[形言]하며 장부인은 못ᄂᆡ 시러하물
{슬퍼함을} 엇지 기록하리요. 장할임ᄃᆡ 사당을 모시고 가졍(家丁)을 거
나려 황셩의 올나 와 승상계 뵈올시, 부인이 승상을 살펴보니 '터럭이
수션하야{어수선하여} 아라보기{알아보기} 어렵도다', 승상은 '부인이

---

96) 금등(金鐙): 붉은 칠을 한 장대의 끝에 도금한 등자를 거꾸로 붙인 것.

머리을 싹가쓰니{깎았으니} 아라보기{알아보기} 어렵도다' 하며, 피차 (彼此) 일히일비(一喜一悲)ㅎ난 양은 일구(一口)로 난셜(難說)리라.

잇씨 황졔 이 사연을 드르시고{들으시고} 승상으로 초국 틱상왕(太上 王)을 봉하시고 그 부인으로 졍열왕비(貞烈王妃)을 봉하사 보화(寶貨) 을 만이{많이} 상사(賞賜)ㅎ시니 셩은(聖恩)을 감사하야 고두사례(叩頭 謝禮)하고 물너나오니, 각기 쳐소(處所)을 졍하시되 '틱상왕과 졍열왕 비난 숭예궁의 거쳐하라' 하시고, '초왕과 충열왕후(忠烈王后)난 침향 궁의 거쳐하되 신여{시녀} 빅명으로 시위하라' 하시고 만종녹[97]을 주 시고, 부친 틱상왕은 또 친국문후을 봉하사 만종녹(萬鍾祿)을 맛겨[받 게] 하시니, 초왕 부자 부귀 쳔하의 읏듬일네라.

잇씨 우승상 왕회을 초왕이 호국의 갈 씨의 젼옥(典獄)의 수금(囚禁) 하엿더니, 그간 이리{일이} 번거하미 수죄(數罪)치 못하엿난지라. 초왕 과 틱상왕이 졍셔문의 젼좌(殿座)하시고 왕회을 잡바니여 젼후죄목(前 後罪目)을 무른{물은} 후의 사공(沙工) 십여 명을 자바드려{잡아들여} 난낫치{낱낱이} 수죄하고 장안 딕도상(大道上)의 워여{외쳐} 왈,

"소인 왕회 충신을 모히(謀害)하야 젹소(謫所)로 보닐진딕, 황명(皇命) 으로 가난 몸을 사공(沙工)놈으로 동모(同謀)하야 금은(金銀)을 만이{많 이} 주고 만경창파(萬頃蒼波) 집푼{깊은} 물의 부자(父子) 한틱 결박하야 수중의 너흐란니{넣으라니}, 무지한 필부(匹夫)더리 금은만 싱각하고 인 의(仁義)을 몰나쓰니{몰랐으니} 살기을 바릭소냐? 쳔명(天命)이 완젼(宛 轉)키로 초왕 부자 사라나셔{살아나서} 만종녹(萬鍾祿)을 바다거니와{받 았거니와}, 무지한 션인(船人)놈의 용납지 못할 죄을 조조(條條)이 싱각

하며 시각을 지체(遲滯)하라[지체하랴].”

자긱[98]을 호령하야 장안 딋도상(大道上)의 쳐참(處斬)하고, 왕회을 계하(階下)의 다시 꿀이고[꿇리고] 초왕이 쳥용도(靑龍刀)을 드러[들어] 왕회 목을 젼우며[겨누며],

“웬수 왕회놈을 딋칼의 버힐 거시로딋, 우리 부자 쳔힝(天幸)으로 사라나셔 국은(國恩)이 망극(罔極)한지라. 황상의 너부신[넓으신] 셩덕(聖德)을 싱각하야 너도 우리 부자와 갓치 원찬(遠竄)하니, 황상의 은덕을 죽은 귀신이라도 잇지 말나.”

하시고 차의(此意)을 황계계 고하니, 상이 초왕의 인션(仁善)하물 칭찬하시더라. 왕회 부자을 졀도(絶島)로 우리안치[圍籬安置]하고, 쏘 장원수 출젼시(出戰時)의 병부상셔 진퇵열노 굴양관[軍糧官]을 삼아던니 자지기죄(自知其罪)하고 병셕(病席)의 눕고 이지 안이하거날 군졸을 호령하야 퇵열을 나입(拿入)하야 수죄(數罪) 왈,

“네 젼일(前日)의 병부상셔의 쳐(處)하야 우승상 왕회놈으로 동유(同類)되여 국사(國事)을 살난(散亂)케 하고 충신을 원찬(遠竄)하고, 소인의 화시[化身]가 되야 이간(離間)으로써 황상의 셩덕(聖德)을 가리고 포악(暴惡)으로써 충신을 모함하야 죽이고 난셰(亂世)을 당하미 사직을 안보(安保)치 못하니, 네 젼일 충심(忠心) 다 어딋로 갓난다?”

하니, 퇵열리 딋왈,

---

98) 자긱(刺客): 일정한 음모에 가담하여 사람을 몰래 찔러서 죽이는 사람이란 뜻이나, 여기서는 '사형을 집행할 때에 죄인의 목을 베던 일을 맡아보는 망나니'를 의미함.

"소신(小臣)은 젼일(前日) 지은 죄가 젹지 안니하오나 장원수을 모시고 말이[萬里] 원졍(遠征)의 근고(勤苦)한 졍곡(情曲)이 잇사오니, 복원(伏願) 초왕은 용셔하소셔."

초왕이 딕질(大叱) 왈,

"너의 진가놈을 조졍의 두지 못하리라."

하시며 왈,

"젼일 활난지시[患難之時]의 네 사촌 병부시량 진여놈도 황상을 직촉하야 '흉노의게 항셔(降書)을 올이라' 하엿스니 차역반적지유(此亦叛賊之類)라."

하시고,

"너히을 일병(一竝) 쳐참(處斬)할 거시로딕 황상의 너부신{넓으신} 셩덕을 싱각하야 원악지99) 졍빅(定配)하니 쌜이{빨리} 도라가{돌아가} 적소(謫所)로 가라."

하시며 진여을 나입(拿入)하야 틱열과 일쳬(一體)로 졍빅(定配)하니, 조졍 빅관이며 인민이 다 초왕의 셩덕을 칭송 안니하 리 업더라.

잇쩌 상이 '초왕의 졍사(政事)을 보니 엇지 아름답지 아니하리요' 하시고, 두 공주로쎠 부마(駙馬)을 졍할시 일관100)으로 틱일하니 춘삼월(春三月) 망일(望日)이라. 궁닉(宮內)의 딕연(大宴)을 빅셜(排設)하고 초왕으로 더부려 셩례(成禮)하신다 하니 장후 못닉 질거하시더라.

<hr>

99) 원악지(遠惡地): 황셩에서 멀리 떨어져 살기가 어려운 장소.
100) 일관(日官): 吉日을 잡는 사람.

길일이 당하미 초왕은 금포옥디(錦袍玉帶)의 용문포(龍紋袍)을 두루고 금관조복(金冠朝服)으로 교비셕의(交拜席) 나어가고, 두 공주난 녹의홍상(綠衣紅裳)의 치복단장(綵服丹粧)의 명월옥피(明月玉佩)을 차고 삼천궁여(三千宮女) 옹위(擁衛)하야 나오난 거동은 북두칠셩의 좌우보필리101) 갈나셧난 듯, 금의화복(錦衣華服)은 일광(日光)을 히롱(戲弄)하고 두 공주 화용월틱(花容月態)는 원근(遠近)의 쏘이난구나. 황금현[黃金盞]을 드러 디례(大禮)을 맛친 후의 일낙함지(日落咸池) 황혼(黃昏)되고 숙조(宿鳥)는 투림시(投林時)의 동방화촉(洞房華燭)의 원앙비취지낙(鴛鴦翡翠之樂)을 리우워쓰니{이루었으니} 이도 역시 천정(天定)인가 하노라.

잇찍 황계 초왕을 입시(入侍)하사 가라사디,

 "경(卿)이 이계난 짐(朕)의 부마요 쏘한 초왕이 된 졔 오리라. 엇지 남의 나라 인군(人君)이 되야 장구(長久)이 짐의 실하[膝下]을 써나지 안니[아니] 하리요."

하시고,

 "직시[즉시] 치힝(治行) 차려 초국(楚國)의 드러가{들어가} 민경(民情)을 살펴 만셰유견(萬世流傳)하라."

하시고 직일[卽日]의 두 공주을 치힝(治行)할식 화양공주로 숙열왕비을 봉하시고 화평공주로 정안왕비을 봉하사 금빅치단(金帛綵緞)을 만

---

101) 북두칠셩(北斗七星)의 좌우보필(左右輔弼)리: 북극성이 임금이라면, 임금의 명을 받아 실제업무를 집행하는 판서에 해당되는 것이 북두칠성이라 할 수 있으며, 북두칠성을 좌우 양쪽에서 보필하는 필을 左輔星과 右弼星이라 함.

니{많이} 상사(賞賜)하시고 황제와 황후 못늬 연연(戀戀)하시며 십이[十里] 박겨{밖에} 나와 전송하시며,

　　"춘추(春秋)로 조회(朝會)하라."

하시니, 초왕과 틱상왕이 고두사은(叩頭謝恩)하고 초국(楚國)으로 힝할시, 기주의 나려가 양가(兩家) 션산(先山)의 소분102)하고 써날시, 충열왕후 초왕계 고왈(告曰) '젼일(前日) 신첩(臣妾)이 피화(避禍)하야 여남 최어사집 부인을 맛나 삼연(三年)을 익휼(愛恤)하시며 사량하시던 졍곡(情曲)과 소졔(小姐)로 더부려 의논하시던 말삼'을 낫낫치{낱낱이} 고한딕, 초왕이 듯고 못늬 사량하며 최어사딕으로 션문103) 노코 부인과 한가지로{함께} 드러가니 황황분주(遑遑奔走)한 중의 못늬 반기하시더라. 젼후사(前後事)을 셜화(說話)하고 초왕이 최소졔로 더부러 길일(吉日)을 가려 셩예(成禮)하니 이도 쏘한 쳔졍(天定)이라. 원앙지낙(鴛鴦之樂)을 리운[이룬] 후의 수일(數日)을 유(留)하야 그 션산(先山)의 소분(掃墳) 하직(下直)하고 어사딕 가졍(家丁)을 수십[收拾]하야 여러 날 만의 초국(楚國)의 득달(得達)하니 조졍빅관이며 졔장군졸리 반졍(半庭)의 나와 영졉하야 궁중(宮中)의 드러가 각기 쳐소(處所)을 졍하고 최씨 틱상왕과 틱상왕비계 뵈온딕 못늬 사량하시고 두 공주계 뵈온딕 쏘한 사량하시더라.

　초왕이 젼좌(殿座)하시고 군신조회(群臣朝會)을 바든{받은} 후의 국사을 의논하실시 도총장(都總將)을 불너 왈,

---

102) 소분(掃墳): 경사로운 일이 있을 때 조상의 산소를 찾아가 돌보고 제사 지내는 일.
103) 션문(先文): 도착하는 날짜를 미리 알리는 통지문.

"군병(軍兵)이 얼마나 한요?"

주왈,

"뙤갑104)이 삼십만이요 정병(精兵)이 사십만이요, 쳘기(鐵騎)가 삼십
만이요 궁뇌군[弓弩軍]이 이십만이오니, 합(合)하오면 일뵉이십만이나
하난이다."

쏘 문왈,

"굴양[軍糧]과 염초(鹽草)난 엇더하요?"
"뵉미(白米)는 팔뵉만 셕이요 뵉염105)이 오뵉만 셕이요 마초난 젹여구
산이로소이다."

쏘 문왈,

"초국지형(楚國地形)이 얼마나 한요?"
"하남이 삼십여 셩이요 하북이 삼십여 셩이요, 하셔가 오십여 셩이요
강동이 사십여 셩이오니, 합하오면 일뵉오십여 셩이로소이다."
"장수난 얼마나 잇난요?"
"지혜유여[智慧有餘]하고 용밍과인(勇猛過人) 지 뵉여 인이옵고 그 나
문 지 수뵉인이로소이다."
"셩명을 올이라."

직시[즉시] 명녹(名錄)을 드리거날 보니, 종형·종수·한션·뵉기·오
인 등 십여 원(員)이요, 이졍·곽회·경순·장달 왕주 등 이십여 원(員)

---

104) 뙤갑(帶甲): 갑옷을 입은 장졸.
105) 뵉염(白鹽): 정제된 하얀 소금. 알이 곱고 깨끗하다.

이요, 그 남문 장수 빅여 원(員)이라.

"다 각기 군사을 거나려 조련(調練)을 연십(演習)하라."

하시고 군호(軍號)을 엄숙(嚴肅)키 하니, 두려 안이하 라 업더라. 치민
치정(治民治政)을 덕화(德化)로써 하니 일국(一國)이 무사하야 방곡(坊
曲)의 빅셩은 격양가106)을 부르며 상호만세(相互萬歲)를 부르고 년년
풍연(年年豊年) 드러 우순풍조107)하니 시사로[스스로] 부국강병지권
(富國强兵之權)을 가져쓰며 국닉가 틱평하야 만민(萬民)이 층송[稱頌]
하더랴.

잇씌 충열왕후 젼하계 주왈,

"난향의 공이 젹지 안니하오니 틱왕은 집피{깊이} 싱각하옵소셔."

하시니, 왕이 씌닷고 후궁(後宮)을 사마{삼아} 충열왕비와 거쳐 한가지
로 하계 하시니, 사쳐일첩(四妻一妾)을 거쳐하시니 충열왕비난 아직
셜틱[孕胎] 업고 두 공주 각각 이남(二男)씩 나으시고{낳으시고} 최부인
도 일남(一男)을 나은지라{낳은지라}, 충열왕후 셜틱[孕胎] 업시물 초
왕이 한탄하시고 틱상·틱후도 민망하시더라.

각셜。 잇씌는 틱명 셩화 임진108) 춘졍월(春正月) 망(望)이라. 쳔자

---

106) 격양가(擊壤歌): 풍년이 들어 농부가 태평한 세월을 즐기는 노래. 중국의 요임금 때
　　에, 태평한 생활을 즐거워하여 불렀다고 한다.
107) 우순풍조(雨順風調): 비가 때맞추어 알맞게 내리고 바람이 고르게 분다는 뜻으로,
　　농사에 알맞게 기후가 순조로움을 이르는 말.
108) 셩화 임진(壬辰): 임진년은 1472년인데 북흉노의 침입이 1489년으로 되어 있는 것을
　　생각하면 이것보다 뒤의 시기임을 고려하면 임자년(1492)이라야 할 듯. 한편, 무신년
　　(1487)부터 효종의 弘治연간인데, 남선우의 침입은 1486년, 북흉노의 침입은 1489
　　년, 남선우와 북흉노의 재공격(1492)이 헌종 왕대로만 되어 원전은 착종되어 있는

계신(諸臣)을 모와 질기시고 틱평을 싱각하니 '초왕부부의 큰 공이 여천여히(如天如海)라' 하시며 종일(終日) 진취(盡醉)하시더니, 문듯 졍남졀도사 졍비 상소(上疏)을 올여거날 긔틱(開坼)하니, 하엿쓰되,

「남션우(南單于) 쏘한 분(憤)을 이기지 못하야 남만(南蠻) 오국(五國)을 합세(合勢)하야 장수 빅여 원(員)과 졍병(精兵)·쳘기(鐵騎) 오빅만을 조발(調發)하야 지경(地境)을 범(犯)하와 빅셩을 무수이 죽이고 물미듯 드러오니, 복원(伏願) 펴하[陛下]난 급피 방젹(防敵)하소셔.」

하엿거날, 견필(見畢)의 딕경(大驚)하야 졔신(諸臣)을 도라보신딕 졔신이 합주(合奏) 왈,

"사셰(事勢) 위급하오니 급피 초왕 딕봉을 픠초(牌招)하소셔."

상이 직시 픠초하실식, 쏘한 하북 졀도사 최션이 장문(狀聞)을 드리거날 긔틱하시니, 하엿쓰되,

「북흉노(北匈奴) 죽은 후로 그 자식 삼형계가 군사를 조련(調練)하야 주야(晝夜) 연십[演習]하고 토번(吐蕃) 가달과 흉노 묵특으로 동심동모(同心同謀)하야 장수 쳔여 원(員)과 군사 팔십만이라 하오니 그 수를 아지 못하나니다.」

하엿거날, 상이 견필(見畢)의 딕경실싴(大驚失色)하야 왈,

"이 리을[일을] 엇지 하리요? 남북 젹병(敵兵)이 다시 깅기(更起)하니 젼일(前日)은 장희운을 쎠거니와 이졔난 심규(深閨)의 드려쓰니, 한편은

_____

셈이다. 그렇더라도 연대는 바로잡아야 할 듯하다.

뒤봉을 보뉘련이와 쏘 한편은 뉘로 하여금 막으리요? 짐(朕)으 덕이 업
셔 도적이 자로{자주} 깅기하니 초왕 뒤봉이 셩공하고 도라오면 금번(今
番)은 쳔위(天位)을 뒤봉의게 젼하리라."

하시며 낙누(落淚)하시니, 졔신(諸臣)이 간왈(諫曰),

"용누낙지(龍淚落地)하오면 고한삼연(苦旱三年)이라' 하오니, 과도이
시러{슬퍼} 마옵소셔. 직시[즉시] 초왕만 픽초(牌招)하시면 그 초왕후난
본디 충효지지(忠孝之者)라, 안자지{앉아있지} 아니하오리다."

샹이 직시[즉시] 픽초(牌招)하시니, 초왕이 젼교(傳敎)을 보고 뒤경
(大驚)하야 일국(一國)이 손동[騷動]하며 국사(國事)를 틱샹왕(太上王)
계 미루고 용포(龍袍)를 벗고 월각투고의 용인갑(龍鱗甲)을 다사리고
쳥용도(靑龍刀)를 빗겨들고 오추마(烏騅馬)를 칫질하야 직일[卽日] 황
셩의 득달(得達)하야 계하(階下)의 복지(伏地)한디, 샹이 초왕의 손을
잡고 국사 위틱하물 말삼하신디 초왕이 주왈(奏曰),

"졔 비록 남북 강병(强兵)이 억만이나 조금도 근심치 마옵소셔."

하고, 직시[즉시] 사자(使者)를 명하야 충열왕후계 사연을 통고(通告)
하니, 장후 사연을 보고 뒤경(大驚)하야 화복(華服)을 벗고 젼일 입던
갑주(甲冑)를 갓초와 참사검[天賜劍]을 들고 쳘이[千里] 준총(駿驄)을
타고 틱샹·틱후와 두 공주며 최부인 후궁을 다 하직하고 준총을 칫질
하야 황셩의 득달하니 황졔와 초왕이 셩외(城外)의 나와 맛거날, 말계
니려 복지(伏地) 주왈,

"초왕 부부 졍셩이 부족하와 자로{자주} 외적이 강셩하난가 하옵니다."

상이 그 충성을 못늬 칭찬하시고 방적(防敵)을 의논하시니, 장후
주왈,

"황상의 덕퇵(德澤)이 유독 초왕 부부계 밋쳐사오니[미쳤사오니], 불
힝하와 젼징[戰場]의 나가 죽사온들 엇지 무심(舞心)하오릿가? 복원(伏
願) 황상은 근심치 마옵소셔."

하고, 군병(軍兵)을 조발(調發)할시 장후로 디원수 디사마 디장군 겸
병마도총독 상장군을 봉하시고 인검109)과 졀월을 주시며,

"군중110)의 만일 틱만(怠慢) 자 잇거든 직참[卽斬]하라."

하시고, 초왕으로 디원수 겸 상장군을 봉하시고 군병(軍兵)을 조발(調
發)할시 장원수난 황셩군(皇城軍)을 조발하고 이원수난 초국군(楚國
軍)을 조발할시 두 원수 각각 군병 팔십만식 거나려 힝군(行軍)할시 디
봉은 북흉노(北匈奴)를 치려 가고 이황은 남션우(南單于)을 치러 가
니라.

잇찌 이황이 잉틱(孕胎)한 지 칠삭(七朔)이라. 각각 말을 타고 디봉
이 이황의 손을 잡고 왈,

"원수 잉틱(孕胎)한 졔 칠삭(七朔)이라, 복중(腹中)의 기친[끼친] 혀륙
{血肉}을 보젼키을 엇지 바리리요. 부디 몸을 안보(安保)하야 무사이 도
라와 다시 상면(相面)하물 쳔만(千萬) 바리노라."

---

109) 인검(引劍): 임금이 병마를 통솔하는 장수에게 주던 검. 명령을 어기는 자는 보고하
지 않고 죽일 수 있는 권한을 주었다.
110) 군중(軍中): 출정해 있는 동안.

하며 연연(戀戀)한 정을 이기지 못하더라. 쏘 익황이 왈,

"원수난 첩(妾)을 싱각지 마르시고 딕군(大軍)을 거나려 한번 북 쳐 도
적을 파(破)하고 수이 도라와 황상의 근심을 덜고 틱상·틱후의 근심을
덜게 하소셔."

마상(馬上)의셔 셔로 분수상별[111]하고, 딕봉은 북으로 힝하고 익황은
남으로 힝하야 힝군한이라.

각셜. 잇딕 남션우 딕병(大兵)을 거나려 진남관의 웅거(雄據)하야
황성 딕진(大陣)을 지다리더니, 장원수 수십일 만의 진남의 득달(得達)
하니 진남관 수문장(守門將)이 고왈(告曰),

"적병이 엄장(嚴壯)하니 원수난 경적(輕敵)지 마옵소셔."

하거날, 원수 진남관 오리의 진을 치고 격셔(檄書)를 보닉여 싸홈을 도
두더라. 션우 션봉장 골통을 명하야,

"원수을 딕적하라."

한니, 골통이 쳥영(聽令)하고 졉응(接應)할식 원수 젼일(前日) 출젼(出
戰) 졔장(諸將)을 거나려 갓스믹 그딕로 군호(軍號)를 삼고 응셩출마
(應聲出馬) 나갈졔, 빅금투고의 흑운포[黑雲甲]을 입고 칠쳑(七尺) 참
사검[天賜劍]을 놉피 들고 쳘이[千里] 준충(駿驄) 비계{비스듬히} 타고
격진의 달여들며 남주작(南朱雀) 북현무(北玄武)와 쳥용(靑龍) 빅호(白
虎)을 호령하야 격진 후군을 엄살(掩殺)하고, 원수난 션봉장 골통을 마

---

111) 분수상별(分袖相別): 서로 소매를 나누고 헤어진다는 뜻으로, 작별을 이르는 말.

자 싸와 반합(半合)이 못하야 원수의 칼리 공중의 빗나며 골통의 머리
을 벼여 들고 좌충우돌하니, 젼일(前日)의 쓰던 용밍(勇猛)이 오늘날
시험하니 용역(勇力)이 빅승(倍勝)이라. 뒤젼(對戰) 삼십여 합(合)의 팔
십만 뒤병(大兵)을 모라치고{몰아치고} 션우 쏘한 당치 못할 줄 알고 군
사을 거나려 닷고자 하거날, 젹군을 무른{여린} 풀 치듯{베듯} 하니 군
사 죽엄이 묘[山]갓고 피 흘너 뉘[川]가 되니 뉘 안니 겁하리요. 젹진
장조{장졸}리 원수의 용밍(勇猛)을 보고 물결 헤여지 듯하더라. 션우
죽기로쎠 닷더니 원수 일고셩(一高聲)의 검광(劍光)이 번듯하더니 션
우 번신낙마(翻身落馬)하거날 션우 목을 함(函)의 봉(封)하여 남만(南
蠻) 오국(五國)의 보뉘고, 남은 젹진 장졸은 졔장을 호령하야 씨업시
다 죽이고 빅셩을 진무(鎭撫)하더라.

잇썬 오국왕(五國王)이 션우의 목을 보고 금빅치단(金帛綵緞)을 슈
리{수레}의 실고{싣고} 항셔(降書)을 올이며 죽기로쎠 사죄하거날, 원
수 오국왕을 나입(拿入)하야 수죄(數罪)하고 항셔(降書)와 예단(禮緞)
을 밧고,

"이 뒤의 만일 반심(叛心)을 두면 네 오국(五國) 인종(人種)을 업셸 거
시니 물너가 동지(冬至) 조공(朝貢)을 지체 말나."

하니, 기기인걸(個個哀乞)하고 허물을 션우의게 도라보뉘고{돌리고}
고두사례(叩頭謝禮)하며 도라가더라{돌아가더라}.

원수 군사을 수십[收拾]하야 관상112)의 군사을 호군(犒軍)하고 예단
을 실고{싣고} 차차 발힝(發行)하야 황셩으로 올나오더니, 하양의 드러

---

112) 관상(關上): 장 원수가 진남관의 5리 되는 곳에 진을 치고 전투를 했기 때문에 진남관
인 듯.

원수 몸이 곤핍(困乏)하야 영치(營寨)을 셰우고 쉬던 차의 원수 복통 (腹痛)이 심하던니 혼미(昏迷) 중의 탄싱(誕生)하니 활달한 기남자(奇 男子)라. 삼일(三日) 조리(調理)하고 말을 못 타미 수릐{수레}을 타고 힝군(行軍)하더라.

각셜。 잇쩍의 디봉이 힝군(行軍) 팔십일 만으 북지(北地)의 득달(得 達)하나 흉노 디병(大兵)이 틱산을 등져 진을 쳤거날, 원수 빅이{百里} 평사의 진을 치고 필마단검(匹馬單劍)으로 호진(胡陣)을 달여드러 우 레[우레] 갓탄 소릐을 천동갓치 지르며 동(東)의 번듯 셔장(西將)을 벼 히고 남(南)의 번듯 북장(北將)을 벼하고 셔(西)으로 가난 듯 동장(東 將)을 벼히고 동(東)으로 가난 듯 셔장(西將)을 벼히고[113] 션진(先陣) 의 번듯 중장(中將)을 벼히고 좌충우돌[左衝右突] 횡힝(橫行)하니, 군 사와 장수 넉실{넋을} 일러[잃어] 분주할졔 셔로 발펴{밟혀} 죽난 지 틱 반이 남고 오추마(烏騅馬) 닷난 앗푸 청용도(青龍刀) 번듯하며 순식간 의 뭇지르고 일홈{이름} 업난 장수 팔십여 원(員)을 벼히고 초국(楚國) 디병(大兵)을 모라{몰아} 엄살(掩殺)하니, 원수의 용밍은 천신(天神) 갓 고 닷는 말은 비룡(飛龍)이라.

흉노의 빅만 디병(大兵)이 일시의 헛터지니{흩어지니} 흉노 졔 당치 못하야 군사을 거나려 닷고자 하더니, 좌우 복병(伏兵)이 벌 이듯 하야 갈 고시{곳이} 업난지라. 황황급급(遑遑急急)하던 차의 일셩호통의 청 용도(青龍刀) 번듯하며 흉노의 머리을 벼혀 들고 젹군을 호령하니 망 풍귀순[114]하야 일시의 항복하는지라. 장수난 결곤[決棍] 삼십도의 이

---

113) 동(東)으로 가난 듯 셔장(西將)을 벼히고: '북(北)으로 가난 듯 남장(南將)을 벼히고' 의 오기.
114) 망풍귀순(望風歸順): 소문만 듣고 놀라서 맞서 보려고 하지도 않고 뿔뿔이 돌아서서

미{이마} 우예다 픽군장(敗軍將)이라 시겨 방출(放黜)하고 군사는 낫낫
치 곤장 삼십도쏙 밍장(猛杖)하야 물이치니{물리치니}, 원수의 은덕을
축수하며 사라{살아} 도라가믈 사례하더라.

원수 흉노의 목을 토번(吐蕃)의 가달국으로 보닉여 왈,

"너히가 천시(天時)을 모로고 천위(天威)을 범하엿쓰니 만일 항복지
안이하면{아니하면} 이갓치{이같이} 죽여 천하을 평정할 거시니{것이니}
쌜이 회보(回報)하라."

격셔(檄書)와 동봉하야 보닉거날, 토번 가다리{가달이} 원수의 용밍
을 포문(飽聞)하고 황겁하야 일시의 항복하고 항셔(降書)와 예단(禮緞)
을 갓초오고 사신을 보닉여 사죄(謝罪)하거날, 진공(進貢) 예단을 수릭
{수레}의 실고 항셔을 바드며{받으며} 사신을 나입(拿入)하야 수죄(數
罪) 후의,

"만일 다시 범죄(犯罪)하면 토번 가달 인종(人種)을 멸할 거시니 연연
조공(年年朝貢)을 동지사신(冬至使臣)으로 밧치라. 만일 틱만(怠慢)하면
죄을 면치 못하리라."

흥고 방출(放黜)하니 청영(聽令)하고 도라가더라{돌아가더라}. 창곡(倉
穀)을 홋터{흩어} 빅셩을 구휼(救恤)하고 도라오더니{돌아오더니}, 원수
마음이 심난(心亂)하야 군사을 호귀[犒饋]하고 제장(諸將)을 불너 왈,

"군사을 거나려 오라."

복종함을 이르는 말.

하고,

　　"나난 급피 가 장후의 존망(存亡)을 알이라."

하며 말을 직촉하야 주야비도(晝夜倍道)하여 황성으로 힝하더라. 팔십
일의 갓던 길을 사오일의 득달(得達)하야 황상계 뵈온듸, 상이 디경디
히(大驚大喜)하사,

　　"원수 독힝(獨行)이 무삼 연고(緣故)뇨?"

　디봉이 복지주왈(伏地奏曰) 전후사경(前後事情)을 주달(奏達)하고
직시[즉시] 발힝(發行)하야 남으로 힝하더니.

　수일(數日) 만의 남주쌍의 이르니, 장원수 군을 거나려 회군(回軍)하
거날, 진젼(陣前)의 나어가 두 원수 셔로 공을 치사(致辭)하고 못늬 반
기며, 아기을 살펴보니 영웅준걸지상(英雄俊傑之相)이라. 초왕과 장원
수 디히니[大喜]하며 힝군을 직촉하야 황성의 득달하니, 쏘한 초국(楚
國) 병마(兵馬)도 당도하거날 합셰(合勢)하야 진을 치고.

　두 원수 한가지{함께} 드러갈식, 상이 만조빅관(滿朝百官)을 거나려
영졉(迎接)하며 원수와 졔장군졸(諸將軍卒)을 위로하고, 두 원수 궐늬
(闕內)의 드러가니{들어가니} 황후 두 원수의 손을 잡고 칭찬을 마지안
이하시며, 황졔와 황후며 만조빅관이 장후 히복(解腹)하물 보고 더욱
칭찬 왈,

　　"자만고이후(自萬古以後)로 리런{이런} 충성은 업난지라. 두 원수 한
　번 가믜 흉젹을 파하고 도라와{돌아와} 집[朕]의 근심과 사히(四海)을 틱
　평(太平)케 하니 두 원수의 공덕은 여쳔여히(如天如海)라."

하시고, 장후 군중의셔 나혼 아히 일홈을 '출전'이라 하시고 금은(金銀)을 만이{많이} 상사(賞賜)하시고, 틱평연(太平宴)을 빈셜(排設)하야 초왕 닉외(內外) 공덕을 일카르고{일컫고} 만셰을 부르며, 졔장(諸將)은 벼살을 도두고{돋우고} 군사는 상급(賞給)을 만이{많이} 하시니, 한 나도[하나도] 원망이 업고 천은(天恩)을 축사(祝辭)하며 각기 귀가(歸家)하더라.

잇써 초왕과 장원수 천자젼(天子前)의 하직하고 군사을 거나려 초국(楚國)의 득달하니, 틱상왕과 왕비드리 반졍(半庭)의 나와 왕을 도라보며{돌아보며} 장후을 치사(致辭)하야 아기을 밧들고 그 충셩과 공덕이며 용밍을 일국(一國)이 칭송하더라. 궐닉(闕內)의 틱연(大宴)을 빈셜(排設)하고 수일(數日)을 질긴 후의 졔장군졸(諸將軍卒)을 '각각 귀가(歸家)하라' 하니 셩은(聖恩)을 축수하고 도라가더라{돌아가더라}.

초왕의 덕과 장후으 덕화(德化) 사히(四海)의 덥퍼쓰니{덮였으니} 천하가 틱평하고, 셩자셩손은 계계승승하야[115] 만셰유젼(萬世流傳)할시 장후 삼남이여(三男二女)을 나흔니 모다 풍칙영웅(風采英雄)이 그 부모을 달마난지라{닮았는지라}. 차자(次子) 형졔을 황계계 주달하고 장씨로 사셩(賜姓)하야 장씨 향화(香火)을 밧들계 하고, 황셩의 여환[116] 하야 공후장녹[公侯爵祿]으로 만종녹(萬鍾祿)을 먹고 딕딕로 장녹[爵祿]이 써나지 아니하더라.

천자도 틱평셩딕(太平聖代)로 만셰무궁(萬世無窮)하시고 초왕도 계

---

115) 셩자셩손(聖子聖孫)은 계계승승(繼繼承承)하야: 당나라 韓愈의 〈平淮西碑〉에 "하늘이 당나라로 하여금 그 덕을 닮게 하니 셩자와 셩손이 천만년 계속되도다.(天以唐, 克肖其德, 聖子神孫繼繼承承於千萬年.)"라는 구절이 있는바, 이를 활용한 말.

116) 여환(戾還): 되돌려 보냄.

계승승(繼繼承承)하야 만셰유젼(萬世流傳)하니 괄셰업시 지닐 거시 사
람 박그 업쓸지라. 사람이라 싱기거던{생겼거든} 군의신츙117) 본을 바
다{받아} 명젼쳔추(名傳千秋)할지여다. 쳔쳔만만셰지무궁(千千萬萬歲
之無窮)하옵소셔.

[白淳在所藏本]118)

---

117) 군의신충(君義臣忠):《童蒙先習》의 "그러므로 부모는 자식을 사랑하고 자식은 부모
에게 효도하며, 임금은 신하에게 의리를 지키고 신하는 임금에게 충성하며, 남편은
가족을 화합하고 아내는 남편에게 순종하며, 형은 동생을 사랑하고 동생은 형을 공경
하며, 친구 사이에는 仁을 도와준 뒤에야 비로소 사람이라고 말할 수 있다.(然則, 父
慈子孝, 君義臣忠, 夫和婦順, 兄友弟恭, 朋友輔仁然後, 方可謂之人矣.)"에서 나오
는 말.
118) 이 대본은 완판 84장본으로『경인 고소설판각본전집 5』(김동욱 편)의 665~706면에
수록되어 있다.

찾아보기

〈이대봉전〉 관련 연구 논저와 논문 목록

〈자료집〉

『(고대소셜)리대봉젼(古代小說李大鳳傳)』, 회동서관, 1916.

『(고대소셜)리대봉젼』, 한성서관: 유일서관, 1918.

『(고대소셜)리대봉젼』, 박문서관, 1921.

『(古代小說)李大鳳傳』, 세창서관, 1952.

『이대봉전』, 백운용, 박이정, 2016.

『진장군전·이대봉전·어룡전』, 권택무, 해누리, 1994.

『홍길동전·임장군전·정을선전·이대봉전』, 이윤석·김경숙 교주, 경인문화사, 2007.

〈연구논저〉

김용기, 『고소설 출생담의 연원과 변모 과정』, 책사랑, 2015.

〈학위논문〉

김수연, 「여성영웅소설의 서사 형식과 사회적 의미」, 동국대학교 국어국문학과 석사
　　　학위논문, 2001.

김정화, 「〈이대봉전〉 창작의 불교적 원리 연구」, 부산대학교 교육대학원 석사학위논
　　　문, 2008.

송언주, 「완판 〈이대봉전〉의 문학사회학적 의미」, 부산대학교 국어국문학과 석사학
　　　위논문, 1996.

양지선, 「조선후기 영웅소설의 대중화 양상 연구」, 서강대학교 국어국문학과 석사학
　　　위논문, 2003.

엄태웅, 「방각본 영웅소설의 지역적 특성과 이념적 지향」, 고려대학교 국어국문학과
　　　박사학위논문, 2012.

오희정, 「詭計型 소설의 형성 배경과 유형적 특징」, 경북대학교 국어국문학과 박사학
　　　위논문, 2007.

우쥐안, 「배경 분석을 통한 〈이대봉전〉의 주제 연구」, 부산대학교 국어교육과 석사학
　　　위논문, 2013.

임치균, 「〈이대봉전〉 연구: 〈양주봉전〉과의 관계를 중심으로」, 『관악어문연구』 20, 서울대학교 국어국문학과, 1995.

최현주, 「영웅소설에 나타난 남녀문제의 의존양상과 기능」, 경북대학교 교육대학원 석사학위논문, 1994.

한연숙, 「〈유충렬전〉과 〈이대봉전〉의 비교연구: 군담소설의 담화론적 연구」, 서강대학교 국어국문학과 석사학위논문, 1999.

허우석, 「〈이대봉전〉 연구: 여성의식을 중심으로」, 경성대학교 교육대학원 석사학위논문, 2004.

황사흠, 「영웅소설 〈이대봉전〉 연구」, 계명대학교 교육대학원 석사학위논문, 2012.

〈연구논문〉

권대광, 「〈이대봉전〉의 반청의식 고찰」, 『고소설연구』 31, 한국고소설학회, 2011.

김경숙, 「군담소설 결미의 전개와 의미: 여호걸계소설을 중심으로」, 『열상고전연구』 7, 열상고전연구회, 1994.

_____, 「〈이대봉전〉 일고」, 『열상고전연구』 8, 열상고전연구회, 1995.

_____, 「〈이대봉전〉 일고(2): 고소설의 판소리화에 대한 일 시도로서」, 『목원어문학』 13, 목원대학교 국어교육과, 1995.

_____, 「〈이대봉전〉 이본고: 동양문고본을 중심으로」, 『열상고전연구』 25, 열상고전연구회, 2007.

김민지, 「〈이대봉전〉의 구조와 서사적 의미」, 『문화와 융합』 26, 문학과언어연구학회, 2004.

김수봉, 「〈이대봉전〉의 이본 연구」, 『문창어문논집』 27, 문창어문학회, 1990.

김용기, 「출생담을 통한 여성영웅의 성격 변모 연구」, 『우리문학연구』 26, 우리문학회, 2009.

김재웅, 「고소설 필사의 전통과 영남 선비집안 여성의 문학생활: 합천군 조두리의 사례를 중심으로」, 『고소설연구』 44, 한국고소설학회, 2017.

김정녀, 「〈이대봉전〉의 이본 고찰을 통한 소설사적 위상 재고」, 『우리문학연구』 42, 우리문학회, 2014.

김태영, 「〈숙향전〉에 나타난 마고할미의 역할과 그 의미: 〈이대봉전〉의 마고할미와 대조를 중심으로」, 『고전과 해석』 23, 고전문학한문학연구학회, 2017.

남정희, 「자산 안확의 여성 인식과 여성문학 논의: 〈자각론〉〈개조론〉〈조선문학사〉를 중심으로」, 『민족문학사연구』 64, 민족문학사학회·민족문학연구소, 2017.

문영진, 「지역 문학과 문학교육: 지역성과 문학 교육-공간 및 장소의 재현 방식을 중심으로」, 『문학교육학』 45, 한국문학교육학회, 2014.

박상란, 「여성영웅소설의 갈래와 구조적 특징」, 『동악어문학』 27, 동악어문학회, 1992.

엄태웅, 「완판본 〈구운몽〉의 인물 형상과 주제 의식」, 『어문논집』 72, 민족어문학회, 2014.

_____, 「세책본 영웅군담소설의 서사 지향: 기존 연구 고찰을 중심으로」, 『민족문화연구』 65, 고려대학교 민족문화연구원, 2014.

전용문, 「〈이대봉전〉 연구」, 『한국언어문학』 35, 한국언어문학회, 1995.

_____, 「영웅소설의 유형과 전개과정: 〈유충렬전〉〈장국진전〉〈이대봉전〉〈황장군전〉을 중심으로」, 『어문연구』 28, 어문연구학회, 1996.

차충환·안영훈, 「〈신라국 흥무왕전〉의 구성방식과 지향」, 『우리문학연구』 47, 우리문학회, 2015.

최지연, 「〈이봉빈전〉의 이본 특성과 변개적 성격: 〈이대봉전〉과의 관련을 중심으로」, 『고소설연구』 16, 한국고소설학회, 2003.

하경심, 「조선 여성영웅소설의 출현배경에 관한 시론: 〈북송연의〉의 영향 가능성에 대해」, 『중국어문학논집』 69, 중국어문학연구학회, 2011.

허태용, 「17세기 말-18세기 초 존주론의 강화와 〈삼국지연의〉의 유행」, 『한국사학보』 15, 고려사학회, 2003.

역주자 신해진(申海鎭)

경북 의성 출생
고려대학교 국어국문학과 및 동대학원 석·박사과정 졸업(문학박사)
현재 전남대학교 인문대학 국어국문학과 교수
BK21플러스 지역어 기반 문화가치 창출 인재양성 사업단장

저역서
『완판방각본 유충렬전』(보고사, 2018)
『이와전/투첩성옥/옥당춘낙난봉부』(보고사, 2016)
『왕경룡전/용함옥』(역락, 2016), 『한국고전소설의 이해』(공저, 박이정, 2012)
『용문전』(지만지, 2010), 『장풍운전』(지만지, 2009), 『소대성전』(지만지, 2009)
『한국 고소설의 이해』(공저, 박이정, 2008), 『권칙과 한문소설』(보고사, 2008)
『서류 송사형 우화소설』(보고사, 2008), 『조선조 전계소설』(월인, 2003)
『조선후기 가정소설선』(월인, 2000), 『역주 조선후기 세태소설선』(월인, 1999)
『조선후기 우화소설선』(공편, 태학사, 1998)
이외 다수의 저역서와 논문

완판방각본 이대봉전

2018년 10월 31일 초판 1쇄 펴냄

역주자 신해진
펴낸이 김흥국
펴낸곳 보고사

책임편집 김하놀
표지디자인 손정자

등록 1990년 12월 13일 제6-0429호
주소 경기도 파주시 회동길 337-15 보고사 2층
전화 031-955-9797(대표), 02-922-5120~1(편집),
　　　02-922-2246(영업)
팩스 02-922-6990
메일 kanapub3@naver.com / bogosabooks@naver.com
http://www.bogosabooks.co.kr

ISBN 979-11-5516-830-1 93810
ⓒ 신해진, 2018

정가 20,000원